『十三五』國家重點圖書出版規劃項目
國家古籍整理出版專項經費資助項目
復旦大學『雙一流』重點建設項目

歷代小説話

一

黄霖 編著

鳳凰出版社

圖書在版編目（CIP）數據

歷代小説話 / 黄霖編著. -- 南京 : 鳳凰出版社,
2018.12
ISBN 978-7-5506-2815-1

Ⅰ. ①歷… Ⅱ. ①黄… Ⅲ. ①古典小説評論－中國－文集 Ⅳ. ①I207.41-53

中國版本圖書館CIP數據核字(2018)第255649號

書名	歷代小説話
編著	黄 霖
責任編輯	李相東 張永堃
裝幀設計	徐 慧
出版發行	鳳凰出版社(原江蘇古籍出版社)
	發行部電話025-83223462
出版社地址	南京市中央路165號,郵編:210009
出版社網址	http://www.fhcbs.com
照排	江蘇鳳凰製版有限公司
印刷	蘇州市越洋印刷有限公司
	蘇州市吴中區南官渡路20號 郵編:215104
開本	890×1240毫米 1/32
印張	202.875
字數	4363千字
版次	2018年12月第1版 2018年12月第1次印刷
標準書號	ISBN 978-7-5506-2815-1
定價	1800.00圓(全十五册)

(本書凡印裝錯誤可向承印廠調换,電話:0512-68180638)

四大奇書第一種

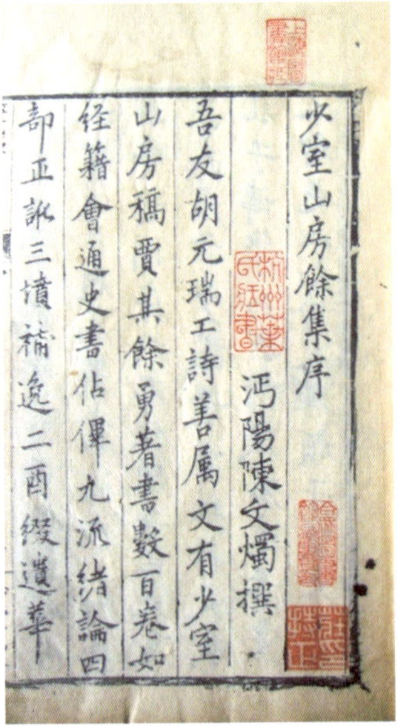

少室山房筆叢

第一奇書

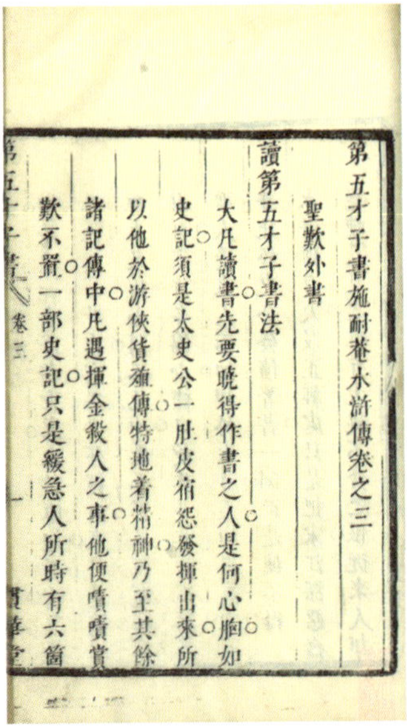

讀第五才子書法

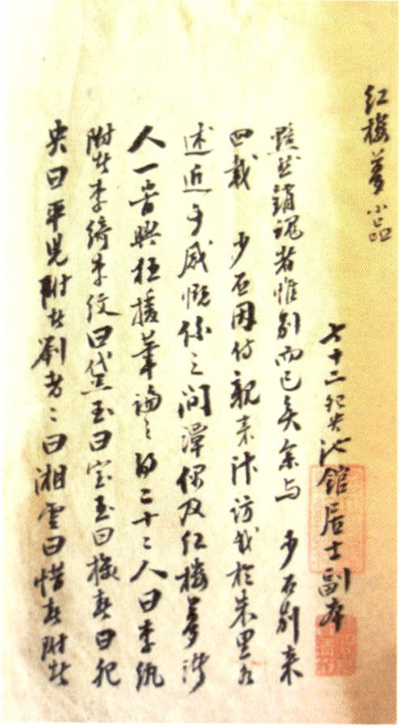
紅樓夢小品

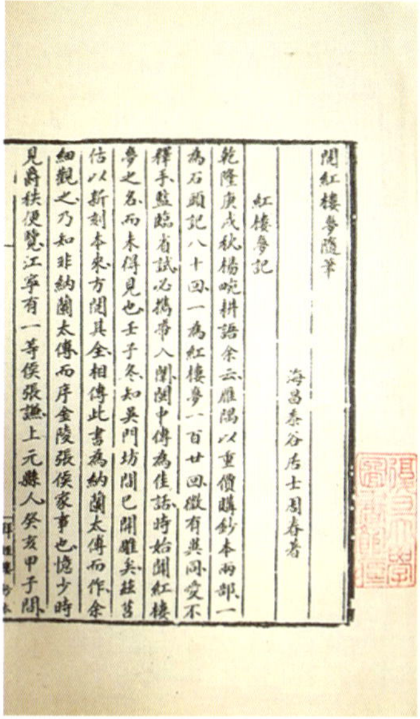
閱紅樓夢隨筆
海昌秦谷居士周春著
紅樓夢記
乾隆庚戌秋楊畹耕語余云雁隅以重價購鈔本兩部一為石頭記八十回一為紅樓夢一百廿回微有異同愛不釋手監臨省試必攜帶入闈閩中傳為佳話時始聞紅樓夢之名而未得見也壬子冬知吳門坊間已開雕矣兹苕估以新刻本來方閱其全相傳此書為納蘭太傅而作余細觀之乃知非納蘭太傅而序金陵張侯家事也憶少時見爵秩便覽江寧有一等侯張謙上元縣人癸亥甲子間

閱紅樓夢隨筆

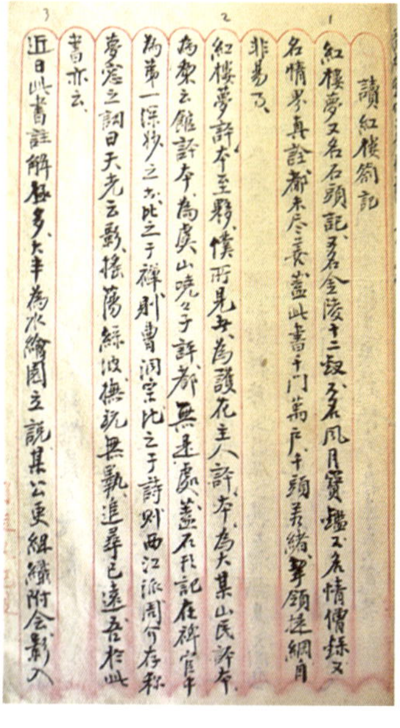
讀紅樓劄記

讀紅樓札記

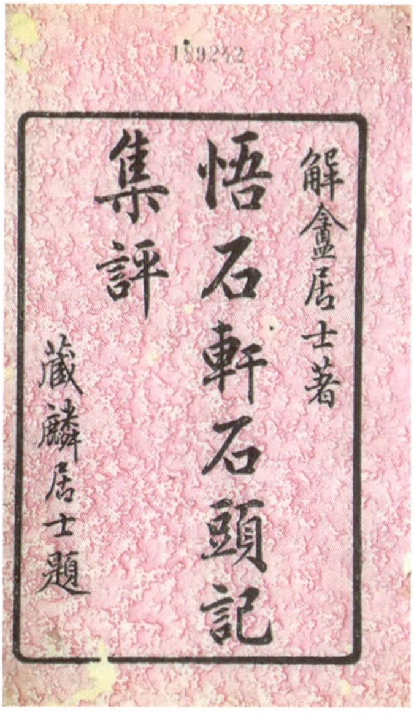

解盦居士著
悟石軒石頭記集評
藏麟居士題

悟石軒石頭記集評

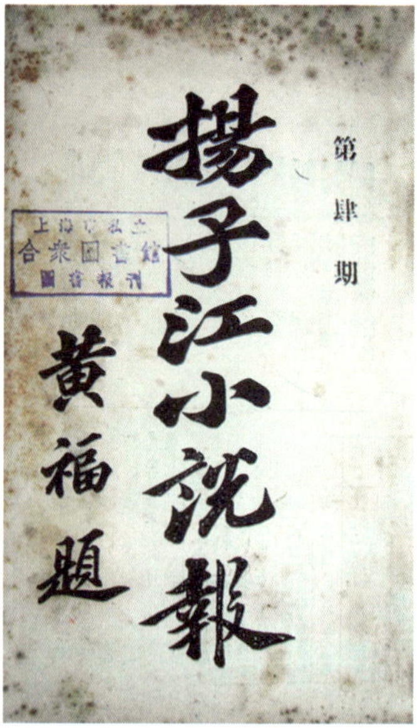

揚子江小說報

新小說

小說月報

繡像小說

古今小說評林

小說叢話

歐美小說叢談

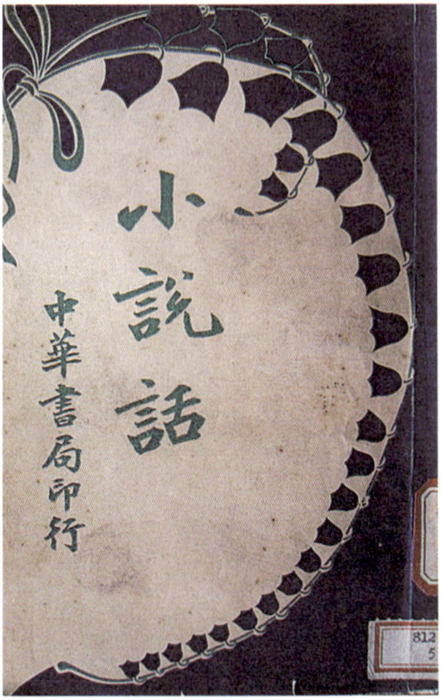

小說話

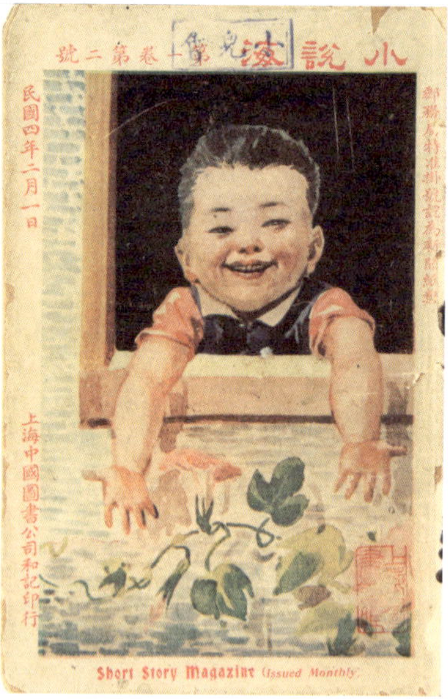

小說海

中華小說界

小說新报

小說時報

紫羅蘭

半月

紅玫瑰

遊戲世界

小報
獨鶴
釋雲主任
第六期
LITTLE WEEKLY

小報

新月
第二卷 第四號
上海新月社發行

新月

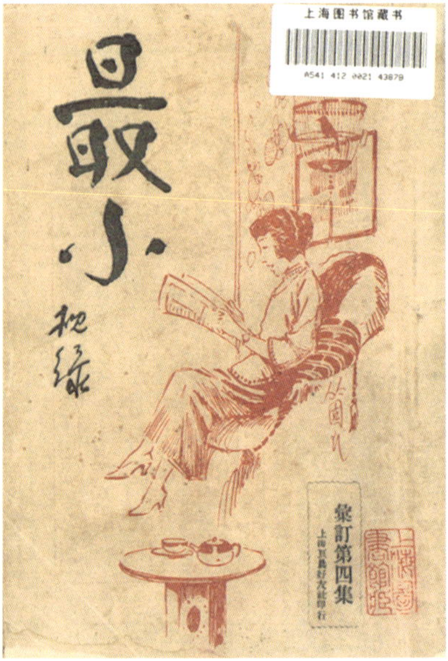
最小
彙訂第四集

最小

新聲
寒雲
第一期
上海新聲雜誌社發行

新聲

明星月刊

紅雨

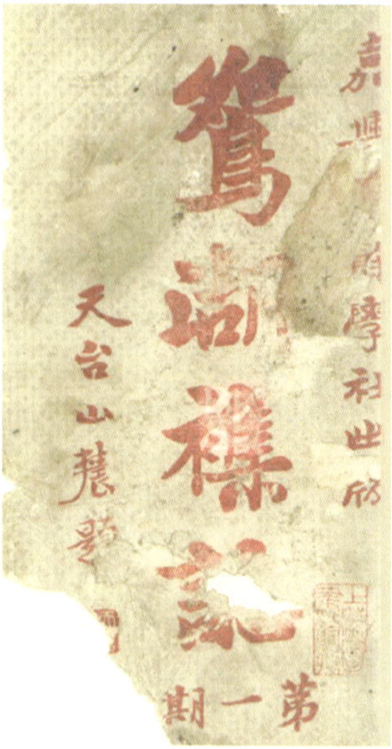

鴛湖雜志

快活

儉德儲蓄會月刊

公言

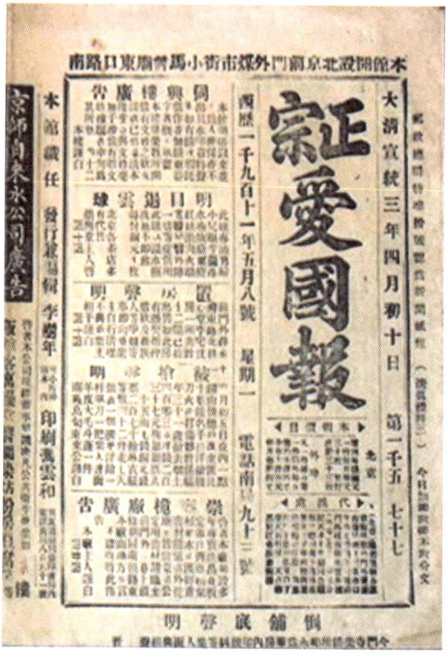

正宗愛國報

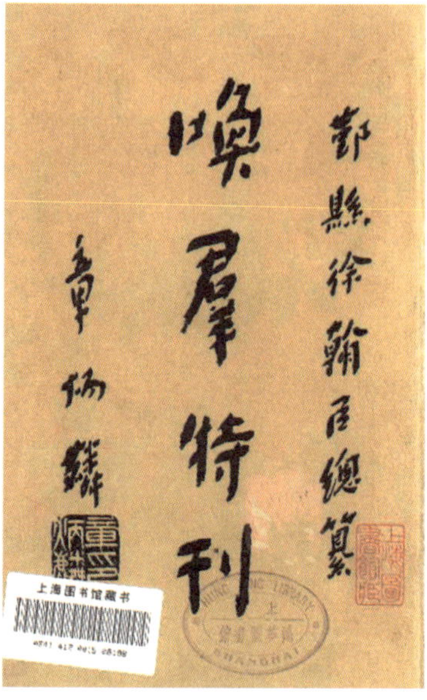

喚群

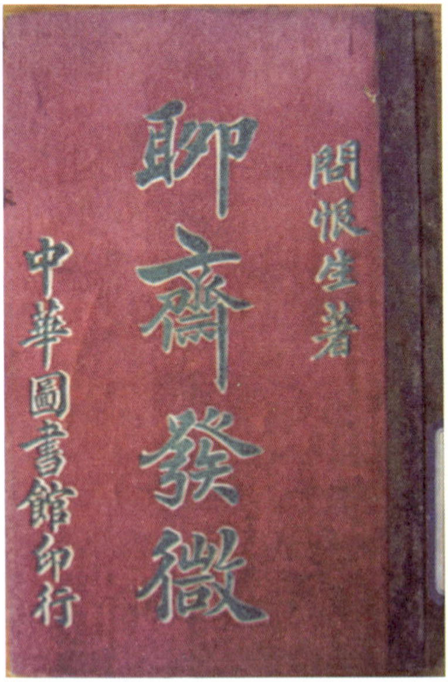

聊齋發微

小說考證

小說叢譚

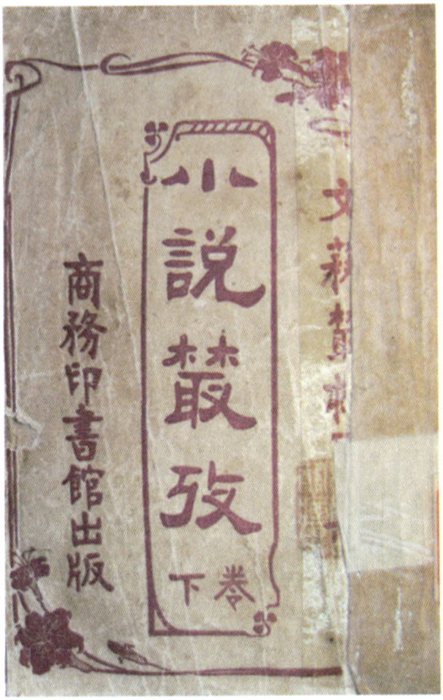

小說叢考

前言

黄霖

小説話，是中國話體文學批評中的一種。話體文學批評富有中國特色，其基本特點是以筆記體、隨筆型、漫談式爲主要表現形態，或録事，或論理，或品人，或志傳，或説法，或評書，或考索，或摘句，品格各異，豐富多彩。我國的話體之作，由來已久。最早以『話』作書名以明體的是宋代歐陽修的《詩話》（後一般稱爲《六一詩話》或《歐陽永叔詩話》等）。話，即故事。此書主要是記述了一些與詩相關的瑣事趣聞，『以資閒談』，故《四庫總目提要》概括其主要特徵是『體兼説部』。之後，在宋代迅速興起撰寫詩話的熱潮，内容與形式也隨之多樣化起來。如至北宋末年，葉夢得的《石林詩話》已經偏重於詩論。當時的《許彦周詩話》有云：『詩話者，辨句法，備古今，記盛德，録異事，正訛誤也。』其内容已趨多樣。至南宋，如張戒的《歲寒堂詩話》等，詩論的色彩更爲濃厚。宋人嚴羽的『詩辨』、『詩體』、『詩法』、『詩評』與『考證』，在元代彙成一集時尚稱『嚴氏詩法』，但到明代正德年間則改稱爲《嚴滄浪詩話》了。至明清兩代，詩話、詩法、詩論不同文體的概念日益相混，有的著作本身也各體並存，以至學界漸將所有成編的、隨筆式的詩話、詩法、詩論及考證類的詩學著作統稱爲『詩話』，如影響深遠的清乾隆年間何文焕編《歷代詩話》，就把南朝梁鍾嶸的《詩品》、唐皎然的《詩式》、司空圖的《二十四詩品》與記事閒談類的歐陽修《詩話》、《温公續詩話》、《中山詩話》等正宗的『詩話』混輯在一起。後來丁福保編《歷代詩話續編》、《清詩話》時，儘管有重詩論而輕故事的傾向，但大致仍然沿用《歷代詩話》之體例。到後來，郭紹虞更着重在用『研究中國古典文學理論』的眼光來看待詩話，他編的《清詩話續編》明確排除記事之體，『所選者以評論爲主』（《清詩話續編序》），甚至説『詩話之體，顧名思義，應當是一種有關詩的理論的著作』（《清詩話前言》），走向了另一個極端。這樣就在不知不覺之中，在『詩話』的框架下用論評類『詩論』取代了記事類爲主的『詩話』，使『詩話』有其名而變其實了。對『詩話』的這種『鳩占鵲巢』式的理解顯然失之於偏。但是，假如我們反過來，現在祇認定『體兼説部』的纔是『詩話』，又與歷史上長期被認同的較爲寬泛的包含着詩論、詩評、詩法、詩式、詩品等的『詩話』不相一致，且事實上許多詩話是各體相兼的，又要考慮到後來正宗的、『體兼説部』的『詩話』實際上已是爲數不多，更何况古代的詩話、詩法、詩式與詩論、詩評等在文體上還是存在着一些共同的特點。這主要表現爲：論者寫作的態度是現場説事，直書己見；文章表現的形態是碎言短語，似無體統；作品行文的風格是心到筆至，莊諧皆宜；話體所論的内容是五花八門，各取所需；讀者閱後的感受是自由活潑，真切無間。因此，折中前人之見，我們既尊『詩話』之體，將其還原到『詩話』的大框架之中，同時又承認約定俗成的『詩話』之變，將隨筆散評型的詩品、詩評、詩論、詩法、詩格等各類成編（篇）的詩學著述統統歸之於『詩話』之中①。小説話，也當從其例，其基本特徵，就是既有别於傳統小説批評中諸如序跋、評點、書信、詩論、單篇文章等其他文體，也有别於現代有系統、成體系的小説論著，其主要表現形態爲筆記體、隨筆型、漫談式，凡論理、録事、品人、志傳、説法、評書、考索、摘句等均或用之，其題名除直接綴以『話』字之外，後來往往用『説』、『談』、『記』、『叢談』、『閒談』、『筆談』、『枝談』、『瑣談』、『談叢』、『隨筆』、『漫筆』、『卮言』、『閒評』、『漫評』、『雜考』、『劄記』、『管見』、『拾雋』等名目，真是五花八門，不一而足。這種我國獨特的文學批評和研究的樣式具有即目散評的鮮明特點。所謂即目，即寫於閲讀直覺的當下；所謂散評，即顯得並不完整與條貫。它是在『天人合一』觀念的主導下，以直覺體悟爲主，努力去體驗、品味、描繪和批評作品，而不是站在主客兩分的立場上，致力於將物象分解，作抽象思辨與邏輯推演，從而去剥取概念，建構體系，因而能貼近、融入批評對象之中，去切身體悟作品的美學趣味和精神價值。表面看來，這種批評『零星破

---

① 至於現代有些學者任意將古代的評點、序跋，今人的系統論著，乃至前人文集中的有關文論話頭隨輯隨編成新編話體之作，乃是不明中國話體這種特有的文體所致，混亂了中國傳統文論文體的界限。古人雖有輯録前人論集中的話語標成話體之作的先例，但與真正的話體創作畢竟不同，且爲數不多。對於這種前人偶一爲之，且在社會上流傳了一定時間，在稀裏糊塗之中得到了一定承認的『話體』之作，今天不妨寬以待之。至於在講究文體之别的今天，若成規模地隨輯隨編，顯然是將話體之作與一類文獻整理混爲一談，就不足取了。

碎，概無統系可尋』①。但實際上，多數著作是形散而神完，外雜而内整，有一個核心的見解或理論包容在裏面，或重格調，或標性靈，或倡神韻，一絲不亂。金聖歎的《讀第五才子書法》，看似信手拈來，隨意點到，却都圍繞着他的『性格論』、『因緣説』、『動心説』、『結構論』、『文法論』等，井井有條。實際上，這種直覺體悟的内在思維與即目散評的外在表現相結合的批評，特别適合於對文學的解讀。文學不是切實的自然科學，也不是抽象的哲學玄理，它的基本屬性是以感性具體的藝術形象來表達作者的審美趣味與精神世界。作者的情與思都融化在具體的形象之中，讀者要欣賞與理解作品的美，及其情與理，都祇有從具體的藝術形象入手，纔能有所把握。直覺體悟的思維方式，正是批評者從即目的具體的感性形象入手，經過切身體悟，從而使評者與作品乃至作者的心靈相溝通與融合，這就爲評者領悟作品的整體風貌與内在精神創造了最基本的條件。這比之評者與作品站在『主客兩分』相對的位置上，脱離具體的形象的觀照，像純粹研究自然科學與哲學玄理那樣，去推理、演繹與思辨，最終將作品淪爲詮釋自己的某種思想或理論的工具，應該是更能把握作品的精神，更爲符合文學批評的規律，而且對讀者來説，讀來當更有一種親切感，更容易接受。也正因爲中國古代的文學批評從具體『即目』的藝術形象入手，所以其批評本身帶有具象性的特點，有時就直接用一些

① 陳鐘凡：《中國文學批評史》，中華書局一九二七年版，第九頁。

形象的比喻作爲批評，如解弢的《小説八字評》曰：『《水滸傳》如燕市屠狗，慷慨悲歌。』『《西遊記》如碧海波濤，魚龍變滅。』『《金瓶梅》如冥府判官，默録罪狀。』『《聊齋志異》如梧桐疏雨，蟋蟀吟秋。』『《儒林外史》如茅店雞聲，板橋霜迹。』『《紅樓夢》如紅燈緑酒，女郎談禪。』（解弢《小説八字評》）都寫得形象生動，又恰到好處。再如鄭逸梅的《稗苑佳品》將清末民初三十名小説家，用四字加以品評，概論其風格特點，也頗傳神，如：『太華孤峰：林琴南；幽谷芳蘭：包天笑；寒山積雪：陳冷血；天馬脱羈：趙苕狂……』（鄭逸梅《稗苑佳品》）綜觀中國歷代的小説話，儘管也有若干側重在考訂或論理的，但數量較少，其總體風貌就是其具象性與抒情性、叙事性、説理性相統一，因此使文學批評本身也可以作爲文學作品來讀。可見這種文學批評的思維方式與表現形態是自有其優點的。可惜的是，我國古代的學者與士大夫，往往視小説爲邪宗，鄙棄而不屑道，故『小説話』之興起，比之詩話、詞話之類，明顯較晚。

今溯其源，明清兩代，往往有一些筆記用或多或少的篇幅談及小説，但多數散雜零亂，未成體統。而明代胡應麟的《少室山房筆叢》開始將『小説』作爲子部九流中的一家來集中加以考辨與述論。雖然，他還是將有關『小説』的文字分散在《九流緒論》、《四部正訛》、《二酉綴遺》、《莊嶽委談》等各個部分，且有時對『小説』特性的認識也尚模糊，但他在主觀上還是比較清楚地將他所認識的『小説』作爲一種獨立的文體，且各部分都是用獨立的篇章來加以論列，從而使這些篇章已具『小説話』的基本特徵。《少室山房筆叢》因此而可被視爲中國『小説話』的發軔。以後如俞樾的《小浮梅閒話》、平步青的《小棲霞説稗》等，都是在各自的筆記中將有關『小説』的文字獨立成編。這種獨立成編的有關小説的文字，亦當屬『小説話』之類。與此不同的是，如謝肇淛的《五雜組》、劉廷璣的《在園雜志》、俞樾的《春在堂隨筆》等筆記，雖有不少篇幅論及小説，且不乏精到之見，但均散而未統，並未將『小説』以專章論列，故都與『小説話』有一牆之隔。換言之，在筆記類著作中，祇有專論『小説』的獨立篇章，纔可視之爲『小説話』。這也是中國『小説話』文體最早的存在形式。

晚明時期，一些長篇小説評點本的卷首往往附有『答問』、『讀法』、『總評』一類用隨筆式的文字寫成的專論，也具『小説話』的基本特徵。特别是金聖歎批《水滸傳》，作《讀第五才子書法》於卷首，所創的『讀法』體文，識見不凡，影響深遠，繼而有毛綸、毛宗崗父子，張竹坡、脂硯齋、蔡元放、馮鎮巒輩，紛紛效法於後，成爲中國『小説話』中的重要一支。

筆記類、評點本中的『小説話』雖然已初具規模，但畢竟還未擺脱附庸的地位，它們祇是作爲一個獨立的篇章，或夾雜於書中，或附録於卷首，故祇能算作是初級階段的作品。

清代乾隆年間，《紅樓夢》出，論者蜂起。周春的《閲紅樓夢隨筆》、徐鳳儀的《紅樓夢偶得》、二知道人的《紅樓夢説夢》等散論《紅樓夢》的作品，相繼面世，且都獨立成編，即將『小説話』的撰寫推向了一個新的階段。一時間，這類作品連綿不斷，數量可觀，進入了中國小説話文體獨立發展的新時期。可是，此時雖有『小説話』之實，還無『小説話』之名。

我國真正提出『小説話』的概念並自覺而明確地寫作『小説話』的作品，當從一九〇二年梁啓超在其主編的《新小説》上發表的《小説叢話》開始。當時，由於學界掀起了『小説界革命』的浪潮，普遍重視小説的社會功能和美學價值，小説作品和論著也就如雨後春笋，大量出現。於此之時，『小説話』也異軍突起，風起雲涌，其盛況之空前，猶如宋代之詩話勃興然。一時的報章雜志，紛紛登載長短不一的『小説話』，後來也陸續有出版社單獨印刷出版，至一九四九年，發表的數量十分可觀，此當爲中國小説話的空前繁榮期。

根據以上認識，通觀中國歷代的『小説話』，大致可分爲七類：

一、考辨類，如胡應麟的《少室山房筆叢》，對歷代他所認爲的『小説』作了相當系統的考源辨僞等工作，視野開闊，方法科學，結論精審，在中國小説研究史上罕有其匹。

二、故實類，如解盦居士的《石頭叢話》，記録了大量的有關紅學的佚事趣聞，不但可作飯餘茶後的談資，而且也披露了一些抄本、批本、續書等佚聞，具有一定的史料價值。

三、傳記類，如王錦南的《小説家别傳》、坤剛的《小説家近事拾遺》、施濟群的《文壇趣話》等，以人立目，由人及書，或正或謔，有述有評，從一個角度反映了小説界的面貌與潮流。

四、紹介類，如孫毓修的《歐美小説叢談》，對一系列的西方小説的作者生平、故事情節等作了紹介，雖然比較淺顯，但在當時也有助於讀者對西方小説的瞭解。

五、評析類，如金聖歎的《讀第五才子書法》，用他提出的『性格論』、『文法論』等來評價《水滸傳》，引導讀者對《水滸傳》的藝術成就有更深的體會，開拓了古代中國小説批評的新局面。

六、理論類，如成之的《小説叢話》，較爲系統地闡述了小説的一些基本理論問題，特别如運用西方典型化的理論，詳細分析了小説人物的形象塑造，在中國小説理論史上頗有貢獻。

七、輯録類，如蔣瑞藻的《小説考證》，收輯了金元以來四百七十餘種小説、戲曲、彈詞、民間小唱等有關資料，視野寬廣，材料繁富，極具參考價值。

當然，也有不少『小説話』是内容交雜，很難歸類的。它們之間自有高下之分，菁蕪之别。章學誠説當時作詩話者，『有小慧而無學識』（《文史通義》），對話體之作卑之也太低；何文焕視『詩話』爲『騷人之利器，藝苑之輪扁』（《歷代詩話序》），視話體之論崇之也過高。『小説話』與詩話雖不相同，但也有相通之處，它在總體上還是反映了那個時代小説的思想與風貌，保存了一些小説資料，其中有些關於中外古今小説作家及其作品的考辨與研究，以及總結的一些創作經驗，探討的一些小説理論，對於我們今天治小説史及理論批評史的人來説，都不無意義，自有其價值之所在。其價值除了上述的作爲一種獨特的批評文體，在表現形態上有它的獨到之處與奥妙之點，可供今人重新認識、必要借鑒之外，在文獻資料與理論批評方面，也有它的長處與貢獻。

在文獻資料方面，小説話大都是隨手寫下當時的所見所聞與所思，往往在無意中留下了一些被時間衝刷過後的重要信息。比如，關於《紅樓夢》的版本，最初的究竟是什麽樣的？是八十回本還是一百回本？脂本是真的還是後來僞造的？等等。有些資料對今天來説還是有價值的。周春序刻於乾隆五十九年（一七九四）的《閲紅樓夢隨筆》説道：『乾隆庚戌（一七九〇）秋，楊畹耕語余云：

「雁隅以重價購鈔本兩部，一爲《石頭記》，八十回；一爲《紅樓夢》，一百廿回，微有異同。……」時始聞《紅樓夢》之名，未得見也。壬子（一七九二）冬，知吴門坊間已開雕矣。』這至少可以告訴人們，在《紅樓夢》開雕之前，八十回本的《石頭記》早已存在。再如刊刻於嘉慶二十二年（一八一七）的《癡人説夢》，作者范鍇在『最先爲《紅樓夢》編年，最先爲大觀園製圖』（周策縱《紅樓夢案》）的同時，還最先爲《紅樓夢》作校勘，引用了不少已佚的舊本，保存了不少的珍貴資料。除了書本資料之外，對於人的信息也保存了不少，特别在民國報載的小説話中，有不少是重在記載小説家的平生出處、趣事逸聞，乃至字號齋名等等，如《小説家之趣聞》（龐樂園）、《説林憶舊録》（黄轉陶）、《著作家小軼事》（鄭逸梅）、《説海周旋録》（王天恨）、《文苑群芳譜》（慕芳）、《説林珍聞》（金智周等）、《小説界的十二金釵》（可憐蟲）、《文壇點將録》（莽書生）、《識荆録》（藍劍青）、《説林嚼舌》（黄轉陶）、《稗苑趣話》（鄭逸梅）、《説林濡染譚》（姚民哀）等等，都爲後人保存了大量的活生生的有關作家的資料。其中如載於一九二三年二卷二十號《半月》的《涵秋軼事話》，是於李涵秋去世後，由張碧梧、俞牖雲、阿杏等同鄉、學生所寫的有關李涵秋的軼事瑣聞，寫得事真情切。如阿杏所指出的《廣陵潮》中的雲麟、《俠鳳奇緣》中鳳姑娘的父親、《雙花記》中的並生，都具作者的影子，爲研究李涵秋提供了頗有價值的材料。

還有一些小説話重在考證辨訛，也從另一個角度顯示了它的文獻價值。比如胡應麟的《少室山房筆叢》就非常突出。此書中的《九流緒論下》、《四部正訛下》、《二酉綴遺中》、《莊嶽委談下》等篇章，集中地對歷史上的各類小説進行了具體的考辨和評價，實爲中國『小説話』之祖。特别是他的《四部正訛》，專辨一切僞書，曾總結了辨僞的八大原則：『凡核僞書之道，核之《七略》，以觀其源；核之群《志》，以觀其緒；核之並世之言，以觀其稱；核之異世之言，以觀其述；核之文，以觀其體；核之事，以觀其時；核之撰者，以觀其托；核之傳者，以觀其人。核兹八者，而古今贋籍無隱情矣。』他就綜合運用這八條原則去辨證古代小説，使許多小説的真僞問題引起了人們的重視。例如，關於《山海經》，他指出：『無論其事，即其文，與《典》、《謨》、《禹貢》迥不類也。』斷定《山海經》非夏后伯益撰，而是『戰國好奇之士，取《穆王傳》，雜録《莊》、《列》、《離騷》、《周書》、《晉乘》以成者』。關於《燕丹子》，他説：『古今小説雜撰之祖，然《漢藝文志》無之。……其文彩誠有足觀，而詞氣頗與東京類。蓋漢末文士，因太史《慶卿傳》增益怪誕爲此書。』即從史志流傳與語言風格兩方面作主要考核，以定其僞。關於《漢武帝内傳》，他説：『詳其文體，是六朝人作，蓋齊、梁間好事者爲之也。』關於《洞冥記》，他又説：『題郭憲子横，亦恐贋也。憲事世祖，以直諫聞。忍描飾漢武、東方事，以導後世人君之欲。且子横生西京末，其文字未應遽爾，蓋六朝假托，若《漢武故事》之類耳。』從撰者人品與文風兩方面考核其僞。關於《牛羊日曆》，他則説：『《牛羊日曆》，諸家悉以劉軻撰。其書記牛僧孺、楊虞卿等事，故以此命名。案軻本浮屠，中歲慕孟軻爲人，遂長髮，以文鳴一時。即紀載時事，命名詎應乃爾！必贊皇之黨且惡軻者爲之也。案《通鑒注》引作皇甫松，松有恨僧孺，見《傳》，或當近之。』既從所托僞作者思想上辨，又從作僞動機上辨。如此等等，胡應麟能從目録著作、文體特徵、諸書間徵引關係、史實年代以及作者處境等各方面進行辨别，方法科學，涉及小説數量又多，結論精當，其功績當推爲古代小説辨僞史上第一人。之後如平步青的《小棲霞説稗》、俞樾的《小浮梅閒話》等，都重在王國維所説的『以考證之眼』讀小説，關注各書的本事原委，考辨作品的來龍去脉，亦有價值。如平步青所述《西遊記》作者由邱處機至吴承恩説之來龍去脉，一清二楚；記《儒林外史》人物原型等有關説法，亦稱詳備；述《紅樓夢》成書及各續書的出籠與優劣，脉絡分明。他們所鈎稽的許多材料，多爲後學鋪平了道路。至於後來蔣瑞藻的《小説考證》、泖東一蟹（錢静方）的《小説叢考》等，彙輯了歷代小説的研究資料，都有重要的文獻價值。

小説話的價值，當然還表現在理論批評方面。小説話對於小説的解讀與批評，往往是直抒胸臆，爲幫助讀者理解作品與促使小説的經典化，都起了重要的作用。比如《紅樓夢》一書問世，論者往往不脱『以考證之眼讀之』，不自覺地墮入『索隱派』的窠臼，不時會出現《紅樓夢》是『序金陵張侯家事』（周春《閱紅樓夢隨筆》）、『相傳爲演説故相明珠家事』（梁恭辰《北東園寶與虎謀皮筆録》）、『全書爲清世祖與董鄂妃而作』（王夢阮、沈瓶庵《紅樓夢索隱提要》）、『寶玉者，傳國璽之義也，即胤礽』、『林黛玉影朱竹垞也』（蔡元培《石頭記索隱》）等等謬論。小説話則更多的是與小説評點一起，從文學分析的角度去論述《紅樓夢》的價值。如二知道人《紅樓夢説夢》云：『盲左、班、馬之書，實事傳神也；雪芹之書，虚事傳神也。然其意中，自有實事，罪花業果，欲言難言，不得已而托諸空中樓閣耳。』諸聯《紅樓評夢》云：『全書一百二十回書，吾以三字概之，曰真，曰新，曰文。』願爲明鏡室主人

《閲紅樓夢隨筆》云：『《紅樓夢》，小説也，正人君子所弗屑道。或以爲好色不淫，得《國風》之旨，言情者宗之。明鏡主人曰：《紅樓夢》，悟書也。其所遇之人皆閲歷之人，其所叙之事皆閲歷之事，其所寫之情與景皆閲歷之情與景，正如白髮宫人涕泣而談天寶，不知者徒豔其紛華靡麗，有心人視之皆縷縷血痕也。……纏綿悱惻於始，涕泣悲歌於後，至無可奈何之時，安得不悟？謂之夢，即一切有爲法作如是觀也。』等等。他們都從不同的角度來肯定《紅樓夢》的真正的文學價值之所在。同時，通過與其他名著比較，以提升它的文學地位。如諸聯將中國古典文學中寫人情的兩大名著《西厢記》與《金瓶梅》來與《紅樓夢》比較，就立見了《紅樓夢》的高明。他説：『自古言情者，無過《西厢》。然《西厢》祇兩人事，組織歡愁，摛詞易工。若《石頭記》，則人甚多，事甚雜，乃以家常之説話，抒各種之性情，俾雅俗共賞，較《西厢》爲更勝。』、『書本脱胎於《金瓶梅》，而褻嫚之詞，淘汰至盡。中間寫情寫景，無些黠牙後慧。非特青出於藍，直是蟬脱於穢。』（《紅樓評夢》）這在《紅樓夢》的經典化過程中具有重要的意義。到二十世紀初，隨着西方文論的影響，一些論者更認爲小説是『美的製作』，其特性絶不是簡單的摹擬生活，索隱不能死板地解讀文學作品。成之在《小説叢話》中批判《紅樓夢》的索隱派曰：『必欲考《紅樓夢》所隱者爲何事，其書中之人物爲何人，寧非笨伯乎！豈惟《紅樓夢》，一切小説皆如此矣。』他認爲，小説的創作是經過了『模仿』、『選擇』、『想化』、『創造』四個階段，也即藝術典型化的過程之後，造出了更理想化、更美的『第二之社會』，其小説中的人物也與現實中的人物有根本的區別，故没有必要再去考索書中人物的生活原型爲誰。而當時的《紅樓夢》研究者們『屑屑效考據家之所謂，探索書中之某人即爲某人，某事即隱某事』，則猶如『見雀炙而求彈、聞雞之時夜而求卵』，力氣並非花在刀口上。在此基礎上，他强調《紅樓夢》中經過作家創造出來的人物，已具有一種『代表意義』，即小説中的人物已是代表着一類人，有着更普遍的意義。這實際上就是後來人們所説的『典型意義』。爲此，他用了大量的篇幅分析了《紅樓夢》中十二金釵的代表意義。這不僅直接批判了《紅樓夢》研究中的索隱派、自傳説，而且對如何分析小説中的人物形象的典型意義作出了示範。以後很長一段時間裏的《紅樓夢》的人物分析，大都是沿着他的這條路走下去的。

小説話在批評中國古代小説時，提出了不少具有民族特色的理論問題。本來，中國傳統的文學理論主要是建築在强調寫真人真事的詩文的基礎上的，不贊成有虚妄不實之詞，而初期的小説乃得之於『街談巷語，道聽塗説』，中間夾雜着許多神話傳説、怪事奇談，到後來的一些白話長篇，也往往是虚實相間，真幻互出，這就使小説與戲曲的理論深入關注文學藝術與生活真實之間的關係問題。胡應麟的《少室山房筆叢》在總結中國小説發展的歷史時説：『凡變異之談，盛於六朝，然多是傳録舛訛，未必盡幻設語。至唐人乃作意好奇，假小説以寄筆端。』這一見解就非常敏鋭與正確地區别了六朝志怪的『傳録』與唐傳奇『幻設』的不同。小説的重要特徵就是有意的虚構幻設。於是小説的虚與實、真與幻、正與奇等理論問題的探討綿延不斷，成爲中國文學理論中的一個重要命題。另如寫人問題，也是小説理論中的一個關注點。中國的寫人論的主要内涵是在傳統哲學、畫論等影響下的以『形神論』爲核心的『寫心論』、『性格論』、『典型論』等。《少室山房筆叢》評《世説新語》時就説：『讀其語言，晉人面目氣韻，恍然生動。』説《水滸傳》『至其排比一百八人，分量輕重，纖毫不爽，而中間抑揚映帶，回護詠歎之工，真有超出語言之外者』。都接觸到形神、性格的問題。金聖歎在晚明盛行形神論的基礎上，在《讀第五才子書法》中旗幟鮮明地推出了他的『性格』論：『别一部書，看過一篇即休，獨有《水滸傳》，衹是看不厭，無非爲他把一百八個人性格都寫出來。』他認爲，《水滸》中有性格的人物，都是『人有其性情，人有其氣質，人有其形狀，人有其聲口』，所謂形神俱備，而他們每個人又都有一定的普遍意義，因而『都似舊時熟識』。他在評論武松這個形象時説：『武松天人者，固具有魯達之闊、林冲之毒、楊志之正、柴進之良、阮小七之快、李逵之真、吴用之捷、花榮之雅、盧俊義之大、石秀之警者也，斷曰第一人，不亦宜乎？』初步接觸了人物性格的多元複合性。到二十世紀初，俠人在《小説叢話》中説：『今明著一事焉以爲之型，明立一人焉以爲之式，則吾之思想可以瞬息而普及於最下等之人。』其實際的意思與藝術典型的創造已十分接近。後至一九一四年，成之在《小説叢話》中所提《紅樓夢》十二金釵『代表世界上十二種人物者也』，更不妨將其『代表主義』視爲典型普遍意義的代名詞。可見，中國古代小説話中的寫人論也在不斷地與時俱進。至於叙事的理論，中國古代不大關注叙事者的身份與角度，而是重視讀者接受的興趣，立足於文本本身來考慮問題。總的原則是在陰陽五行説的指導下，以『傳奇』爲重，組織好虚實、詳略、濃淡、冷熱的搭配、對比、呼應、起伏、轉折與統一、自然、和諧等問題，於是提出了諸多『文法』，如金聖歎提出了『倒插法』、『夾叙法』、『弄引法』、『獺尾法』、『綿針泥刺法』、『欲合故縱法』、『横雲斷山法』、『鸞膠續弦法』等十五種法。後來毛宗崗、脂硯齋等加以發展，名目更多。如毛宗崗談《三國》有『追本窮源之妙』，『巧收幻結之妙』，『星移斗轉，雨覆風翻之妙』，『横雲斷嶺，横橋鎖溪之妙』，『添絲補錦，移針勾繡之妙』，『近山濃抹，遠樹輕描之妙』，『奇峰對插，錦屏對峙之妙』。脂硯齋稱《紅樓夢》有『指東擊西，打草驚蛇法』、『回風舞雪，倒峡逆波法』、『由遠及近，由小至大法』、『虚敲旁擊，反逆隱回法』、『三染法』、『進一步法』、『退一步法』、『金蟬脱殻法』、『反點題法』、『倒捲簾法』、『暗透法』、『轉疊法』、『層巒疊翠法』、『重作輕抹法』、『雲罩峰尖法』、『三五聚散法』、『偷渡金針法』、『一擊兩鳴法』、『虚敲實應法』等等。這些『文法』，比較全面地探討了叙事過程中的佈局、結構等問題，雖然難免有繁瑣、重複、牽强之處，但多數還是合理、正確、符合實際、發人深思的。它對於我們欣賞古典小説叙事的形式美，不無參考價值。

進入二十世紀後，小説話更是站在小説變革與論争的前沿。一九〇二年，梁啓超在其主編的《新小説》的創刊號上發表了『小説界革命』的綱領性文獻《論小説與群治之關係》，正式吹響了『小説界革命』的號角，其後在一九〇三年至一九〇四年間，『新小説社社員』慧庵、平子、蜕庵、瑟齋、曼殊、浴血生、昭琴、俠人、定一、解脱者、趼、知新主人等在《新小説》第七至第九、第十一至第十七、第十九至第二十二以及第二十四號上連續發表各自的小説話，總其名曰《小説叢話》，在中國文論史上正式亮出了『小説話』之名。他們的生活道路、政治態度和藝術見解都不盡相同，但當時都與梁啓超意氣相投，積極呼應小説界革命，强調小説爲社會政治改革服務，有力地推動了中國小説的近現代轉型，並由此而掀起了創作小説話的熱潮。

到一九一八年，胡適、陳獨秀等再一次發動『文學革命』，中國文學向何處去？走什麽路？是墨守成規，還是全盤西化？在古與今、中與西、新與舊的矛盾與鬥争中，什麽纔是一條正確的道路？一時間，從《紅樓夢》到『小説界革命』後産生的《官場現形記》一類傳統的『章回體』小説都被一些文學革命的激進派們一股腦兒視爲『舊小説』，認爲這是『不自由的形式，一定裝不下新思想，正同舊詩舊詞舊曲的形式，裝不下詩的新思想一樣』（周作人《日本近三十年小説之發達》），進而將傳統完全放在『文學革命』的敵對地位，説：『抱傳統的文藝觀，想閉塞我們文藝界前進之路的，或想向後退去的，我們則認他們爲「敵」。』（《本刊改革宣言》，《文學》周刊一九二三年七月第八十一期）他們的『前進之路』是什麽？即是『真心的先去模仿别人』，『也便是提倡翻譯及研究外國著作』，『隨後自能從模仿中，蜕化出獨創的文學來』（周作人《日本近三十年小説之發達》）。在一時間這樣甚囂塵上的聲浪中，被扣上了『舊派』帽子的一些小説話的作者們，還是發表了一些值得注意的見解。

首先，他們指出以西優中劣的成見來否定傳統，劃分新舊，定性敵我，從方法論上來看，就是不科學的。吴綺緣在《小説瑣話》中説：『或以中外小説之優劣質諸余，余曰：「是未可斷言也。」試以中西肴饌證之。煎炒烹炮，各有其法，料作既殊，滋味亦異，詎能强指爲孰優孰劣乎？小説亦猶是也。然因文字迥别，故讀者之嗜好，亦因而歧異。……中外之文字風俗，既各有不同，則小説自亦因之有别，各有所長，不相掩没，各有所短，亦不能强爲辯護。』這是從總體上看中、西小説，各有短長。假如從當時的創作實際來看，也要作具體分析，不能籠統地厚此薄彼。胡寄塵就當時最爲熱門的寫情小説而論，尖鋭地指出不能盲目崇洋。他説：『今日之寫情小説，爲大雅所鄙棄也久矣。然謂中國人所著之寫情小説，多數不好則可也。苟謂但出自中國人之筆，即爲不好，不可也。謂歐美寫情小説，多數皆好則可也。苟謂但出自歐美人之筆，即無不好，不可也。今日之崇拜西人者，無論西國拆白黨之言，亦且奉爲聖經賢德，於中國人自著之篇，不加細察，但以之爲中國人著也，即一例抹殺曰：此誨淫之書也，此誨淫之書也。此種見解，抑何可笑！今日批評中國寫情小説無佳作者……非特是非失當，亦且非自尊其國之道也。』（胡季人《小説管見》）最後一句話，從方法論的批評轉而上升到了是否愛國的高度了。這似乎也是給對方套上了一頂大帽子，但事實確是如此。中國從鴉片戰争以後，特别是到清末民初，國家的積貧積弱，使民族的自尊心受到了極大的傷害，社會上彌漫着一股崇洋厭中的風氣，中國的舊文學不好，中國的醫藥、戲曲等等，越是有特色的，越是與西方不同的，就越是不好。而實際上，中與西，表面上有許多不同之處，各有特色，而在骨子裏是有相通之點。馮叔鸞在《談小説》中，通過《投射車》、《葛立佛遊記》等西方科幻小説與《鏡花緣》等中國的幻想小説的比較，先指出了兩者的相異點：『惟西方作者，恒多附會於科學，而我國作者，則常托諸狐鬼神仙之説。』接着，又指出了兩者不同之中的同，即『對於當時之社會上一切制度，都不能滿足，恒藉理想所及，作種種希望進步之表示』。由此而得出了這樣一個重要的觀點：『不可因其表現思想之方法不同，而遂目中西文藝爲不能相及也。』這種分析在當時是獨具卓識、值得重視的。

小説話的作者們還指出，衡量文學的好壞，不在於或中或西，或古或今，或新或舊，根本之點在於是否寫了社會人生，有益於世道人心，且具有藝術『興味』。吴綺緣在《小説瑣話》中説：『蓋言小説，則吾僅知爲小説耳，僅知加以抉擇而定其佳否耳，固不必强剖爲中外之别也。』忍傑的《小説漫談》强調『小説的最要目的……乃是由我的觀察宇宙萬象的結果，用我正確的學識眼光，去描寫社會上一切現象和人生的意義』。當時的所謂『舊派』的小説話作家們實際上也是非常重視小説爲人生、寫現實的。他們也認爲『小説的功用，包含得很廣……他能引導社會，改造思想，他的力量很大』（琴樓《小説雜談》）。『小説與戲劇感人最深，能使人喜，能使人悲，故關於種種事業上往往爲之轉移。小説能輔助教育之不足。』（劉恨我《小説一得》）希望小説『有益於世道人心』（月友女士《小説小説》）。與此同時，他們針對梁啓超『小説界革命』的教訓，還特别强調小説的『興味』性。當時以包天笑爲代表的一批舊派的小説家與小説話作者，高調亮出『興味』的大旗，一再强調他們所編的小説雜志與所寫的小説作品等都是『一以興味爲主』（《小説大觀例言》）與『最有興味之作』（《小説畫報例言》）。其他如雲衢的《小説譚》説小説的特點在於『有趣味、有意致』。吴綺緣的《最近十年來之小説觀》也説：小説雖然作爲『輔助教育品之一』，但其特質是『有審美性質，而屬於文藝』，『大率藉以適性怡神，冀取快於一時』。鵷雛的《説部摭談》説小説『本以詼諧爲主』。以剛的《小説雜談》説：『凡是小説，看過之後，覺得趣味很濃，印像很深，這一定是篇好小説。……我常常用此法去判斷小説的價值，是不差毫釐的。』諸如此類，都是主張小說要有藝術的趣味性、審美性。與此相聯繫的還有消閒性、遊戲性。這雖與藝術的審美不能全等：一是就作品的社會作用而言，另一是就藝術的本質特性而言，但是文學的趣味性、審美性與消閒性、遊戲性畢竟有着密切的關係。强調文學的消閒性、遊戲性，並不如激進派們所批評的那樣『以卑劣的思想與遊戲態度來侮辱文藝，薰染青年頭腦』（《本刊改革宣言》，《文學》周刊一九二三年七月第八十一期），而應該承認小說的消閒性是建築在藝術審美的基礎上的，本身也是『文學爲人生』的一部分。靈蛇的《小說雜談》就說：『小說是人生藝術，極高尚的一種文學……可是試一細想，人家正事忙迫的時候，誰有工夫去看小說，當然是消遣的。原來小說是把人生真切的藝術，在閒空的時候，指導給人們的。』他們的這些觀點，不但反撥了梁啓超他們的偏頗，而且對當時那些祇高呼『文學爲人生』的口號而忽視文學興味性的激進派們重蹈『文以載道』的覆轍，也極具針砭意義。

小說話的作者進一步强調在將西洋的東西『搬過來』時要注意立足本土，適合中國的國情，符合民衆的胃口。早在一九〇九年發表的佚名的《新小說之平議》就指出『新小說』當注意的『要義』之一，就是『凡小說中之資料，其事其人必取諸人人腦中所習聞者，然後啓其知識也不難，而激發其感情也至易』，『斷不可貸諸異國』而『與吾國中下流社會之心理枘鑿而不相合』。黄厚生則更直接指出，祇有立足於本土，纔能使小說創作顯示其獨創性。在《申報·自由談》上發表的一組小說話中，他說：『迻譯小說，雖爲今日之急務，然究屬他人之賢，異士之花，僅足供吾人之賞玩，資吾人之贊美而已，胡能表現我族之精神，發揮我人民之民性，安慰吾人之枯燥生活乎！』所以，他强調的是：『蓋吾人苟不欲致力於小説則已，苟欲焉，自不能不努力創作，高豎我國小説之旗幟，與世界各國以相抗衡，以相流通也。』（《述小説之創作格》，《申報·自由談》一九二一年八月七日）對於當時譯本小説的『新形式』問題，小説話作者更是提出了較多的批評。如署名無虚生的《小説雜談》説：『我讀小説，對於新式的譯品，却不愛看。因爲他叙述的情形，總有些生硬，再加上原樣不動，文字冗拖，所以更有不能卒讀之勢。……要注意本國讀者情況。新小説要新他的意思，不可取新他的形式。這雖是我個人的私見，實在我許多好看小説的朋友，也多主張如此。』與形式直接相關的是語句的表達。小説話作者最不易被人接受的即是歐化的句子，比如靈蛇的《小説雜談》批評『歐化體之《小説月報》』：『《小説月報》上『幾篇新派小説的語調，歐化氣太重，軥輈格磔，生澀得都讀不下』。何海鳴也批評《小説月報》『幾位譯者譯得太不明顯，碰着一句話，有一兩行之長，三四十個字之多，而什麽、之什麽、底什麽，轉了又轉……總得看了又看，連猜帶想的，費上好幾秒鐘，纔得看明白那一句又長又囉嗦的句子』。這些責難，並非誇張，確實點中了一時新派小説翻譯的病痛。在過分地强調西方小説與小説觀爲正宗的過程中，如何使新的思想、新的文化、特别是新的語言本土化，爲多數人所接受，的確也是個重要問題，所以，新派小説家們實際上也是在暗暗接受這些意見，逐漸淡化『歐化體』，使得語句本土化。

最後，小説話在理論上的一大貢獻是在近現代、特别是在新文學運動中力主走中西、古今、新舊融合的道路。當時的中西、古今、新舊的三對矛盾，實際上是統爲一體的，所謂新、舊，是一種表現形態，其實質上，正如有人説的，當時的新舊之别，『差不多以中西二字爲代名詞』，『所謂新的，是指新體或歐化式的小説； 一班所謂舊的，是指吾國固有的小説』①。 他們的争論的核心是： 走全盤西化之路，還是對西方與傳統都採取批判接受的態度，各取其優而相互融合？ 當一批力主全盤西化的激進派氣勢洶洶地同所謂舊派小説家『戰鬥』時，一些小説話的作者紛紛呼籲雙方不要以派論人，而是要從具體作品實際出發，看到雙方各有特點，各有成敗。 比如，忍傑的《小説漫談》就指出，新舊『兩派小説均各有特長』，不要『强分軒輊』。 小松的《小説新話》在肯定一批新興的白話小説時，既將『新派』小説家冰心的《超人》列爲佳作，同時對『舊派』小説家如周瘦鵑所譯的《白爾大佐》等也予以贊揚，態度就比較客觀。 就具體的人來説，也不主張以人劃綫，胡寄塵在《小説短論》中就自嘲，自己既在《禮拜六》上發表小説，同時也在革新後的《小説月報》上發表作品，很難説自己是『舊派』還是『新派』。 在這裏，寫《小説雜談》的靈蛇談得比較好，他説： 『舊派小説有幾篇，委實太難（爛）了。 可是新體小説裏，何嘗没有敗類呀？ 我們看小説的人，不管是新舊，好的總要贊還他的。 有的人祇愛看舊小説，祇顧排斥新小説。 或者有人祇迷信新小説，把舊小説一概抹殺。 我敢説他們都是不能看小説，都是像信基督教的譏嘲佛教，信佛教的譏嘲基督教一般。』『近來處於舊小説旗幟下的人，也有

① 陳景新《小説學》，上海明星社，一九二四年十一月版，第一三六頁。

好些買新小説看了。可是揭着新旗幟方面的人，却勇往直前，頭也不回，却把舊小説遺棄如遺。我不信舊小説裏面，竟没一篇足以研究參考消遣的麽？』、『所以我很希望舊體小説家，也要稍依潮流，改革一下子。新體小説家，也不要對於不用新標點的小説，一味排斥。大家和衷共濟，商榷商榷，倒是藝術上可以放些光明的機會啊。』這裏，他希望新舊小説家不要『派』字當頭，頭腦僵化，而應當看到兩派各有得失，都應該跟着潮流前進，大家『和衷共濟』，一起商榷、琢磨，追求藝術上的光明。這些意見談得多好啊！可惜的是，在中國現代文學史上，『新』、『舊』小説家始終未能將『和衷共濟』形成主流。一九二一年局外人黄厚生寫了《調和新舊文學譚》、《調和新舊文學進一解》給新派的《文學旬刊》，主張『調和新舊文學』，反對『新舊文學家』、『各走極端』，『舊文學家』要『新文學化』，搞『新文學』要知道『目的在給各民族保存國粹』，馬上遭到了編者的徹底否定，寫文章名曰：『新舊文學果可調和麽？』明確表示『非常的反對』、『調和』，『所能做的祇是』、『極力攻擊』（一九二一年六月三十日《文學旬刊》）。以後占着主導地位的一方，始終揭着『新』的旗幟，『勇往直前，頭也不回』。舊派小説家儘管也出了不少優秀的作品，但長期被主流話語壓抑在邊緣綫上。歷史已經無法重演，祇能留給我們反思。假如二十世紀的中國小説與小説批評之路，更自覺地關注中與西、古與今、新與舊的『和衷共濟』，不知能開出什麽樣的花，結出什麽樣的果？

顯然，歷代的小説話是有價值的，它正期待着我們去開墾這片廣闊而美麗的園地。

凡　例

一、本書是中國歷代小説話集。小説話，是中國文學批評史上的一種獨特的批評文體。它以筆記體、隨筆型、漫談式爲主要表現形態，或録事，或論理，或品人，或志傳，或説法，或評書，或考索，或摘句，品格各異，内容豐富，可資治中國小説與小説理論史者參考。

二、歷代有關小説的非話體批評，如序跋、論文、評點、詩賦等均不予收録。當時未能獨立成篇成章、後人也未見結集而散見於筆記、雜著中的片段文字，均不予現輯成編。

三、清末民初發表在報刊上的小説話與其他文體的小説論評，如論文、讀後感、書評等多有混同，界限不清，故或酌情選録。

四、歷代對於『小説』的認知有一個由粗轉精的認知過程，不同時代、不同論者將非叙事寫人類筆記，以及戲曲、彈詞等都認作『小説』，都是時代的印記，爲了保存每篇小説話的完整與歷史原貌，仍保留其中論及現今看來非小説的文字。

五、本書所録篇章的時限，始於明代胡應麟的將小説話獨立成篇的《少室山房筆叢》，終於一九二六年周瘦鵑、駱無涯編的第一本『小説話』選集《小説叢譚》。

六、本書所録，大致以時間爲序加以編次，分爲三編：上編所録的小説話，雖有獨立的品格，但尚附見於筆記、評點本之中；中編所録，以開始獨立成編爲標志，産生的大量有獨立品格的小説話，然當時雖有小説話之實，却尚未用『小説話』之名；下編所録，其主流則明確、自覺地運用小説話的形式，標舉『小説話』的名義，用新的報章雜志、新式印本等載體來加以傳播，使小説話的創作很快地形成高潮。

七、本書在每篇小説話之前皆有簡明扼要的叙録，説明其出處、作者、主要内容與歷史貢獻等，有話則長，無話則短。

八、後期刊載小説話的報刊，第一次出現時在叙録中一般也略作介紹。

九、本書所録，盡力依據最佳的版本。

十、本書所録，力求存真，概不删節，個别明顯誤植錯訛文字，則予逕改。

十一、本書所録篇章，早期的多無標點，即有斷句，也無分段；後期的雖有標點，也多不統一。現均據今日的新式標點，加以整理。

十二、本篇所録篇章所援引小説的原文，不論其所據何種版本和是否加以删改，一律照舊，不作校改、增删。

十三、本書所録篇章，凡提及外國地名、人名或書名者，其譯名多與今異，亦一律照舊。

十四、本書所録篇章的作者署名，均依發表時所用的名號。有關作者的真名及生平情況，在提要中略作介紹。

十五、本書的插圖除極個別難覓原刊之外，一般均據善本初刊影印。後期發表在報紙、雜志上的小説話，若同類報刊上所選的文章過多，如《申報》、《民國日報》、《晶報》、《小説日報》及《星期》雜志等，則酌情選取若干書影，以示風貌。

十六、前人雖未有意編集過小説話，但有不少編著曾經或多或少地收録過一些小説話的作品，如阿英的《晚清文學叢鈔》（小説戲曲研究卷）、一粟的《紅樓夢卷》及其他一些著名小説的『資料彙編』等，都爲編者所參考，在此謹表謝忱。

十七、中國的小説話，特别是清末以後，散見於報章雜志，浩如煙海，編者雖已竭盡駑鈍，廣爲收羅，師友學子，竭誠相助，但仍如大海撈針，疏漏多多，誠望讀者諸君有以教我。

目録

第一册

上編

中編

第二册

第三册

第四册

下編

第五册

第六册

第七册

第八册

第九册

第十册

第十一册

第十二册

第十三册

第十四册

第十五册

後　記

上編

少室山房小説話

胡應麟　撰

《少室山房筆叢》全書十二部四十八卷，有明萬曆刻本、四庫全書本、清末廣雅書局刻本，一九五八年中華書局上海編輯所予以排印出版。作者胡應麟（一五五一——一六〇二），字元瑞，號石羊生，又號少室山人，浙江蘭溪人，萬曆舉人。工詩善文，係明代中葉的博學家，另有《少室山房類稿》、《詩藪》等著作。他對歷代小説頗多關心，以『更定九流』爲名，爲『小説』争得一席之地。他認爲小説『足以備經解之異同，存史官之討核，有補於世，無害於時』，起『風刺箴規』的作用。他敏鋭地指出小説具有『幻設』而非實録的特點，作者往往『假小説以寄筆端』，能『曲盡人情』，描寫人物『分量輕重，纖毫不爽』，情節安排『作意好奇』、

『針工密緻』，語言『藻繪可觀』、『多俊語』等等，故分别在《九流緒論下》、《四部正訛下》、《二酉綴遺中》、《莊嶽委談下》等篇章中，對歷史上的各類小説進行了具體的考訂、辨僞和評價，并進行了系統的分類。他將小説分爲志怪、傳奇、雜録、叢談、辨訂、箴規六類，并對各類考源流、辨變異，頗多識見，影響亦鉅。這些文字，雖未能統編成一帙，但各部分基本上都能獨立成篇，且實際上多能以小説之眼觀之，故今且以『少室山房小説話』之名名之，作爲中國『小説話』之祖。

今子書傳於世而最先者惟《鬻子》。其書概舉修身治國之術，實雜家言也，與柱下、漆園宗旨迥異，而《漢志》列於道家。諸史《藝文》及諸家目録，靡不因之。雖或以爲疑，而迄莫能定。余謂班氏義例，咸規歆、向，不應謬誤若斯。載讀《漢志》小説家，有《鬻子》一十九篇，乃釋然悟曰：『此今所傳《鬻子》乎！』蓋《鬻子》道家言者，漢末已亡，而小説家尚傳於後。後人不能精核，遂以道家所列當之，故歷世紛紛，名實咸爽，《漢志》故灼然明也。輒記於此，俟博洽君子定焉。

《漢藝文志》所謂小説，雖曰街談巷語，實與後世博物、志怪等書迥别，蓋亦雜家者流，稍錯以事耳。如所列《伊尹》二十七篇、《黄帝》四十篇、《成湯》三篇，立義命名，動依聖哲，豈後世所謂小説乎？又《務成子》一篇，注稱『堯問』；《宋子》十八篇，注言『黄老』；《臣饒》二十五篇，注言『心術』；

《臣成》一篇，注言『養生』：皆非後世所謂小説也。則今傳《鬻子》，爲小説而非道家，尚奚疑哉（又《青史子》五十七篇，楊用修所引數條，皆雜論治道，殊不類今小説）！

《青史子》云：古禮，男子生而射天地四方。其文云：東方之弧以梧。梧者，東方之草，春木也。南方之弧以柳。柳者，南方之草，夏木也。中央之弧以桑。桑者，中央之木也。西方之弧以棘。棘者，西方之草，秋木也。北方之弧以棗。棗者，北方之草，冬木也。是木亦可稱草也。《青史子》，《漢志》五十三篇，今存者《胎教》一篇而已。其首曰『古者胎教之道，王后有身瑞，七月而就蔓室，太師持銅而御户左，太宰持升而御户右。此三月者，王后所求聲音非禮樂，則太師撫樂緼瑟而稱不習；所求滋味非正味，則太宰荷斗倚升而不敢煎調』云云。其文義古雅。嗚呼！古書之不傳者何限，惜哉！右見楊用修《丹鉛録》。按《青史子》班氏所列小説家，其文義傳者乃如此，信《鬻子》之爲小説也。葉夢得、宋景濂并以此書兩見爲疑，而不敢定其非道家者，政『小説』二字所誤。執余指以求之，當了然矣（用修所引《青史》，見賈誼《新書》作《青史氏》）。

王長公讀諸子云：『《鬻熊》，僞書也。考《班志》、《鬻子》注，道家下以爲鬻熊，小説下以爲後人所加，則孟堅固以小説之《鬻子》爲僞。』長公之言益信，而余説亦不誣矣。

《鬻子》章次篇名，前人論者，咸以殘缺不可曉。余初讀尤漫然，載閲之，覺其詞頗質奥，雖非真出熊手，要爲秦漢前書，因反覆紬繹之，乃知此書之存，視舊纔十之一，而篇名章次，錯亂混淆之甚，宜宋以來諸家，未有得其要領者也。蓋古《鬻子》本書，篇名章次，與《莊》、《列》不同，而絶與今傳《關尹子》類。所謂《撰吏》、《道符》等目，即《闟尹》之《一宇》、《二柱》等篇也。《撰吏》下有《五帝》等目，《道符》下有《三王》等目，即《一柱》篇之《盆沼》等章、《二柱》篇之《盌盂》等章也。《闟尹》九篇，而每篇章次，少者六七，多者十餘，更互闡發，以竟一篇之義，故每章之語雖極寥寥，而不覺其簡。《鬻子》二十二篇，律以《闟尹》，則今傳短章，總之當不下百數十（如今傳本篇下第五、第八等目，悉篇中章次，非書中篇次，細繹自明）。

而東京之後，兵火殘逸，至唐所存，僅此一十四條。當時注者鹵莽，苟欲庶幾前代全書，遂以每章當其一篇，而僅以爲缺其八，故今讀之寥寥枯寂，若本末略無足觀者。又其篇章既混，而先後復淆，後人因益厭棄弗省。余既幸得其說，輒稍爲更定之，雖缺者不可復完，而章次篇名，咸中舊解，亦謂旦暮遇之者也（又賈誼引十三章附）。

楊用修云：『鬻熊著書二十二篇，子書莫先焉。今其存者十四篇，皆無可取，似後人贋本無疑也。按：賈誼《新書》所引云：「和可以守，而嚴可以守，而嚴不若和之固也；和可以攻，而嚴可以攻，而嚴不若和之德也；和可以戰，而嚴可以戰，而嚴不若和之勝也：則惟由和而可也。」又云：「治國之道，上忠於主，而中敬其士，而下愛其民。故上忠其主者，非以道義，則無以入忠也。而中敬其士，非以禮節，則無以諭敬也。下愛其民，非以忠信，則無以行愛也。」又曰：「聖人在上位，則天下不死軍兵之事，民免於一死而得一生矣。聖王在上位，而民無凍餒，民免於二死而得二生矣。聖王在上位，民無夭閼之誅，民免於三死而得三生矣。聖王在上位，則民無厲疾，民免於四死而得四生矣。」

是皆正言確論也，今之所傳有是乎？又《文選》注引《鬻子》：「武王率兵車以伐紂，紂虎旅百萬，陣於商郊，起自黄鳥，至於赤斧，三軍之士，莫不失色。」今本無之，知爲僞書矣。』右楊氏《丹鉛録》所載，可補《鬻子》之缺，因録此。余考誼《大政》篇所引尚有六條，暇當總輯，合今傳十四篇，稍次先後爲一編。

子之爲類，略有十家，昔人所取凡九，而其一小説弗與焉。然古今著述，小説家特盛；而古今書籍，小説家獨傳。何以故哉？怪力亂神，俗流喜道，而亦博物所珍也；玄虚廣莫，好事偏攻，而亦洽聞所昵也。談虎者矜夸以示劇，而雕龍者閒掇之以爲奇，辯鼠者證據以成名，而捫虱者類資之以送日。至於大雅君子，心知其妄，而口競傳之；旦斥其非，而暮引用之。猶之淫聲麗色，惡之而弗能弗好也。夫好者彌多，傳者彌衆；傳者日衆，則作者日繁。夫何怪焉？

小説家一類，又自分數種：一曰志怪，《搜神》、《述異》、《宣室》、《酉陽》之類是也；一曰傳奇，《飛燕》、《太真》、《崔鶯》、《霍玉》之類是也；一曰雜録，《世説》、《語林》、《瑣言》、《因話》之類是也；一曰叢談，《容齋》、《夢溪》、《東谷》、《道山》之類是也；一曰辨訂，《鼠璞》、《鷄肋》、《資暇》、《辨疑》之類是也；一曰箴規，《家訓》、《世範》、《勸善》、《省心》之類是也。談叢、雜録二類，最易相紊；又往往兼有四家，而四家類多獨行，不可攙入二類者。至於志怪、傳奇，尤易出入，或一書之中二事并載，一事之内兩端具存，姑舉其重而已。

小説，子書流也。然談説理道，或近於經，又有類注疏者；紀述事迹，或通於史，又有類志傳者。

他如孟棨《本事》、盧瓌《抒情》，例以詩話文評，附見集類，究其體制，實小説者流也。至於子類雜家，尤相出入。鄭氏謂古今書家所不能分有九，而不知最易混淆者小説也。必備見簡編，窮究底裏，庶幾得之。而冗碎迂誕，讀者往往涉獵，優伶遇之，故不能精。

《飛燕》，傳奇之首也。《洞冥》，雜俎之源也。《搜神》，玄怪之先也。《博物》，杜陽之祖也。魏、晋好長生，故多靈變之説；齊、梁弘釋典，故多因果之談。

《子虛》、《上林》不已，而爲《修竹》、《大蘭》；《修竹》、《大蘭》不已，而爲《革華》、《毛穎》；《革華》、《毛穎》不已，而爲《后土》、《南柯》。故夫《莊》、《列》者詭誕之宗，而屈、宋者玄虛之首也。後人不習其文而規其意，鹵莽其精而獵其粗，毋惑乎其日下也。

《雲仙》，誕之誕也；《清異》，俳之俳也。然其喻旨命詞，往往如郄方回奴，小有意焉，亦滑稽之囿也。其詭撰靡益見聞，其雅言可資談噱，不爲所欺可也。夫成湯之問夏棘，莊周之證齊諧，果有其人乎哉？

小説，唐人以前，紀述多虛，而藻繪可觀；宋人以後，論次多實，而彩艷殊乏。蓋唐以前出文人才士之手，而宋以後率俚儒野老之談故也。

小説者流，或騷人墨客游戲筆端，或奇士洽人蒐羅宇外。紀述見聞，無所迴忌；覃研理道，務極幽深。其善者，足以備經解之異同，存史官之討核。總之有補於世，無害於時。乃若私懷不逞，假手鉛槧，如《周秦行紀》、《東軒筆録》之類，同於武夫之刃、讒人之舌者，此大弊也。然天下萬世，公論具在，亦亡益焉。

漢、唐、六代諸小説，幾於無不傳者：今單行別梓雖寡，《太平廣記》之中，一目可盡；《御覽》諸書，往往概見。鄭漁仲所謂名亡實存也。宋人諸説，雖間載《百川學海》諸家彙刻，及單行《夷堅》、《桯史》之類，盛於唐前，然曾氏、陶氏二書，輯類各近千家，今所存十不二三矣。

唐人《酉陽雜俎》、《玄怪》等編，今皆行世，而《太平廣記》所載，往往有諸刻所無者，蓋諸書皆自《廣記》録出，而鈔集者鹵莽脱略致然。若魏、晋、六朝之書，即《廣記》所載，事亦寥寥，蓋年代稍遠，當宋人輯《廣記》日，已不盡存故也。

小説卷帙繁重者，《太平廣記》之五百，《夷堅志》之四百極矣，而不知《虞初》之九百也。秦漢之篇，即唐宋之卷，《太史公書》一百三十卷，《漢志》作百三十篇。然三代之書，至繁不過百卷，不應《虞初》卷多乃爾。余恐《虞初》之篇，即《尚書》百篇之篇，則九百篇者，不過九百事，計以後世之卷，不過數十餘耳，今其説一不存。按《漢志》：虞初，河南人，武帝時方士，號黄車使者。蓋《七略》所稱小説，惟此當與後世同。方士務爲迂怪，以惑主心。《神異》、《十洲》之祖襲，有自來矣。

『晋平公夢朱熊窺其屏，惡之而疾，問於子産。對曰：「昔共工之卿曰浮游，敗於顓頊，自沉於淮，其色赤，其言善笑，其行善顧，其狀如熊，爲天王祟：見之堂則王天下者死，見之堂下則邦人駭，見之門則近臣憂，見之庭則無傷。今窺君之屏，病而無傷，其祭顓頊、共工乎！」從其言而病間。』右《太平御覽》引《汲冢瑣語》之文。《束晳傳》所云諸國夢卜妖怪相書者，推此可見。蓋古今紀異之祖，出《虞初》前，而類書引者絶少，考隋唐尚有其目，蓋至宋而亡矣。因録之（《隋志》：梁顧協又有《瑣語》，今亦不存）。

楊用修謂唐小説不如漢，而舉伶玄《趙飛燕傳》中一二語爲證。戊辰之歲，余偶過燕中書肆，得殘刻十數紙，題《趙飛燕别集》，閲之乃知即《説郛》中陶氏删本。其文頗類東京，而末載梁武答昭儀化黿事，蓋六朝人作，而宋秦醇子復補綴以傳者也。第端臨《通考》、漁仲《通志》，并無此目，而文非宋所能。其間叙纔數事，多俊語，出伶玄右，而淳質古健弗如，惜全帙不可見也。

《别集》稱昭儀方浴，帝私覘。侍者報昭儀，昭儀急趨燭後避。帝瞥見之，心愈眩惑。他日昭儀浴，帝默賜侍者，特令不言，帝自屏罅覘之：蘭湯灧灧，昭儀坐其中，若三尺寒泉浸明玉。帝意飛揚，語近侍曰：自古人主無二后，若有則立昭儀爲后矣。右叙昭儀浴事入畫，『蘭湯灧灧』三語，百世下讀之，猶勃然興，矧親炙耶（《玄傳》『膚體光發占燒燭』七字佳）？

《漢武故事》，稱班固撰，諸家咸以王儉造。考其文頗衰茶，不類孟堅，是六朝人作也。中記公孫弘諫征伐不從，自殺；而鈎弋夫人以病終，非武帝殺之；皆與史大異。吾以弘斷不能自殺，知鈎弋之説，爲六朝之妄無疑也。然《仙傳》亦有鈎弋事，蓋祖此云。

《博物志》十卷，晋張華撰。華博洽冠古今，此書所載，疏略淺猥，亡復倫次，疑後世類書中録出者，然《隋志》亦僅十卷，每用爲疑。近閲一雜説，記唐人殷文圭云：『華原書四百卷，武帝删之，止作十卷。』始信余見有吻合者。蓋《隋志》乃武帝所删本，至宋不無脱落，後人又從《廣記》録出，雖十卷，實二三存，并非隋世之舊，故益寥寥耳（《隋志》有《張公雜記》，楊用修所稱《博物記》，蓋即此書。殷文圭，《通考》作文奎，非是，其説詳《拾遺記》中）。

劉義慶《世説》十卷，讀其語，言晋人面目氣韻，恍忽生動，而簡約玄澹，真致不窮，古今絶唱也。孝標之注，博贍精核，客主映發，并絶古今。考《隋》、《唐志》，義慶又有《小説》十卷，孝標又有《續世説》十卷，今皆不傳。悵望江左風流，令人扼腕云（按《宋書·義慶傳》不載《世説》，未詳）。

《世説》以玄韻爲宗，非記事比，劉知幾謂非實録，不足病也。唐人修《晋書》，凡《世説》語盡採之，則似失詳慎云。

義慶所著，又有《後漢書》及《文集》八卷、《徐州先賢傳贊》九卷、《江左名士傳》一卷、《幽明録》二十卷、《宣驗記》十三卷、《集林》二百卷，獨《世説》盛行。嘉隆間尺牘詩詞，靡不採掇，乃不善用者，扭捏雷同，亦往往厭觀云。

洪景盧《夷堅志》四百二十卷，今傳止五十卷，他不可考，惟王景文《夷堅别志序》，尚可以知其纂輯之概，因録之。序曰：『志怪之書甚夥，至鄱陽《夷堅志》出，則盡超之。余平生所書，略類洪公。始讀《左傳》、《史記》、《漢書》，稍得其記事之法，而無所施，因志怪發之，久之習熟，調利滋溉，玩不能釋，閒自觀覽，要不爲無補於世，而古今文章之關鍵，亦間有相通者，不以是爲無益而中晝，愈裒所見聞益之，事三百七十，卷二十四。今書之目也，余心尚未艾，久之則將浸及於《夷堅》矣。凡《夷堅》所有而複見者删之，《更生佛》之類是也；凡《夷堅》所有而未備者補之，《黄元道》之類是也。其名仍爲

《夷堅》，而別志之，辨於鄱陽也。得歲月者紀歲月，得其所者紀其所，得其人者記其人，三者并書之備矣。闕一二亦書，皆闕則弗書。醜而不欲著姓名者婉見之，如《夷堅》確夢之類是也；醜而姓名不可不著者顯揭之，如《夷堅》人牛之類是也。其稱某人云，又某人得諸某人云，若己所見，各識其所自來，皆循《夷堅》之規弗易也。其異也者，筆力瞠乎其後矣（觀此序，則洪志義例可推，其叙事當亦可喜，今所傳甚猥淺，蓋殘缺之中，文雜以僞矣）。

今世傳大類書，如《太平御覽》、《册府元龜》皆千卷，可謂富矣。然貞觀中編《文思博要》一千二百卷，金輪朝編《三教珠英》一千三百卷，簡帙皆多於宋。又許敬宗編《瑶山玉彩》五百卷，張太素編《册府》五百八十二卷，視今傳《合璧》、《事類》等書，亦皆過之。其始蓋昉於六朝，何承天《皇覽》一百二十二卷，劉孝標《類苑》一百二十卷，徐勉《華林要略》六百卷，祖珽《修文御覽》三百六十卷。然諸書惟孝標一二出自獨創，自餘皆聚集一時文學之士，奉詔編輯者，非一人手裁也。今《博要》、《珠英》等書，俱久廢不傳，惟唐人《初學記》三十卷、《藝文類聚》一百卷行世，二書採摭頗精，第不備耳。中收録詩文事迹，往往出今史傳文集外，使諸大部傳，必各有可觀，惜哉。

右類書顛末，略紀於此。按類書《鄭志》另録，《通考》仍列子家，蓋不欲四部之外，别立門户也。然類書有數種，如《初學》、《藝文》，兼載詩詞，則近於集；《御覽》、《元龜》，事實咸備，則鄰於史；《通典》、《通志》、《聲韻》、《禮儀》之屬，又一二間涉於經，專以屬之子部，恐亦未安。余欲别録二藏及贋古書及類書爲一部，附四大部之末，尚俟博雅者商焉。

歐、虞皆有類書，今惟歐《類聚》傳；元、白皆有類書，今惟白《六帖》傳；元《類集》三百卷，至宋已亡；虞《北堂書鈔》見《通考》，閲今藏書家，時有此本，然非完書。

白氏書見《唐藝文志》，止名《經史事類》，而不名《六帖》，於立政乃有《六帖》三十卷，而世不復傳。孔氏書《通志》所無，今合白刻，然精不若徐、歐，備不如《合璧》也（《孔帖》見馬氏《通考》）。

世傳極淺陋書，若《錦繡萬花谷》、《韻府群玉》、《群書淵海》之類，其名亦起自前代。唐孫翰有《錦繡谷》五卷，是所居山名。錢昌宗《韻類題選》一百卷，陳鄂《四庫韻對》九十八卷，武氏《字海》一百卷，温庭筠《學海》三十卷，曹化《史海》十卷，王博古《修文海》十七卷，王義方《筆海》十卷，又北朝人有《文海》四十卷，張融有《玉海》四十卷，俱係己集，與宋江氏《文海》、王氏《玉海》，名同而實異也。

太宗以五代文人失職，慮生意外，故厚其廩禄，俾編集諸類書。文皇命高士廉等，當亦此意。武氏以二張故，俾集群彦，編《三教珠英》，而一時秉筆，皆浮艷士，真欲蓋彌彰矣。武氏又有《古今内範》百卷，《列女傳》百卷，窮古今可笑事，當無若此二端（高宗又有《天訓》四卷，宇宙間信未嘗無對也）。

諸史《藝文》有《道德經》二卷，題晋孫登注，謂即善嘯者無疑，不爾亦是假托。及閲《孫綽傳》，乃知登，綽子也。又吴孫權太子亦名登。又漢時讖文，代漢者名孫登，銅馬諸賊，因立孫登爲天子（見《光武紀》）。是漢、晋間，有四孫登也。又《老子音》一卷，亦稱登撰，當亦綽兒。

道家有《五等朝儀》一卷，題張萬福撰。《崇文總目》云：『未詳何人。』按唐張萬福抗言救陽城，即世主謂江淮草木皆聞爾名者，而《崇文》憒憒如此，允宜長睿譏之。然萬福武人，著書或非其事。《酉陽雜俎》又有名醫張萬福，則此書固未知出誰手。或更有一人不可知。《崇文》誠足譏，《東觀》亦未審也（《崇文》於陸修静、德山皆不能知，故萬福之未詳，知其非疑誤也）。

卷二十九　丙部　九流緒論下

《黄帝内傳》一卷，晁公武云：『稱籛鏗得之衡山石室中。』陳振孫曰：『誕妄不經，方士輩依托也。』余按：神仙丹汞之籍，大都依托上古帝王，《漢志·方技》中，紛紛可見。第秦漢人書，即僞撰猶倍蓰後世真者，如《素問》、《靈樞》之類，咸假軒岐，亡論其術百代遵守，其文辭稚川、貞白能萬一乎！惜二書外餘絶不傳，而唐宋以還，怪談陋説，坌布域中，若此書今尚行世，漫識以例其餘。

《穆天子傳》六卷，其文典則淳古，宛然三代範型，蓋周穆史官所記，雖與《竹書紀年》、《逸周書》并出汲冢，第二書所載，皆訖周末，蓋不無戰國語參之，獨此書東遷前，故奇字特多，缺文特甚，近或以爲僞書，殊可笑也。

《晋乘》疑即《竹書》，余詳記之矣。元人有僞作《晋史乘》、《楚檮杌》者，吾衍子行序，謂一日併得之。其書乃雜取《左傳》、《國語》、《新序》、《説苑》中論文、莊二伯事，節約成編。宋景濂、王子充謂即衍撰，蓋眇人作此玩世，而元士之淺陋，亦可見矣（近又有妄人僞作黄叔度書者，尤極大可笑。本無可辯，以二書陋頗相近，漫及之耳）。

《列子》稱穆王駕八駿之乘，右服蒚騮而左緑耳，右驂赤驥而左白𣸭；主車則造父爲御，𧮯𧮯爲右；次車之乘，右服渠黄而左踰輪，左驂盗驪而右山子；柏夭主車，參百爲御，奔戎爲右。馳驅千里，至於巨蒐氏之國。巨蒐氏乃獻白鵠之血以飲王，具牛馬之湩以洗王之足。及二乘之人，已飲而行，遂宿於崑崙之阿、赤水之陽，別日升崑崙之丘，以觀黄帝之宫，而封之以詒後世。遂賓於西王母，觴於瑶池之上。西王母爲王謡，王和之，其辭哀焉。乃觀日之所入，一日行萬里。王乃歎曰：於乎，予一人不盈於德而諧於樂，後世其追數吾過乎！按《列子》此段，全録《穆天子傳》文，足證《列子》所稱黄帝等書，咸有所本。昔人謂《楊朱篇》即古《楊朱之書》，此篇引《穆天子傳》，即以《周穆王》名篇，則楊朱之説信矣。或曰《鶡冠子》、《庚桑子》，咸據莊周、賈誼足成，以欺後世。《穆天子傳》，庸知非此類耶？曰彼二書自莊、賈引外，絶不足觀。《穆天子傳》與《列子》，體制不同，各極古雅，此篇奇字，皆《列》本書所無，信知《列子》引《穆傳》，非《穆傳》本《列子》也。斯又辨贗書者所當知。

《山海經》，古今語怪之祖。劉歆謂夏后伯翳撰。無論其事，即其文與《典》、《謨》、《禹貢》迥不類也。余嘗疑戰國好奇之士，本《穆天子傳》之文與事，而侈大博極之，雜傳以《汲冢紀年》之異聞，《周書》、《王會》之詭物，《離騷》、《天問》之遐旨，《南華》、《鄭圃》之寓言，以成此書，而其叙述高簡，詞義淳質，名號倬詭，絶自成家，故雖本會萃諸書，而讀之反若諸書之取證乎此者，而實弗然也。《穆天子傳》，至晋始出，而此書漢世獨完，緣是前代文人，率未能定其先後，余首發之於此，俟大雅君子商焉。

《山海經》本書不言禹、益撰，劉歆校定，以爲禹任土作貢，而益等類物善惡，著《山海經》，蓋億度疑似之言。趙曄《吴越春秋》，因禹登會稽，遂撰爲金簡玉字之説。曄東漢人，在劉歆後，其僞無疑。讀者但以禹、益治水，不當至海外，而怪誕之詞，聖人所不道以破之，而不據其本書。按經稱夏后啓事者三，又言殷王子亥，又言文王墓，凡商、周之事，不一而足。晁氏但疑長沙、桂陵數郡名，及鯀湮息壤等文。夫鯀事固禹、益所睹，商、周曷從知之哉（此書蓋周末文人，因禹鑄九鼎，圖象百物，使民入山林川澤，備知神奸之説，故所記多魑魅魍魎之類，而於禹爲特詳）？

始余讀《山海經》，而疑其本《穆天子傳》，雜録《離騷》、《莊》、《列》，傅會以成者。然以出於先秦，未敢自信。載讀《楚辭辨證》云：古今説《天問》者，皆本《山海經》、《淮南子》。今以文意考之，疑此二書皆緣《天問》而作。則紫陽已先得矣。然經所紀山川神鬼，凡《離騷》、《九歌》、《遠游》、二《招》中，稍涉奇怪者，悉爲説以實之，不獨《天問》也。而其文體特類《穆天子傳》，故余斷以爲戰國好奇之士，取《穆王傳》，雜録《莊》、《列》、《離騷》、《周書》、《晋乘》以成者。自非熟讀諸書，及此經本末，不易信也。後世必有以余爲知言者。

經載叔均方畊、讙兜方捕魚、長臂人兩手各操一魚、竪亥右手把算、羿執弓矢、鑿齒執盾，此類皆與紀事之詞大異。近世坊間戲取《山海經》怪物爲圖，意古先有斯圖，撰者因而紀之，故其文義應爾。及讀王伯厚《王會補傳》，引朱子曰：『《山海經》記諸異物飛走之類，多云東向，或云東首，疑本依圖畫而述之。古有此學，如《九歌》、《天問》皆其類。』余意頓爾釋然，甚矣紫陽之善讀書也。即此文義之間，古今博雅所未究，而獨能察之，况平生精力萃於經傳者，可淺窺乎（陶『泛覽《周王傳》，流觀《山海圖》」，則知此經古有圖也。宋刻稱張僧繇畫）！

古人著書，即幻設必有所本。《山海經》之稱禹也，名山大川，遐方絶域，固本治水作貢之文。至傳》，王孫滿之對楚子曰：『昔夏之方有德也，遠方圖物，貢金九牧，鑄鼎象物，百物而爲之備，使民知神奸，故民入川澤山林，魑魅魍魎，莫能逢之。』不覺灑然擊節曰：『此《山海經》所由作乎！』蓋是書異禽詭獸，鬼蜮之狀，充斥簡編，雖戰國浮夸之習，乃《禹貢》則亡一焉，而胡以傅合也？偶讀《左也，其用意一根於怪，所載人物靈祇非一，而其形則若魑魅魍魎之屬也。考王孫之對，雖一時辨給之談，若其所稱圖象百物之説，必有所本。至於周末，《離騷》、《莊》、《列》輩，其流遂不可底極，而一時能文之士，因假《穆天子傳》之體，縱横附會，勒成此書，以傅於圖象百物之説，意將以禹、益欺天下後世，而適以誣之也。自此書之行，古今學士，但謂非出大禹而已，而未有辯其本於穆滿之文者，尤未有察其本於王孫之對者。區區名義之末，誠非大體所關，然亦可見古今事理，第殫精索之，即千載以上，無弗可窮也。作者有靈，其將爲余絶倒於九京也哉！

《古岳瀆經》第八卷，李公佐元和九年，泛洞庭，登包山，入靈洞得之，奇字蠹毁不能解。其後周焦君詳之，云禹治淮水，三至桐柏山，驚風迅雷，水號木鳴，土伯擁川，天老肅兵，功不能興。禹怒，召百靈，授命夔龍，桐柏等山君長，稽首請命，禹因囚鴻蒙氏、章商氏、兜氏、盧氏、黎婁氏，乃獲淮渦水神，名無支祈，善應對言語，辨江淮之深淺，原隰之遠近，形若猨猱，縮鼻高額，青軀白首，金目雪牙，頸伸百尺，力逾九象，搏擊騰踔，疾利倏忽，視不可久。禹授之童律，童律不能制；授之烏木由，烏木由不能制；授之庚辰，庚辰能制。鴟脾桓胡、木魅水靈、山妖石怪奔號叢繞者以千數，庚辰以戰，遂去。頸瑣大械，鼻穿金鈴，徙之淮陰龜山之足，俾淮水永安。按此文出唐小説，蓋即六朝人踵《山海經》體而贗作者，或唐文士滑稽玩世之文，命名《岳瀆》可見。以其説頗詭異，故後世或喜道之。宋太史景濂，亦稍隱括集中，總之以文爲戲耳。羅泌《路史》辯有無支祈，世又訛禹事爲泗洲大聖，皆可笑。近衡岳禹碑盛傳，其文體稍古，然與虞夏諸書迥不類，恐亦好事所遺也。

《燕丹子》三卷，當是古今小説雜傳之祖，然《漢藝文志》無之。《周氏涉筆》，謂太史《荆軻傳》本此，宋承旨亦以決秦漢人所作。余讀之，其文彩誠有足觀，而詞氣頗與東京類，蓋漢末文士，因太史《慶卿傳》，增益怪誕爲此書，正如《越絶》等編，掇拾前人遺軼，而托於子胥、子貢云耳。周氏謂烏頭白、馬生角，膾千里馬肝，截美人手，皆太史削之。非也，惟首二事出遷贊語，自餘雖應劭、王充嘗言，悉不可信。吾景濂亦似未深考。且書果太史事本，《漢藝文志》乃遺之乎（《漢志》有《荆軻論》五篇，燕丹必據此增損成書者）？

《隋志》有《宋玉子》一卷，亦列小説家，并《燕丹子》皆《漢志》所無，二書必一時同出，僞無疑也。唐尚存，今不傳。

《神異經》、《十洲記》，俱題東方朔撰，悉假托也。其事實詭誕亡論，即西漢人文章，有此類乎？《漢志》有《東方朔》二十篇，列雜家，今不傳，而二書傳，甚矣世好奇者衆也！

《趙飛燕外傳》，稱河東都尉伶玄撰，宋人或謂爲僞書，以史無所見也。然文體頗渾樸，不類六誤。玄本傳自言見詘史氏，當是後人所加。

《越絶書》十五卷，稱子貢，亦曰子胥，并依托也。楊用修據後序『以去爲姓，得衣乃成』等語，謂東漢人袁康作。按魏伯陽《參同契後序》『鄶國鄙夫』等句，亦寓會稽魏某姓名，而孔文舉『漁父屈節』十六言，亦離合『魯國孔融』四字，蓋東漢末盛爲此體，用修之論，或不誣也。第書稱《越絶》，昔人以終不可解。余按前代書名，往往有鄙拙可笑者，如常璩記漢事而名《漢之書》，杜預彙集古文而名《善文》，謝靈運採輯衆詩而直云《詩集》，又釋典《維摩詰所説經》，雖書并不刊，其名總之不可法也。

劉炫《魯史記》今不傳。炫經術冠絶，史筆或非其任，而博學强識，時莫與倫。且隋世古書存者尚夥，炫所採録，必多可補前史之缺，惜亡從見之矣。

《西京雜記》，世以葛洪僞撰，余詳辯之矣。或又以爲吴均者，無他據。止《酉陽雜俎》記六朝人欲用《西京雜記》事，既而中止，曰此吴均語，恐不足用。然洪序篇末甚明，安知非《雜俎》誤？又《述異記》，晁公武謂任昉作，而《唐志》稱祖同，晁以爲非。然《隋志》無昉書，而有祖冲之撰者十卷，竟未知孰是也。

《列仙傳》三卷，陳振孫云，傳凡七十二人，每傳有贊，似非向撰，西漢人文章不爾也。余按《漢書·藝文志》，劉向所叙六十七篇，止《新序》、《説苑》、《世説》、《列女傳》，而無此書。《七略》劉歆所定，果向有此書，班氏決弗遺，蓋僞撰也。當是六朝間人，因向傳《列女》，又好神仙家言，遂僞撰托之。其書既不得爲真，則所傳之人，恐亦未必皆實。考此傳晋孫綽及郭元祖各爲贊，非六朝則三國無疑也。

《弘明集》有《牟子論》三十七篇，題漢末牟融撰。按《隋志》儒家有《牟子》二卷，稱漢太尉牟融。考《後漢書》有融傳，在漢明前，其時佛法固未入中國。今其書已亡，而《弘明・牟子論序》稱靈帝時遭世亂離，著書不仕，精研佛道，撰《理惑論》三十七篇，其非儒家牟子明甚。且隋唐諸志，并無此書，嘗疑六朝、晋、宋間文士，因儒家有牟子，僞撰此論，以佐右浮屠。讀其文雖猥淺，而詞頗近東京，意原録釋藏中，故《隋志》不載，若《參同契》之屬。然伯陽姓名，唐以前傳記昭灼，而融諸論絶不聞援引，竟可疑也。

《洞冥記》四卷，題郭憲子横，亦恐贋也。憲事世祖，以直諫聞，忍描飾漢武、東方事，以導後世人君之欲？且子横生西京末，其文字未應遽爾，蓋六朝假托，若《漢武故事》之類耳（《後漢書》憲列方技類，後人蓋緣是托之）。

《漢武内傳》，不著名氏。詳其文體，是六朝人作，蓋齊、梁間好事者爲之也。所載諸仙女名，詩家多用上元夫人蓋本此。阿環者上元名，介甫《雪詩》『瑶池渺漫阿環家』，方萬里謂阿環王母名。王、方二子俱誤。子瞻『玉樓』、『銀海』句格自佳。而據道書，玉樓爲肩，銀海爲眼，以起粟、生花襯之，遂墮千古惡道。學詩者不可不知。

《拾遺記》稱王嘉子年，蕭綺傳録。蓋即綺撰而托之王嘉。中所記無一事實者。《皇娥》等歌，浮艷淺薄，然詞人往往用之，以境界相近故。又名《山記》，亦贋作，今不傳。

《梁四公記》，今載《太平廣記》中，撰人或曰沈約，或曰張説，又稱梁載言。余考《隋志》無此書。蓋唐人僞撰，托之沈約、張説者也（按名疑據《姓譜》，以梁爲七國之梁，四公子皆公族也，四公記似皆沙門）。

《隋遺録》一名《南部煙花録》，文絶鄙俗，而稱顔師古，殊可笑也。傳者蓋僅十二三云。

《開元天寶遺事》，稱王仁裕。《容齋隨筆》辯之詳矣。余按仁裕爲僞蜀學士，所著有《玉堂閒話》，今尚載《廣記》中，而《開元遺事》絶不經見。其書淺俗鄙陋，蓋效陶氏《清異録》，而愈不足觀者。仁裕能詩，《西江集》至萬首，今一二散見《閒話》中，雖卑弱，尚可吟諷。書事亦清婉，但乏氣骨，不應至是，以淺陋故，世或好之。今尚傳云。

《廣陵妖亂志》，陳振孫云『唐鄭廷誨撰』。余記一雜説云：羅隱昭諫嘗謁高千里，不得志，故極言詆毁，與駢始末太不相倫。此言或自有謂。駢釋賊不擊，誠可誅。志中述其惑於諸吕，若喪心之極者，未必盡爾也。温公《通鑒》全據此書。蓋宋世用事群小，以史事謗涑水，故唐末五代，不及致詳耶（又唐人評隱，以落魄故好訕謗之詞。此説蓋有自來）。

《瀟湘録》，唐人志怪中最鄙誕者，諸家或以爲李隱，或以爲柳詳，其書本詣謔，不必辯。

《牛羊日曆》，諸家悉以劉軻撰。其書記牛僧孺、楊虞卿等事，故以此命名。按軻本浮屠，中歲慕孟軻爲人，遂長髮，以文鳴一時，即紀載時事，命名詎應乃爾，必贊皇之黨，且惡軻者爲之也（按《通鑒注》引作皇甫松。松恨僧孺，見《傳》，或當近之）。

《龍城録》，宋王銍性之撰，嫁名柳河東。銍本意假重行其書耳，今其書競行，而子厚受誣千載。余嘗笑河東生平抉駁僞書，如《鬼谷》、《鶡冠》等，千百載上無遁情，真漢庭老吏，日後乃身爲宋人誣蔑不能辯，大是笑資，然亦亡足欺識者也。

銍又有《續樹萱録》，凡三事：曰元撰，曰全若虚，曰賈博諭。據洪氏《隨筆》，元撰一事，全録秦少游詩，則二事可例推。銍所自撰，又有《默記》等，略載陶氏《説郛》。銍能力辯魏泰《碧雲騢》之誣，不可謂非端士，而躬自蹈之，然游戲筆端，差彼善也。朱紫陽曰：王銍性之，姚寬令威，多作贋書。見文公《子華子辨》。按姚氏贋書，今不可見，惟《西溪叢語》尚行（《樹萱録》本見《唐志》，宋世不存，而劉燾無言者補之，蓋亦僞書也）。

《白猿傳》，唐人以謗歐陽詢者。詢狀頗瘦削類猿猱，故當時無名子造言以謗之。此書本題《補江總白猿傳》，蓋僞撰者托總爲名，不惟誣詢，兼以誣總，噫！亦巧矣。率更世但貴其書，而不知其忠孝節義、學問文章，皆唐初冠冕，至今瞭然史策，豈此輩能污哉！率更子通，亦矯矯父風，而皆爲書名所掩，余所惜歐氏，不在彼也。

《周秦行紀》，李德裕門人僞撰，以搆牛奇章者也。中有沈婆兒作天子等語，所爲根蒂者不淺，獨怪思黯罹此巨謗，不亟自明，何也？牛李二黨曲直，大都魯衛間。牛撰《玄怪》等録，亡隻詞構李，李之徒顧作此以危之。於戲！二子者用心睹矣。牛迄功名終，而子孫累葉貴盛。李挾高世之才，振代之績，卒淪海島，非忌克忮害之報耶？ 輒因是書，播告夫世之工譖愬者（《周秦行紀》，韋瓘撰）。

《碧雲騢》撰稱梅堯臣，實魏泰也。 晁公武云：泰，襄陽人，無行有口，元祐中，紀其少時聞見成此編。 心信章惇，數稱其長，則大概見矣。 又王銍云：魏泰場屋不得志，喜僞作他人著書，如《志怪集》、《括異志》、《倦游録》，盡假名武人張師正，又不能自抑，出姓名作《東軒筆録》，皆私喜怒，誣蔑前人。 最後作《碧雲騢》，議及范仲淹，而天下駭然不服矣。 余嘗笑唐人作僞書而其名隱，宋人作僞書而其名彰，然無益於僞則一也。 宋人好作僞經者阮逸，僞子者宋咸，僞説者惠洪諸人，皆無害於名教，世猶以僞訾之。 而以泰之顛倒白黑，而《碧雲騢》迄今傳，何也？

《雲仙散録》，題馮贄撰，共八卷。 昔人皆以爲僞，洪景盧尤斥之。 余讀其前六卷，所引諸雜説，無一實者，蓋僞撰其事，又僞撰書名實之。 至末二卷所引，則諸書大半尚存於今，胡以云悉誕也。 第二卷外，書名雖誕，所記率俊事雅談，於朝廷政事，人士品流，一無干預，創撰書名，亦皆以文爲戲，如《修竹》、《大蘭》、《杜康》、《毛穎》耳，非有害於世，及誑誤後學，若《碧雲騢》、《老杜事實》等書也。

《清異録》二卷，陶穀撰。 或以文不類宋初者，恐未然。 此書命名造語，皆頗入工，恐非穀不能。 但《雲仙》間有紀事志怪處，此則全主滑稽耳。 擬諸李商隱之《雜纂》，亦何減也！ 近時文章大家，間亦用之，若髭聖之號，王長公以題哀册文矣。

《艾子》世傳蘇長公作。 子瞻生平善俳謔，故此類率附之。 宋人贊坡『嘻笑怒罵，皆成文章』，豈筆之於書，淺俚若是乎！ 然此書已見《文獻通考》，蓋亦出於宋世，非後人所托也。 何《語林》記坡調劉貢父避孔子塔語，不若『大風起兮眉飛揚，安得猛士兮守鼻梁』語尤劇，而何不收？以論《艾子》漫及之。

《鍾呂傳道集》，稱唐施肩吾撰。按肩吾唐中晚間詩人，而純陽呂渭之孫，視肩吾爲晚出，不應預記其事。又《太平廣記》載神仙最衆，獨無所謂鍾、呂者。而所引小説數百家，即五代杜光庭《仙傳》、《拾遺》之類，亡弗收採，獨亡所謂《傳道集》者，而至宋始有之，蓋鍾、呂雖自稱唐人，而其迹皆顯於宋，一時方士神其説，遂托唐人姓名以紀之。或疑此書別有一施肩吾，果爾，亦當見於《廣記》，不應宋世驟出。并今所傳《純陽集》，俱僞作無疑也（唐人最喜述神怪，而鍾、呂之事一亡傳者，其至宋始著可見）。

《香奩集》，沈存中、尤延之并以和凝作。凝少日爲此詩，後貴盛，故嫁名韓偓。又不欲自没，故於他文中見之。今其詞與韓不類，蓋或然也。方氏《律髓》，以偓同時吴融有此題爲證，不知此正凝假托之故。不然，胡以弗托之温、韋諸子，而托之偓？葉少藴以爲韓熙載，則姓與事皆近之。總之，俱五代耳（葉以不當見《唐志》爲疑，此不然。《唐志》如羅隱、韋莊、劉昭禹輩，皆五代人也）。

詩話僞者尤衆。魏文詩格而述沈約，李嶠詩評而引昌齡，皆不足辯。今惟樂天、聖俞二《金針傳》，盡假托也。詩解若歐蘇杜注等尤僞，前人詳核，不復贅陳云。

僞書出於唐後，而名理可味者，《關尹》也，而《齊丘》近之。僞書出於宋後，而文采可觀者，《子華》也，而《亢倉》逾之。《文子》真而時有僞者，《鶡冠》僞而時有真者，以二書全僞，非也。《素問》精深，《陰符》奇奥，雖非軒、后，非秦後書。

僞書多怪字者：《亢倉》、《元包》、《乾坤鑿度》，而《穆天子》多怪字，而弗害其爲古書。僞書多傳文者，《洞極》、《子華》、《三墳》、《黄石》，而《列禦寇》多傳文，而弗害其爲古書。惟其非僞，則愈遠愈近，愈離愈合。惟其僞，則愈近愈遠，愈合愈離。王長公云：僞者多援少倍，多拘少鑛。

《元經》出阮逸，世以即阮逸也。《孔叢》出宋咸，人以即宋咸也。朱紫陽以《麻衣》出戴師愈，黄東發以《文子》出徐靈府，宋景濂以《關尹子》出孫定，王元美以《元命包》出張昇，獨《三墳》亡謂出毛漸者，余知其漸出無疑也。漸所作《三墳序》，其詞實淺陋與書合，故核僞書者核所出之人，思過半矣。或曰，若子言，世得《論衡》，將益爲中郎之秘，獨奈何令人好古也？噫，《尚書》出孔壁，世以僞，詆安國乎？《竹書》出汲冢，世以僞，姍束晳乎？《列子》過江始傳，世以爲張湛，僞乎？惟其是而已。

凡覈僞書之道：覈之《七略》以觀其源，覈之群志以觀其緒，覈之并世之言以觀其稱，覈之異世之言以觀其述，覈之文以觀其體，覈之事以觀其時，覈之撰者以觀其托，覈之傳者以觀其人。覈茲八者，而古今贋籍亡隱情矣。

凡四部書之僞者，子爲盛，經次之，史又次之，集差寡。凡經之僞，《易》爲盛，《緯候》次之。凡史之僞，雜傳記爲盛，瑣説次之。凡子之僞，道爲盛，兵及諸家次之。凡集全僞者寡，而單篇列什，借名竄匿甚衆。於別編詳之。

大率秦漢以還，書若《三易》（《連山》、《歸藏》、《子夏》）、《三墳》、《六韜》、《七緯》、《關尹》、《子華》、《素書》、《洞極》、《李靖問答》、《麻衣心法》、《武侯諸策》、《王氏諸經》，全僞者也。《列禦寇》、《司馬法》、《通玄經》，真錯以僞者也。《黄石公》、《鶡冠子》、《燕丹子》，僞錯以真者也。《管仲》、《晏嬰》、《文中》，真僞錯者也。《元包》、《孔叢》、《潛虚》，真僞疑者也。《鬻熊》，殘也；《亢倉》，補也；《繁露》，訛也，皆不得言僞也。《素問》、《握奇》、《陰符》、《山海》，其名訛也，其書非僞也。《穆天子傳》、《周書紀年》，其出晚也，其書非僞也；即以僞乎，非戰國後也。餘亡足辯矣（《黄石》、《鶡冠》、《燕丹》，蓋後人雜取戰國他書之文，易其名號爲此，非謂真三子作也）。

宋黄長睿辯閣帖僞者，幾半於真。余讀秦漢諸古書，核其僞幾十七焉。世之論書者，或以長睿爲刻，而不能不服其精，余爲此辯，後世得無以罪長睿者罪予也。然余率本前人遺議，稍加詳密，間折其衷耳。且夫人之始撰也，慮其書弗傳也而托焉，托而傳矣，而其名竟没，有不悔其始之托焉者乎？余會萃諸家，暴而顯之，托者固以亡没其實，所托者亦以亡受其疑，皆未爲不厚幸也。至有舛而弗經，謬而亡徵，而偃然藉是行其説於天下後世，則余之喋喋，詎得已哉（右余讀諸子辨）！

卷三十二　丁部　四部正訛下

古今志怪小説，率以祖《夷堅》、《齊諧》。然《齊諧》即《莊》，《夷堅》即《列》耳。二書固極詼詭，第寓言爲近，紀事爲遠。《汲冢瑣語》十一篇，當在《莊》、《列》前。《束晳傳》云：諸國夢卜妖怪相書，蓋古今小説之祖。惜今不傳。《太平廣記》有其目，而引用殊寡。余嘗欲雜摭《左》、《國》（《國語》、《國策》）、《紀年》、《周穆》等書之語怪者，及《南華》、《冲虚》、《離騷》、《山海》之近實者，《燕丹》、《墨翟》、《鄒衍》、《韓非》之遠誣者，及《太史》、《淮南》、《新序》、《説苑》之載戰國者，凡瓌異之事，彙爲一編，以補《汲冢》之舊。雖非學者所急，其文與事之可喜，當百倍於後世小説家云。

今《瑣語》文惟劉氏《史通》可見，《疑古》篇引其説云：『舜放堯於平陽，其地有城曰囚堯。』又云：『益爲啓所誅，太甲殺伊尹，文王殺季歷。』以上劉《通》稱《汲冢》書，今考惟太甲殺伊尹，與紀年合，餘并諸書所無，蓋皆《瑣語》中事也。其説詭誕不根，固不待辯，至所記諸國怪事，得諸耳目，或匪盡誣，且文出《汲冢》，必奇古，惜無從備見之。

《太平御覽》第三百七十七卷《形體類》，引《瑣語》一則云：『齊景公伐宋，至曲陵，夢見大君子甚長而大，大下而小上，其言甚怒好仰。晏子曰：「若是則盤庚也。夫盤庚之長，九尺有餘，大下小上，白色而髯，其言好仰而聲上。」公曰：「是也。」「是怒君師，不如違之。」遂不伐宋也。』又云：『齊景公伐宋，至曲陵，夢見有短大夫賓於前。晏子曰：「君所夢何如哉？」公曰：「其賓者甚短，大上小下，其言甚怒好俯。」晏子曰：「如是則伊尹也。伊尹甚大而短，大上小下，赤色而髯，其言好俯而下聲。」公曰：「是矣。」晏子曰：「是怒君師，不如違之。」遂不果伐宋。』右後一事見《御覽》三百七十八卷。二説酷類，蓋必一事析爲二者。考《册府元龜》亦載二事，但合爲一，而所紀稍不同（又子産浮游事别見）。

楊用修云：《汲冢瑣語》，其文極古，然多誣而不信，如謂舜囚堯，太甲殺伊尹，其誣若此。蓋伊尹在相位日，被其黜僇者爲之也。然則何以知之？曰其文不類戰國。按用修謂《汲冢》多誣可也。又謂此書乃伊尹黜僇之人所作，此何異兒童之見！夫周末去商遠，故有此誣，使當時僇於伊尹者，豈得誣之至此？蓋春秋人作也。

楊用修又引《璅語》『伊尹與妹喜交尤謬』，蓋亦當得之類書。

小説稱徐鉉好言怪，賓客之不能自通者，與失意見斥絶者，皆托言以求合。洪邁好志怪，晚歲急於成書，客多取《廣記》中舊事，改竄首尾，別爲名字以投之，至有數卷者，洪不復删潤，皆入《夷堅》。然二子尚爲人欺也。蘇軾好談鬼，客至使談，有不能者，輒云姑妄言之，則又導之以妄。然二子竟爲所欺，坡特滑稽戲劇，未嘗形筆端也。鉉所著《稽神録》，其中必有誑於賓客，如《夷堅》所得者，豈皆實哉！

洪《夷堅》四百二十卷，不勝衆矣，而王質景文又有《別志》二十四卷，何古今怪事盡出於南渡之世也？《太平廣記》雖五百卷，然自洪荒至宋，已數千年，又合衆小説數百家而成，而洪直以一代之事當之，不亦妄哉！余嘗欲取宋太平興國後及遼、金、元氏以迄於明，凡小説中涉怪者，分門析類，續成《廣記》之書，殆亦五百餘卷，其誣誕瞭然。洎好奇剿掇，文士俳謔，概舉芟之，或不致後來之誚云（此書卷帙繁重，尚未成編，其辯駁大都略見兹集）。

幼嘗戲輯諸小説，爲《百家異苑》，今録其序云：自漢人駕名東方朔作《神異經》，而魏文《列異傳》繼之，六朝、唐、宋，凡小説以異名者甚衆。考《太平御覽》、《廣記》及曾氏、陶氏諸編，有《述異記》

(二卷)、《甄異録》(三卷)、《廣異記》(一卷)、《旌異記》(十五卷)、《古異傳》(三卷)、《近異録》(二卷)、《獨異志》(十卷)、《纂異記》(一卷)、《靈異記》(十卷)、《乘異記》(三卷)、《祥異記》(一卷)、《續異記》(一卷)、《集異記》(三卷)、《博異志》(三卷)、《括異志》(一卷)、《紀異録》(一卷)、《祖異記》(一卷)、《採異記》(一卷)、《摭異記》(一卷)、《賢異録》(一卷),此外如《異苑》、《異聞》、《異述》、《異誡》諸集,大概近六十家,而李翺《卓異記》、陶穀《清異録》之類,弗與焉(以所記稍不同故也)。今世有刻本者,僅《神異》、《述異》數家,餘俱不行,乃其事大半具諸類書,鄭漁仲所謂名亡實存者也。第分門互列,得一遺二,雖存若亡。余屏居丘壑,却掃杜門,無鼎臣野處之賓,以遺餘日,輒命穎生,以類鈔合,循名入事,各完本書。不惟前哲流風,藉以不泯,而遺編故帙,亦因概見大都,遂統命之曰《百家異苑》。作勞經史之暇,輒一披閱,當抵掌捫虱之歡。昔蘇子瞻好語怪,客不能則使妄言之。莊周曰:『余姑以妄言之,而汝姑妄聽之。』知莊氏之旨,則知蘇氏之旨矣。

楊用修謂世但知《博物志》,而不知有《博物記》。《記》乃漢人所撰。余讀《太平廣記》目無此書,僅『再生類』一事稱出《博物記》,而内言及魏郭后,恐非漢人所撰,意以『記』爲『志』字誤。而今傳茂先《博物志》,又無此事,姑識此以俟再考。其説云:漢末關中大亂,有發前漢時宫人冢者,人猶活。既出,容色如舊,魏郭后愛念之,録置宫中,常在左右,問漢時宫内事,説之了了,皆有次序。郭崩,哭泣過禮,遂死。

人死而復蘇者,《竹書》秦諜可謂絶奇,然他書謂之縊,非斬首也。余讀諸志怪小説所載,某人臨陣被殺，而乘騎以歸，問其衆云：有首無首孰佳？衆泣曰：有首佳。帥曰：汝不知，無首亦佳。又一人被刑斬首，而復生一首，視前第稍細耳。信然則秦諜之蘇，不足異矣。然《五行記》一事尤怪，并録此：清河崔廣宗，犯法梟首，家人舁其體歸。每饑即畫地作饑字，家人遂屑食於頸孔中。飽，既書止字。家人等有過犯，書令决之。如是三四歲，世情不替，更生一男。於一日書地云：後日當死，且備凶具。如其言。蓋千古未聞之異，於理恐必無也。

陳太丘絶不聞著書，而《意林》所引《抱朴子》，載陳仲弓《異聞記》云：同郡人張廣遭亂，有女四歲不能行，棄冢中。後開冢，女復活。問之，曰：見冢角有一物，伸頸吞氣，乃效之，轉不復饑，尋看乃大龜也。將女還食，食飲初，小腹痛，久乃習之。按此書《太平廣記》及《御覽》俱不載，蓋其亡已久，然仲弓之言，或當不妄，因識此。凡干寶所記冢中婢事，皆出此後。又《三國・吴志》：某人死六日復蘇，穿土而出。與秦諜大同。稚川自有《集異傳》十卷，亦諸家書目所無，見本傳（蘇長公《仇池筆記》一事絶類太丘所記，豈亦談者欺之耶）。

陸氏《異林》曰：鍾繇嘗數月不朝會，意性異常，或問其故，云嘗有好婦來，美麗非凡。問者曰：必是鬼物，可殺之。婦人後往，不即前。繇問何以，曰：公有相殺意。繇曰：無此。勤勤呼之，乃入。繇以刀斫之，傷髀。婦人即出，以新綿拭血竟路。明日使人尋迹之，至一大冢，冢中有好婦人，形體如生，著白練衫，丹繡裲襠，傷左髀，以裲襠中綿拭血。叔父清河太守説，清河陸雲也。按此書蓋吴人士龍猶子撰者，而諸家絶無此目，僅見《三國志・鍾繇傳》注中，因録此。

《列異傳》三卷，《通志》稱魏文撰，而《通考》及《宋志》書目皆無之。蓋自宋已亡矣，惟裴松之所引一事，附《蔣濟傳》注中。魏文與濟同時，當是濟自語魏文者，今録此云：蔣濟婦夢見亡兒曰：死生異路，我今在地下，爲泰山伍伯，憔悴困辱，不可復言。今太廟西謳士孫阿，見召爲泰山令，願母白侯屬阿，令轉我得樂處。母驚悟白濟，曰：夢耳，不足怪也。明日復夢，曰：我來迎新君，止在廟下未發，暫得來歸。新君明日日中當發，不復得歸，永辭於此。侯氣强難感悟，故訴於母，願重啓侯，何惜不一驗之。遂道阿形狀甚悉。天明母重啓濟，濟乃遣人詣太廟下，推問孫阿形狀，證驗悉如兒言。濟涕泣曰：幾負吾兒。於是乃見孫阿，具語其事。阿不懼當死，而喜得爲泰山令，惟恐濟言不信也，曰：若如節下言，阿之願也，不知賢子欲得何職？濟曰：隨地下樂者與之。阿曰：輒當奉教。乃厚賞遣還。濟欲速知其驗，從領軍門至廟下，十步安一人，以傳阿消息。辰時傳阿心痛，巳時傳阿劇，日中傳阿亡。後月餘，兒復來語母曰：已轉爲録事矣。

《博異志》稱谷神子纂，而無名姓，或曰名還古，此《通考》晁氏説。今刻此書，於谷神子下注此三字，蓋本晁氏説，非本書舊文也。序稱有所指托，故匿其姓名。今刻本纔十事，起敬元穎上馬侍中。余讀之詞頗雅馴，蓋亦晚唐稍能文者，視牛氏《玄怪》等録覺勝之。然語意亡所刺譏，於序文殊不合。後讀《廣記》、《御覽》諸書，乃知刻本鈔集，所遺甚衆，僅得此書之半耳。第其所謂指托者，尚未得之，當續考。陳氏但言名還古，竟亡其姓。唐有詩人鄭還古，嘗爲殷七七作傳，其人正晚唐，而殷傳文與事皆類，是書蓋其作也。

《集異記》，河東薛用弱撰。中載王之涣酒樓事，大非實録。且昌齡、適集中，絶少與之涣倡酬詩。又蕭穎士遇二少年，謂似鄱陽忠烈王。穎士實八世孫，聞言大駭。後會盱眙長勘發冢盗，乃知二少年實發鄱陽冢，忠烈貌如生，因知穎士狀類，此理或然。而《原化記》稱穎士遇老翁逆旅中，謂嘗爲蕭八代祖書佐，見穎士貌酷肖，不覺咨歎，則《集異》所載誠有之，而《原化》因附會以爲神仙，第茂挺身遇此事，不自紀而人紀之，何耶？

白行簡《三夢記》云：天后時，劉幽求爲朝邑承掌，奉使歸，未及家十餘里，適有佛堂院落出其側。寺中歌笑歡洽，寺垣短缺尺，得睹其中。劉俯身窺之，見十數人兒女雜坐，羅列盤饌，環繞而共食之，見其妻在坐中語笑。劉初愕然，不測其故，久之且思其不當至此，復不能捨之，又熟視容止言笑無異。將就察之，寺門閉不得入。劉擲瓦擊之，中其罍，諸人迸走散，因忽不見。劉逾垣直入，與從行者視殿廡皆無人，寺扃如故。劉訝益甚，遂馳歸。比至其家，妻方寢，聞劉至，及叙寒暄訖，妻笑曰：向夢中與數十人同游一寺，皆不相識，會食訖，殿庭有人自外以瓦礫投之，杯盤狼籍，因而遂覺。劉亦具陳其見，與夢符合，不爽毫髪云。右載陶氏《説郛》，《太平廣記》夢類數事皆類此。此蓋實録，餘悉祖此假托也。

其第二夢記元白《梁州詩》云：花時同醉破春愁，笑折花枝當酒籌。忽憶故人天際去，計程今日到梁州。與二公自紀悉同，故知劉夢亦實事也。其第三夢女巫事亦奇。

《稽神録》云：漳州蘇猛子病狂，請醫陳寨。寨至，蘇氏子見之，戟手大駡。寨曰：此病入心矣。

因立壇於堂中，戒人無得窺視。至夜，取蘇氏子劈爲兩，懸堂之東壁，其心懸北檐下。寨方在堂中作法，所懸之心，遂爲犬食。寨驚懼，持刀宛轉於地，出門而去。主人謂其作法也。食頃，持心而入，内於病者之腹，披髮叱之，其腹遂合，蘇氏子遂悟，連呼遞鋪，家人莫測。乃其日有驛吏手持公文死道旁，蓋寨取驛吏之心而活蘇氏也。右徐氏謬談多若此。夫古有刳腹滌腸者，然腹剖腸見，本不至死，史傳中如賈復、彭雋輩，往往皆然。而俞跗、華佗，又神藥以傳之，故非虚妄。若劈之爲二而猶能活，則宇宙之中斷無此事也。宋人小説載，鉉好語怪，賓客率詭撰以欺之。此事亦收《廣記》中，使景盧賓客，復掇以欺洪，豈不更入《夷堅》哉！漫書此，博觀者一笑。

《諾皋記》載景乙妻久病，見夫回，遽言半身被斫去，速逐之。乙趨園，見一物如嬰兒，持竹筐，見乙驚走。乙就視，妻半身在焉。比返，見妻髮際至胸，有釁如脂膜然，病遂已。按此，蓋徐氏賓客掇《酉陽》以欺鉉耳。

《酉陽雜俎·支諾皋》一事云：貞元中，望花驛西，有百姓王申，手植榆於路成林，構第屋數椽，夏月常饋漿於行人。有兒年十三，每令伺客。忽一日白其父：路有女子求水。因令呼入。女少年衣碧襦，白幅巾，自言家在此南十餘里，夫死無兒，今服禫矣，將還馬嵬，訪親求食。言語明悟，舉止可愛，王申乃留飯之。謂曰：今日暮夜可宿此。女亦欣然從之。其妻遂納之後堂，呼之爲妹，倩其成衣數事，針縷細密，殆非人工。王申大驚異，妻尤愛之，乃戲曰：妹無他親，能爲我家作新婦乎？女笑曰：身既無托，願執井竈。王申即日賃衣貰酒爲兒婦。其夕暑熱，戒其夫近多盗，不可闢門，即舉巨椽捍而寢。及夜半，王申妻夢其子披髮訴曰：被食將盡矣。妻驚，欲看其子。王申怒曰：渠得好新婦，喜極囈言耳。妻復寢，復夢如初。申與妻燃燈，呼其子及新婦，悉不復應。扣户，户牢如揵，乃壞門闔，纔開，有物圓目鑿齒，體面藍色，衝人而去，其子唯餘腦骨及髮而已。按張鷟《朝野僉載》一事正同，惟以爲周大足時泰州事，在貞元前。蓋好事者詭撰姓名以欺段耳。

《夷堅續志》云：醴泉尉崔汾，居長安崇賢里，夏夜乘凉於庭，月色方午，風過，覺有異香，頃聞南垣土動簌簌，崔生意蛇鼠也。忽睹一道士，大言曰：大好月色。崔驚懼遽走。道士緩步庭中，年可四十，丰儀清古。良久，妓女十餘，排大門入，綃紅翹翠，艷冶絶世，列坐月下。崔生疑其狐媚，以枕投門闔驚之。道士小顧，怒曰：我以此差静，復貪月色，初無延佇之禮，敢爾粗率。厲聲曰：此處有地界無？欻有二人，長纔三尺，巨首儋耳，唯伏其前。道士頤指崔生曰：此人有何親屬入陰籍，可領來。一餉間，崔生父母及兄悉至，衛者數十，捽曳批之。道士叱曰：我在此，敢縱子無禮乎！父母泣曰：幽明隔絶，誨責不及。道士叱遣之。復顧二鬼：捉此癡人來！二鬼跳及門，以赤物如彈丸，遥投崔生口中，乃細赤綆也，遂鈎出於庭中，又詬辱之。崔驚失音，不得自理。其妓羅拜曰：彼凡人，因訝仙官無故而至，非有大過。道士怒解，拂衣由大門而去。按此事《續志》所載，余嘗疑其文不類宋末，而酷類《酉陽雜俎》。及近讀《廣記》，乃知即《雜俎》事，《夷堅》掇之耳（王長公贈方景武『上帝由來有戲臣』，亦用《雜俎》崔曙事。觀此二地界三尺，則不特帝臣侏儒也）。

張睢陽保障之功，日揭萬古，獨守城食三萬人，君子不能無疑，昌黎辯之甚力。後世談者，如《捫虱新話》等書，猶數數焉。近閲《摭青雜説》，得六合縣陰兵事，爲之擊節大快，千載之疑，一朝冰釋，而世或寡知者，因節録之：紹興辛巳虜南侵，有何兼資者，奉主將命，將小隊游弋，至六合縣，見大軍自西北來，不類官兵，又不類虜人。須臾號令下寨，召兼資入，凡五門，始至中軍，二人廟坐，冠服如天神，一人面貌英毅，鬚髯皆指天，一人東向，貌亦俊爽。兼資再拜，問其姓名。面貌英毅者曰：吾張巡也。指東向者曰：此許遠也。兼資少聞張、許事，因再拜頂禮曰：某曾讀《唐書》，見二大王忠義大節，今日乃得瞻風采，然信史所載，豈皆實乎？巡曰：史有何疑？兼資因舉食三萬人事。巡曰：有之，而實不然也，所食者皆已死之人耳。兼資又舉殺愛妾事。巡曰：亦非殺也，吾妾見孤城危迫，欲自殺以殉，許奴亦以憂悸暴死，遂烹以享士，蓋用術以堅軍士之心耳。又見雷萬春面止一瘢，謂止中一箭，理亦近之。雖神怪之談，君子所不道，而此足以破千古之惑，不可棄也。

《論衡》辯夔一足，然《莊周》載夔憐蚿，《山海經》載黄帝以夔革冒鼓，聲聞五百里，皆以爲一足。余嘗以《莊周》、《山海》附會，然古鐘鼎往往有夔龍之形，則獸自有名夔者也。《論衡》又辯汲井得人事，然《西陽雜俎》載獨孤叔牙家汲水，重不可轉，數人助出之，乃人也，戴席帽攀欄大笑，却墜，井中真有人矣（井中遇人事甚夥，獨此事於原説吻合，總之不若景陽宫井爲實也。識此一笑）。

吾意夔一足，實因莊周跉踔之説，訛爲后夔，好事者撰爲仲尼之語以闢之，而好辯者又引好事之談以證之，皆夢中説夢也（《雜俎》井中得人事，或因昔人之辯更撰此以實之，此非廣讀稗官不能得其要領也）。

元和初，有一士人，失姓字，因醉卧廳中，及醒，見古屏上婦人等，悉於床前踏歌，歌曰：長安女兒踏春陽，無處春陽不斷腸。舞袖弓腰渾忘却，蛾眉空帶九秋霜。其中雙鬟者問曰：如何是弓腰？歌者笑曰：汝不見我作弓腰乎？乃反首髻及地，腰勢如規焉。士人驚懼，因叱之。忽然上屏，亦無其他。按《博異記·邢鳳傳》有此事，其詩正同，但言得之夢中耳，然則元和士人即鳳也。或《博異志》因《雜俎》此事，而駕名於鳳，亦未可知。大抵稗官曲説，附會百端，其情變不可窮詰也。（《博異》作『羅幃空度九秋霜』，當以《雜俎》爲勝。）

《石鼎聯句詩》，明是退之脚手，蓋亦《毛穎》、《革華》遺意，至軒轅切韓，彌明影愈，又其不必言者。近閲《兩山墨談》，以某處有軒轅彌明廟爲疑，此極大可笑。世間叢祠井社，如石郎、木居士之類，前代毫無出處，尚遍天下，况彌明韓公有詩，後人因立爲廟，復何所疑？都緣不解韓公詩體，被其簸弄，若真知詩人，一見便當瞭然。余因此知許由、善卷諸墓，一切不足憑信。每笑昌黎用爾許心力作此詩，千年後不遇識者，幾被軒轅氏奪去也。

唐人小説，如柳毅傳書洞庭事，極鄙誕不根，文士亟當唾去，而詩人往往好用之。夫詩中用事，本不論虚實，然此事特誕而不情，造言者至此，亦横議可誅者也。何仲默每戒人用唐、宋事，而有『舊井潮深柳毅祠』之句，亦大鹵莽，今特拈出，爲學詩之鑒。黎惟敬本學仲默詩，而與余游西山玉龍洞，有『封書誰識洞庭君』之句，暗用柳毅而不露，而語獨奇俊，得詩家三昧。總之不如不用爲善，然二君用事，偶經意不經意耳。若因此妄生分别相，則癡人前説夢也。

六朝宋虞之有《妬記》一卷，至唐不傳，而宋王棋補之，今所補者又不存矣。余生平二親極念，而不幸際敬通之厄，居常扼腕弗堪，每欲叢録古今史傳中事迹，以補二書之亡而未暇。近讀《夷堅志》妬忌門，一事絶奇，因録之於左方：郭二雅妻陸氏，秀州海鹽人，平時端靖有志操。紹興二十八年六月十五日，呼其子昭戒之曰：吾數日後當死，切無即斂。丁寧數四。昭憂之，尚未敢盡信。及其無疾而逝，心猶微温，奄奄有出入息，十日復生，曰：姑蘇某龍王嬖一妾，遭夫人妬忌以箠死，鞠訊天獄，累年不能决，上帝命我詰其情，一問而得之，泰山牘以上，信宿當就刑，是時必暴風雨至。七月五日，平江大風駕潮，漂溺數百里，田廬皆被其害云。據右所載事，則不特人類爲然，即異類且有之。然龍妾以非命亡，而帝爲正獄致刑。今之殘虐姬媵，俾弗聊生者，苟逭陽誅，陰譴寧可免也！且一龍之妬，生既甘心其妾，垂死正刑，而濱海田廬數百里，復受其害，妬婦之惡，詎勝道哉！庸書志後，以戒世之甘妬忌者。

宋何先《異聞》載碧蘭堂一女子詩云：水天日暮風無力，斷雲影裏蘆花色。折得荷花水上游，兩鬢蕭蕭玉釵直。語亦頗工，而不甚傳，因録此。蘆花字與荷花相犯，當是鈔録之誤。今《説郛》殊無善本，余嘗得一部於王長公處，多長公手所改定者，惜此未經刊削云。《異聞》又載周某入樂離國事，當是傳寫唐人《南柯》及《兜玄國》二則耳。

唐人記返魂事，有絶相類者，如齊推女及鄭亞妻，必有一訛。又《太平廣記》神仙類，田先生即救齊女者，而所記又不同，大率皆烏有耳。

凡變異之談，盛於六朝，然多是傳録舛訛，未必盡幻設語。至唐人乃作意好奇，假小説以寄筆端，如《毛穎》、《南柯》之類尚可，若《東陽夜怪録》稱成自虚，《玄怪録》元無有，皆但可付之一笑，其文氣亦卑下亡足論。宋人所記，乃多有近實者，而文彩無足觀。本朝《新》、《餘》等話，本出名流，以皆幻設，而時益以俚俗，又在前數家下。惟《廣記》所録唐人閨閣事，咸綽有情致，詩詞亦大率可喜云。

卷三十六　己部　二酉綴遺中

世所盛行宋元詞曲，咸以昉於唐末，然實陳、隋始之。蓋齊、梁月露之體，矜華角麗，固已兆端，至陳、隋二主，并富才情，俱湎聲色，所爲長短歌行，率宋人詞中語也。煬之《春江》、《玉樹》等篇尤近，至《望江南》諸闋，唐、宋、元人沿襲至今。詞曲濫觴，實始斯際。自文皇以鴻裁碩藻，撥六朝餘習而力反之，子昂、太白，相望并興，逮少陵氏作，出經入史，刬絶淫靡，有唐三百年之詩，遂屹然羽翼商、周，驅駕漢、魏，藉令非數君子砥柱其間，則花間、草堂，將踵接於武德、開元之世，詎宋、元而後顯哉。蓋六朝、五代一也，障其瀾而上，則詩盛而爲唐；襲其流而下，則詞盛而爲宋。余因是知陳、李、少陵，厥功於藝苑甚偉，而歐陽、王、蘇、黄、秦諸君子，弗能弗爲三嘆而致惜也。（宋諸君自秦外，不稱當行，然扶衰反正之責在焉。而亦屬意斯道，故他無譏也。）

六朝、五季，始若不侔，而末極相類：陳、隋二主，固魯、衛之政，乃南唐、孟蜀二後主，於詞曲皆致工。蜀則韋莊在衵前，唐則馮、韓諸人，唱酬煜世，并宋、元濫觴也。

今詩餘名《望江南》外,《菩薩蠻》、《憶秦娥》稱最古,以草堂二詞出太白也。近世文人學士,或以實然。余謂太白在當時,直以風雅自任,即近體盛行,七言律鄙不肯爲,寧屑事此?且二詞雖工麗而氣衰颯,於太白超然之致,不啻穹壤。借令真出青蓮,必不作如是語。詳其意調,絶類温方城輩,蓋晚唐人詞,嫁名太白,若懷素草書、李赤《姑熟》耳。原二詞嫁名太白有故,《草堂詞》宋末人編,青蓮詩亦稱《草堂集》,後世以二詞出唐人,而無名氏,故僞題太白,以冠斯編耶?(楊用修《詞品》,又有《清平樂》詞二闋,尤淺俚,俱贋作也。)

唐妓女歌曲酒樓,恍忽與今俗類。薛用弱所記王昌齡、之涣、高適豪飲事,詞人或間用之。考其故實,極可笑。適五十始作詩,藉令酣燕狹斜,必當年少,何緣得以詩句與二王决賭?一也。又令適學詩後,則是時龍標業爲閭丘曉害,無緣復與高狎,二也。樂天《鄭臚墓志》,第言昌齡、之涣,更唱迭和,絶不及高,高集亦無與之涣詩,三也。舉此一端,即他悉誣妄可見。往嘗讀薛記《鬱輪袍》,竊謂右丞不至是,天幸得此逗漏,爲千載詞場雪冤,不覺浮三大白自快,恨不呼右丞慶之。

《菩薩蠻》之名,當起於晚唐世。案《杜陽雜編》云:大中初,女蠻國貢雙龍犀、明霞錦。其國人危髻金冠,瓔珞被體,故謂之菩薩蠻。當時倡優遂製《菩薩蠻》曲,文士亦往往效其詞,《南部新書》亦載此事。則太白之世,唐尚未有斯題,何得預製其曲耶?

又《北夢瑣言》云:宣宗愛唱《菩薩蠻》詞,令狐相國假温飛卿新撰密進之,戒以勿泄,而遽言於人,由是疏之。按大中即宣宗年號,此詞新播,故人君喜歌之。余屢疑近飛卿,至是釋然,自信具隻眼也(即《草堂》稱太白詞)。

傳奇之名,不知起自何代,陶宗儀謂唐爲傳奇,宋爲戲諢,元爲雜劇,非也。唐所謂傳奇,自是小説書名,裴鉶所撰,中如《藍橋》等記,詩詞家至今用之,然什九妖妄寓言也。裴晚唐人,高駢幕客,以駢好神仙,故撰此以惑之。其書頗事藻繪,而體氣俳弱,蓋晚唐文類爾。然中絶無歌曲樂府,若今所謂戲劇者,何得以傳奇爲唐名? 或以中事迹相類,後人取爲戲劇張本,因展轉爲此稱不可知。范文正記岳陽樓,宋人譏曰傳奇體,則固以爲文也。

今世俗搬演戲文,蓋元人雜劇之變; 而元人雜劇之類戲文者,又金人詞説之變也。雜劇自唐、宋、金、元迄明皆有之,獨戲文《西廂》作祖。《西廂》出金董解元,然實弦唱小説之類,至元王、關所撰,乃可登場搬演。高氏一變而爲南曲,承平日久,作者迭興,古昔所謂雜劇院本,幾於盡廢,僅教坊中存什二三耳。諸野史稗官,紀載率不能詳,薦紳先生置而弗論,暇嘗綜核諸家,頗得其概。謾識於後,好事雅流,或亡譏焉。

優伶戲文,自優孟抵掌孫叔,實始濫觴。漢宦者傳,脂粉侍中,亦後世裝旦之漸也。魏陳思傳粉墨,椎髻胡舞,誦俳優小説,雖假以逞其豪俊爽邁之氣,然當時優家者流,妝束因可概見,而後世所爲副净等色,有自來矣。唐制如《霓裳》等舞,度數至多,而名號妝束,不可深考。《樂府雜録》:開元中,黄幡綽、張野狐善弄參軍。參軍即後世副净也(見《輟耕録》)。范傳康、上官唐卿、吕敬遷三人弄假婦人。假婦人即後世裝旦也。至後唐莊宗,自傳粉墨,稱李天下,大率與近世同,特所搬演,多是雜劇短套，非必如近日戲文也（觀安節《樂府雜録》稱假婦人，則知唐時無旦名也）。

古教坊有雜劇而無戲文者，每公家開宴，則百樂具陳。兩京六代，不可備知。唐、宋小説，如《樂府雜録》、《教坊記》、《東京夢華》、《武林舊事》等，編録頗詳。唐制自歌人之外，特重舞隊。歌舞之外，又有精樂器者，若琵琶、羯鼓之屬。此外俳優雜劇，不過以供一笑，其用蓋與傀儡不甚相遠，非雅士所留意也。宋世亦然，南渡稍見净旦之目，其用無以大異前朝。浸淫勝國，崔、蔡二傳奇迭出，才情既富，節奏彌工，演習梨園，幾半天下，上距都邑，下迄閭閻，每奏一劇，窮夕徹旦，雖有衆樂，亡暇雜陳。此亦古今一大變革，人不深考耳。

凡傳奇以戲文爲稱也，亡往而非戲也，故其事欲謬悠而亡根也，其名欲顛倒而亡實也，反是而求其當焉，非戲也。故曲欲熟而命以生也，婦宜夜而命以旦也，開場始事而命以末也，塗污不潔而命以净也，凡此咸以顛倒其名也。中郎之耳順而婿卓也，相國之絶交而娶崔也，荆釵之詭而夫也，香囊之幻而弟也，凡此咸以謬悠其事也，繇勝國而迄國初一轍。近爲傳奇者，若良史焉，古意微矣。（古無外與丑，蓋丑即副净，外即副末也。）

今優伶輩呼子弟，大率八人爲朋，生、旦、净、丑、副亦如之（外即副末，丑即副净）。元院本止五人，故有五花之目：一曰副净，即古之參軍也；一曰副末；又曰蒼鶻，蒼鶻可擊群鳥，猶副末可打副净；一曰末泥，一曰孤裝；見陶氏《輟耕録》，而無所謂生旦者，蓋院本與雜劇不同也。元雜劇旦有數色：所謂裝旦，即今正旦也；小旦，即今副旦也；以墨點破其面，謂之花旦，今惟净、丑爲之，而元時名妓，咸以此取稱（如荆堅堅、孔千金、顧山山、天然秀、珠簾秀、李嬌兒類）；又妓李嬌兒爲温柔旦；張奔兒爲風流旦；蓋勝國雜劇，裝旦多婦人爲之也（元花旦必與今净、丑迥别，故妓人多爲之。末尼、孤裝未知類今何色，當續考之）。

宋世雜劇名號，惟《武林舊事》足徵。每一甲，有八人者，有五人者。八人者，有戲頭，有引戲，有次净，有副末，有裝旦。五人者，第有前四色，而無裝旦。蓋旦之色目，自宋已有之而未盛，至元雜劇多用妓樂，而變態紛紛矣。以今億之，所謂戲頭即生也，引戲即末也，副末即外也，副净裝旦，即與今净旦同。蓋雜劇即傳奇具體，但短局未舒耳。元院本無生旦者，院本僅供調笑，如唐弄參軍之類，與歌曲無大相關也。

《樂府雜録》云：蘇中郎，後周士人蘇葩，嗜酒落魄，自號中郎，每有歌場，輒入獨舞。今爲戲者，著緋戴帽面正赤，蓋狀其醉也。又有踏摇娘，羊頭渾脱，九頭獅子，弄白馬，益錢，以至尋撞跳丸，吐火吞刀，旋槃筋斗，悉屬此部。又《教坊記》云：踏摇娘者，北齊有人姓蘇，皰鼻，實不仕，而自號爲郎中，嗜飲酗酒，每醉輒毆其妻，妻銜悲訴於鄰里。時人弄之，丈夫著婦人衣，徐步入場行歌，每一疊，旁人齊聲和之云：踏摇和來，踏摇娘苦和來。以其且步且歌，故謂之踏摇。以其稱冤，故言苦。及其夫至，則作毆鬥之狀，以爲笑樂。今則婦人爲之。按此二事絶類，豈本一事耶？然《雜録》又有踏摇娘等，不可深曉。觀此，唐世所謂優伶雜劇，妝服節套，大略可見。宋之雜劇，蓋亦若斯。元院本但有詞無曲，故詞第屬之歌人，此類以供戲弄而已。至元人曲調大興，凡諸雜劇，皆名曲寓焉，而教坊名妓，亦多習之，清歌妙舞，悉隸是中，唐、宋諸詞，殆於盡廢。又一變而贍縟，遂爲南之戲文，而唐、宋所謂雜劇，至元而流爲院本，今教坊尚遺習，僅足一笑云（梨園字面見《樂府雜録》）。

楊用修云：《漢郊祀志》：優人爲假飾妓女，蓋後世裝旦之始也。然未必如後世雜劇戲文之爲，緣其時郊祀，皆奏樂章，未有歌曲耳。

元雜劇中，末即今戲文中生也。考鄭德輝《倩女》、關漢卿《竇娥》，皆以末爲生。此外又有中末，蓋即今之外耳。然則《青樓集》所稱末泥，即生無疑。今《西廂記》以張珙爲生，當是國初所改。或元末《琵琶》等南戲出，而易此名。觀關氏所撰諸雜劇《緋衣夢》等，悉不立生名，他可例矣。《青樓集》又有駕頭，恐即引戲之稱，俟考。

世謂秀才爲措大，元人以秀才爲細酸。《倩女離魂》首摺，末扮細酸爲王文舉是也。細酸字面僅見此，今俗尚有此稱。

《武林舊事》所記社會甚夥，以雜劇爲緋緑社，唱賺爲遏雲社，耍詞爲同文社，清樂爲清音社，小説爲雄辯社，影戲爲繪革社，撮弄爲雲機社，吟叫爲律華社，右八種皆駢集一處者。然當時唱賺之外，又有吟叫；耍詞之外，又有小説；不知何以別之？撮弄，蓋元人院本所從出也。今自戲文外，惟小説、影戲，社會尚有之。

勝國詞人王實甫、高則誠，聲價本出關、鄭、白、馬下，而今世盛行元曲，僅《西廂》、《琵琶》而已。《西廂》本元微之，前人辨論甚核。獨蔡爲牛婿絶無謂，而莫知所本。一日偶閲《太平廣記》四百九十八卷雜録，末引《玉泉子》云：鄧敞初比隨計，以孤寒不中第，牛蔚兄弟僧孺子，有氣力且富於財，謂敞曰：吾有女弟，子能婚，當相爲展力，寧一第耶？時敞已婿李氏矣，其父嘗爲福建從事，有女二人皆善書，敞行卷多其筆迹，顧己寒賤，未必能致騰踔，私利其言，許之。既登第，就牛氏親，不日敞挈牛氏歸，將及家，紿之曰：吾久不至家，請先往俟卿。洎到家，不敢泄其事。明日牛氏奴驅輜橐直入，即出牛氏居常玩好幕帳雜物，列庭廡間。李氏驚曰：此何爲者？奴曰：夫人將到，令某陳之。李氏曰：吾敞妻也，又何夫人焉？即撫膺大哭。牛氏至，知其賣己也，請見曰：吾父爲宰相，兄弟皆在郎省，縱嫌不能富貴，豈無一嫁處耶？其不幸豈唯夫人，今願一與共之。李感其言，卒同處終身。乃知則誠所謂牛相即僧孺，而鄧生登第再昏事皆符合，姓氏稍異耳（敞後官至秘書職位，恍惚類邕）。

余嘗笑中郎有三不幸：漢史垂成，陷身縲紲，一也；生止一女，復没虜庭，二也；頭白齒落，制命凶渠，千年後横遭風流案誣蔑，日爲里婦唾譏，三也。聞者輒大噱不能已（或謂中郎流離逃竄，愁苦一生，没有此誣，致足樂耳）。

《藝苑卮言》云：高則誠《琵琶記》，其意欲以譏當時一士大夫，而托名蔡伯喈，不知其説。偶閱《説郛》所載唐人小説，牛相國僧孺之子繁，與同人蔡生邂逅文字交，尋同舉進士。才蔡生，欲以女弟適之。蔡已有妻趙矣，力辭不得，後牛氏與趙處，能卑順自將。蔡氏至節度副使。其姓事相同，一至於此，則誠何不直舉其人，而顧誣蔑賢者耶？按《卮言》所引二姓悉合，高氏或據此。第僧孺之女，則未審竟適何人耳？僧孺二子曰蔚、曰蘩，俱節度至尚書。蔚子徽，蘩子嶠亦顯，而絶無所謂繁者，恐《説郛》所載，未必如《廣記》之實也。《西厢》事唐人自有《鶯鶯傳》，而《會真記》、《侯鯖録》尤詳，其爲微之無疑。然則《西厢》、《琵琶》二記，一本微之中表，一假思黯女夫，二人在唐，先後入相，當時事業寥寥，不知千載後得元人力，鬧熱百倍生前也。

《西厢記》雖出唐人《鶯鶯傳》，實本金董解元。董曲今尚行世，精工巧麗，備極才情，而字字本色，言言古意，當是古今傳奇鼻祖，金人一代文獻盡此矣。然其曲乃優人弦索彈唱者，非搬演雜劇也。

董氏傳奇，稱崔氏孀婦寓僧寺，河中兵亂，杜確弭之，張生、紅娘等，於《鶯傳》悉合，獨鄭恒不可曉。蓋崔後與張絶再醮，無所謂中表争姻之説，乃微之自寓耳。然疑董所撰，或他有所本。一日偶閲唐雜説《柳參軍傳》，柳春日游曲江，邂逅崔氏女，目成焉。崔母王姓，舅爲執金吾，他日金吾訪崔母，欲令子娶崔女。女不樂，潛遣青衣輕紅，往薦福寺僧院，達意於生。生喜即納聘，私挈歸。金吾不知，以爲子盜之，笞之數十。既崔母亡，柳夫婦來赴，金吾子見之，因訟於官，崔女卒歸王氏。按此不知與微之孰先，女皆崔姓，婢皆紅，皆期僧寺中，可笑乃有如此，特王、柳二姓差異。至鄭恒之争，則斷出附會無疑。崔女後事甚怪，不備録。

《倩女離魂》事，亦出唐人小説，雖怪甚，然六朝所記此類甚多。鄭德輝雜劇尚傳，神俊不若王，高古弗如董也。

董解元見《輟耕録》，明謂金章宗時人，去元世較遠，决不能與馬、鄭輩相及，而涵虚子記元詞手，乃有董解元等，豈別一人？或即金人，以其北調之祖，故引之耶？惜其名字州里，皆不可得。且陶著書元末，已謂董曲雖傳，能習者少，則金、元腔調，亦自迥不侔矣。

王實甫、關漢卿，大概同時，第不詳元何帝代，要皆世祖時人。陶氏《輟耕録》云：大名王和卿，滑稽挑達播四方。中統初，燕市有一蝴蝶，其大異常，王賦《醉中天》云：挣破莊周夢，兩翅駕東風，三百處名園，一採一個空。難道風流種，唬殺尋芳蜜蜂。輕輕的飛動，賣花人扇過橋東。由是名益著。同時關漢卿，亦高才風流人。王嘗以譏謔加之，關極意酬答，終不能勝。王忽坐逝，鼻垂雙涕尺餘，人皆嘆駭。關來唁，詢其由，衆對此玉筯也。關曰：是嗓耳，何玉筯爲？衆大笑曰：若被王和卿輕薄半世，死後方還得一籌耳。凡六畜勞傷，鼻中流膿，則謂之嗓也。觀此，關之爲人可見。王所賦詞亦佳，又以滑稽挑達與關善，得非即所謂實甫者，以先關卒，故《西厢記》未成，而關續之耶？此事理極易推，惜無他據。

今王實甫《西厢記》爲傳奇冠，北人以并司馬子長固可笑，不妨作詞曲中思王、太白也。關漢卿自有《城南柳》、《緋衣夢》、《竇娥冤》諸雜劇，聲調絶與鄭恒問答語類。郵亭夢後，或當是其所補。雖字字本色，藻麗神俊，大不及王。然元世習尚頗殊，所推關下即鄭，何元朗亟稱第一，今《倩女離魂》四摺，大概與關出入，豈元人以此當行耶？要之公論百年後定，若顧、陸之畫耳。

元曲傳於今者，崔、蔡二家外，散套間得三數佳篇，如王長公所稱『暗想當年，羅帕上把新詩寫』，沉深逸宕，而字字本色，真妙絶古今矣。『百歲光陰』意勝，覺筋骨稍露。『長空萬里』辭勝，覺肌肉太豐，俱讓一籌也。

漢文、唐詩、宋詞、元曲，雖愈趨愈下，要爲各極其工。然勝國詩文絶不足言，而虞、楊、范、揭輩，皆煊赫史書，至樂府絶出古今，如王、關諸子，亡論生平履歷，即字裏若存若亡，故知詞曲游藝之末途，非不朽之前著也。

涵虚子記元詞手百八十餘，中能旁及詩文者，貫雲石、高則誠二三子耳。自餘馬致遠輩，樂府外，他伎倆不展一籌，信天授有定也（滕玉霄、元好問、薩天錫、趙子昂、馮海粟、盧疏齋、姚牧庵輩，皆文，差及詞耳）。

高則誠在勝國詞人中，似能以詩文見者，徒以傳奇故，并没之。同時盧摯處道，亦東甌人，樂府聲價，政與高埒，而製作弗傳，世遂以盧爲文士，而高爲詞人，信有幸有不幸也。元文士以詞名者，趙子昂、貫雲石、楊廉夫，皆浙東西人。元詞手與中原抗衡，惟越而已。

高詩律尚散見元人選中，如《題岳墳》、《採蓮曲》等篇，雖格不甚超，要非傳奇中語。文則《烏寶》一傳，見《輟耕録》，小詞若《琵琶》諸引，亦多近宋，蓋勝國才士涉學者。

近時左袒《琵琶》者，或至品王、關上。余以《琵琶》雖極天工人巧，終是傳奇一家語，當今家喻户習，故易於動人。異時俗尚懸殊，戲劇一變，後世徒據紙上，以文義摸索之，不幾於《齊東》、《下里》乎？《西厢》，雖饒本色，然才情逸發處，自是盧、駱艷歌，温、韋麗句，恐將來永傳，竟在彼不在此。今董解元世幾不聞，而《花間》、《草堂》人口膾炙，是其驗也（或謂戲曲無可廢理。夫唐、宋優伶所習，今絶不省何狀。元北戲，自《西厢》外，亦殊少傳者矣）。《西厢》主韻度風神，太白之詩也；《琵琶》主名理倫教，少陵之作也。《西厢》本金、元世習，而《琵琶》特創規矱，無古無今，似尤難。至才情雖《琵琶》大備，故當讓彼一籌也。

俳優戲文，始於王魁，永嘉人作之。識者曰：若見永嘉人作相，宋當亡。及宋將亡，乃永嘉陳宜中作相，其後元朝南戲尚盛行。及當亂，北院本特盛，南戲遂絶。右見葉氏《草木子》。葉元末人，據此則傳奇始自永嘉人作之。今王魁本不傳而傳《琵琶》。《琵琶》亦永嘉人作，遂爲今南曲首。二事極相類，大可笑也。然葉當國初著書，而云南戲遂絶，豈是時《琵琶》尚未行世耶？王魁事當在宋初，今唐人小説載王魁事，説者以爲宋人剿入之云。

《琵琶記》『昆山有良璧』詩『王允何其愚』。説者以漢末有二王允：一誅董卓，一乃棄妻再娶者，非也。按《後漢書·黨錮傳》：黄允字子艾，濟陰人也，以儁才知名。郭林宗見而謂曰：卿有絶人之才，足成偉器，然恐守道不篤，將失之矣。後司徒袁隗，欲爲從女求婚，見允嘆曰：得婿當如此。允聞而黜遣其妻。蓋黄姓，非王允也。今本多誤刻，故録之。汪司馬頗取此詩，謂《西厢》詩無一成語者，《琵琶》此首差可觀。然『瑜』字與『姿』，古韻絶不通。又宋弘二語，大似村學究聲口，僅勝王、關可耳。

王實父『晚風寒峭』詞末句：『不想跳龍門，到來學騙馬。』今俗説但以騙爲竊盗之義，而實非也。程泰之《演繁露》，所載甚明，實父蓋用其意，今録於後云：嘗見藥肆鬻脚藥者，榜曰騙馬丹。歸檢字書，其音爲『匹』轉，且曰躍而上馬。已又見唐人武懿宗將兵，遇敵而遁，人爲之語曰：長弓度短箭，蜀馬臨階騙。言蜀馬既已低小，而又臨階爲高，乃能躍上，始悟騙之爲義。《通典》曰：武舉制土木馬於里閭間，教人習騙（以上俱《繁露》說）。據此則騙本非盜竊之義，與今俗說全不同。實父用之於詞者，緣張逾墻摟崔，故以騙馬對龍門，皆主跳躍之意，益見措意之工。程所引唐人譏武懿宗語，乃張元一所作，見孟棨《本事詩》，又《東京夢華録》載百戲中有騙馬等戲，字義悉與前同。乃知宋、元間騙之音義如此，今率以爲盜竊，舉世一辭，殊可笑也（今《琵琶》戲中有用此字者，俗流妄增）。

《琵琶記》『正是此曲纔堪聽，又被風吹別調間』，用高駢詩語：『昨夜箏聲響碧空，宫商信任往來風。依稀似曲纔堪聽，又被吹將別調中。』發語曰正是者，明謂引用古人也。

今傳奇有所謂《董永》者，詞極鄙陋，而其事實本《搜神記》，非杜撰也。《記》稱永父亡，亡以葬，乃自賣爲奴。主知其賢，與錢千萬遣之。永行三年喪畢，欲還詣主供奴職，道逢一婦人，曰：願爲君妻。遂與俱至主家，曰：永雖小人，蒙君恩德，誓當服勤以報。主曰：婦人何能？曰：能織。主曰：必爾者，但令君婦爲我織縑百匹。於是永妻織十日而百匹具焉。據此則永夫婦當在六代前，或晋或魏，不可知也。李德武妻裴氏，亦載《隋史》中。

古今傳聞訛謬，率不足欺有識，惟關壯繆明燭一端，則大可笑，乃讀書之士，亦什九信之，何也？蓋繇勝國末，村學究編魏、吴、蜀演義，因傳有羽守邳見執曹氏之文，撰爲斯說，而俚儒潘氏，又不考而贊其大節，遂致談者紛紛。按《三國志·羽傳》及裴松之注，及《通鑒》、《綱目》，并無此文，演義何所據哉？

元詞人關漢卿，撰《單刀會》雜劇，雖幻妄，然《魯肅傳》實有單刀俱會之文，猶實於明燭也。斬貂蟬事不經見，自是委巷之談。然《羽傳》注稱，羽欲娶布妻，啓曹公。公疑布妻有殊色，因自留之。則非全無所自也。

《吴志·魯肅傳》：先主使關羽争三郡，肅住益陽，與羽相拒。肅邀羽相見，各駐兵馬百步上，但諸將軍單刀俱會。肅因責數羽曰：國家區區本以土地借卿家者，卿家軍敗遠來，無以爲資故也。今已得益州，既無奉還之意，但求三郡，又不從命。語未究竟，坐有一人曰：夫土地者惟德所在耳，何常之有？肅厲聲呵之，辭色甚切。羽操刀起，謂曰：皆國家事，是人何知？目使之去。按今元人所撰《單刀會》雜劇本此。蓋《肅傳》本實録，而司馬氏《通鑒》據吴書修輯，以肅欲與羽會語，諸將疑有變，肅不從而往，而所記羽語殊俚陋，不類雲長。蓋《吴書》乃自尊其國，非實録也。本肅邀羽相見，故羽操刀起，豈得云肅欲往，疑羽有變乎？裴松之辯駁最明，獨此注引《吴書》，而略無是正，亦大憒憒，司馬據之，尤爲疏也。

赤壁破曹，玄德功最大。考《昭烈傳》：與曹公戰於赤壁，大破之。《操傳》：公至赤壁，與備戰不利。而不言周瑜。及《魯肅傳》，俱言與備并力。陳壽書《諸葛傳》後，亦言權遣兵三萬助備，備得用與曹公交戰，大破其軍。則當日戰功可見。今率歸重周瑜，與陳壽《志》不甚合，余别詳之。

楊用修云：世傳馮商還妾，余觀《氏族言行録》，馮京之父名式，京生而雋邁不群。式一日取其所誦書題其後，曰『將作監丞、通判荆南軍府事馮京』。式既退官十一年，京舉進士第一，爲將作監丞，通判荆南，如式之言。時人謂式爲知子。《氏族録》宋人所編，當得其實。世傳馮商還妾事，以爲京父，考之此文，京父未嘗爲商，又不名商也。右見《談苑醍醐》。余考《宋史·京傳》，不載父名，亦無還妾事，惟稱京常過外兄，見其侍妾，詢知同年某人女，亟請嫁之，蓋因此附會也（楊本《氏族録》，謂爲正史，亦非）。

用修又云：吕蒙正父龜圖，多内寵，與其母劉氏不協，并蒙正出之，頗淪躓窘乏，劉誓不嫁。及蒙正登仕，乃迎二親，同堂異室奉養之。近世傳奇《饐瓜亭》，亦緣此附會也。陳晦伯駁云：《邵氏聞見録》載吕蒙正微時，於洛陽龍門利涉院土室中，與温仲舒讀書。一日行伊水上，見賣瓜者，意欲得之，無錢可買。其人偶遺一枚於地，公悵然取食之。後作相，買園洛城東南，下臨伊水，起亭以饐瓜名焉。麟考《宋史》，吕實起寒素，土室饐瓜當有之，惟楊所引頗關涉，而史不載，恐未確也。

《連環》亦本元曲，或稱李長吉詩『榼銀龜，騎白馬，傅粉美人大旗下』，以爲即吕布美人，殊不知傅粉自説吕貌，非姬妾也。陶穀、秦弱蘭事，見宋士人供狀，當不誣。

《綉襦記》事出唐人《李娃傳》，皆據舊文，第傳止稱其父滎陽公，而鄭子無名字，後人增益之耳。娃晚收李子，僅足贖其棄背之罪，傳者亟稱其賢，大可哂也。

《王仙客》亦唐人小説，事大奇而不情，蓋潤飾之過，或烏有無是類，不可知。霍小玉事，據《李益傳》，或有所本。

紅拂、紅綃、紅綫三女子，皆唐人，皆見小説，又皆將家，皆姬媵，皆兼氣俠，然實無一信者。衛公雖韓柱國甥，絶不聞處道相值。緣李百藥嘗盜素侍女，素執將斬之，睹百藥倮體俊秀，因畀侍兒歸，豪異秘纂，遂嫁此事衛公。而虬髯客之誕，又不必辯者也。紅綫事冷朝陽有詩，其始末不可考，《甘澤謡》未足憑據。紅綃尤謬悠，蓋以汾陽多妓樂，詭爲此談，又本紅拂。而崑崙則又附會虬髯耳。第所狀一品，殊不類汾陽，余嘗疑他有其人，大都不必深辯。今諸傳奇盛行，駸駸欲追勝矣。章臺柳事或有之，唐人詩可證也。

《輟耕録》記元人雜劇，有唐三藏一段，今其曲尚傳，第不知即陶所記本否？世俗以爲陳姓，且演爲戲文，極可笑，然亦不甚虚也。三藏即唐僧玄奘，余辯見前。續考《獨異志》云：沙門玄奘俗姓陳，偃師縣人也，幼聰慧有操行。唐武德初，往西域取經，行至罽賓國，道險，虎豹不可過，奘不知爲計，乃鎖房門而坐，至夕開門，見一老僧，頭面瘡痍，身體膿血，床上獨坐，莫知來由。奘乃禮拜勤求，僧口授《多心經》一卷，令奘誦之，遂得山川平易，道路開闢，虎豹藏形，魔鬼潛迹。至佛國，取經六百餘部而歸。其《多心經》至今誦之。據此皆與今頗合。又元人散套，亦有西域取經等事，蓋附會起於勝國，不始於今，而三藏之名，則又始於宋時，不始勝國。東坡《艾子》小説云：艾子好飲少醒日，忽一日大飲而噦，門人密抽彘腸致噦中，持以示曰：凡人具五臟方能活，今公因飲而出一臟，止四臟矣，何以生耶？艾子熟視而笑曰：唐三臟猶可活，况有四耶？此雖戲語，然宋世所稱可見。蓋因唐僧不空，號無畏三藏，訛爲玄奘耳（《艾子》疑非東坡，然其目已見《通考》，要亦出宋人，《聖教序》雖有三藏要文等語，匪玄奘號也）。

自《花間》、《草堂》之流也，而極於《西廂》、《琵琶》，自《玄怪》、《樹萱》之流也，而極於《剪燈》、《秉燭》。然《西廂》、《琵琶》雖詞場最下伎倆，在厥體中，要爲絶到。若今所傳《新》、《餘》二話，則鄙陋之甚者也。二書驟讀之，類村學究小知聲律者，不足當大雅一噱。夷考其人，實皆國朝名士手筆。《新話》則瞿廣文宗吉，《餘話》則李方伯昌祺也。瞿，國初錢塘人，所著詩集、詩話今傳，格律卑弱亡論，而才情縹緲，工語絶多，詞尤婉縟，今詩詞附見《新話》者，乃無復字句可觀。李詩律殊精詣，宣、成間亶稱作手，今《皇明風雅》所選十數篇，氣骨錚錚，儕流罕及，而詩見《餘話》者，亦絶不足言。昔唐人嘗以《南柯》得名，《黄粱》擅譽，二書律之，慚沮甚矣（嶺南詩人孫蕡有《朝雲集句》，亦此類）。

《新》、《餘》二話，本皆幻設，然亦有一二實者。《秋香亭記》，乃宗吉自寓，見田叔禾《西湖志餘》。《至正妓人行》，則昌祺目擊事，以擬樂天商婦者也。緣他多虛妄，并二事實歷廢之。李名德顯著，坐是不得入賢祠。效二書而益下者，有《秉燭》、《清談》等，言之則點牙頰，而撰人周禮，嘗著《綱目發明》，楊用修喜道之。

始余讀李方伯近體而善之，以同時曾子棨不能過。既復閲瞿詩詞，每疑《新》、《餘話》非二君筆，及讀《孤樹裒談》，得李不入鄉賢事。又《西湖志餘》云：宗吉嘗著《剪燈新話》一編，粉飾閨情，假托冥報，雖屬情妖麗，游戲翰墨之間，而勸百諷一，間有可採。《秋香亭記》，乃其自寓，桂孟平有《題新話歌》，始知信二君作。蓋一時游戲筆端，不復經意耳。田叔禾所摘瞿語、西湖詞及妓鞋等曲，皆多工語，又和楊廉夫眉顰黛色云『恨從張敞毫端起，春向梁鴻案上生』，殊不減勝國也。

《七脩類稿》云：《翦燈新話》，乃楊廉夫所著，惟後《秋香亭記》，則瞿宗吉撰也。其詞氣不類，可知《香奩集》鄙褻者，非廉夫，乃韓致光詩。三者非欲借重於人，則一時刊誤，惜至今未有知者。按瞿是編，與所著詩話語絶類，特加以俳諧，又詩詞不工，爲生平蛇足耳。楊廉夫以文名元末，今其遺集，皆崛强怪奇，筆端寧當有此？都緣此老耽嗜聲色，故好事遂舉歸之，郎曲儒不辯詩文面目，無怪其然，第或致誤後世，若《龍城録》至今以爲柳也（《香奩》是和魯公嫁名韓渥，楊自有《續奩》等作，遠出其後，郎説尤誤）。

《江湖紀聞》載一士人狎倡供狀，四六札通篇用故事成語，頗極飣餖之工，惜不知其名姓，并事之始末，大概是南渡時人耳。惟『荆釵布裙，自説鄭玉之非倡女』，屢求其出處，俱疑似間。偶閲《説郛》録《摭青雜説》一事，乃知邢氏女先與單氏子議婚，後邢父母遭亂皆遇害，遂失身樂籍爲楊玉，而單氏子以蔭爲其州司户，因間狎之，詢其所生父母，知爲幼所議妻，遂告其父母娶之。蓋誤邢字爲鄭耳。布裙短衾，即邢女告單子之言，詳陶氏所録中。

唐人初登第絶句云『楚潤相看别有情』，注但以楚潤爲妓之尤者，而不詳所出。按孫棨《北里志》：楚兒者素爲三曲之尤，晚以色衰，嫁捕盗官郭鍛，以挑鄭光業，爲郭曳箠數十，因貽鄭詩云『蛾眉常被巨靈掌，鷄肋難勝子路拳』，良可笑也。潤娘字子美（本名小潤），王團兒女，少時聲譽藉藉，崔垂休狎之，題記於潤髀上，爲同年某人見之，因戲贈一絶：『慈恩塔上新泥壁，滑膩光華玉不如。何事博陵崔四十，金陵腿上逞歐書。』俱可資笑云。

今世傳街談巷語，有所謂演義者，蓋尤在傳奇雜劇下。然元人武林施某所編《水滸傳》，特爲盛行，世率以其鑿空無據，要不盡爾也。余偶閲一小説序，稱施某嘗入市肆，紬閲故書，於敝楮中得宋張叔夜禽賊招語一通，備悉其一百八人所由起，因潤飾成此編。其門人羅某，亦效之爲《三國志》，絶淺鄙可嗤也。

楊用修《詞品》云：《瓮天脞語》載宋江潛至李師師家，題一辭於壁云：『天南地北，問乾坤何處，可容狂客。借得山東煙水寨，來買鳳城春色。翠袖圍香，鮫綃籠玉，一笑千金值。神仙體態，薄幸如何銷得。　想蘆葉灘頭，蓼花汀畔，皓月空凝碧。六六雁行連八九，只待金鷄消息。義膽包天，忠肝蓋地，四海無人識。閒愁萬種，醉鄉一夜頭白。』小辭盛於宋，而劇賊亦工如此。按此即《水滸》詞，楊謂《瓮天》，或有别據。第以江嘗入洛，則太憒憒也。

《水滸》余嘗戲以擬《琵琶》，謂皆不事文飾，而曲盡人情耳。然《琵琶》自本色外，『長空萬里』等篇，即詞人中不妨翹舉，而《水滸》所撰語，稍涉聲偶者，輒嘔噦不足觀，信其伎倆易盡，第述情叙事，針工密致，亦滑稽之雄也。

今世人耽嗜《水滸傳》，至縉紳文士，亦間有好之者。第此書中間用意，非倉卒可窺。世但知其形容曲盡而已，至其排比一百八人，分量重輕，纖毫不爽，而中間抑揚映帶，回護咏嘆之工，真有超出語言之外者。余每惜斯人，以如是心，用於至下之技，然自是其偏長，政使讀書執筆，未必成章也。

此書所載四六語甚厭觀，蓋主爲俗人説，不得不爾。余二十年前，所見《水滸傳》本，尚極足尋味。十數載來，爲閩中坊賈刊落，止録事實，中間游詞餘韻，神情寄寓處，一概删之，遂幾不堪覆瓿。復數十年，無原本印證，此書將永廢矣。余因嘆是編初出之日，不知當更何如也？

宋鄭叔厚以《孫武子》配《論語》、《易傳》，明韓苑洛以關漢卿配司馬子長，皆大是詞場猛諢。因論《水滸》，得二事絶可作對。嘉、隆間一鉅公，案頭無他書，僅左置《南華經》，右置《水滸傳》各一部。又近一名士，聽人説《水滸》，作歌謂奄有丘明、太史之長。二語本滑稽，與前意稍不同，然詞若符節，信宇宙間未嘗無對也。

世所傳《宣和遺事》極鄙俚，然亦是勝國時閭閻俗説，中有南儒及省元等字面，又所記宋江三十六人，盧俊義作李俊義，楊雄作王雄，關勝作關必勝，自餘俱小不同，并花石綱等事，皆似是《水滸》事本。倘出《水滸》後，必不更創新名。又郎瑛《類稿》，記《點鬼簿》中，亦具有諸人事迹，是元人鍾繼先所編。然則施氏此書，所謂三十六人者，大概各本前人，獨此外則附會耳。郎謂此書及《三國》，并羅貫中撰，大謬。二書淺深工拙，若霄壤之懸，詎有出一手理？世傳施號耐庵，名字竟不可考。友人王承父，嘗戲謂是編《南華》、《太史》合成，余以非捐胥之魁，則劇盗之靡耳（施某事見田叔禾《西湖志餘》）。

卷四十一　辛部　莊嶽委談下

（明刻本《少室山房筆叢》）

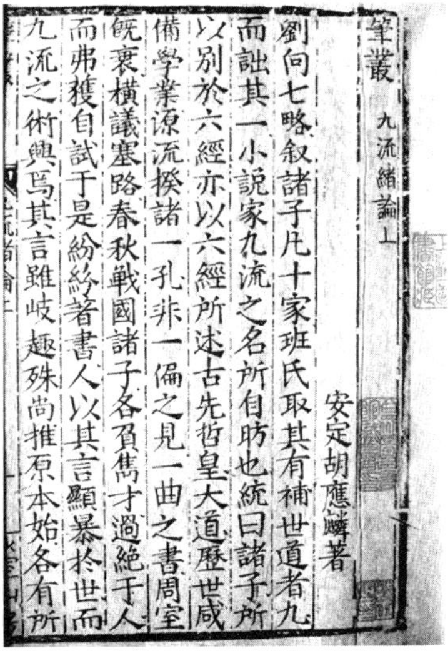

筆叢　九流緒論上

安定胡應麟著

劉向七略敘諸子凡十家班氏取其有補世道者九而詘其一小說家九流之名所自昉也統曰諸子所以別於六經亦以六經所述古先哲皇大道歷世咸備學業源流揆諸一孔非一偏之見一曲之書周室旣衰橫議塞路春秋戰國諸子各負雋才過絕于人而弗獲自試于是紛紛著書人以其言顯暴於世而九流之術興焉其言雖岐趣殊尚推原本始各有所

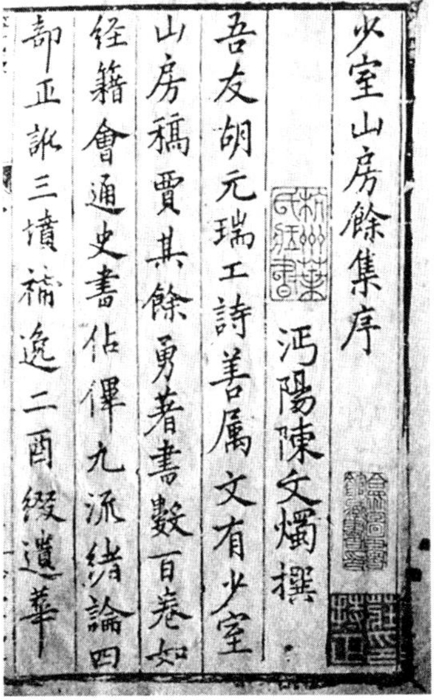

少室山房餘集序

沔陽陳文燭撰

吾友胡元瑞工詩善屬文有少室山房稿賈其餘勇著書數百卷如經籍會通史書佔畢九流緒論四部正訛三墳補逸二酉綴遺華

讀三國史答問

佚名 撰

載於明代建陽吴觀明刻本《李卓吾先生批評三國志》卷首。本文作者是將《三國志演義》當作歷史普及本來看待，主要用德才觀來評論小説中的十餘個人物。作者儘管并没有從小説藝術的角度上來加以探討，但論述的對象畢竟是小説，且此『答問』的形式，後來也有繼用者，更何況對金聖歎創造的『讀法』體產生了明顯的影響，故不妨也作爲『小説話』的一種初級形式加以著録。

關雲長

客問：『雲長先生，其英靈至今日更著，受知明主，屢加褒封，爲王爲帝，且爲天尊，眷注正未艾也，而華夷人心無不以爲快，何所修而得此耶？』答曰：『余且不論今日，即以當年論之。曹瞞，奸人之尤也，因公解圍白馬，封爲漢壽亭侯，禮之甚厚，反以其不忘劉將軍而義之。及其去，左右欲追之，乃曰，「彼各爲其主，勿追也」。是當日奸瞞之心，已爲先生忠義所攝，而今日秉彝之心，更可知已。其餘大則如却婚東吴，小則如刮骨談笑，讀之凜凜有生氣。如此等人，寧不爲今古華夷所崇事也耶？』

又問：『先生古今偉人，何不能相忘馬孟起耶？』曰：『此則先生更有深意，不可與淺者道也。孟起來降，其心未測，不先有以彈壓之，反復未可知也。惟孔明深諒先生之心，乃答書曰：「孟起兼資文武，雄烈過人，一世之傑，黥、彭之徒，當與益德并驅争先，猶未及髯之絶倫逸群也。」得此，則孟起野心自化，毋復他慮，故先生省書大悦，以示賓客。淺者不知，幾以先生得勝孟起一籌也。夫先生豈喜勝孟起一籌者耶？』

又問：『先生以故人寬徐晃，臨陣共語，但説平生，不及軍事，須臾，晃下馬，宣令得關雲長頭，賞金千斤，先生始驚怖，謂晃曰：「大兄是何言耶？」何不長於料人，爲小人所溷，以致臨沮之變耶？』

曰：『此自小人負先生，先生不失爲長者，今故以萬代之瞻仰償之。然則小人亦何嘗負先生也耶？此政足以見先生之仁，不足以没先生之智也。』

張益德

客問：『人言莽張飛，益德果莽否？』答曰：『此言冤也。勿論其他，即待嚴顔一事，當益德生獲顔，益德呵顔曰：「大將至，何以不降，而敢拒戰？」顔曰：「卿等無狀，侵奪我州，我州但有斷頭將軍，無有降將軍也。」益德怒，令左右牽去斫頭，顔色不變曰：「斫頭便斫頭，何爲怒耶？」益德壯而釋之，引爲賓客。服善如此，乃稱莽耶？今人遇人品敵己者，百方妬嫉之，必欲置之死而後已，是真莽耳。即使深情厚貌，恂恂若女子者，然亦終不能脱一莽字也。』

又問：『雲長善待卒伍，而驕於士大夫，飛愛敬君子，而不恤小人，孰爲優劣？』曰：『史原説雲長驕於士大夫，不説驕於賢士大夫。若士大夫不賢，與小人等耳，何足恤哉？獨真正無知小人，反宜憐恤。善乎，玄德戒益德之言曰：「卿刑殺既過差，又日鞭撾健兒，而令在左右，此取禍之道也。」言至此，汗淫淫下矣。語曰：「奴僕無智，從容調理；他若有智，不服事你。」至哉言也！不獨爲馭下箴規，抑且爲取禍藥石。』

趙雲

客問：『子龍，先主稱曰：「子龍一身都是膽。」全以膽勝乎？』答曰：『還是識勝，非膽勝也。蓋膽從識生，無識而有膽，妄耳狂耳，非膽也。何以見子龍之識？如趙範寡嫂，殊色也，無識者誰不貪之？雲曰：「範迫降耳，心未可測，天下女不少。」遂不取。及成都既定，時議欲以成都中屋舍，與城外園地桑田，分賜諸將，雲駁之曰：「霍去病以匈奴未滅，無用家爲。今國賊非但匈奴，未可求安也。須天下都定，各反桑梓，歸耕本土，乃其宜耳。益州人民，初罹兵革，田宅皆可歸還，令安居復業，然後可役調得其歡心。」又昭烈欲討權，雲諫曰：「國賊是曹操，非孫權也。且先滅魏，則吴自服，操身雖斃，子丕篡盜，當因衆心，早圖關中，居河渭上流，以討凶逆，關東義士，必裹糧策馬以迎王師，不應置魏，先與吴戰，兵勢一交，不得卒解也。」又箕谷之役，雲有軍資餘絹，丞相使分賜將士，雲曰：「軍事無利，何爲有賜？其物請悉入赤岸府庫，須十月爲冬賜。」此皆卓識，非尋常將軍所能及也。至其勒兵截江，得還後主，并當陽之役，義貫金石，謚曰「順平」，豈謚美哉？』

或問：『子龍嚴重，昭烈特使任掌内事，孫夫人驕豪，不至大肆，且當陽、長阪，保護甘夫人以得無恙，後主兩番失所，俱得子龍抱持。若子龍者，真可托妻寄子之人也。』答曰：『亦其趙嫂一事，有以感動先主，故信心不疑，得臻大美。噫！丈夫何可爲尤色所壓哉？子龍真吾師也。』

三　傑

客曰：『漢世有兩三傑，知之乎？』答曰：『前漢三傑，留侯、酇侯、淮陰侯也，人皆知之。季漢三傑，其雲長、孔明、益德乎？』曰：『何以券之？』曰：『傅子曰：「初劉玄德襲蜀，丞相掾趙戩曰：『劉備其不濟乎？拙於用兵，每戰必敗，奔亡不暇，何以圖人？蜀雖小區，險固四塞，獨守之國，難卒并也。』徵士傅幹曰：『劉備寬仁有度，能得人死力。諸葛亮達治知變，正而有謀，而爲之相；張飛、關羽，勇而有義，皆萬人敵，而爲之將：此三人者，皆人傑也，以備之略，三傑佐之，何爲不濟也？』」此季漢三傑之券也。』

玄德先生

客曰：『季漢又有一玄德，知之乎？』答曰：『莫非法孝直之祖與？孝直祖父名真，字高卿，少明《五經》，兼通讖緯，學無常師，名有高才，常幅巾見扶風守，守曰：「哀公雖不肖，猶臣仲尼，柳下惠不去父母之邦，欲相屈爲功曹，何如？」真曰：「以明府見待有禮，故四時朝覲，若欲吏使之，真將在北山之北，南山之南矣。」守遂不敢以爲吏。前後徵辟皆不就，友人郭正美之，號曰玄德先生。又一玄德其真乎?』

王允

客問王司徒。答曰:『司徒爲人,前後兩截,前半截可師,後半截可鑒也。』客曰:『何也?』曰:『當其深心欲圖董卓,結内董卓,折節吕布,故董卓留洛陽時,朝政大小,悉委之於允,允矯情屈意,每相承附,卓亦推心,不生乖疑,故得扶持王室於危亂之中,臣主内外,莫不倚恃焉。及卓還長安,録入關之功,封允爲温侯,食邑五千户,固讓不受,士孫瑞説允曰:「夫執謙守約,存乎其時,公與董太師并位俱封,而獨崇高節,豈和光之道耶?」允納其言,乃受二千户。此真待小人之法也,可師也。卓既殲滅,自謂無復患難,遂以劍客遇布,及在際會,每乏温潤之色,伏正持重,不循權宜之計。布勸其赦卓部曲,以卓財物班賜公卿將校,允都不從。由此布不相平,群下不甚附之,終致李傕、郭汜之禍,可鑒也。』

孔融

客問孔文舉。答曰:『少爲蚤慧,中多石畫,不愧尼山滴血,不暇具悉。獨其聞人之善,若出諸己,言有可採,必演而成之,面告其短而退稱所長。薦達賢士,多所獎進,知而未言,以爲己過。如此肺肝，非聖人耶？今人聞人之善，若己之失，隱善揚惡，面是背非，妬賢嫉能，損毀名德，何可比擬？相去豈止非想非非想，天與無間地獄也哉？獨其言語戲謔，以致取禍。如謂父之於子，當有何親？論其本意，實爲情欲發耳。子之於母，亦復奚爲？譬如寄物瓶中，出則離矣。此等言語，有損風化，殺身之慘，其在斯耶？近無文舉之盛美，而有其謔者，爲俚詩曰：「人人教我養爹娘，不養爹娘也無妨。當時養兒非爲我，教他兩個自思量。」如此言語，即在本人，上何以對其父母，下何以對其妻孥也耶？危矣，危矣！』

龐統

客問：『龐士元何如人？』答曰：『勿論其他。即其爲功曹時，性好人倫，勤於長養，每所稱述，多過其材，時人怪而問之，統答曰：「當今天下大亂，雅道陵遲，善人少而惡人多，方欲興風俗長道業，不美其譚，即聲名不足慕企，不足慕企而爲善者少矣。今拔十失五，猶得其半，而可以崇邁世教，使有志者自勵，不亦可乎？」此何等識見，何等肺腸！比今人妬人已成之善，敗人已著之名者，豈止犬羊之於佛祖也哉？嗚呼！』

或問士元、孔明優劣。答曰：『但看士元勸昭烈取益州事，的是大有膽略，大有手策之人，與孔明亦兄弟間也。獨孔明與昭烈計議事，事迫而後起，必爲昭烈所先，而後應之。士元則不免先昭烈耳，蓋養不足也。今人凡爲福先禍始者，亦坐此云。』

魏延

客問：『魏文長何如人？』曰：『昭烈爲漢中王，遷治成都，當得重將以鎮漢川，昭烈不以屬翼德而以屬文長，昭烈知文長也。文長當群臣大會，對昭烈曰：「若曹操舉天下而來，請爲大王拒之；偏將十萬之衆至，請爲大王吞之。」此實量己量力之言，非謬爲壯語也。及與丞相亮議取夏侯楙，乃曰：「楙少，主婿也，怯而無謀，今假延精兵五千，負糧五千，直從褒中出，循秦嶺而東，當子午而北，不過十日，可到長安。楙聞延奄至，必乘船逃走，長安中惟有御史、京兆、太守耳。橫門邸閣與散民之穀，足周食也。比東方相合聚，尚二十許日，而公從斜谷來，必足以達。如此則一舉而咸陽以西可定矣。」此亦善策，亮不能用。延常謂亮爲怯，嘆憾己才用之不盡，亦豪傑不遇知己，憤激之常云耳。卒以矜高，爲楊儀所冤，夢角而死。噫，頭上用刀，竟爲凶兆。嗚呼哀哉！』

姜維

客問：『姜伯約何如孔明？』答曰：『又一孔明也。即孔明亦稱之曰：「姜伯約忠勤時事，思慮精密。考其所有，永南、季常諸人不如也。其人，凉州上士也。」便可知其人已。其最不可及者，志圖恢復，念念不已，當其被後主敕令，方始投戈放甲。及鍾會曰「來何遲也」，伯約正色流涕曰：「今日見此，爲速矣。」忠義感憤，隱躍言外。以此與會相得，構成擾亂，以圖克復，密書與後主曰：「願陛下忍數日之辱，臣欲使社稷危而復安，日月幽而復明。」此何等忠義也！謂非孔明之流亞與！』客曰：『然則前何以去天水也？』曰：『此乃天水去伯約，非伯約去天水也。』

禰衡

客問：『讀《四聲猿》乃知禰正平雖屈於生前，實伸於死後。』答曰：『非也。此徐文長自寓托言耳，非有實績可信。如正平者，真後世文士之戒也。據其譏彈陳長文、司馬伯達曰屠沽兒，於荀文若、趙稚長曰借面吊喪，曰監厨請客，於祖道諸人曰冢曰屍，於黄祖太守曰死公云等道。勃虐無禮，一狂生耳，身首異處，亦自取也。然曹瞞不殺，送之劉表，劉表不殺，送之黄祖，非徒以其虚名，實有足以致名處。目所一見，輒誦於口，耳所瞥聞，不忘於心，飛辯騁詞，溢氣坌涌，解疑釋結，臨敵有餘。如荆州章奏，須臾立成，辭亦可觀；江夏書記，輕重疏密，各得體宜。一覽蔡邕碑文，書出不差一字。攬筆直賦，《鸚鵡》文成，略無加點，委有過人之資，絶世之慧，猶以狂悖殺身。况今之文人，眼不識丁，胸無半墨，轉筆如山，遣詞似石，咿唔半世，不成一文，思索十年，竟無半句。猶欲爲正平勃虐耶？吾恐黄太守主簿，亦不肯殺之矣，何也？有辱此刃故也。呵呵！』

馬謖

客問：『馬幼常畢竟何如人？』答曰：『孔明深加器異，亦非漫然。先主以爲言過其實，亦有見之言也。獨街亭之役，余反有憾於孔明，何也？當其下獄之時，十萬之衆，爲之垂泣，是豈易得者哉？且其書詞哀楚，自是賢者。善乎蔣琬之言曰：「楚殺得臣，然後文公喜。」可知也。天下未定，而戮智計之士，豈不惜乎？時有李邈，亦諫亮曰：「秦赦孟明，用伯西戎；楚誅子玉，二世不競。」此時孔明從之，許其立功贖罪，吾無恨也。』客曰：『即留之，言過其實之人，何能立功也？』答曰：『是何言與？夫用兵之道，攻心爲上，攻城爲下，心戰爲上，兵戰爲下。孔明得此，以服南方。如幼常者，不足參末議耶？若所云言過其實，亦與今之無實而高談者有間也。』

劉巴

客問：『劉子初固非俗士，獨張翼德嘗就子初宿，子初不與語，翼德忿恚。孔明謂子初曰：「翼德雖實武人，敬慕足下，主公今方收拾文武，以定大事，足下雖天素高亮，宜少降意。」子初曰：「大丈夫處世，當交四海英雄，如何與兵子共語？」玄德聞之，怒曰：「子初才智絶人，如孤可任用之，非孤者，難獨任也。」吴張昭亦對孫仲謀論子初褊厄，不當拒翼德太甚。仲謀謂：「若令子初，隨世沈浮，容悦玄德，交非其人，何足稱爲高士乎？」何孔明、玄德、張昭、孫權持論之不同也？』答曰：『孔明、張昭老成有見之言，玄德、孫權英雄欺人之語。幸翼德能容之耳。不然子初瘦骨，能飽翼德老拳乎？夫子初已矣，若今世有子初之褊厄，而無子初之才智者，堪爲兵子之奴否也？」

許慈胡潛

許慈，字仁篤。胡潛，字公興。客問亦知二人笑話乎？答曰：『此可爲今日俗儒影子也。昔昭烈定蜀，慈、潛并爲學士。二人更相克伐，謗讟忿争，形於聲色，書籍有無不相通，借時尋楚撻以相震撼，其矜己妬彼，乃至於此！昭烈愍其若斯，群僚大會，使倡家假爲二子之容，仿其訟鬩之狀，酒酣樂作，以爲嬉戲。初以辭義相難，終以刀杖相屈，用感切之。噫！昭烈真聖主也！此俗儒，不寸斷之以爲馬料，猶然欲感悟之，非大聖人不能也。雖然，即用爲馬料，其如馬不食何？由此言之，昭烈非愛二子也，愛馬也。一笑，一笑也。』

（明吴觀明刻本《李卓吾先生批評三國志》）

讀三國史答問

關雲長

客問雲長先生其英靈至今日更著受知
明主屢加褒封爲王爲帝且爲天尊
眷注正未艾也而華夷人心無不以爲快何
所修而得此耶答曰余且不論今日即以
當年論之曹瞞奸人之尤也困公解圍白

三國志通俗演義卷之一

晋平陽侯陳壽史傳

後學羅本貫中編次

祭天地桃園結義

後漢桓帝崩靈帝即位時年十二歲朝廷有
大將軍竇武太傅陳蕃司徒胡廣共相輔佐
至秋九月中涓曹節王甫弄權竇武陳蕃預
謀誅之機謀不密反被曹節王甫所害中涓
自此得權建寧二年四月十五日帝會群臣

西遊記竅言

佚名　撰

載於明崇禎四年（一六三一）閩齋堂刊《新刻增補批評全像西遊記》卷首。此本《西遊記》藏日本慶應大學圖書館，爲孤本。每卷卷題下題「倣李秃老批評，閩齋堂楊居謙校梓」。楊閩齋，字春元，萬曆庚戌三十八年（一六一〇）曾用「清白堂」號刊《重刻京本通俗演義按鑒三國志傳》、《鼎鐫京本全像西遊記》等。楊居謙很可能是閩齋之子，當爲「校梓」的書坊主人，具體評點者及寫序、作此《竅言》者不詳。「竅言」一詞，多作「空言」、「不實之言」解，這裏用《莊子·養生主》「依乎天理，批大郤，導大窾，因其固然」之義，有「中肯」之意。本文作者的主要觀點，認爲一部《西遊記》雖爲小説，本在寫心，「實關大道」。小説中的評點，也致力於點出修身養性之道。但作者也注意到了《西遊記》藝術表現的特點，説：『《西遊記》説無事真如有事，説假事真如真事，此第一妙手也，文章家如此者甚少。』與此《窾言》相呼應，在正文的批點中，也常用『趣』、『幻』、『奇』、『妙』等來加以點出，特别是批悟空這個形象時，强調用『猴』字之妙。一些回末總批，也有不少著眼於藝術的批評，如第二十四回總批曰：『一班趣人作伴，老和尚也不寂寞，何物文人，幻筆乃爾。』第三十回總批曰：『唐僧化虎，白馬變龍，都是文心極靈異、文筆極奇幻處。』第三十二回總批曰：『描畫孫行者頑處、豬八戒獃處，令人絶倒，化工筆也。』第三十八回總批曰：『描畫行者耍處、八戒笨處，咄咄欲真，傳神手也。』

《西遊記》雖小説也，内有玄門之工夫，佛門之宗旨，實關大道焉，讀者急須著眼。

《西遊記》説無事真如有事，説假事真如真事，此第一妙手也，文章家如此者甚少。

孫行者非他也，即吾人之心是也；行者之變化非他也，即吾心之變化者是也。人身自有一部真《西遊記》，勿向外面尋索可也。

唐三藏亦非他也，即以爲吾人之身藏氣，氣藏精，精藏神，亦無不可。大抵説一『藏』字，則不許淺露可知已。

猪八戒亦非他也，即以爲戒吾身之不孝、不弟、不忠、不信、不禮、不義、不廉、不耻，亦無不可。大抵説一『戒』字，則不許放肆可知已。

以行者爲吾人之心猿，以白馬爲吾人之意馬，亦非牽强之言，總是闕屬之語。觀世音亦不在遠，即此心之自在者是也，所以猴頭雖千變萬化，到底出不得『自在』二字。不定者終歸於定也。語云『誰家屋里没觀音』，至言也。

如來佛亦不在外，即此心之本來是也。行者變化，心之變也；如來佛，心之常也。行者一跟頭去十萬八千里，只在如來掌中，見得心之變出不得心之常之手也，變終歸於常而已矣。語云『佛在心頭』，即此意也。

『悟空』、『悟能』、『悟净』三法名，『空』、『净』二字，悟之甚易，唯有『能』字如何作悟？蓋『能』亦當空之净之，若留一些『能』在，便不空净矣。『悟能』二字如此作解，方纔不是鈍人。不然，又留却許多查〔渣〕滓矣，如何可以言悟哉？

未批評以前之《西遊記》，市井之書耳；既批評以後之《西遊記》，可供賢士大夫之玩索矣。書之不可無批評也如此。

批著眼處，非性命微言，即身心要語，至若常言，如『天下無難事，只怕有心人』十字，亦必拈出。蓋開卷有益，不必作者定有此意與否，吾心有契即可悟入。昔人有讀《千字文》『心動神疲』四字而得長生者，善讀書者，政不必典謨訓誥然後爲書也。

批猴處，只因行者頑皮，出人意表，亦思別尋一字以模擬之，終不若本色『猴』字爲妙，故只以一『猴』字贊之。

批趣處，或八戒之獃狀可笑，或行者之尖態可喜，又或沙僧之冷語可味，俱以一『趣』字賞之。

總評處，皆以痛哭流涕之心，爲嬉笑怒駡之語，實與道學諸君子互相表裏。若曰嘲弄道學先生，則冤甚矣。

碎評處，謔語什九，正言什一。然謔處亦非平地風波，無端生造，從其正文中，言内言外，言前言後，而得之也。既可令人捧腹，又能令人沁心，即謂之大藏真言亦無不可，然則以爲謔語，以爲正言，亦隨讀者之見而已，評者亦如之何哉！

（明崇禎四年閩齋堂刊《新刻增補批評全像西遊記》卷首）

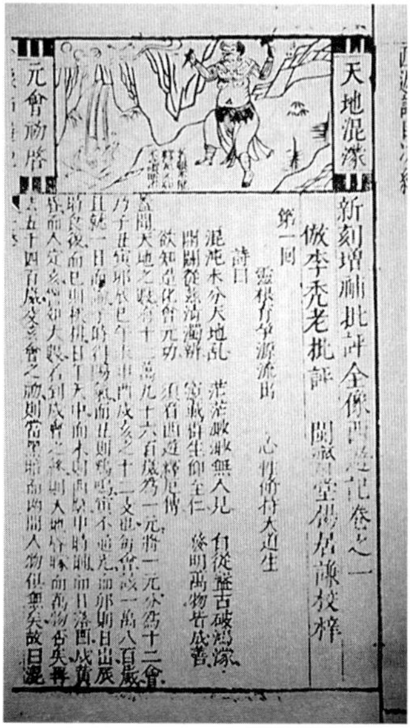

新刻增補批評全像西遊記卷之一
倣李禿老批評　閩齋堂楊居謙校梓
第一回
靈根孕育源流出　心性修持大道生
詩曰
混沌未分天地亂　茫茫渺渺無人見　自從盤古破鴻濛
開闢從茲清濁辨　覆載群生仰至仁　發明萬物皆成善
欲知造化會元功　須看西遊釋厄傳
蓋聞天地之數有十二萬九千六百歲為一元將一元分為十二會
乃子丑寅卯辰巳午未申酉戌亥之十二支也每會該一萬八百歲
且就一日而論子時得陽氣而丑則雞鳴寅不通光而卯則日出辰
時食後而巳則挨排日午天中而未則西蹉申時晡而日落酉戌黃
昏而人定亥譬於大數若到戌會之終則天地昏曚而萬物否矣再
去五千四百歲交亥會之初則當黑暗而兩間人物俱無矣故曰混

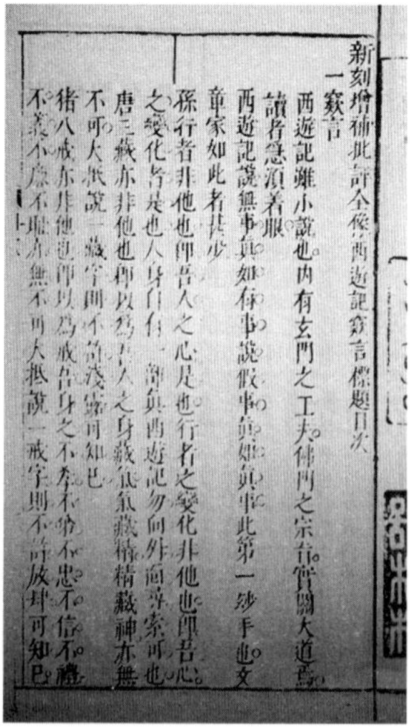
新刻增補批評全像西遊記窾言標題目次
一窾言
西遊記雖小說也內有玄門之工夫佛門之宗旨實關大道焉
讀者急須着眼
西遊記說無事真如有事說假事真如真事此第一妙手也文
章家知此者甚少
孫行者非他也即吾人之心是也行者之變化非他也即吾心
之變化者是也人身自有一部真西遊記勿向外面尋索可也
唐三藏亦非他也即以為吾人之身藏氣藏精藏神亦無
不可大抵說一藏字則不肯淺露可知已
猪八戒亦非他也即以為戒吾身之不孝不弟不忠不信不禮
不義不廉不恥亦無不可大抵說一戒字則不許放肆可知已

西遊補答問

静嘯齋主人　撰

載於崇禎間刊本《西遊補》卷首。作者董説（一六二〇——一六八六），字若雨，號西庵。静嘯齋，原是其父董斯張著書處，父亡後，自署静嘯齋主人。浙江烏程南潯人。崇禎十三年（一六四〇）二十一歲時作《西遊補》，借續説《西遊》故事，寓『走出情外』之意，并譏彈明季世風。明亡後出家爲僧，有反清復明之志。存世作品尚有《董若雨詩文集》、《夢石樓》、《七國考》等。本文所論主旨爲『悟通大道，必先空破情根』，『知情是魔，便是出頭地步』。小説之主角鯖魚精，即是情妖。作者力主『斬情魔，政要一刀兩斷』。

問：『《西遊》不闕，何以補也？』曰：『《西遊》之補，蓋在火焰芭蕉之後，洗心掃塔之先也。大聖計調芭蕉，清凉火焰，力遏之而已矣。四萬八千年俱是情根團結，悟通大道，必先空破情根；空破情根，必先走入情内；走入情内，見得世界情根之虚，然後走出情外，認得道根之實。《西遊補》者，情妖也；情妖者，鯖魚精也。』

問：『《西遊》舊本，妖魔百萬，不過欲剖唐僧而俎其肉，子補《西遊》，而鯖魚獨迷大聖，何也？』曰：『孟子曰：「學問之道無他，求其放心而已矣。」』

問：『古本《西遊》，必先説出某妖某怪，此叙情妖，不先曉其爲情妖，何也？』曰：『此正是補《西遊》大關鍵處。情之魔人，無形無聲，不識不知，或從悲慘而入；或從逸樂而入；或一念疑摇而入；或從所見聞而入。其所入境，若不可已，若不可改，若不可忽。若一入而决不可出，知情是魔，便是出頭地步。故大聖在鯖魚肚中，不知鯖魚；跳出鯖魚之外，而知鯖魚也。且跳出鯖魚不知，頃刻而殺鯖魚者，仍是大聖。迷人悟人，非有兩人也。』

問：『古人世界，是過去之説矣；未來世界，是未來之説矣。雖然，初唐之日，又安得宋丞相秦檜之魂魄而治之？』曰：『《西遊補》情夢也。譬如正月初三日夢見三月初三與人争鬥，手足格傷，及至三月初三果有争鬥，目之所見與夢無異。夫正月初三非三月初三也，而夢之見之者，心無所不至也；心無所不至，故不可放。』

問：『大聖在古人世界，爲虞美人，何媚也？在未來世界，便爲閻羅天子，何威也？』曰：『心入未來，至險至阻，若非振作精神，必將一敗塗地。滅六賊，去邪也；刑秦檜，决趨向也；拜武穆，歸正也。此大聖脱出情妖之根本。』

問：『大聖在青青世界，見唐僧是將軍，何也？』曰：『不須著論，只看「殺青大將軍，長老將軍」此九字。』

問：『十三回「關雎殿唐僧墮淚，撥琵琶季女彈詞」，大有凄風苦雨之致。』曰：『天下情根不外一「悲」字。』

問：『大聖忽有夫人男女，何也？』曰：『夢想顛倒。』

問：『大聖出情魔時，五色旌旗之亂，何也？』曰：『《清净經》云：「亂窮返本，情極見性。」』

問：『大聖遇牡丹，便入情魔，作奔壘先鋒，便出情魔，何也？』曰：『斬情魔，政要一刀兩段。』

問：『天可鑿乎？』曰：『此作者大主意。大聖不遇鑿天人，决不走入情魔。』

問：『古本《西遊》，凡諸妖魔，或牛首虎頭，或豺聲狼視，今《西遊補》十五回所記鯖魚模樣，婉孌近人，何也？』曰：『此四字正是萬古以來第一妖魔行狀。』

靜嘯齋主人識

（明崇禎間刻本《西遊補》）

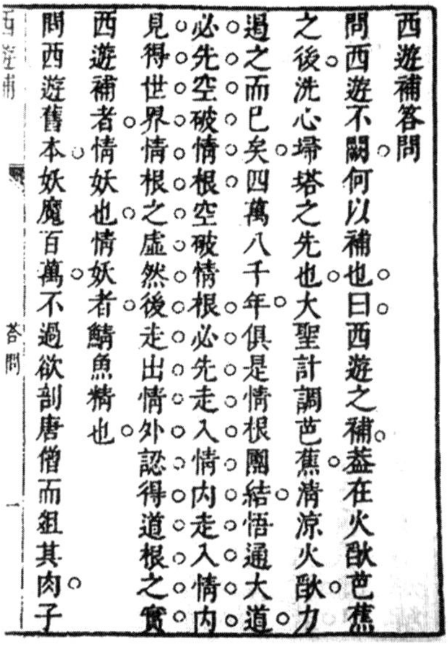

西遊補荅問。

問西遊不闕。何以補也。曰。西遊之補。蓋在火燄芭蕉之後。洗心埽塔之先也。大聖計調芭蕉清涼火燄力遏之而已矣。四萬八千年俱是情根團結。悟通大道必先空破情根。空破情根。必先走入情內。走入情內見得世界情根之虛。然後走出情外。認得道根之實。

西遊補者。情妖也。情妖者。鯖魚精也。

問西遊舊本。妖魔百萬。不過欲剖唐僧而俎其肉。子

西遊補　荅問　一

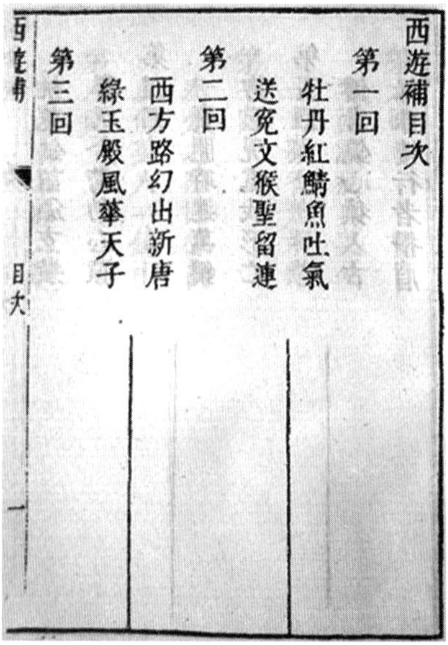

西遊補目次

第一回

牡丹紅鯖魚吐氣

送冤文猴聖留連

第二回

西方路幻出新唐

綠玉殿風華天子

第三回

西遊補　目次　一

讀第五才子書法

金聖歎　撰

載於貫華堂本《第五才子書施耐庵水滸傳》卷首。作者金聖歎（一六〇八——一六六一），名人瑞，又名喟，長洲（今江蘇蘇州）人，明末諸生，庠姓張，入清後絶意仕進，以批點《水滸傳》、《西厢記》著稱於世，因反貪哭廟案被殺。本文雖爲金聖歎創造的整個《水滸傳》評點系統中的一部分，但它具有相對獨立性，實是一篇有關《水滸傳》的小説話。金聖歎所開創的這種以『讀法』、『總評』等爲名的小説話文體，爲以後的評點家所廣泛採納，形成了一種傳統。本文在廣泛地總結《水滸傳》的藝術特點時，着重提出了『性格』論與『文法』論。他認爲：『别一部書，看過一遍即休；獨有《水滸傳》，只是看不厭，無非爲他把一百八個人性格，都寫出來。』在中國文學批評史上，首次明確地將『性格』的刻畫作爲一個重要的批評標準。他所總結的衆多『文法』，雖受八股觀點的影響，但多爲有價值的有關文學形式美的探討，總結了藝術表現中的一些帶有規律性的奥秘。

大凡讀書，先要曉得作書之人，是何心胸。如《史記》，須是太史公一肚皮宿怨發揮出來。所以他於《游俠》、《貨殖傳》，特地着精神，乃至其餘諸記傳中，凡遇揮金殺人之事，他便嘖嘖賞嘆不置。一部《史記》，只是『緩急人所時有』六個字，是他一生著書旨意。《水滸傳》却不然。施耐庵本無一肚皮宿怨要發揮出來，只是飽暖無事，又值心閒，不免伸紙弄筆，尋個題目，寫出自家許多錦心綉口，故其是非皆不謬於聖人。後來人不知，却於『水滸』上加『忠義』字，遂并比於史公發憤著書一例，正是使不得。

《水滸傳》有大段正經處，只是把宋江深惡痛絶，使人見之，真有犬彘不食之恨。從來人却是不曉得。

《水滸傳》獨惡宋江，亦是『殲厥渠魁』之意，其餘便饒恕了。

或問：『施耐庵尋題目寫出自家錦心綉口，題目盡有，何苦定要寫此一事？』答曰：『只是貪他三十六個人，便有三十六樣出身，三十六樣面孔，三十六樣性格，中間便結撰得來。』

題目是作書第一件事。只要題目好，便書也作得好。

或問：『題目如《西遊》、《三國》如何？』答曰：『這個都不好。《三國》人物事體説話太多了，筆下拖不動，踅不轉，分明如官府傳話奴才，只是把小人聲口，替得這句出來，其實何曾自敢添減一字？《西遊》又太無脚地了，只是逐段捏捏撮撮，譬如大年夜放煙火，一陣一陣過，中間全没貫串，便使人讀之，處處可住。』

《水滸傳》方法，都從《史記》出來，却有許多勝似《史記》處。若《史記》妙處，《水滸傳》已是件件有。

凡人讀一部書，須要把眼光放得長。如《水滸傳》七十回，只用一目俱下，便知其二千餘紙，只是一篇文字。中間許多事體，便是文字起承轉合之法。若是拖長看去，却都不見。

《水滸傳》不是輕易下筆。只看宋江出名，直在第十七回，便知他胸中已算過百十來遍。若使輕易下筆，必要第一回就寫宋江，文字便一直帳，無擒放。

某嘗道《水滸傳》勝似《史記》，人都不肯信。殊不知某却不是亂説。其實《史記》是以文運事，《水滸》是因文生事。以文運事，是先有事生成如此如此，却要算計出一篇文字來。雖是史公高才，也畢竟是吃苦事。因文生事即不然，只是順着筆性去，削高補低都由我。

作《水滸傳》者，真是識力過人。某看他一部書，要寫一百單八個强盜，却爲頭推出一個孝子來做門面：一也。三十六員天罡，七十二座地煞，却倒是三座地煞先做强盜，顯見逆天而行：二也。

盗魁是宋江了，却偏不許他便出頭，另又幻一晁蓋蓋住在上：三也。天罡地煞，都置第二，不使出現：四也。臨了收到『天下太平』四字作結：五也。

三個石碣字，是一部《水滸傳》大段落。

《水滸傳》不説鬼神怪異之事，是他氣力過人處。《西遊記》每到弄不來時，便是南海觀音救了。

《水滸傳》并無『之乎者也』等字。一樣人，便還他一樣説話。真是絶奇本事。

《水滸傳》一個人出來，分明便是一篇列傳。至於中間事迹，又逐段逐段自成文字。亦有兩三卷成一篇者，亦有五六句成一篇者。

别一部書，看過一遍即休。獨有《水滸傳》，只是看不厭。無非爲他把一百八個人性格，都寫出來。

《水滸傳》寫一百八個人性格，真是一百八樣。若别一部書，任他寫一千個人，也只是一樣。便只寫得兩個人，也只是一樣。

《水滸傳》章有章法，句有句法，字有字法。人家子弟稍識字，便當教令反復細看。看得《水滸傳》出時，他書便如破竹。

江州城劫法場一篇，奇絶了，後面却又有大名府劫法場一篇，一發奇絶；潘金蓮偷漢一篇，奇絶了，後面却又有潘巧雲偷漢一篇，一發奇絶；景陽岡打虎一篇，奇絶了，後面却又有沂水縣殺虎一篇，一發奇絶：真正其才如海。

劫法場、偷漢、打虎，都是極難題目，直是没有下筆處。他偏不怕，定要寫出兩篇。

《宣和遺事》具載三十六人姓名，可見三十六人是實有。只是七十回中許多事迹，須知都是作書人憑空造謊出來。如今却因讀此七十回，反把三十六個人物都認得了。任憑提起一個，都似舊時熟識。文字有氣力如此！

一百八人中，定考武松上上。時遷、宋江是一流人，定考下下。

魯達自然是上上人物。寫得心地厚實，體格闊大。論粗鹵處，他也有些粗鹵；論精細處，他亦甚是精細。然不知何故，看來便有不及武松處？想魯達已是人中絶頂，若武松直是天神，有大段及不得處。

《水滸傳》只是寫人粗鹵處，便有許多寫法：如魯達粗鹵是性急，史進粗鹵是少年任氣，李逵粗鹵是蠻，武松粗鹵是豪傑不受羈靮，阮小七粗鹵是悲憤無説處，焦挺粗鹵是氣質不好。

李逵是上上人物，寫得真是一片天真爛熳到底。看他意思，便是山泊中一百七人，無一個入得他眼。《孟子》『富貴不能淫，貧賤不能移，威武不能屈』，正是他好批語。

看來作文，全要胸中先有緣故。若有緣故時，便隨手所觸，都成妙筆；若無緣故時，直是無動手處，便作得來，也是嚼蠟。

只如寫李逵，豈不段段都是妙絶文字？却不知正爲段段都在宋江事後，故便妙不可言。蓋作者只是痛恨宋江奸詐，故處處緊接出一段李逵樸誠來，做個形擊。其意思自在顯宋江之惡，却不料反成李逵之妙也。此譬如刺槍，本要殺人，反使出一身家數。

近世不知何人，不曉此意，却節出李逵事來，另作一册，題曰《壽張文集》。可謂咬人屎撅，不是好狗。

寫李逵色色絶倒，真是化工肖物之筆。他都不必具論，只如逵還有兄李達，便定然排行第二也，他却偏要一生自叫『李大』。直等急切中移名换姓時，反稱作李二，謂之乖覺。試想他肚皮里，是何等没分曉！

任是真正大豪傑好漢子，也還有時將銀子買得他心肯。獨有李逵，便銀子也買他不得，須要等他自肯。真又是一樣人！

林冲自然是上上人物，寫得只是太狠。看他算得到，熬得住，把得牢，做得徹，都使人怕。這般人在世上，定做得事業來，然琢削元氣也不少。

吴用定然是上上人物。他奸猾便與宋江一般，只是比宋江却心地端正。

宋江是純用術數去籠絡人，吴用便明明白白驅策群力，有軍師之體。

吴用與宋江差處，只是吴用却肯明白説自家是智多星，宋江定要説自家志誠質樸。

宋江只道自家籠罩吴用，吴用却又實實籠罩宋江。兩個人，心裏各各自知，外面又各各只做不知。

寫得真是好看煞人！

花榮自然是上上人物，寫得恁地文秀。

阮小七是上上人物，寫得另是一樣氣色。一百八人中，真要算做第一個快人。心快口快，使人對之，齷齪都銷盡。

楊志、關勝是上上人物。楊志寫來是舊家子弟，關勝寫來全是雲長變相。

秦明、索超是上中人物。

史進只算上中人物，爲他後半寫得不好。

呼延灼却是出力寫得來的，然只是上中人物。

盧俊義、柴進只是上中人物。盧俊義傳，也算極力將英雄員外寫出來了，然終不免帶些獃氣。譬如畫駱駝，雖是龐然大物，却到底看來，覺道不俊。柴進無他長，只有好客一節。

朱仝與雷横，是朱仝寫得好。然兩人都是上中人物。

楊雄與石秀，是石秀寫得好。然石秀便是中上人物，楊雄竟是中下人物。

公孫勝便是中上人物，備員而已。

李應只是中上人物。然也是體面上定得來，寫處全不見得。

阮小二、阮小五、張横、張順，都是中上人物。燕青是中上人物。劉唐是中上人物。徐寧、董平是中上人物。

戴宗是中下人物。除却神行，一件不足取。

吾最恨人家子弟，凡遇讀書，都不理會文字，只記得若干事迹，便算讀過一部書了。雖《國策》、

《史記》，都作事迹搬過去，何况《水滸傳》？

《水滸傳》有許多文法，非他書所曾有，略點幾則於後：

有倒插法：謂將後邊要緊字，驀地先插放前邊。如五臺山下鐵匠間壁父子客店，又大相國寺嶽廟間壁菜園，又武大娘子要同王乾娘去看虎，又李逵去買棗糕，收得湯隆等是也。

有夾叙法：謂急切裏兩個人一齊説話，須不是一個説完了，又一個説，必要一筆夾寫出來。如瓦官寺崔道成説『師兄息怒，聽小僧説』，魯智深説『你説你説』等是也。

有草蛇灰綫法：如景陽岡勤叙許多『哨棒』字，紫石街連寫若干『簾子』字等是也。驟看之，有如無物，及至細尋，其中便有一條綫索，拽之通體俱動。

有大落墨法：如吴用説三阮，楊志北京鬥武，王婆説風情，武松打虎，還道村捉宋江，二打祝家莊等是也。

有綿針泥刺法：如花榮要宋江開枷，宋江不肯，又晁蓋番番要下山，宋江番番勸住，至最後一次便不勸是也。筆墨外，便有利刃直戳進來。

有背面鋪粉法：如要襯宋江奸詐，不覺寫作李逵真率。要襯石秀尖利，不覺寫作楊雄糊塗是也。

有弄引法：謂有一段大文字，不好突然便起，且先作一段小文字在前引之。如索超前，先寫周謹；十分光前，先説五事等是也。《莊子》云：『始於青蘋之末，盛於土囊之口。』《禮》云：『魯人有事於泰山，必先有事於配林。』

有獺尾法：謂一段大文字後，不好寂然便住，更作餘波演漾之。如梁中書東郭演武歸去後，知縣時文彬升堂；武松打虎下岡來，遇着兩個獵户；血濺鴛鴦樓後，寫城壕邊月色等是也。

有正犯法：如武松打虎後，又寫李逵殺虎，又寫二解争虎；潘金蓮偷漢後，又寫潘巧云偷漢；江州城劫法場後，又寫大名府劫法場；何濤捕盗後，又寫黄安捕盗；林冲起解後，又寫盧俊義起解；朱仝、雷横放晁蓋後，又寫朱仝、雷横放宋江等。正是要故意把題目犯了，却有本事出落得無一點一畫相借，以爲快樂是也。真是渾身都是方法。

有略犯法：如林冲買刀與楊志賣刀，唐牛兒與鄆哥，鄭屠肉鋪與蔣門神快活林，瓦官寺試禪杖與蜈蚣嶺試戒刀等是也。

有極不省法：如要寫宋江犯罪，却先寫招文袋金子，却又先寫閻婆惜和張三有事，却又先寫宋江討閻婆惜，却又先寫宋江捨棺材等。凡有若干文字，都非正文是也。

有極省法：如武松迎入陽谷縣，恰遇武大也搬來，正好撞着；又如宋江琵琶亭吃魚湯後，連日破腹等是也。

有欲合故縱法：如白龍廟前，李俊、二張、二童、二穆等救船已到，却寫李逵重要殺入城去；還道村玄女廟中，趙能、趙得都已出去，却有樹根絆倒士兵叫喊等，令人到臨了，又加倍吃吓是也。

有横雲斷山法：如兩打祝家莊後，忽插出解珍、解寶争虎越獄事；又正打大名城時，忽插出截江鬼、油裏鰍謀財傾命事等是也。只爲文字太長了，便恐累墜，故從半腰間暫時閃出，以間隔之。

有鸞膠續弦法：如燕青往梁山泊報信，路遇楊雄、石秀，彼此須互不相識，且由梁山泊到大名府，彼此既同取小徑，又豈有止一小徑之理？看他便順手借如意子打鵲問卦，先鬥出巧來，然後用一拳打倒石秀，逗出姓名來等是也。都是刻苦算得出來。

舊時《水滸傳》，子弟讀了，便曉得許多閒事；此本雖是點閱得粗略，子弟讀了，便曉得許多文法。不惟曉得《水滸傳》中有許多文法，他便將《國策》、《史記》等書，中間但有若干文法，也都看得出來。舊時子弟讀《國策》、《史記》等書，都只看了閒事，煞是好笑！《水滸傳》，到底只是小說，子弟極要看。及至看了時，却憑空使他胸中添了若干文法。

人家子弟，只是胸中有了這些文法，他便《國策》、《史記》等書，都肯不釋手看。《水滸傳》有功於子弟不少。

舊時《水滸傳》，販夫皂隸都看。此本雖不曾增減一字，却是與小人没分之書。必要真正有錦綉心腸者，方解説道好。

（中華書局一九七五年影印貫華堂刻本《第五才子書施耐庵水滸傳》）

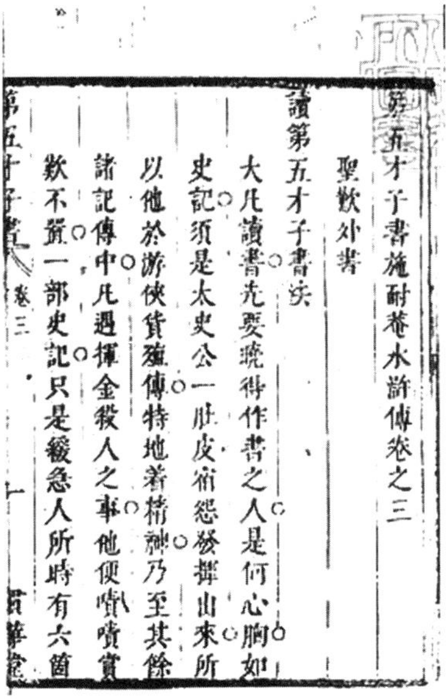

第五才子書施耐菴水滸傳卷之三

聖歎外書

讀第五才子書法

大凡讀書先要曉得作書之人是何心胸如史記須是太史公一肚皮宿怨發揮出來所以他於游俠貨殖傳特地着精神乃至其餘諸記傳中凡遇揮金殺人之事他便嘖嘖賞歎不置一部史記只是緩急人所時有六箇

第五才子書　卷三　一　貫華堂

讀三國志法

毛綸　毛宗崗　撰

載於毛綸、毛宗崗父子所批《三國志演義》卷首，今存醉耕堂本、康熙十八年四大奇書本等。毛綸（一六一〇—？），字德音，號聲山，江蘇長洲（今蘇州）人，於康熙年間，曾由子宗崗協助批點《三國志演義》與《琵琶記》。宗崗（一六三二—一七〇九以後），字序始，號子庵。後毛本《三國志演義》的通行本多僅署宗崗之名。毛氏受同縣金聖歎的影響，冒稱據『古本』以全面修訂正文，并逐回評點。本文具有總論性質，强調『以正統予蜀』，小說『重在嚴誅亂臣賊子以自附於《春秋》之義』。對《三國志演義》的藝術成就，論述尤詳，特別在論歷史演義的虛實、歷史人物的塑造及全書結構布局穿插之妙，多有獨到會心之見，對後世影響亦巨。

讀《三國志》者，當知有正統、閏運、僭國之别。正統者何？蜀漢是也。僭國者何？吴、魏是也。閏運者何？晋是也。魏之不得爲正統者何也？論地則以中原爲主，論理則以劉氏爲主。論地不若論理，故以正統予魏者，司馬光《通鑒》之誤也。以正統予蜀者，紫陽《綱目》之所以爲正也。《綱目》於獻帝建安之末，大書後漢昭烈皇帝章武元年，而以吴、魏分注其下，蓋以蜀爲帝室之胄，在所當予；魏爲篡國之賊，在所當奪。是以前則書劉備起兵徐州討曹操，後則書漢丞相諸葛亮出師伐魏，而大義昭然揭於千古矣。夫劉氏未亡，魏未混一，魏固不得爲正統。迨乎劉氏已亡，晋已混一，而晋亦不得爲正統者，何也？曰晋以臣弑君，與魏無異，而一傳之後，厥祚不長，但可謂之閏運，而不可謂之正統也。至於東晋偏安，以牛易馬，愈不得以正統歸之。故三國之并吞於晋，猶六國之混一於秦，五代之混一於隋耳。秦不過爲漢驅除，隋不過爲唐驅除。前之正統以漢爲主，而秦與晋不得與焉。亦猶後之正統以唐、宋爲主，而宋、齊、梁、陳、隋、梁、唐、晋、漢、周俱不得與焉耳。且不特魏、晋不如漢之爲正，即唐、宋亦不如漢之爲正。煬帝無道而唐代之，是已惜其不能顯然如周之代商，而稱唐公，加九錫，以蹈魏、晋之陋轍，則得天下之正不如漢也。若夫宋以忠厚立國，又多名臣大儒出乎其間，故尚論者以正統予宋。然終宋之世，燕雲十六州未入版圖，其規模已遜於唐。而陳橋兵變，黄袍加身，取天下於孤兒寡婦之手，則得天下之正亦不如漢也。唐、宋且不如漢而何論魏、晋哉？高帝以除暴秦、擊楚之殺義帝者而興，光武以誅王莽而克復舊物，昭烈以討曹操而存漢祀於西川。祖宗之創之者正，而子孫之繼之者亦正，不得但以光武之混一爲正統，而謂昭烈之偏安非正統也。昭烈爲正統，而劉裕、劉智遠亦皆劉氏子孫，其不得爲正統者何也？曰：裕與智遠之爲漢苗裔遠而無徵，不若中山靖王之後近而可考，又二劉皆以簒弑得國，故不得與昭烈并也。後唐李存勖之不得爲正統者何也？曰：存勖本非李而賜姓李，其與吕秦、牛晋不甚相遠，故亦不得與昭烈并也。南唐李昪之亦不得繼唐而爲正統者何也？曰：世遠代遐，亦裕與智遠者比，故亦不得與昭烈并也。南唐李昪不得繼唐而爲正統，南宋高宗獨得繼宋而爲正統者何也？高宗立太祖之後爲後，以延宋祚於不絶，故正統歸焉。夫以高宗之殺岳飛用秦檜，全不以二聖爲念，作史者尚以其延宋祚而歸之以正統，况昭烈之君臣同心，誓討漢賊者乎！則昭烈之爲正統愈無疑也。陳壽之《志》，未及辨此，余故折衷於紫陽《綱目》，而特於演義中附正之。

古史甚多，而人獨貪看《三國志》者，以古今人才之衆未有盛於三國者也。觀才與不才敵不奇，觀才與才敵則奇；觀才與才敵，而一才又遇衆才之匹不奇，觀才與才敵，而衆才尤讓一才之勝則更奇。吾以爲三國有三奇，可稱三絶：諸葛孔明一絶也，關雲長一絶也，曹操亦一絶也。歷稽載籍，賢相林立，而名高萬古者莫如孔明。其處而彈琴抱膝，居然隱士風流；出而羽扇綸巾，不改雅人深致。在草廬之中，而識三分天下，則達乎天時；承顧命之重，而至六出祁山，則盡乎人事。七擒八陣，木比管、樂則過之，比伊、呂則兼之，是古今來賢相中第一奇人。歷稽載籍，名將如雲，而絶倫超群者莫如雲長。青史對青燈，則極其儒雅；赤心如赤面，則極其英靈。秉燭達旦，人傳其大節；單刀赴會，世服其神威。獨行千里，報主之志堅；義釋華容，酬恩之誼重。作事如青天白日，待人如霽月光風。心則趙抃焚香告帝之心而磊落過之，意則阮籍白眼傲物之意而嚴正過之，是古今來名將中第一奇人。歷稽載籍，奸雄接踵，而智足以攬人才而欺天下者莫如曹操。聽荀彧勤王之説而自比周文，則有似乎忠；黜袁術僭號之非而願爲曹侯，則有似乎順；不殺陳琳而愛其才，則有似乎寬；不追關公以全其志，則有似乎義。王敦不能用郭璞，而操之得士過之；桓温不能識王猛，而操之知人過之。李林甫雖能制禄山，不如操之擊烏桓於塞外；韓侂胄雖能貶秦檜，不若操之討董卓於生前。竊國家之柄而姑存其號，異於王莽之顯然弑君；留改革之事以俟其兒，勝於劉裕之急欲篡晋，是古今來奸雄中第一奇人。有此三奇，乃前後史之所絶無者，故讀遍諸史而愈不得不喜讀《三國志》也。

三國之有三絶固已，然吾自三絶而外，更遍觀乎三國之前，三國之後，問有運籌帷幄如徐庶、龐統者乎？問有行軍用兵如周瑜、陸遜、司馬懿者乎？問有料人料事如郭嘉、程昱、荀彧、賈詡、步騭、虞翻、顧雍、張昭者乎？問有武功將略，邁等越倫如張飛、趙雲、黄忠、嚴顔、張遼、徐晃、徐盛、朱桓者乎？問有衝鋒陷陣，驍鋭莫當如馬超、馬岱、關興、張苞、許褚、典韋、張郃、夏侯惇、黄蓋、周泰、甘寧、太史慈、丁奉者乎？問有兩才相當，兩賢相遇，如姜維、鄧艾之智勇悉敵，羊祜、陸抗之從容互鎮者乎？至於道學則馬融、鄭玄，文藻則蔡邕、王粲，穎捷則曹植、楊修，早慧則諸葛恪、鍾會，應對則秦宓、張松，舌辯則李恢、闞澤，不辱君命則趙咨、鄧芝，飛書馳檄則陳琳、阮瑀，治煩理劇則蔣琬、董允，揚譽蜚聲則馬良、荀爽，好古則杜預，博物則張華。求之別籍，俱未易一一見也。乃若知賢則有司馬徽之哲，勵操則有管寧之高，隱居則有崔州平、石廣元、孟公威之逸。忤奸則有孔融之正，觸邪則有趙彦之直，斥惡則有禰衡之豪，駡賊則有吉平之壯，殉國則有董承、伏完之賢，捐生則有耿紀、韋晃之節。子死於父，則有劉諶、關平之孝；臣死於君，則有諸葛瞻、諸葛尚之忠；部曲死於主帥，則有趙累、周倉之義。其他早計如田豐，苦口如王累，矢貞如沮授，不屈如張任，輕財篤友如魯肅，事主不二心如諸葛瑾，不畏强禦如陳泰，視死如歸如王經，獨存介性如司馬孚。炳炳燐燐，照耀史册。殆舉前之豐沛三傑、商山四皓、雲臺諸將、富春客星，後之瀛洲學士、麟閣功臣、杯酒節度、柴市宰相，分見於各朝之千百年者，奔合輻凑於三國之一時，豈非人才一大都會哉！入鄧林而選名材，游玄圃而見積玉，收不勝收，接不暇接，吾於《三國》有觀止之嘆矣。

《三國》一書，乃文章之最妙者。叙三國不自三國始也，三國必有所自始，則始之以漢帝。叙三國不自三國終也，三國必有所自終，則終之以晋國。而不但此也，劉備以帝胄而纘統，則有宗室如劉表、劉璋、劉繇、劉辟等以陪之。曹操以强臣而專制，則有廢立如董卓，亂國如李傕、郭汜以陪之。孫權以方侯而分鼎，則有僭號如袁術，稱雄如袁紹，割據如吕布、公孫瓚、張楊、張邈、張魯、張繡等以陪之。劉備、曹操於第一回出名，而孫權則於第七回方出名。曹氏之定許都在第十一回，孫氏之定江東在第十二回，而劉氏之取西川則在第六十回後。假令今人作稗官，欲平空擬一三國之事，勢必劈頭便叙三人，三人便各據一國。有能如是之統乎其前，出乎其後，多方以盤旋乎其左右者哉？古事所傳，天然有此等波瀾，天然有此等層折，以成絶世妙文，然則讀《三國》一書，誠勝讀稗官萬萬耳。

若論三國開基之主，人盡知爲劉備、孫權、曹操也，而不知其間各有不同。備與操皆自我身而創業，而孫權則藉父兄之力，其不同者一。備與權皆及身而爲帝，而操則不自爲而待之於其子孫，其不同者二。三國之稱帝也，惟魏獨早，而蜀則稱帝於曹操已死、曹丕已立之餘，吴則稱帝於劉備已死、劉禪已立之後，其不同者三。三國之相持也，吴爲蜀之鄰，魏爲蜀之仇，蜀與吴有和有戰，而蜀與魏則有戰無和，吴與蜀則和多於戰，吴與魏則戰多於和，其不同者四。三國之傳也，蜀止二世，魏則自丕及奂凡五主，吴則及〔自〕權及皓凡四主，其不同者五。三國之亡也，吴居其後，而蜀先之，魏次之。魏則見奪於其臣，吴、蜀則見并於其敵，其不同者六。不寧惟是，策之與權，則兄終而弟及；丕之與植，則捨弟而立兄；備之與禪，則父爲帝而子爲虜；操之與丕，則父爲臣而子爲君。可謂參差錯落，變化無方者矣。今之不善畫者，雖使繪兩人亦必彼此同貌。今之不善歌者，即使唱兩調亦必前後同聲。文之合掌，往往類是。古人本無雷同之事，而今人好爲雷同之文，則何不取余所批《三國志》而讀之？

《三國》一書，總起總結之中，又有六起六結。其叙獻帝，則以董卓廢立爲一起，以曹丕篡奪爲一結。其叙西蜀，則以成都稱帝爲一起，而以綿竹出降爲一結。其叙劉、關、張三人，則以桃園結義爲一起，而以白帝托孤爲一結。其叙諸葛亮，則以三顧草廬爲一起，而以六出祁山爲一結。其叙魏國，則以黄初改元爲一起，而以司馬受禪爲一結。其叙東吴，則以孫堅匿璽爲一起，而以孫皓銜璧爲一結。凡此數段文字，聯絡交互於其間，或此方起而彼已結，或此未結而彼又起，讀之不見其斷續之迹，而按之則自有章法之可知也。

《三國》一書，有追本窮源之妙。三國之分，由於諸鎮之角立；諸鎮角立，由於董卓之亂國；董卓亂國，由於何進之召外兵；何進召外兵，由於十常侍之專政。故叙三國必以十常侍爲之端也。然而劉備之初起，不即在諸鎮之内，而尚在草澤之間。夫草澤之所以有英雄聚義，而諸鎮之所以繕修兵革者，由於黄巾之作亂，故叙三國又必以黄巾爲之端也。乃黄巾未作，則有上天垂灾異以警戒之，更有忠謀智計之士，直言極諫以預料之，使當時爲之君者體天心之仁愛，納良臣之讜論，斷然舉十常侍而屏斥焉，則黄巾可以不作，草澤英雄可以不起，諸鎮之兵革可以不修，而三國可以不分矣。故叙三國而追本於桓靈，猶河源之有星宿海云。

《三國》一書，有巧收幻結之妙。設令魏而爲蜀所并，此人心之所甚願也。設令蜀亡而魏得一統，此人心之所大不平也。乃彼蒼之意不從人心所甚願，而亦不出於人心之所大不平，特假手於晋以一之，此造物者之幻也。然天既不祚漢，又不予魏，則何不假手於吴而必假手於晋乎？曰：魏固漢賊也，吴嘗害關公、奪荆州、助魏以攻蜀，則亦漢賊也。若晋之奪魏有似乎爲漢報仇也者，則與其一之以吴，無寧一之以晋也。且吴爲魏敵，而晋爲魏臣；魏以臣弑君，而晋即如其事以報之，可以爲幻既出人意外，巧復在人意中，造物者可謂善於作文矣。今人下筆必不能如此之幻，如此之巧，然則讀造物自然之文，而又何必讀今人臆造之文乎哉！

《三國》一書，有以賓襯主之妙。如將叙桃園兄弟三人，先叙黄巾兄弟三人：桃園其主也，黄巾其賓也。將叙中山靖王之後，先叙魯恭王之後：中山靖王其主也，魯恭王其賓也。將叙何進，先叙陳蕃、竇武：何進其主也，陳蕃、竇武其賓也。叙劉、關、張及曹操、孫堅之出色，并叙各鎮諸侯之無用：劉備、曹操、孫堅其主也，各鎮諸侯其賓也。劉備將遇諸葛亮而先遇司馬徽、崔州平、石廣元、孟公威等諸人：諸葛亮其主也，司馬徽諸人其賓也。諸葛亮歷事兩朝，乃又有先來即去之徐庶，晚來先死之龐統：諸葛亮其主也，而徐庶、龐統又其賓也。趙雲先事公孫瓚，黄忠先事韓玄，馬超先事張魯，法正、嚴顔先事劉璋，而後皆歸劉備：備其主也，公孫瓚、韓玄、張魯、劉璋其賓也。太史慈先事劉繇，後歸孫策，甘寧先事黄祖，後歸孫權，張遼先事吕布，徐晃先事楊奉，張郃先事袁紹，賈詡先事李傕、張繡，而後皆歸曹操：孫、曹其主也，劉繇、黄祖、吕布、楊奉等諸人其賓也。代漢當塗之讖，本應在魏，而袁公路謬以自許：魏其主也，袁公路其賓也。三馬同槽之夢，本應在司馬氏，而曹操誤以爲馬騰父子：司馬氏其主也，馬騰父子其賓也。受禪臺之説，李書〔肅〕以賺董卓，而曹丕即真焉，司馬炎又即真焉：曹丕、司馬炎其主也，董卓其賓也。且不獨人有賓主也，地亦有之。獻帝自洛陽遷長安，又自長安遷洛陽，而終乃遷於許昌：許昌其主也，長安、洛陽皆賓也。劉備失徐州而得荆州：

荊州其主也，徐州其賓也。及得兩川而復失荊州：兩川其主也，而荊州又其賓也。孔明將北伐中原而先南定蠻方，意不在蠻方而在中原：中原其主也，蠻方其賓也。抑不獨地有賓主也，物亦有之。李儒持鴆酒、短刀、白練以貽帝辨：鴆酒其主也，短刀、白練其賓也。許田打圍，將叙曹操射鹿，先叙玄德射兔：鹿其主也，兔其賓也。赤壁鏖兵，將叙孔明借風，先叙孔明借箭：風其主也，箭其賓也。董承受玉帶，陪之以錦袍：帶其主也，袍其賓也。關公拜受赤兔馬而陪之以金印、紅袍諸賜：馬其主也，金印等其賓也。曹操掘地得銅雀而陪之以玉龍、金鳳：雀其主也，龍、鳳其賓也。諸如此類，不可悉數。善讀是書者，可於此悟文章賓主之法。

《三國》一書，有同樹異枝、同枝異葉、同葉異花、同花異果之妙。作文者以善避爲能，又以善犯爲能。不犯之而求避之，無所見其避也。惟犯之而後避之，乃見其能避也。如紀宮掖，則寫一何太后，又寫一董太后；寫一伏皇后，又寫一曹皇后；寫一唐貴妃，又寫一董貴人；寫甘、糜二夫人，又寫一孫夫人，又寫一北地王妃；寫魏之甄后、毛后，又寫一張后：而其間無一字相同。紀戚畹，則何進之後寫一董承，董承之後又寫一伏完；寫一魏之張緝，又寫一吴之錢尚：而其間亦無一字相同。寫權臣，則董卓之後又寫李傕、郭汜，傕、汜之後又寫曹操，曹操之後又寫曹丕，曹丕之後又寫一司馬懿，司馬懿之後又并寫一師、昭兄弟，師、昭之後又繼寫一司馬炎，又旁寫一吴之孫綝：而其間亦無一字相同。其他叙兄弟之事，則袁譚與袁尚不睦，劉琦與劉琮不睦，曹丕與曹植亦不睦，而譚與尚皆死，琦與琮一死一不死，丕與植皆不死：不大異乎！叙婚姻之事，則如董卓求婚於孫堅，袁術約婚於吕布，曹操約婚於袁譚，孫權結婚於劉備，又求婚於雲長，而或絶而不許，或許而復絶，或僞約而反成，或真約而不就：不大異乎！至於王允用美人計，周瑜亦用美人計，而一效一不效：則互異。獻帝有兩番密詔，則前隱而後彰；馬騰亦有兩番討賊，則前彰而後隱：此其不同者矣。吕布有兩番弑父，而前動於財，後動於色，前則以私滅公，後則假公濟私：此又其不同者矣。趙雲有兩番救主，而前救於陸，後救於水，前則受之主母之手，後則奪之主母之懷：此又其不同者矣。若夫寫水不止一番，寫火亦不止一番。曹操有下邳之水，又有冀州之水；關公有白河之水，又有罾口川之水。吕布有濮陽之火，曹操有烏巢之火，周郎有赤壁之火，陸遜有猇亭之火，徐盛有南徐之火，武侯有博望、新野之火，又有盤蛇谷、上方谷之火：前後曾有絲毫相犯否？甚者孟獲之擒有七，祁山之出有六，中原之伐有九：求其一字之相犯而不可得。妙哉，文乎！譬如樹同是樹，枝同是枝，葉同是葉，花同是花，而其植根、安蒂、吐芳、結子，五色紛披，各成異采。讀者於此，可悟文章有避之一法，又有犯之一法也。

《三國》一書有星移斗轉，雨覆風翻之妙。杜少陵詩曰：『天上浮雲如白衣，斯須改變成蒼狗。』此言世事之不可測也，《三國》之文亦猶是爾。本是何進謀誅宦官，却弄出宦官殺何進，則一變。本是吕布助丁原，却弄出吕布殺丁原，則一變。本是董卓結吕布，却弄出吕布殺董卓，則一變。本是陳宫釋曹操，却弄出陳宫欲殺曹操，則一變。陳宫未殺曹操，反弄出曹操殺陳宫，則一變。本是王允不赦傕、汜，却弄出傕、汜殺王允，則一變。本是孫堅與袁術不睦，却弄出袁術致書於孫堅，則一變。本是劉表求救於袁紹，却弄出劉表殺孫堅，則一變。本是昭烈從袁紹以討董卓，却弄出助公孫瓚以攻袁紹，則一變。本是昭烈救徐州，却弄出昭烈取徐州，則一變。本是呂布投徐州，却弄出呂布奪徐州，則一變。本是呂布攻昭烈，又弄出呂布迎昭烈，則一變。本是呂布絶袁術，又弄出呂布求袁術，則一變。本是昭烈助呂布以討袁術，又弄出助曹操以殺呂布，則一變。本是昭烈助曹操，又弄出昭烈討曹操，則一變。本是昭烈攻袁紹，又弄出昭烈投袁紹，則一變。本是昭烈助袁紹以攻曹操，又弄出關公助曹操以攻袁紹，則一變。本是關公尋昭烈，又弄出張飛欲殺關公，則一變。本是關公許田欲殺曹操，又弄出華容道放曹操，則一變。本是曹操追昭烈，又弄出昭烈投東吴以破曹操，則一變。本是孫權讐劉表，又弄出魯肅吊劉表、又吊劉琦，則一變。本是孔明助周郎，却弄出周郎欲殺孔明，則一變。本是周郎欲害昭烈，却弄出孫權結婚昭烈，則一變。本是用孫夫人牽制昭烈，却弄出孫夫人助昭烈，則一變。本是孔明氣死周郎，又弄出孔明哭周郎，則一變。本是昭烈不受劉表荆州，却弄出昭烈借荆州，則一變。本是劉璋欲結曹操，却弄出迎昭烈，則一變。本是劉璋迎昭烈，却弄出昭烈奪劉璋，則一變。本是昭烈分荆州，又弄出呂蒙襲荆州，則一變。本是昭烈破東吴，又弄出陸遜敗昭烈，則一變。本是孫權求救於曹丕，却弄出曹丕欲襲孫權，則一變。本是昭烈讐東吴，又弄出孔明結好東吴，則一變。本是劉封聽孟達，却弄出劉封攻孟達，則一變。本是孟達背昭烈，又弄出孟達欲歸孔明，則一變。本是馬騰與昭烈同事，又弄出馬超攻昭烈，則一變。本是馬超救劉璋，却弄出馬超投昭烈，則一變。本是姜維敵孔明，却弄出姜維助孔明，則一變。本是夏侯霸助司馬懿，却弄出夏侯霸助姜維，則一變。本是鍾會忌鄧艾，却弄出衛灌〔瓘〕殺鄧艾，則一變。本是姜維賺鍾會，却弄出諸將殺鍾會，則一變。本是羊祜和陸抗，却弄出羊祜請伐孫皓，則一變。本是羊祜請伐吴，却弄出一杜預，又弄出一王濬，則一變。論其呼應有法，則讀前卷定知其有後卷；論其變化無方，則讀前文更不料其有後文。於其可知，見《三國》之文之精；於其不可料，更見《三國》之文之幻矣。

《三國》一書，有横雲斷嶺，横橋鎖溪之妙。文有宜於連者，有宜於斷者。如五關斬將，三顧草廬，七擒孟獲：此文之妙於連者也。如三氣周瑜，六出祁山，九伐中原：此文之妙於斷者也。蓋文之短者，不連叙則不貫串。文之長者，連叙則懼其累墜，故必叙别事以間之，而後文勢乃錯綜盡變。後世稗官家鮮能及此。

《三國》一書，有將雪見霰，將雨聞雷之妙。將有一段正文在後，必先有一段閒文以爲之引；將有一段大文在後，必先有一段小文以爲之端。如將叙曹操濮陽之火，先寫糜竺家中之火一段閒文以啓之。將叙孔融求救於昭烈，先寫孔融通刺於李弘一段閒文以啓之。將叙赤壁縱火一段大文，先寫博望、新野兩段小文以啓之。將叙六出祁山一段大文，先寫七擒孟獲一段小文以啓之是也。魯人將有事於上帝，必先有事於頖宫。文章之妙，正復類是。

《三國》一書，有浪後波紋，雨後霢霂之妙。凡文之奇者，文前必有先聲，文後亦必有餘勢。如董卓之後又有從賊以繼之；黄巾之後又有餘黨以衍之；昭烈三顧草廬之後，又有劉琦三請諸葛一段文字以映帶之；武侯出師一段大文之後，又有姜維伐魏一段文字以蕩漾之是也。諸如此類，皆他書中所未有。

《三國》一書，有寒冰破熱，涼風掃塵之妙。如關公五關斬將之時，忽有鎮國寺内遇普静長老一段文字；昭烈躍馬檀溪之時，忽有水鏡莊上遇司馬先生一段文字；孫策虎踞江東之時，忽有遇于吉一段文字；曹操進爵魏王之時，忽有遇左慈一段文字；昭烈三顧草廬之時，忽有一遇崔州平席地閒談一段文字；關公水淹七軍之後，忽有玉泉山月下點化一段文字。至於武侯征蠻而忽逢孟節，陸遜追蜀而忽遇黄承彦，張任臨敵而忽問紫虚丈人，昭烈伐吴而忽問青城老叟。或僧、或道，或隱士、或高人，俱於極喧鬧中求之，真足令人躁思頓清，煩襟盡滌。

《三國》一書，有笙簫夾鼓，琴瑟間鐘之妙。如正叙黄巾擾亂，忽有何后、董后兩宫争論一段文字；正叙董卓縱横，忽有貂蟬鳳儀亭一段文字；正叙傕、汜猖狂，忽有楊彪夫人與郭汜之妻來往一段文字；正叙下邳交戰，忽有吕布送女、嚴氏戀夫一段文字；正叙冀州厮殺，忽有袁譚失妻、曹丕納婦一段文字；正叙荆州事變，忽有蔡夫人商議一段文字；正叙赤壁鏖兵，忽有曹操欲取二喬一段文字；正叙宛城交攻，忽有張濟妻與曹操相遇一段文字；正叙趙雲取桂陽，忽有趙範寡嫂敬酒一段文字；正叙昭烈争荆州，忽有孫權親妹洞房花燭一段文字；正叙孫權戰黄祖，忽有孫翊妻爲夫報仇一段文字；正叙司馬懿殺曹爽，忽有辛憲英爲弟畫策一段文字。至於袁紹討曹操之時，忽帶叙鄭康成之婢，曹操救漢中之日，忽帶叙蔡中郎之女：諸如此類，不一而足。人但知《三國》之文是叙龍争虎鬥之事，而不知爲鳳、爲鸞、爲鶯、爲燕，篇中有應接不暇者，令人於干戈隊裏時見紅裙，旌旗影中常睹粉黛，殆以豪士傳與美人傳合爲一書矣。

《三國》一書，有隔年下種，先時伏着之妙。善圃者投種於地，待時而發。善弈者下一閒着於數十着之前，而其應在數十着之後。文章叙事之法亦猶是已。如西蜀劉璋乃劉焉之子，而首卷將叙劉備先叙劉焉，早爲取西川伏下一筆。又於玄德破黄巾時，并叙曹操，帶叙董卓，早爲董卓亂國、曹操專權伏下一筆。趙雲歸昭烈在古城聚義之時，而昭烈之遇趙雲早於盤〔磐〕河戰公孫時伏下一筆。馬超歸昭烈在葭萌戰張飛之後，而昭烈之與馬騰同事早於受衣帶詔時伏下一筆。龐統歸昭烈在周郎既死之後，而童子述龐統姓名早於水鏡莊前伏下一筆。武侯嘆謀事在人、成事在天在上方谷火滅之後，而司馬徽未遇其時之語，崔州平天不可强之言，早於三顧草廬前伏下一筆。劉禪帝蜀四十餘年而終在一百十回之後，而鶴鳴之兆早於新野初生時伏下一筆。姜維九伐中原在一百五回之後，而武侯之收姜維早於初出祁山時伏下一筆。姜維與鄧艾相遇在三伐中原之後，姜維與鍾會相遇在九伐中原之後，而夏侯霸述兩人姓名早於未伐中原時伏下一筆。曹丕篡漢在八十回中，而青雲紫雲之祥早於三十三回之前伏下一筆。孫權僭號在八十五回後，而吴夫人夢日之兆早於三十八回中伏下一筆。司馬篡魏在一百十九回，而曹操夢馬之兆早於五十七回中伏下一筆。自此而外，凡伏筆之處，指不勝屈。每見近世稗官家一到扭捏不來之時，便平空生出一人，無端造出一事，覺後文與前文隔斷，更不相涉。試令讀《三國》之文能不汗顔！

《三國》一書，有添絲補錦，移針勾繡之妙。凡叙事之法，此篇所闕者補之於彼篇，上卷所多者勾之於下卷，不但使前文不沓拖，而亦使後文不寂寞；不但使前事無遺漏，而又使後事增緼〔渲〕染：此史家妙品也。如吕布取曹豹之女本在未奪徐州之前，却於困下邳時叙之。曹操望梅止渴本在擊張繡之日，却於青梅煮酒時叙之。管寧割席分坐本在華歆未仕之前，却於破壁取后時叙之。吴夫人夢月本在將生孫策之前，却於臨終遺命時叙之。武侯求黄氏爲配本在未出草廬之前，却於諸葛瞻死難時叙之。諸如此類，亦指不勝屈。前能留步以應後，後能回照以應前，令人讀之真一篇如一句。

《三國》一書，有近山濃抹，遠樹輕描之妙。畫家之法，於山於樹之近者，則濃之重之，於山與樹之遠者，則輕之淡之。不然，林麓迢遥，峰嵐層疊，豈能於尺幅之中一一而詳繪之乎？作文亦猶是已。如皇甫嵩破黄巾，只在朱雋一邊打聽得來；袁紹殺公孫瓚，只在曹操一邊打聽得來；趙雲襲南郡，關、張襲兩郡，只在周郎眼中、耳中得來；昭烈殺楊奉、韓暹，只在昭烈口中叙來；張飛奪古城，在關公耳中聽來；簡雍投袁紹，在昭烈口中説來。至若曹丕三路伐吴而皆敗，一路用實寫，兩路用虚寫；武侯退曹丕五路之兵，惟遣使入吴用實寫，其四路皆虚寫。諸如此類，又指不勝屈。只一句兩句，正不知包却幾許事情，省却幾許筆墨。

《三國》一書，有奇峰對插，錦屏對峙之妙。其對之法，有正對者，有反對者，有一卷之中自爲對者，有隔數十卷而遥爲對者。如昭烈則自幼便大，曹操則自幼便奸。張飛則一味性急，何進則一味性慢。議温明是董卓無君，殺丁原是吕布無父。袁紹磐河之戰，勝敗無常；孫堅峴山之役，生死不測。馬騰勤王室而無功，不失爲忠；曹操報父仇而不果，不得爲孝。袁紹起馬步三軍而復回，是力可戰而不斷；昭烈擒王、劉二將而復縱，是勢不敵而從權。孔融薦禰衡，是《緇衣》之好；禰衡罵曹操，是《巷伯》之心。昭烈遇德操，是無意相遭；單福過新野，是有心來謁。曹丕苦逼生曹植，是同氣戈矛；昭烈痛哭死關公，是異姓骨肉。火熄上方谷，是司馬之數當生；燈滅五丈原，是諸葛之命當死。諸如此類，或正對，或反對，皆一回之中而自爲對者也。如以國戚害國戚，則有何進；以國戚薦國戚，則有伏完。李肅説吕布，則以智濟其惡；王允説吕布，則以巧行其忠。張飛失徐州，則以飲酒誤事；吕布陷下邳，則以禁酒受殃。關公飲魯肅之酒，是一片神威；羊祜飲陸抗之酒，是一團和氣。孔明不殺孟獲，是仁者之寬；司馬懿必殺公孫淵，是奸雄之刻。關公義釋曹操，是報其德於前；翼德義釋嚴顔，是收其用於後。武侯不用子午谷之計，是慎謀以圖全；鄧艾不懼陰平嶺之危，是行險以僥幸。曹操有病，陳琳一駡便好；王朗無病，孔明一駡便亡。孫夫人好甲兵，是女中丈夫；司馬懿受巾幗，是男中女子。八日而取上庸，則以速而神；百日而取襄平，則以遲而勝。孔明屯田渭濱，是進取之謀；姜維屯田沓中，是退避之計。曹操受漢之九錫，是操之不臣；孫權受魏之九錫，是權之不君。曹操射鹿，義乖於君臣；曹丕射鹿，情動於母子。楊儀、魏延相争於班師之日，鄧艾、鍾會相忌在用兵之時。姜維欲繼孔明之志，人事逆乎天心；杜預能承羊祜之謀，天時應乎人力。諸如此類，或正對、或反對，皆不在一回之中，而遥相爲對者也。誠於此較量而比觀焉，豈不足快讀古之胸，而長尚論之識！

《三國》一書，有首尾大照應，中間大關鎖處。如首卷以十常侍爲起，而末卷有劉禪之寵中貴以結之，又有孫皓之寵中貴以雙結之：此一大照應也。又如首卷以黄巾妖術爲起，而末卷有劉禪之信師婆以結之，又有孫皓之信術士以雙結之：此又一大照應也。照應既在首尾，而中間百餘回之内若無有與前後相關合者，則不成章法矣。於是有伏完之托黄門寄書，孫亮之察黄門盜蜜以關合前後；又有李傕之喜女巫，張魯之用左道以關合前後。凡若此者，皆天造地設，以成全篇之結構者也。然猶不止此也，作者之意自宦官妖術而外，尤重在嚴誅亂臣賊子，以自附於《春秋》之義。故書中多録討賊之忠，紀弒君之惡。而首篇之末，則終之以張飛之勃然欲殺董卓；末篇之末，則終之以孫皓之隱然欲殺賈充。由此觀之，雖曰演義，直可繼麟經而無愧耳。

《三國》叙事之佳，直與《史記》仿佛，而其叙事之難則有倍難於《史記》者。《史記》各國分書，各人分載，於是有本紀、世家、列傳之别。今《三國》則不然，殆合本紀、世家、列傳而總成一篇。分則文短而易工，合則文長而難好也。

讀《三國》勝讀《列國志》。夫《左傳》、《國語》誠文章之最佳者，然左氏依經而立傳，經既逐段各自成文，傳亦逐段各自成文，不相聯屬也。《國語》則離經而自爲一書，可以聯屬矣。究竟周語、魯語、晉語、鄭語、齊語、楚語、吴語、越語八國分作八篇，亦不相聯屬也。後人合《左傳》、《國語》而爲《列國志》，因國多事煩，其段落處，到底不能貫串。今《三國演義》，自首至尾讀之無一處可斷，其書又在《列國志》之上。

讀《三國》勝讀《西遊記》。《西遊》捏造妖魔之事，誕而不經，不若《三國》實叙帝王之事，真而可考也。且《西遊》好處《三國》已皆有之。如啞泉、黑泉之類，何異子母河、落胎泉之奇。朵思大王、木鹿天王之類，何異牛魔、鹿力、金角、銀角之號。伏波顯聖、山神指迷之類，何異南海觀音之救。只一卷『漢相南征記』便抵得一部《西遊記》矣。至於前而鎮國寺，後而玉泉山；或目視戒刀脱離火厄，或望空一語有同棒喝。豈必誦『靈臺方寸』、『斜月三星』之文，乃悟禪心乎哉！

讀《三國》勝讀《水滸傳》。《水滸》文字之真，雖較勝《西遊》之幻，然無中生有，任意起滅，其匠心不難，終不若《三國》叙一定之事，無容改易，而卒能匠心之爲難也。且三國人才之盛，寫來各各出色，又有高出於吳用、公孫勝等萬萬者。吾謂才子書之目，宜以《三國演義》爲第一。

（清順治間刻本《三國志演義》）

聲山別集
古本三國志
四大奇書
第一種

序
昔弇州先生有宇宙四大奇書之目曰史記也南華也水滸與西廂也馮猶龍亦有四大奇書之目曰三國也水滸也西遊與

水滸傳總論

王望如　撰

載於醉耕堂本《第五才子書》卷首。作者王仕雲（一六一四？——？），字望如，號桐庵，歙縣人，順治進士，官程鄉知縣、潮州知府、惠潮兩府學道等，另有《鑒略》、《論史同異》等著作。他在金聖歎評《水滸》的基礎上加批。針對一般論者『嚴於論君相，而寬以待盜賊』的傾向，欣賞金批能『俾盜賊不寒而慄，天下亂臣賊子從此有痛哭流涕之心，從此有畏罪不敢爲非之事』，進一步加强批『盜賊』，自稱『聖歎批其文，望如批其人，非教天下以偷也，教天下以止偷之法也』。其反對『犯上作亂』的思想傾向與其廣爲流傳的普及歷史讀物《鑒略》十分一致。

施耐庵著《水滸》，申明一百八人之罪狀，所以責備徽宗、燕京之暴政也。然嚴於論君相，而寬以待盜賊，令讀之者日生放辟邪耻之樂，且歸罪朝廷以爲口實，人又何所憚而不爲盜？余故深亮其著書之苦心，而又不能不深憾其讀書之流弊。後世續貂之家，冠以忠義，蓋痛惡富貴利達之士，敲骨吸髓，索人金錢，發憤而創爲此論，其言益令盜賊作護身符。余謂不可使聞鄰國，誠哉，其不可使聞鄰國也！細閲金聖歎所評，始以天下太平四字，終以天下太平四字，始以石碣放妖，終以石碣收妖，發明作者大象之所在。抬舉李逵，獨罪宋江，責其私放晁蓋，責其謀奪晁蓋，其旨遠，其詞文。而余最服其終之以惡夢，俾盜賊不寒而栗，天下亂臣賊子，從此有痛哭流涕之心，從此有畏罪不敢爲非之事，遇堯舜同勉於爲君子，遇桀紂亦不終爲小人。仁人之言，其利溥哉！

人死饑寒者什九，死盜賊者什一。蓋人饑則死，寒則死，盜賊未必死。盜賊攫人金錢可救死，盜賊有官争護持終不死。不死矣，而且小官之大官之執無侯非盜，無盜不侯之説，以自解免，皆宋江作之俑也。《水滸》可不傳矣。《水滸》可不傳，而聖歎評其文，望如評其人，非教天下以偷也，教天下以止偷之法也。余不喜閲《水滸》，喜閲聖歎之評《水滸》，爲其終以惡夢，有功於聖人不小也。

入梁山人如此之多者，非爲盜也，將爲官也。以盜爲官，故梁山一席，如海中江瑶柱，能令不事口腹人見之朵頤固也。若秦明、關勝、呼延灼、花榮、韓滔、彭玘、董平、張清、徐寧、楊志、索超、黄信、宣贊、郝思文、單廷珪、魏定國、凌振、龔旺、丁得孫者，皆宋朝之官，食君之禄，事君之事，乃捨官而爲盜，吾不知其心爲何心。

世固有求官不得官，未有求盗不得盗者。如李鐵牛所殺之韓伯龍，爲盗而爲盗所殺，爲真盗而卒以假盗殺，吾甚惜之，吾甚恨之。惜之者何？惜其已投梁山，而不得與於天罡地煞之數。恨之者何？恨其未投梁山，而輒欲竄入於天罡地煞之中。憶昔啓禎朝，雅尚聲氣，一時高才生多出詩古文詞以要聞譽，雖不可謂無名之心，然實至而名賓，莫得而非之也。嗣則紈絝家兒，剿襲時髦之字句，灾梨仇棗，結社邀盟，未登范滂之堂，輒附李膺之鄗。竊恐此輩終不免爲韓伯龍，但未遇鐵牛持板斧耳。

漢代州郡有才著聞者，例得辟爲功曹掾屬，往往洊歷以致公卿。宋江豪猾大俠，草澤無賴，生當盛時，必不鬱鬱居人下。拘以名位，縻以爵禄，自不至犯上作亂而爲盗。最可異者，世人將錢買官，宋江則將錢買盗。將錢買官者，事發治以盗之罪；將錢買盗者，事發加以官之名。若論時宜，公明何其得計也？

聞之蜃之爲妖也，吐氣成雲，爲城郭，爲樓臺，爲奇花異草，爲怪獸珍禽。能令登樓游覽之士，注目而觀，延頸而望，傾耳而聽，握手而道。無其事也，不敢謂無其形；有其形也，不敢謂無其事。有詩有賦有記以表章之。余之論《水滸》也，亦若是而已矣。史稱淮南盗宋江，遍掠河北十郡，海州知州張叔夜擊之，令其討方臘以贖罪耳，不聞有天罡地煞之説也。一百八人，未必盡有其人，而著《水滸》者，則即已著其人矣。一百八人，未必盡有其事，而著《水滸》者，則既已著其事矣。即已著其人，不得謂無其人；即已著其事，不得謂無其事。且縱觀古往今來，興亡治亂之際，如《水滸》之人之事者，如較列眉，如指諸掌，又不可勝數，則又安得不借題發論，而就事言事也哉？蘇東坡居黄，侘傺無聊，强人説鬼。夫鬼其不可見者，説之荒唐，近於子虚，近於烏有，近於無是公。以耳語耳，猶之以聱語聱，徒以生人疑惑，説也不如其不説也。若《水滸》之人之事，譬諸鐘磬，敲者有心，聞者有意，初不等之於海市蜃樓。幻也而答之以真，譃也而對之以莊。言之無罪，而聞之得以自戒，不猶愈於東坡之口孽也乎？

王望如先生評論出像水滸傳總論
施耐菴著水滸申明一百八人之罪狀所以責備縱宗蔡京之暴政也然嚴於論君相而寬以待盜賊令讀之者日生放辟邪侈之樂且歸罪朝廷以爲口實人又何所憚而不爲盜余故深究其著書之苦心而又不能不深嘁其讀書之流弊後世鑽貂之家冠以忠義蓋痛惡富貴利達之士敲骨吸髓索人金錢發憤而創爲此論其言益令盜賊作護身符余謂不可使閭閻讀哉其不可使閭閻讀也細閱金聖歎所評始以天下太平四字終以天下太平四字始以石碣放妖終以石碣收妖發明作者大象之所在拾柴李逵衝罪宋江責其私放晁蓋責其謀奪晁蓋其旨

（清順治十四年醉耕堂刻本《第五才子書》）

水滸後傳論略

樵餘 撰

載於康熙三年刊本《水滸後傳》卷首，後紹裕堂刊本、三多齋刊本等均載。作者陳忱，字遐心，號雁宕山樵，浙江烏程（今湖州）人，約生活在明末至清康熙初年。入清後，積極參加反清復明活動，曾與顧炎武、歸莊等組織驚隱詩社。托名『古宋遺民著』的《水滸後傳》是其晚年之作，假托梁山幸存頭領以李俊爲首，重新起義，積極抗金，在海外再創基業，以抒發胸中的憤懣。陳忱另有《雁宕詩集》、《癡世界樂府》、《續二十一史彈詞》等，多已散佚。本文明顯受到金聖歎評點《水滸》的影響，其『論略』即相當於『讀法』。其特色除强調創作『泄憤』之外，對於作『續書』如何使前後精神相一致，人物性格有連貫，情節結構能翻新，細節點綴有照應等問題作了探討。這也可以説是他自作續書的心得。這就不難理解劉廷璣《在園雜志》在痛斥『狗尾續貂』之風時，能對《水滸後傳》有所肯定了。

《水滸》憤書也。宋鼎既遷，高賢遺老，實切於中；假宋江之縱横，而成此書，蓋多寓言也。憤大臣之覆餗，而許宋江之忠；憤群工之陰狡，而許宋江之義；憤世風之貪，而許宋江之疏財；憤人情之悍，而許宋江之謙和；憤强鄰之啓疆，而許宋江之征遼；憤潢池之弄兵，而許宋江之滅方臘也。

《後傳》爲泄憤之書：憤宋江之忠義，而見鴆於奸黨，故復聚餘人，而救駕立功，開基創業；憤六賊之誤國，而加之以流貶誅戮；憤諸貴幸之全身遠害，而特表草野孤臣，重圍冒險；憤官宦之嚼民飽壑，而故使其傾倒宦囊，倍償民利；憤釋道之淫奢誑誕，而有萬慶寺之燒，還道村之斬也。

梁山泊先起者亡，王倫也；繼起者强，晁蓋、宋江也；後起者王，李俊也。英雄多詐，三代而下，開國創業者，孰不陰施陽設，何有於宋江？盗有道，特非君之大道也，不可認真。

虞舜之烈風雷雨不迷，光武之渡河冰結，昭烈之躍檀溪，宋高宗之泥馬渡河，所稱王者不死。

宋江不過緑林之豪，亦有十險：閻婆扭至縣前，一險也。朱仝揭開地窖，二險也。清風山剜牛子心肝，三險也。清風寨元宵被捉，四險也。揭陽嶺李立等候火家，五險也。穆家兄弟追至江邊，六險也。船火兒請吃板刀面，七險也。江州上法場，八險也。還道村神橱内，九險也。攻大名疽發於背，十險也。

智取生辰綱，巧矣。以晁蓋之掌盤，吴用之運謀，公孫勝、劉唐之探報，阮氏三雄之效力，可謂周密之至矣，而失機於白勝。去年梁中書之生辰綱，亦被劫去，反不敗露，豈去年之豪客，更有神謀鬼算過此七人者哉！蓋不泄漏，則不上梁山，而《水滸》一傳，何由著成？與後之假蔡京家書而誤用圖書，同此機局。

宋江不通信放七人走脱，則劉唐不送金子與書；不舍閻老棺材，則不要閻婆惜：皆於施惠處便伏禍根，善不可爲，豈不信哉？

吴用運籌帷幄大有過人處，可惜失身小用，如韓延壽之投契丹，張元之歸趙元昊也。故賢宰相收羅人材爲主，困窮不售，必至他圖，不特失我良臣，更資敵國。

其説三阮撞籌，圓融機變，鮮不墮其術中，况賭後如洗之際乎！潘金蓮之淫浪，王婆用十研光，似皆小題大做，文章家如獅王奮搏，不管象兔，俱用全力，謂當大敵勇，小敵怯，吾不信也。

林冲誤入白虎節堂，冤苦極矣！不有風雪山神廟，何以消其冤苦乎？雪天三限，屈鬱極矣，不有山亭大併火，何以豁其屈鬱乎？陸謙附勢忘友，王倫嫉功妒能，卒致殺身，讀之生氣勃勃。

王倫之不納晁蓋，亦不可深罪，翟讓、李密之事可鑒。其失著在不結納林冲。向使林冲久爲心腹，縱强賓壓主，猶不失絳、灌爲伍，何至殺身？

晁蓋爲梁山泊承上接下之人，衆好漢皆宋江延攬而至，惟一吴用是晁蓋先交，然第一流人物爲其所得，如昭烈之得卧龍也。忠義堂上靈位，亦得安坐。

王倫之分例酒食，水亭號箭，晁、宋因之不改，如王介甫之助役新法，蘇端明勸司馬君實存之也。

魯智深三拳打死鎮關西，大醉鬧法堂，火燒瓦棺寺，大鬧野豬林，直是活佛，不須放下屠刀。武松景陽岡打虎，勇士之常。其大節磊落，在念兄拒嫂，殺嫂祭兄，醉打蔣門神，血濺鴛鴦樓，恩仇見得分明，終遜魯智深一籌者，機警未脱世法。

梁山泊餘人，只有武松一人不肯下海，豈惟餘子碌碌，高於王進遠矣。

柴進天潢之派，金穴之富，而不折節安分，結交江湖，招納亡命，真是敗家之子！兩番皆受姓高之累，兩番皆得節級之力，後爲丞相，亦藉門第之貴、雅望非常耳！

朱仝是篤於友道人，捕盗而放晁天王，捉凶身而教宋江逃脱，解犯人而釋雷都頭，自去認罪，後又周旋其母，以致被難金營，真實無僞，誠哉君子！

盧俊義不上梁山，只一北京守錢漢耳！吴用説之入夥，其計最拙，而俊義泰安州進香欲借此掃平山泊，其想最戇，宜乎不聽燕青急流勇退之言，而墮水以亡也。

李逵不顧性命、不貪名節，殺人以爽快爲主，吃酒以大醉爲主，純是赤子之心。斯民也，三代之所以直道而行也。

要去養娘，反背來喂虎，不害其爲孝；差去請公孫勝，反殺羅真人，不害其爲友；賭博而搶注錢，不害其爲廉；作主人而自貪饕，不害其爲禮。賺盧員外而扮啞道童，訪李師師而充伴當，打擂臺而妝卧病，坐壽張縣而責原告，疑宋江而砍倒杏黄旗，作神行而偷吃牛肉，取鮮魚而被張順灌水：任人搏弄，插科打諢，天機所發，觸處成趣。

石秀有申、韓之學，峭刻而多疑，當其鄉下買豬回，見肉案收過，即將帳目與潘公賭誓。及楊雄醉後泄漏，不别而行，畢竟拿定把柄，翠屏山與潘巧雲質明心跡，而聳楊雄殺死，勸上梁山。如此人唐宣宗云，近我者非太尉耶？使毛髮悚然。然安得公等數百，誅盡奸僧淫婦也！

史進會莊上人捉賊，朱武用苦肉計，因與義釋，縣尉收捕，燒莊散去，不肯在少華山落草，去尋師父王進，是個漢子。

楊志一生淹蹇，押花石綱，偏他翻了船；收拾一擔金銀營幹，被高俅批壞；無盤纏賣寶刀，遭牛二蠻奪；梁中書差押生辰綱，盡被劫去：可稱梁山泊鈍秀才！

老奶公護短掣肘，似唐時用太監作監軍，主將不得專行號令，以致誤事。

楊志當生辰綱劫後，宜上梁山，前者王倫欽敬款留至矣，何以到二龍山也？耐庵自有深意。王倫之欽敬款留者，欲其壓制林冲也，若楊志上山，則王倫有心腹矣。林冲、楊志，正是敵手，豈能大併火？縱使得計，而晁蓋等仇人相見，分明眼明，豈得相安？故姑置之散地，所以全晁蓋諸人也，正所以全楊志也。

公孫勝學道人也，何以首啓劫生辰綱之謀，與劉唐一轍？稟於師，稟於母，而後出耶？戴宗、李逵來請破高唐州，必要稟於師稟於母而後出，致驚倒老母，斧劈真人，豈晚年進德耶？破薩頭陀，急人之難矣，冰凍關白，萬人同日而死，終見道家狠心辣手處。

三阮各具雄姿，而小七尤駿爽，豈肯槁項而没？故有張幹辦之釁，遂爲《後傳》之戎首。

張順入水無間，殆鮫人之遺種耶？霸於潯陽江，死於西湖，故君子不恃其長技。得爲金華將軍者，以其聰明正直耳。

花榮風流爾雅，洵爲儒將，爲友之心甚切，因交宋公明，陪一個妹子，喪一條性命，其妻妹之貞節，子之英而貴顯，天之所以報施也。

雙槍將董平，不能退敵，而甘心臣賊，有挾而求，殺人之父母而妻其女，品斯下矣！與一丈青全家受害，而屈配王矮虎，二女略無怨意，女生外向，緹縈、曹娥，豈不獨稱千古哉！

一部《水滸傳》中，獨有扈三娘不置一語，内言不出於閫，還算良家女子。

李應雄才大略，而爲天富星。兩番皆爲杜主管無心招禍，河北飲馬川若非其主寨，必不能聚衆豪傑而歸之江海也。

燕青忠其主，敏於事，絶其技，全於害，似有大學問、大經濟，堪作救時宰相，非梁山泊人物可以比擬也。其過人處，在勸主歸隱，黄柑面聖，竭力救盧二安人母子，木夾解關勝之患難，微言啓李俊之施恩，遇豔色而不動心，辭榮禄而甘隱遁，的是偉男子！

樂和小牢子出身，作侯門狎客，心巧氣和，見機而作，救花逢春母子，脱李俊犴狴，定金鰲，取暹羅，不亞於燕青，人豈可以門第論哉？

關勝之降梁山泊，有愧祖先，賴有正諫劉豫，至死不屈，以蓋前愆耳。

朝廷遣將收捕梁山泊，大征戰凡五，呼延灼之連環馬爲最，若無鈎鐮槍破之，梁山岌岌乎殆矣。神火、神水只用一陣，後竟不説起何也？關將軍亦碌碌無奇，童貫之十面埋伏，高俅三敗見擒，復手搏負於燕青，宜乎縱横江淮間，官軍莫敢攖鋒矣。

宋江劇賊也。祝家莊、曾頭市幸與之相抗。人有讀《水滸》而快其敗者，如書諸葛入寇也謬矣。

宿太尉，傳所稱正人君子也，其人可誅。明背朝廷，暗通山寨：當進香之時，忍辱偷生，不殊童貫；追頒詔之後，招亡匿叛，過於高俅。夫俅、貫猶仇視梁山也，宿元景誠何心哉？

桃花山、二龍山、清門山、黄門山、對影山、少華山、枯樹山、硭碭山、白虎山、登雲山、飲馬川，合各山之豪傑，而總會於梁山，如江淮河漢，朝宗於海；群峰羅列，岱華獨尊也。

四太公：宋太公也，史太公也，孔太公也，穆太公也。皆生破車之犢，而忘身破家也。義方之訓，不可不嚴。

四公子：呼延鈺也，徐晟也，花逢春也，宋安平也。呼延鈺自是將門子，而矯捷靈變，更覺後生可畏。徐晟能守雁翎甲，而英武亦過其父，但教場演武之外，不聞一一展金槍之長，豈能守遺書而不能傳家學耶？花逢春之稱佳公子，亦如王謝子弟，於舉止氣韻間定其品格，本領實遜呼、徐。宋安平雖成進士，然碌碌無能，公子中蔭生也。

四淫婦：潘金蓮也，閻婆惜也，潘巧雲也，賈氏也。其淫則一，其罪不同。潘金蓮錯配武大，售色於叔不納，故再售於西門慶，無王婆，則不殺武大。閻婆惜嫌宋江之枕席情疏，而耽張文遠風浪輕佻，尚可恕也；至於逼休書、勒金子、不還招文袋，尚可恕乎？潘巧雲再醮之婦，通於海闍黎，比比皆是；其殺機在坑石秀，而逢狠手；然無害楊雄之心，罪當末減。至於賈氏，配豪傑之盧員外，非武大之猥鄙也，非楊雄之糊塗也；通餓殍之李固，無西門慶、張文遠之風流可喜也；握潑天之家私，而親證其夫之罪，殘鴆武大之甚，其服上刑何辭？

傳中邀諸人上山，無如湯隆之哄徐寧，破祝家莊裝假太守捉李應、杜興也，一毫形跡不露，故曰吴用之説盧員外爲拙。

時遷盜甲，極小文字，肖景摹神，寫得活現。周公製禮，釋迦説法，凡一切有其情無其事，都先慮而爲之防範。如男女七歲，不同牢而食，古宿不聽釵釧聲是也。當知古聖賢文心意思，無所不有。

戴宗之神行法，張清之石子，花榮之射，燕青之撕撲，安道全之醫，可稱梁山泊五絶。

梁山泊好漢，盡不近色，而惟王矮虎好色；盡皆貪酒，而惟青眼虎不吃酒，亦是創見。

有一人一傳者，有一人附見數傳者，有數人并見一傳者，映帶有情，轉折不測，深得太史公筆法。頭緒如亂絲，終於不紊，循環無端，五花八陣，縱横錯見，真奇書也！

混江龍在梁山，上中之材，何以得南面稱雄？古來豪傑，起於徒步多矣，如王建呼賊王八，錢婆留起於鹽徒，不可勝紀，安見李俊不可爲暹羅國主？况其存心忠義，輔弼得人，故《前傳》言太湖小結義，投外國而作暹羅國王也。

一百八人，存者僅三十二，足以四子者，罡煞合而成三十六之數也。

王進、樂廷玉等八人，不在梁山之數，何以概入也？英雄起事，豪傑景從，况與梁山俱有瓜葛？譬《史記》作傳，常有附見者反勝本傳人物，此正此志也。

楊林、穆春、鄒潤、杜興等，皆中下之材，而《後傳》中皆有可觀，如蜀漢之廖化、胡班，皆得封侯拜將也。

三女將中，唯顧大嫂巋然獨存，威風不減鳩盤荼，愈覺可畏。

漫言《後傳》李俊，出詞爾雅，不類漁户出身。不知福至心靈，古來豪傑，有目不識丁，而天縱聰明，吐納極有文彩，如石勒聽讀《漢書》，驚立六國後爲誤是已。

傳中福善禍淫，盡寓勸懲意，不可以事出無稽，草草放過。天下事至賾至詭，不倫不理，鑿鑿有之。如《西遊》之説鬼説魔，皆日用平常之道，特詭其名，一新世人耳目。

或言海外之人，而聲口皆是中華，疑爲紕戾，此可以理悟，可以情孚也。如閩中漳泉人，幾於言語不通，嗜欲不同矣。而笑則色喜，哭則聲哀，仕於四方，民情土俗皆能洞悉。豈以帶水爲限，膜外視之？

金鑾殿四美成親，可稱『窈窕淑女，君子好逑』，《周南》之化，始於《關雎》。

國主、聞妃，騰蛟起鳳也；花駙馬、公主，金枝玉葉也；宋安平、蕭小姐，玉堂金屋也；燕青、盧小姐，道義始、恩愛終也；徐晟、呼小姐，兄妹假、夫妻真也；呼延鈺、吕小姐，將門子女，正是敵手；樂和、吴彩仙，御溝紅葉也；楊林、方氏，重整瓊筵也；共濤之女配鄆哥，嫁雞遂雞、嫁犬遂犬也。然鄆哥曾幫武大捉奸，閨門定然嚴謹。

奸臣子孫接踵而至，何司馬、蘇、黄之後，再不出仕？然此輩亦來凑末運劫數。

共濤，暹羅之蔡京、高俅也，然爲李俊驅民。

《後傳》有難於《前傳》處。《前傳》鏤空畫影，增減自如；《後傳》按譜填詞，高下不得。《前傳》寫第一流人，分外出色；《後傳》爲中材以下，苦心表微。

有高於《前傳》處。讀《前傳》者，少年子弟，易入任俠一流；讀《後傳》者，名教中人，不敢道豪傑二字。

并有勝《前傳》處。如李應、柴進、關勝等受害，偏有許多機關作用，從萬死一生救出。人嗤《西遊記》，唐僧有難，便求南海大士，我亦嫌《前傳》中好漢被陷，除梁山泊救兵，更無别法也。

有大段轉換處，置却梁山，重創登雲、飲馬。有毫髮不漏處，人如鄆哥、唐牛兒，地如東溪、還道村，馬如烏騅、玉獅，物如雁翎甲、松紋劍也。

《水滸》曾見原本，稱古杭羅貫中撰，又有歸之施耐庵者。或施、羅合筆，如王實甫、關漢卿之《西厢》是也。至遺民不知何許人，以時考之，當去施、羅之世未遠，或與之同時，不相爲下，亦未可知。元人以填詞小説爲事，當時風氣如此。

文人著述，固有幸不幸焉。《前傳》膾炙海内，雖至屠沽負販，無不矢口成誦，而此稿近三百年無一知者。聞向藏括蒼民家，又遭傖父改竄，幾不可句讀。余懸重價，久而得之，細加紬繹，彙訂成編。倘遇有心人，剞劂傳世，定勿使施、羅專美於前也。跂予望之！樵餘偶識。

（《水滸後傳》卷首，據清紹裕堂刻本）

論略

水滸憤書也宋鼎既遷高賢遺老實切于中假宋江之縱橫而成此書蓋多寓言也憤大臣之覆餗而許宋江之忠憤羣工之陰狡而許宋江之義質憤世風之貪而許宋江之疎財憤人情之悍而許宋江之謙和憤強鄰之啓疆而許宋江之征遼憤潢池之弄兵而許宋江之滅方臘也

後傳爲泄憤之書憤宋江之忠義而見鴆于奸党故復聚餘人而救駕立功開基創業憤六賊之誤

雁宕山樵評

水滸後傳

宋遺民不知何許人大約與施羅同時并姓名弗傳故其書亦湮沒不彰今讀前傳龍門史記也後傳廬陵五代史也而原本忠孝敦崇道義其於人心世道之防尤兢兢致慎焉世有删改前傳自以爲才子書者其是非顛繆使當日遺民見之定嘅其立言之不倫也康熙甲辰仲秋識

明板水滸後傳序評

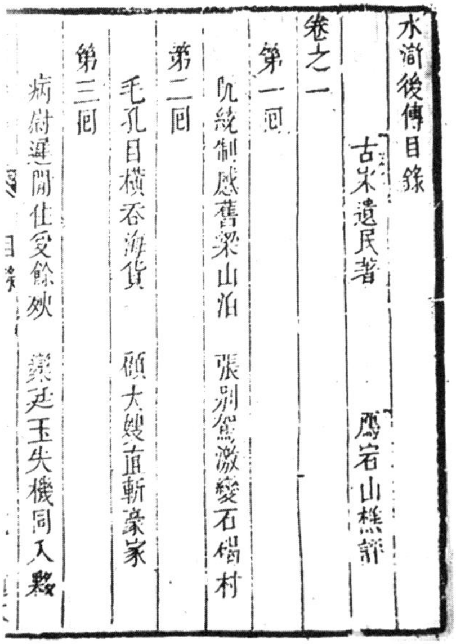
水滸後傳目錄
古宋遺民著　鴈宕山樵評
卷之一
第一回
阮統制感舊梁山泊　張别駕激變石碣村
第二回
毛孔目横吞海貨　顧大嫂直斬豪家
第三回
病尉遲閒住受餘殃　樂廷玉失機同入夥

批評第一奇書金瓶梅讀法

張竹坡　撰

載於本衙藏板翻刻必究本《彭城張竹坡批評第一奇書金瓶梅》卷首。其他各版如本衙藏校本、皋鶴草堂本、在兹堂本、四大奇書本等《第一奇書》卷首均有。作者張道深（一六七〇——一六九八），字自得，號竹坡，銅山縣（今屬江蘇省）人，有詩集《十一草》，曾評點過《東遊記》、《幽夢影》等，而以竹坡名批評《金瓶梅》著稱於世。劉廷璣《在園雜志》載其評點《金瓶梅》的情况説：『……《金瓶梅》真稱奇書……彭城張竹坡爲之先總大綱，次則逐卷逐段分注批點，可以繼武聖歎，是懲是勸，一目了然。』本文在總結《金瓶梅》的寫實成就時，豐富與完善了世情小説的理論，更爲明確地闡述了生活真實與藝術虚構的關係，提出了『做文章不過是情理二字』；作家『入世最深，方能爲衆脚色摹神也』；在臨文創作時，必須『專在一心』，體察人物的精神面貌，『於一個人心中，討出一個人的情理』；當『一心所通』之後，作家再『實又真個現身一番』，即自己化身爲作品中的人物，親歷一遍，這樣創作出來的人物就能『盡人情』，『得天道』。總之，張竹坡將世情小説的創作之路歸結爲由物到心，再由心化到物化，相當完整而精到地論述了小説與現實的關係。同時，他從《金瓶梅》的文本出發，多角度地分析了寫作世情小説的一些具體經驗。他强調作品的批判性與勸戒性，堅決反對將《金瓶梅》視作『淫書』，痛斥『凡人謂《金瓶》是淫穢書者，想必伊止知看其淫處也。若我看此書，純是一部史公文字』。這是繼東吴弄珠客、金人瑞之後從接受的角度來否定『淫書』説的一種很有影響的説法。除此之外，他還分析了本書説『淫話』的具體情况，指出這些筆墨主要還是爲了『深罪西門』，意在暴露。這對肯定《金瓶梅》這部小説的價值具有一定的意義。

劈空撰出金、瓶、梅三個人來，看其如何收攏一塊，如何發放開去。看其前半部只做金瓶，後半部只做春梅；前半人家的金瓶，被他千方百計弄來，後半自己的梅花，却輕輕的被人奪去。一

起以玉皇廟，終以永福寺，而一回中，已一齊説出，是大關鍵處。二

先是吴神仙，總覽其盛；便是黄真人，少扶其衰；末是普净師，一洗其業，是此書大照應處。三

冰鑒定終身，是一番結束，然獨遺陳敬濟。戲笑卜龜兒，又遺潘金蓮，然金蓮即從其自己口中補出，是故亦不遺金蓮，當獨遺西門慶與春梅耳。兩番瓶兒托夢，蓋又單補西門；而葉頭陀相面，才爲敬濟一番結束也。四

未出金蓮，先出瓶兒；既娶金蓮，方出春梅；未娶金蓮，却先娶玉樓；未娶瓶兒，又先出敬濟。文字穿插之妙，不可名言。若夫夾寫蕙蓮、王六兒、賁四嫂、如意兒諸人，又極盡天工之巧矣。五

會看《金瓶》者，看下半部。亦惟會看者，單看上半部，如生子加官時，唱韓湘子尋叔，嘆浮生猶如一夢等，不可枚舉，細玩方知。六

《金瓶》有板定大章法，如金蓮有事生氣，必用玉樓在旁，百遍皆然，一絲不易，是其章法老處。他如西門到人家飲酒，臨出門時，必用一人或一官來拜，留坐，此又是生子加官後數十回大章法。七

《金瓶》一百回，到底俱是兩對章法，合其目爲二百件事。然有一回前後兩事，中有一語過節；又有前後兩事，暗中一筍過下，如第一回用元壇的虎是也；又有兩事兩段寫者，寫了前一事半段，即寫後一事半段，再完前半段，再完後半段者；有二事而參伍錯綜寫者；有夾入他事寫

者。總之，以目中二事爲條幹，逐回細玩即知。八

《金瓶》一回兩事作對，固矣，却又有兩回作遥對者，如金蓮琵琶，瓶兒象棋作一對，偷壺、偷金作一對等，又不可枚舉。九

前半處處冷，令人不耐看；後半處處熱，而人又看不出。前半冷，當在寫最熱處玩之即知；後半熱，看孟玉樓上墳，放筆描清明春色便知。十

内中有最没正經，没要緊的一人，却是最有結果的人，如韓愛姐是也。一部中諸婦人，何可勝數，乃獨以愛姐守志結，何哉？作者蓋有深意存於其間矣。言愛姐之母爲娼，而愛姐自東京歸，亦曾迎人獻笑，乃一留心敬濟，之死靡他，以視瓶兒之於子虚，春梅之於守備，二人固當愧死。若金蓮之遇西門，亦可如愛姐之逢敬濟，乃一之於琴童，再之於敬濟，且下及王潮兒，何其比回心之娼妓亦不若哉！此所以將愛姐作結，以愧諸婦，且言愛姐以娼女回頭，還堪守節，奈之何身居金屋，而不改過悔非，一竟喪廉寡耻，於死路而不返哉！一一

讀《金瓶》須看其大間架處。其大間架處，則分金、梅在一處，分瓶兒在一處；又必合金、瓶、梅在前院一處。金、梅合而瓶兒孤，前院近而金、瓶妬，月娘遠而敬濟得以下手也。一二

讀《金瓶》須看其入筍處。如玉皇廟講笑話，插入打虎；請子虚，即插入後院緊鄰；六回金蓮纔熱，即借嘲駡處，插入玉樓；借問伯爵連日那裏，即插入桂姐；借蓋卷棚，即插入敬濟；借翟管家，插入王六兒；借翡翠軒，插入瓶兒生子；借梵僧藥，插入瓶兒受病；借碧霞宫，插入普

净；借上墳，插入李衙内；借拿皮襖，插入玳安、小玉。諸如此類，不可勝數，蓋其用筆不露痕迹處也。其所以不露痕迹處，總之善用曲筆逆筆，不肯另起頭緒，用直筆順筆也。夫此書頭緒何限，若一一起之，是必不能之數也。我執筆時，亦必想用曲筆逆筆，但不能如他曲得無迹，逆得不覺耳，此所以妙也。一三

《金瓶》有節節露破綻處。如窗内淫聲，和尚偏聽見；私琴童，雪娥偏知道；而裙帶葫蘆，更屬險事；墻頭密約，金蓮偏看見；蕙蓮偷期，金蓮偏撞着；翡翠軒，自謂打聽瓶兒，葡萄架早已照入鐵棍；纔受臟，即動大巡之怒；纔乞恩，便有平安之讒；調婿後，西門偏就摸着；燒陰户，胡秀偏就看見。諸如此類，又不可勝數。總之，用險筆以寫人情之可畏，而尤妙在既已露破，乃一語即解，絶不費力累贅，此所以爲化筆也。一四

《金瓶》有特特起一事、生一人，而來既無端，去亦無謂，如書童是也。不知作者蓋幾許經營，而始有書童之一人也。其描寫西門淫蕩，并及外寵，不必説矣。不知作者蓋因一人之出門而方寫此書童也。何以言之？瓶兒與月娘，始疏而終親；金蓮與月娘，始親而終疏。雖故因逐來昭，解來旺起釁，而未必至撒潑一番之甚也。夫竟至撒潑一番者，有玉簫不惜將月娘底裏之言罄盡告之也。玉簫何以告之？曰有三章約在也。三章何以肯受？有書童一節故也。夫玉簫、書童不便突起爐竈，故寫藏壺搆釁於前也。然則遥遥寫來，必欲其撒潑，何爲也哉？必得如此，方於出門時，月娘毫無憐惜，一棄不顧，而金蓮乃一敗涂地也。誰謂《金瓶》内，有一無謂之筆墨也

哉！一五

《金瓶》內正經寫六個婦人，而其實只寫得四個：月娘、玉樓、金蓮、瓶兒是也。然月娘則以大綱，故寫之。玉樓雖寫，則全以高才被屈，滿肚牢騷，故又另出一機軸寫之。然則以不得不寫寫月娘；以不肯一樣寫寫玉樓：是全非正寫也。其正寫者，惟瓶兒、金蓮。然而寫瓶兒，又每以不言寫之。夫以不言寫之，是以不寫處寫之。以不寫處寫之，是其寫處單在金蓮也。單寫金蓮，宜乎金蓮之惡冠於衆人也。吁！文人之筆，可懼哉！一六

《金瓶》內，有兩個人爲特特用意寫之，其結果亦皆可觀，如春梅與玳安兒是也。於同作丫環時，必用幾遍筆墨描寫春梅心高志大，氣象不同。於衆小廝內，必用層層筆墨，描寫玳安色色可人。後文春梅作夫人，玳安作員外，作者必欲其如此，何哉？見得一部炎涼書中翻案故也。何則？只知眼前作婢，不知即他日之夫人；只知眼前作僕，不知即他年之員外。不特他人轉眼奉承，即月娘且轉而以上賓待之，末路依之。然則人之眼邊前炎涼，誠何益哉！此是作者特特爲人下砭砭也。因要他於污泥中，爲後文翻案，故不得不先爲之抬高身分也。一七

李嬌兒、孫雪娥，要此二人何哉？寫一李嬌兒見其未遇金蓮、瓶兒時，早已嘲風弄月，迎賓賣俏，許多不肖事，種種可殺。是寫金蓮、瓶兒，乃實寫西門之惡；寫李嬌兒，又虛寫西門之惡。寫出來的，既已如此，未寫出來的時，又不知何許惡端不可問之事於從前也。作者何其深惡西門之如是。至孫雪娥出身微賤，分不過通房，何其必勞一番筆墨寫之哉？此又作者菩薩心也。夫

以西門慶之惡，不寫其妻作倡，何以報惡人？然既立意另一花樣寫月娘，斷斷不忍寫月娘至於此也。玉樓本是無辜受毒，何忍更令其頂缸受報？李嬌兒本是娼家，瓶兒更欲用之孽報於西門生前。而金蓮更自有冤家債主在，即使之爲娼，於西門何損，於金蓮似甚有益，樂此不苦，又何以言報也。胡用寫雪娥以至於爲娼，以總張西門之報，且暗結宋蕙蓮一段公案。至於張勝、敬濟後事，則又情因文生，隨手收拾，不然，雪娥爲娼，何以結果哉！一八

又嬌兒色中之財，看其在家管庫，臨去拐財可見。王六兒財中之色，看其與西門交合時，必云做買賣，騙丫頭房子，説合苗青，總是借色起端也。一九

書内必寫蕙蓮，所以深潘金蓮之惡於無盡也，所以爲後文妬瓶兒時，小試行道之端也。何則？蕙蓮纔蒙愛，偏是他先知，亦如迎春唤猫，金蓮睃見也。蕙蓮跪求，便爾舒心，且許多牢籠關鎖，何異瓶兒來時，乘醉説一跳板走瓶兒，顧權在一塊住也。使春梅送火山洞，何異教西門早娶的話也。兩舌雪娥，使激蕙蓮，何異對月娘説瓶兒是非之處也。卒之來旺幾死而未死，蕙蓮可以不死而竟死，皆金蓮爲之也。作者特特於瓶兒進門，加此一段，所以危瓶兒也。而瓶兒不悟，且親密之，宜乎其禍不旋踵，後車終覆也。此深著金蓮之惡。吾故曰：其小試行道之端，蓋作者爲不知遠害者寫一樣子。若隨手看去，便説西門慶又刮上一家人媳婦子矣。夫西門慶，殺夫奪妻，取其財，庇殺主之奴，賣朝廷之法，豈必於此特特撰此一事，以增其罪案哉！然則看官每爲作者瞞過了也。二十

後又寫如意兒，何故哉？又作者明白奈何金蓮，見其死蕙蓮、死瓶兒之均屬無益也。何則？蕙蓮纔死，金蓮可一快，然而官哥生，瓶兒寵矣。及官哥死，瓶兒亦死，金蓮又一大快。然而如意口脂，又從靈座生香，去掉一個又來一個，金蓮雖善固寵巧於制人，於此能不技窮袖手，其奈之何。故作者寫如意兒全爲金蓮寫，亦全爲蕙蓮、瓶兒憤也。二一

然則寫桂姐、銀兒、月兒諸妓，何哉？此則總寫西門無厭，又見其爲浮薄立品，市井爲習。而於中寫桂姐特犯金蓮，寫銀姐特犯瓶兒，又見金、瓶二人，其氣味聲息，已全通娼家，雖未身爲倚門之人，而淫心亂行實臭味相投，彼娼婦猶步後塵矣。其寫月兒，則另用香温玉軟之筆，見西門一味粗鄙，雖章臺春色，猶不能細心領略，故寫月兒，又反襯西門也。二二

寫王六兒、賁四嫂以及林太太，何哉？曰：王六兒、賁四嫂、林太太三人是三樣寫法，三種意思。寫王六兒者，專爲財能致色一着做出來。你看西門在日，王六兒何等趨承，乃一旦拐財遠遁，故知西門於六兒，借財圖色，而王六兒亦借色求財，故西門死必自王六兒家來，究竟財色兩空。王六兒遇何官人，究竟借色求財。甚矣，色可以動人，尤未如財之通行無阻，人人皆愛也。然則寫六兒，又似單講財，故竟結入一百回内。至於賁四嫂却爲玳安寫，蓋言西門只知貪濫無厭，不知其左右親隨，且上行下效，已浸淫乎欺主之風，而竊玉成婚，已伏綫於此矣。若云陪寫王六兒，猶是淺看。再至林太太，吾不知作者之用心，有何千萬憤懣而於潘金蓮發之，不但殺之割之，而并其出身之處，教習之人，皆欲致之死地而方暢也。何則？干招宣府内，固金蓮舊時賣入

學歌學舞之處也。今看其一腔機詐，喪廉寡耻，若云本自天生，則良心爲不可必，而性善爲不可據也。吾知其自二三歲時，未必便如此淫蕩也。使當日王招宣家，男敦禮義，女尚貞廉，淫聲不出於口，淫色不見於目，金蓮雖淫蕩，亦必化而爲貞女，奈何堂堂招宣，不爲天子招服遠人，宣揚威德，而一裁縫家九歲女孩至其家，即費許多閒情教其描眉畫眼，弄粉塗朱，且教其做張做致，喬模喬樣。其待小使女如此，則其儀型妻子可知矣。宜乎三官之不肖荒淫，林氏之蕩閑逾矩也，招宣實教之，夫復何尤？然則招宣教一金蓮，以遺害無窮，身受其害者，前有武大，後有西門，而林氏爲招宣還報，固其宜也。吾故曰：作者蓋深惡金蓮，而并惡及其出身之處，故寫林太太也。然則，張大户亦成金蓮之惡者，何以不寫？曰：張二官頂補西門千户之缺，而伯爵走動説娶嬌兒，儼然又一西門，其受報亦必又有不可盡言者。則其不着墨處又有無限煙波，直欲又藏一部大書於無筆處也。此所謂筆不到而意到者。一二三

《金瓶》寫月娘，人人謂西門氏虧此一人内助，不知作者寫月娘之罪純以隱筆，而人不知也。何則？良人者妻之所仰望而終身者也。若其夫千金買妾，爲宗嗣計；而月娘百依百順，此誠《關雎》之雅，千古賢婦人也。若西門慶殺人之夫，劫人之妻，此真盜賊之行也。其夫爲盜賊之行，而其妻不涕泣而告之，乃依違其間，視爲路人，休戚不相關，而且自以好好先生爲賢，其爲心尚可問哉！至其於陳敬濟，則作者已大書特書月娘引賊入室之罪，可勝言哉！至後識破奸情，不知所爲分處之計，乃白日關門，便爲處此已畢。後之逐敬濟，送大姐，請春梅，皆隨風弄舵，毫

無成見。而聽尼宣卷，胡亂燒香，全非婦女所宜。而後知不甚讀書四字，誤盡西門一生，且誤盡月娘一生也。何則？使西門守禮，便能以禮刑其妻，今只爲西門不讀書，所以月娘雖有爲善之資，而亦流於不知大禮。即其家常舉動全無舉案之風，而徒多眉眼之處，蓋寫月娘爲一知學好而不知禮之婦人也。夫知學好矣，而不知禮，猶足遺害無窮，使敬濟之惡歸罪於己，况不學好者乎！然則，敬濟之罪，月娘成之；月娘之罪，西門慶刑於之過也。一二四

文章有加一倍寫法，此書則善於加倍寫也。如寫西門之熱，更寫蔡、宋二御史，更寫六黄太尉，更寫蔡太師，更寫朝房，此加一倍熱也。如寫西門之冷，則更寫一敬濟在冷鋪中，更寫蔡太師充軍，更寫徽、欽北狩，真是加一倍冷。要之，加一倍熱，更欲寫如西門之熱者何限，而西門獨倚財肆惡；加一倍冷者，正欲寫如西門之冷者何窮，而西門乃不早見幾也。一二五

寫月娘必寫其好佛者，人抑知作者之意乎？作者開講早已勸人六根清净，吾知其必以空結此財色二字也。夫空字作結，必爲僧乃可。夫西門不死，必不回頭，而西門既死，又誰爲僧？使月娘於西門一死，不顧家業，即削髮入山，亦何與於西門説法？今必仍令西門自己受持方可。夫西門已死，則奈何？作者幾許踟蹰，乃以孝哥兒生於西門死之一刻，卒欲令其回頭受我度脱，總以聖賢心發菩薩願，欲天下無終諱過之人，人無不改之過也。夫人之既死，猶望其改過於來生，然則，作者之待西門，何其忠厚慨惻，而勸勉於天下後世之人，何其殷殷不已也。是故既有此段大結束在胸中，若突然於後文生出一普净師，幻化了去，無頭無緒，一者落尋常窠臼，二者筆墨

則脱落痕迹矣。故必先寫月娘好佛，一路屍屍閃閃，如草蛇灰綫。後又特筆出碧霞宫，方轉到雪澗，而又只一影普師，遲至十年，方纔復收到永福寺。且於幻影中，將一部中有名人物，花開豆爆出來的，復一一煙消火滅了去。蓋生離死別，各人傳中，皆自有結，此方是一總大結束。作者直欲使一部千針萬綫，又盡幻化了，還之於太虚也。然則，寫月娘好佛，豈泛泛然爲吃齋村婦，閒寫家常哉？此部書總妙在千里伏脈，不肯作易安之筆，没筍之物也，是故妙絶群書。二一六

又月娘好佛，内便隱三個姑子，許多隱謀詭計，教唆他燒夜香，吃藥安胎，無所不爲，則寫好佛又寫月娘之隱惡也，不可不知。二一七

内中獨寫玉樓有結果，何也？蓋勸瓶兒、金蓮二婦也，言不幸所天不壽，自己雖不能守，亦且静處金閨，令媒妁説合事成，雖不免扇墳之誚，然猶是孀婦常情，及嫁而紈扇多悲，亦須寬心忍耐，安於數命，此玉樓俏心腸高諸婦一着。春梅一味托大，玉樓一味膽小，故後日成就，春梅必竟有失身受嗜欲之危，而玉樓則一勞而永逸也。二一八

陳敬濟嚴州一事，豈不蛇足矣？不知作者一筆而三用也。一者爲敬濟墮落入冷鋪作因，二者爲大姐一死伏綫，三者欲結玉樓實實遇李公子，爲百年知己，可償在西門家三四年之恨也。何以見之？玉樓不爲敬濟所動，固是心焉李氏，而李公子寧死不捨。天下有寧死不捨之情，非知己之情也哉！可必其無《白頭吟》也。觀玉樓之風韻嫣然，實是第一個美人，而西門乃獨於一濫觴之金蓮厚。故寫一玉樓，明明説西門爲市井之徒，知好淫而且不知好色也。二一九

玉樓來西門家，合婚過禮，以視偷娶迎奸赴會，何啻天壤，其吉凶氣象已自不同。其嫁李衙內，則依然合婚，行茶過禮，月娘送親，以視老鴇争論，夜隨來旺，王婆領出，不垂别淚，其明晦氣象，又自不同。故知作者特特寫此一位真正美人，爲西門慶不知風雅定案也。三十

金蓮與瓶兒，進門皆受辱，獨玉樓自始至終，無一褒貶。噫，亦有心人哉！三一

西門是混帳惡人，吴月娘是奸險好人，玉樓是乖人，金蓮不是人，瓶兒是癡人，春梅是狂人，敬濟是浮浪小人，嬌兒是死人，雪娥是蠢人，宋蕙蓮是不識高低的人，如意兒是頂缺之人。若王六兒與林太太等，直與李桂姐輩一流，總是不得叫做人。而伯爵、希大輩皆是没良心的人。兼之蔡太師、蔡狀元、宋御史皆是枉爲人也。三二

獅子街，乃武松報仇之地，西門幾死其處。曾不數日，而子虚又受其害。西門徜徉來往，俟後王六兒偏又爲之移居此地，賞燈偏令金蓮兩遍身歷其處，寫小人托大忘患，嗜惡不悔，一筆都盡。三三

《金瓶梅》是一部《史記》。然而《史記》有獨傳，有合傳，却是分開做的。《金瓶梅》却是一百回共成一傳，而千百人總合一傳，内却又斷斷續續，各人自有一傳。固知作《金瓶梅》者，必能作《史記》也。何則？既已爲其難，又何難爲其易。三四

每見批此書者，必貶他書，以褒此書，不知文章乃公共之物，此文妙，何妨彼文亦妙。我偶就此文之妙者而評之，而彼之妙，固不掩此文之妙者也。即我自作一文，亦不得謂我之文出而天下

之文皆不妙，且不得謂天下更無妙文妙於此者。奈之何批此人之文，即若據爲己有而必使凡天下之文皆不如之。此其用心偏私狹隘，决做不出好文。夫做不出好文，又何能批人之好文哉！吾所謂《史記》易於《金瓶》，蓋謂《史記》分做，而《金瓶》合做，既使龍門復生，亦必不謂予左袒《金瓶》，而予亦并非謂《史記》反不妙於《金瓶》，然而《金瓶》却全得《史記》之妙也。文章得失，惟有心者知之。我只賞其文之妙，何暇論其人之爲古人，爲後古之人，而代彼争論，代彼謙讓也哉！三五

作小説者既不留名，以其各有寓意或暗指某人而作。夫作者既用隱惡揚善之筆，不存其人之姓名，并不露自己之姓名，乃後人必欲爲之尋端竟委，説出名姓，何哉？何其刻薄爲懷也！且傳聞之説，大都穿鑿，不可深信。總之，作者無感慨亦必不著書，一言盡之矣，其所欲説之人，即現在其書内。彼有感慨者，反不忍明言；我没感慨者，反必欲指出，真没搭撒，没要緊也。故别號東樓、小名慶兒之説概置不問，即作書之人，亦只以作者稱之，彼既不著名於書，予何多贅哉！近見七才子書，滿紙王四，雖批者各自有意，而予則謂何不留此閒工，多曲折於其文之起盡也哉！偶記於此，以白當世。三六

《史記》中有年表，《金瓶》亦有時日也。開口云西門慶二十七歲，吴神仙相面則二十九，至臨死則三十三歲。而官哥則生於政和四年丙申，卒於政和五年丁酉。夫西門慶二十九歲生子則丙申年，至三十三歲該云庚子，而西門乃卒於戊戌。夫李瓶兒亦該云卒於政和五年，乃云七年，此

皆作者故爲參差之處。何則？此書獨與他小説不同，看其三四年間，却是一日一時，推着數去，無論春秋冷熱，即其人生日，某人某日來請酒，某月某日請某人，某日是某節令，齊齊整整挨去，若再將三五年間甲子次序排得一絲不亂，是真個與西門計帳簿，有如世之無目者所云者也。故特特錯亂其年譜，大約三五年間，其繁華如此，則内云某日某節，皆歷歷生動，不是死板一串鈴，可以排頭數去，而偏又能使看者五色眯目，真有如挨着一日日過去也，此爲神妙之筆。嘻！技至此亦化矣哉！真千古至文，吾不敢以小説目之也。三七

一百回是一回，必須放開眼光作一回讀，乃知其起盡處。三八

一百回不是一日做出，却是一日一刻創成。人想其創造之時，何以至於創成，便知其内許多起盡，費許多經營，許多穿插裁剪也。三九

看《金瓶》，把他當事實看，便被他瞞過；必須把他當文章看，方不被他瞞過也。四十

看《金瓶》，將來當他的文章看，猶須被他瞞過；必把他當自己的文章讀，方不被他瞞過。四一

將他當自己的文章讀，是矣。然又不如將他當自己纔去經營的文章，我先將心與之曲折算出，夫而後謂之不能瞞我，方是不能瞞我也。四二

做文章不過情理二字。今做此一篇百回長文，亦只是情理二字。於一個人心中，討出一個人的情理，則一個人的傳得矣。雖前後夾雜衆人的話，而此一人開口，是此一人的情理。非其開

口便得情理，由於討出這一人的情理，方開口耳。是故寫十百千人，皆如寫一人，而遂洋洋乎有此一百回大書也。四三

《金瓶》每於極忙時，偏夾叙他事入内。如正未娶金蓮，先插娶孟玉樓。娶玉樓時，即夾叙嫁大姐。生子時，即夾叙吴典恩借債。官哥臨危時，乃有謝希大借銀。瓶兒死時，乃入玉簫受約。擇日出殯，乃有六黄太尉等事。皆於百忙中，故作消閒之筆，非才富一石者，何以能之？外如武松問傅伙計西門慶的話，百忙裏説出二兩一月等文，則又臨時用輕筆討神理，不在此等章法内算也。四四

《金瓶梅》妙在善用犯筆而不犯也。如寫一伯爵，更寫一希大；然畢竟伯爵是伯爵，希大是希大，各自的身分，各人的談吐，一絲不紊。寫一金蓮，更寫一瓶兒，可謂犯矣；然又始終聚散，其言語舉動，又各各不亂一絲。寫一王六兒，偏又寫一賁四嫂；寫一李桂姐，又寫一吴銀姐、鄭月兒；寫一王婆，偏又寫一薛媒婆、一馮媽媽、一文嫂兒、一陶媒婆；寫一薛姑子，偏又寫一王姑子、劉姑子。諸如此類，皆妙在特特犯手，却又各各一款，絶不相同也。四五

《金瓶梅》於西門慶不作一文筆，於月娘不作一顯筆，於玉樓則純用俏筆，於金蓮不作一鈍筆，於瓶兒不作一深筆，於春梅純用傲筆，於敬濟不作一韻筆，於大姐不作一秀筆，於伯爵不作一獃筆，於玳安兒不着一蠢筆，此所以各各皆到也。四六

《金瓶梅》起頭放過一男一女，結末又放去一男一女。如卜志道、卓丢兒，是起頭放過者；錦

雲與李安是結末放去者。夫起頭放過去，乃云卜志道，是花子虛的署缺者，不肯直出子虛，又不肯明明於十個中只寫九個，單留一個缺，去尋子虛頂補，故先着一人，隨手去之，以出其缺，而便於出子虛，且於出子虛時，隨手出瓶兒也。不然，先出子虛於十人之中，則將出瓶兒時又費筆墨，故卜志道雖爲子虛出缺，又爲瓶兒做楔子也。既云做楔子，又何有顧忌命名之義，而又必用一名，則只云不知道可耳，故云『卜志道』。至於丢兒，則又玉樓之署缺者。夫未娶玉樓，先娶此人，既娶玉樓，即丢開此人。是誠丢開腦後之人，故云『丢兒』也。是其起頭放過者，皆意在放過那人去，放入這人來也。至其結末放去者，曰楚雲者，蓋爲西門家中彩雲易散作一影子，又見得美色無窮，人生有限，死到頭來，雖有西子、王嬙，於我何涉。則又作者特特爲起講數語作證也。至於李安，則又與韓愛姐同意，而又爲作者十二分滿許之筆。寫一孝子正人義士，以作中流砥柱也。何則？一部書中，上自蔡太師，下至侯林兒等輩，何止百有餘人，并無一個好人，非迎奸賣俏之人，即附勢趨炎之輩，使無李安一孝子，不幾使良心種子滅絶乎？看其寫李安母子相依，其一篇話頭，真見得守身如玉，不敢毁傷髮膚之孝子，以視西門、敬濟輩，真狗猪不如之人也。然則，末節放過去的兩人，又放不過衆人，故特特放過此二人以深省後人也。四七

寫花子虛，即於開首十人中，何以不便出瓶兒哉？夫作者於提筆時，固先有一瓶兒在其意中也。先有一瓶兒在其意中，其後如何偷期，如何迎奸，如何另嫁竹山，如何轉嫁西門，其着數俱

已算就，然後想到其夫，當令何名，夫不過令其應名而已。則將來雖有如無，故名之曰子虛。瓶本爲花而有，故即姓花，忽然於出筆時，乃想叙西門氏正傳也。於叙西門傳中，不出瓶兒，何以入此公案。特叙瓶兒，則叙西門起頭時，何以説隔壁一家，姓花名某，其妻姓李名某也？此無頭緒之筆，必不能入也。然則，俟金蓮進門，再叙何如？夫他小説，便有一件件叙去，另起頭緒於中，惟《金瓶梅》純是太史公筆法。夫龍門文字中，豈有於一篇特特着意寫之人，且十分有八分寫此人之人，而於開卷第一回中，不總出樞紐，如衣之領，如花之蒂，而謂之太史公之文哉！近人作一本傳奇，於起頭數折，亦必將有名人數點到，況《金瓶梅》爲海内奇書哉！然則，作者又不能自已，另出頭緒説，勢必借結弟兄時入花子虛也。夫使無伯爵一班人先與西門打熱，則弟兄又何由而結？使寫子虛，亦在十人數内，終朝相見，則於第一回中，西門與伯爵會時，子虛係你知我見之人，何以開口便提起他家二嫂？既提起二嫂，何以忽説與咱院子只隔一墻，而二嫂又何如好也哉？故用寫子虛爲會外之人，今日拉其入會，而因其鄰墻，乃用西門數語，則瓶兒已出鄰墻已明，不言之表，子虛一家皆躍然紙上。因又算到，不用卜志道之死，又何因想起拉子虛入會？作者純以神工鬼斧之筆行文，故曲曲折折，只令看者迷目，而不令其窺彼金針之一度，吾故曰：純是龍門文字。每於此等文字，使我悉心其中，曲曲折折爲之出入其起盡，何異入五岳三島，盡覽奇勝，我心樂此，不爲疲也。四八

《金瓶》内，即一笑談，一小曲，皆因時致宜，或直出本回之意，或足前回，或透下回，當於其

下，另自分注也。四九

《金瓶梅》一書於作文之法，無所不備，一時亦難細説，當各於本回前著明之。五十

《金瓶梅》説淫話，只是金蓮與王六兒處多，其次則瓶兒，他如月娘、玉樓只一見。而春梅則惟於點染處描寫之，何也？寫月娘，惟掃雪前一夜，所以醜月娘、醜西門也。寫玉樓，惟於含酸一夜，所以表玉樓之屈，而亦以醜西門也。是皆非寫其淫蕩之本意也。至於春梅，欲留之爲炎凉翻案，故不得不留其身分，而只用影寫也。至百般無耻，十分不堪，有桂姐、月兒不能出之於口者，皆自金蓮、六兒口中出之，其難堪爲何如？此作者深罪西門，見得如此狗彘，乃偏喜之，真不是人也。故王六兒、潘金蓮，有日一齊動手，西門死矣。此作者之深意也。至於瓶兒雖能忍耐，乃自討苦吃，不關人事，而氣死子虛，迎奸轉嫁，亦去金蓮不遠，故亦不妨爲之馳張醜態。但瓶兒弱而金蓮狠，故寫瓶兒之淫略較金蓮可些，而亦早自喪其命於試藥之時，甚言女人貪色，不害人即自害也。吁！可畏哉！若蕙蓮、如意輩，有何品行，故不妨唐突。而王招宣府内林太太者，我固云爲金蓮波及，則欲報應之人，又何妨唐突哉！五一

《金瓶梅》不可零星看，如零星便止看其淫處也。故必盡數日之間，一氣看完，方知作者起伏層次，貫通氣脈，爲一綫穿下來也。五二

凡人謂《金瓶》是淫書者，想必伊止知看其淫處也。若我看此書，純是一部史公文字。五三

做《金瓶梅》之人，若令其做忠臣孝子之文，彼必能又出手眼，摹神肖影，追魂取魄，另做出一

篇忠孝文字也。我何以知之？我於其摹寫奸夫淫婦知之。五四

今有和尚讀《金瓶》，人必叱之，彼和尚亦必避人偷看。不知真正和尚，方許他讀《金瓶梅》。五五

今有讀書者看《金瓶》，無論其父母師傅禁止之，即其自己，亦不敢對人讀。不知真正讀書者方能看《金瓶梅》，其避人讀者，乃真正看淫書也。五六

作《金瓶》者，乃善才化身，故能百千解脱，色色皆到，不然，正難夢見。五七

作《金瓶》者必能轉身證菩薩果，蓋其立言處，純是麟角鳳嘴文字故也。五八

作《金瓶梅》者，必曾於患難窮愁，人情世故，一一經歷過，入世最深，方能爲衆脚色摹神也。五九

作《金瓶梅》，若果必待色色歷遍，纔有此書，則《金瓶梅》又必做不成也。何則？即如諸淫婦偷漢，種種不同，若必待身親歷而後知之，將何以經歷哉！故知才子無所不通，專在一心也。六十

一心所通，實又真個現身一番，方說得一番。然則其寫諸淫婦真乃各現淫婦人身，爲人說法者也。六一

其書凡有描寫，莫不各盡人情。然則真千百化身，現各色人等，爲之說法者也。六二

其各盡人情，莫不各得天道，即千古算來，天之禍淫福善、顛倒權奸處，確乎如此。讀之，似

有一人親曾執筆在清河縣前西門家，大大小小，前前後後，碟兒碗兒，一一記之，似真有其事，不敢謂爲操筆伸紙做出來的。吾故曰：得天道也。六三

讀《金瓶》當看其白描處。子弟能看其白描處，必能自做出異樣省力巧妙文字來也。六四

讀《金瓶》當看其脱卸處。子弟看其脱卸處，必能自出手眼，作過節文字也。六五

讀《金瓶》當看其避難處。子弟看其避難就易處，必能放重筆，拿輕筆，異樣使乖脱滑也。六六

讀《金瓶》當看其手閒事忙處。子弟會得，便許作繁衍文字也。六七

讀《金瓶》當看其穿插處。子弟會得，便許他作花團錦簇、五色迷人的文字也。六八

讀《金瓶》當看其結穴發脈、關鎖照應處。子弟會得，纔許他讀《左》、《國》、《莊》、《騷》、《史》、《子》也。六九

讀《金瓶》當知其用意處。夫會得其處處所以用意處，方許他讀《金瓶梅》，方許他自言讀文字也。七十

幼年在館中讀文，見窗友爲先生夏楚云：『我教你字字想來，不曾教你囫圇吞。』予時尚幼，旁聽此言，即深自儆省，於念文時，即一字一字，作昆腔曲拖長聲調轉數四念之，而心中必將此一字念到是我用出的一字方罷，猶記念的是『好古敏以求之』一句的文字，如此不三日，先生出會課題，乃『君子矜而不争』，予自覺做時，不甚怯力。而文成，先生大驚，以爲抄寫他人，『不然，何進

益之速？』予亦不能白。後先生留心驗予動静，見予念文，以頭伏桌，一手指文，一字一字唱之，乃大喜曰：『子不我欺！』且回顧同窗輩曰：『爾輩不若也。』今本不通，然思讀書之法，斷不可成片念過去。豈但讀文，即如讀《金瓶梅》小說，若連片念去，便味如嚼蠟，只見滿篇老婆舌頭而已，安能知其爲妙文也哉？夫不看其妙文，然則只要看其妙事乎？是可一大揶揄。七一

讀《金瓶》必静坐三月方可，否則眼光模糊，不能激射得到。七二

才不高由於心粗，心粗由於氣浮。心粗則氣浮，氣愈浮則心愈粗，豈但做不出好文，并亦看不出好文。遇此等人，切不可將《金瓶梅》與他讀。七三

未讀《金瓶梅》，而文字如是，既讀《金瓶梅》，而文字猶如是，此人直須焚其筆硯，扶犁耕田，爲大快活，不必再來弄筆硯自討苦吃也。七四

做書者，是誠才子矣。然到底是菩薩學問，不是聖賢學問，蓋其專教人空也。若再進一步，到不空的所在，其書便不是這樣做也。七五

《金瓶》以空結，看來亦不是空到地的，看他以孝哥結便知。然則所云幻化，乃是以孝化百惡耳。七六

《金瓶梅》到底有一種憤懣的氣象。然則《金瓶梅》斷斷是龍門再世。七七

《金瓶梅》是部改過的書，觀其以愛姐結便知，蓋欲以三年之艾，治七年之病也。七八

《金瓶梅》究竟是大徹悟的人做的，故其中將僧尼之不肖處一一寫出，此方是真正菩薩，真正

徹悟。七九

《金瓶梅》倘他當日發心，不做此一篇市井的文字，他必能另出韻筆作花嬌月媚，如《西廂》等文字也。八十

《金瓶》必不可使不會做文的人讀。夫不會做文字人讀，真有如俗云讀了《金瓶梅》也。會做文字的人讀《金瓶》，純是讀《史記》。八一

《金瓶梅》切不可令婦人看見。世有銷金帳底，淺斟低唱之下，念一回於妻妾聽者，多多矣。不知男子中尚少知勸戒觀感之人，彼女子中能觀感者幾人哉！少有效法，奈何奈何！至於其文法筆法又非女子中所能學，亦不必學。即有精通書史者，則當以《左》、《國》、《風》、《雅》、經史與之讀也。然則《金瓶梅》，是不可看之書也，我又何以批之以誤世哉？不知我正以《金瓶》爲不可不看之妙文，特爲婦人必不可看之書，恐人自不知戒，而反以是咎《金瓶梅》，故先言之，不肯使《金瓶》受過也。然則男子中，少知看書者，誰不看《金瓶梅》？看之而喜者，則《金瓶梅》懼焉，懼其不知所以喜之，而第喜其淫逸也。如是則《金瓶梅》誤人矣。究之非《金瓶》誤之，人自誤之耳。看之而怪者，則《金瓶梅》悲焉，悲其本不予人以可怪，而人想怪其描寫淫逸處也。如是則人誤《金瓶》矣。究之非人誤之，亦非《金瓶》誤之，乃西門慶誤之耳。何爲《金瓶》誤人？不善讀書人，粗心浮氣，與之經史不能下咽，偏喜讀《金瓶梅》，且最不喜讀下半本《金瓶梅》，是誤人者，《金瓶梅》也。何爲人自誤之？夫對人説賊，原以示戒，乃聽者反因學做賊之術，是非説賊者之過

也。彼聽説賊者，本自爲賊耳，故《金瓶梅》不任受過。何以謂人誤《金瓶》？《金瓶梅》寫奸夫淫婦，貪官惡僕，幫閒娼妓，皆其通身力量，通身解脱，通身智慧，嘔心嘔血，寫出異樣妙文也。今只因自己目無雙珠，遂悉令世間將此妙文，目爲淫書，置之高閣，使前人嘔心嘔血做這妙文，雖本自娱，實亦欲娱千百世之錦綉才子者，乃爲俗人所掩，盡付流水，是謂人誤《金瓶》。何以謂西門慶誤《金瓶》？使看官不作西門的事讀，全以我此日文心，逆取他當日的妙筆，則勝如讀一部《史記》。乃無如開卷便只知看西門慶如何如何，全不知作者行文的一片苦心，是故謂之西門慶誤《金瓶梅》。然則仍依舊看官誤看了西門慶的《金瓶梅》，不知爲作者的《金瓶》也。常見一人批《金瓶梅》曰：此西門之大帳簿。其兩眼無珠，可發一笑。夫伊於甚年月日，見作者雇工於西門慶家寫帳簿哉？更有讀至敬濟弄一得雙，乃爲西門大憤曰：『何其剖其雙珠？』不知先生又錯看了也。金蓮原非西門所固有，而作者特寫一春梅，亦非欲爲西門慶所能常有之人而寫之也。此自是作者妙筆妙撰以行此妙文，何勞先生爲之傍生瞎氣哉！故讀《金瓶梅》者多，不善讀《金瓶梅》者亦多。予因不揣，乃急欲批以請教，雖不敢謂能探作者之底思，然正因作者叫屈不歇，故不擇狂瞽，代爲争之，且欲使有志作文者同醒一醒長日睡魔，少補文家之法律也，誰曰不宜？八二

《金瓶》是兩半截書，上半截熱，下半截冷；上半熱中有冷，下半冷中有熱。八三

《金瓶梅》因西門慶一分人家，寫好幾分人家，如武大一家，花子虚一家，喬大户一家，陳洪一

家，夏提刑一家，何千户一家，周守備一家，應伯爵一家，王招宣一家，張大户一家，吴大舅一家，他如翟雲峰在東京不算，夥計家以及女眷不往來者不算。凡這幾家，大約清河縣官員大户，屈指已遍，而因一人寫及一縣。吁，一元惡大憝矣，且無論此回，有幾家全傾其手，深遭荼毒也。可恨可恨！八四

《金瓶梅》寫西門慶無一親人，上無父母，下無子孫，中無兄弟，幸而月娘猶不以繼室自居。設也月娘因金蓮終不通言對面，吾不知西門慶何樂乎爲人也。乃於此不自改過自修，且肆惡無忌，宜乎就死不悔也。八五

書内寫西門慶許多親戚，通是假的。如喬親家，假親家也；翟親家，愈假之親家也；楊姑娘，誰氏之姑娘，愈假之姑娘也；應二哥，假兄弟也；謝子純，假朋友也；至於花大舅、二舅，更屬可笑，真假到没文理處也；敬濟兩番披麻帶孝，假孝子也；至於沈姨夫、韓姨夫，不聞有姨娘來，亦是假姨夫矣。惟吴大舅、二舅，而二舅又如鬼如蜮，吴大舅少可，故後卒，得吴大舅略略照應也。彼西門氏并無一人，天之報施亦慘，而文人惡之者亦毒矣。奈何世人於一本九族之親，乃漠然視之，且恨不排擠而去之，是何肺腑？八六

《金瓶》何以必寫西門慶孤身一人，無一着己親哉？蓋必如此，方見得其起頭熱得可笑，後文一冷，便冷到徹底，再不能熱也。八七

作者直欲使此清河縣之西門氏冷到徹底，并無一人，雖屬寓言，然而其恨此等人，直使之千

百年後，永不復望一復燃之灰。吁，文人亦狠矣哉！八八

《金瓶》内有一李安是個孝子，却還有一個王杏庵是個義士，安童是個義僕，黄通判是個益友，曾御史是個忠臣，武二郎是個豪傑悌弟，誰謂一片淫欲世界中，天命民懿爲盡滅絶也哉！八九

《金瓶》雖有許多好人，却都是男人，并無一個好女人，屈指不二色的，要算月娘一個，然却不知婦道以禮持家，往往惹出事端。至於愛姐，晚節固可佳，乃又守得不正經的節，且早年亦難清白。他如葛翠屏，娘家領去，作者固未定其末路，安能必之也哉！甚矣，婦人陰性，雖豈無貞烈者，然而失守者易，且又在各人家教，觀於此，可以稟型於之懼矣，齊家者可不慎哉！九十

《金瓶梅》内，却有兩個真人，一尊活佛，然而總不能救一個妖僧之流毒。妖僧爲誰？施春藥者也。九一

武大毒藥，既出之西門慶家，則西門毒藥，固有人現身而來，神仙、真人、活佛，亦安能逆天而救之也哉！九二

讀《金瓶》不可呆看，一呆看便錯了。九三

讀《金瓶》必須置唾壺於側，庶便於擊。九四

讀《金瓶》必須列寶劍於右，或可劃空泄憤。九五

讀《金瓶》必須懸明鏡於前，庶能圓滿照見。九六

讀《金瓶》必置大白於左，庶可痛飲，以消此世情之惡。九七

讀《金瓶》必置名香於几，庶可遥謝前人，感其作妙文，曲曲折折以娱我。九八

讀《金瓶》必須置香茗於案，以奠作者苦心。九九

《金瓶》純是禪門圓通後做法。我批《金瓶》，亦批其圓通處也。一百

《金瓶》亦并不曉得有甚圓通，我亦正批其不曉有甚圓通處也。百一

《金瓶》以空字起結，我亦批其以空字起結而已，到底不敢以空字誣我聖賢也。百二

《金瓶》處處體貼人情天理，此是其真能悟徹了，此是其不空處也。百三

《金瓶梅》是大手筆，却是極細的心思做出來者。百四

《金瓶梅》是部懲人的書，故謂之戒律亦可。雖然，又云《金瓶梅》是部入世的書，然謂之出世的書亦無不可。百五

『金瓶梅』三字連貫者，是作者自喻，此書内雖包藏許多春色，却一朵一朵一瓣一瓣，費盡春工，當注之金瓶，流香芝室，爲千古錦綉才子作案頭佳玩，斷不可使村夫俗子作枕頭物也。噫，夫金瓶梅花全憑人力，以補天工，則又如此書，處處以文章奪化工之巧也夫。百六

此書爲繼《殺狗記》而作，看他隨處影寫兄弟，如何九之弟何十，楊大郎之弟楊二郎，周秀之弟周宣，韓道國之弟韓二搗鬼。惟西門慶、陳敬濟無兄弟可想。百七

以玉樓彈阮起，愛姐抱阮結，乃是作者滿肚皮倡狂之淚，没處灑落，故以《金瓶梅》爲大哭地

也。百八

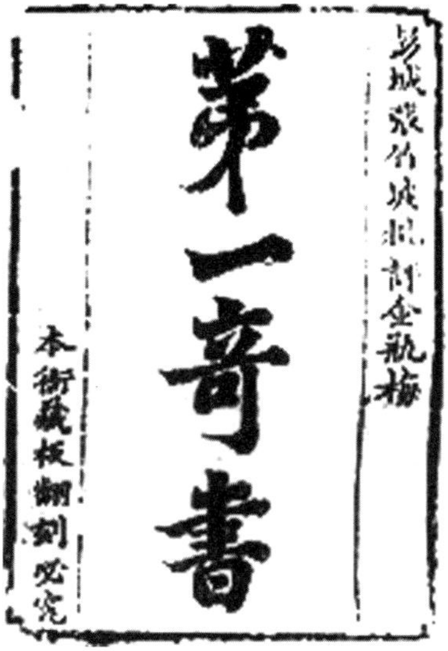

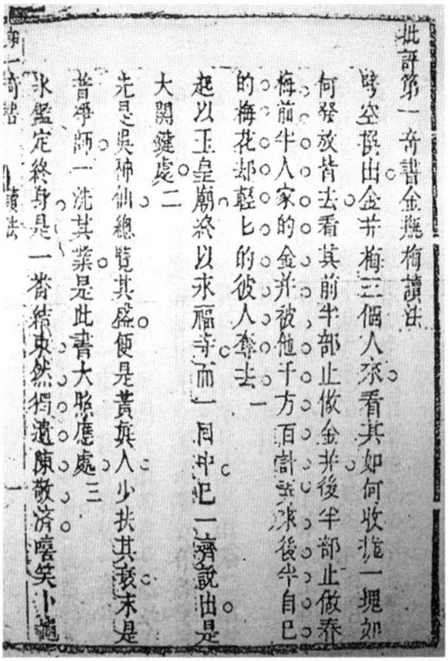
批評第一奇書金瓶梅讀法
劈空撰出金瓶梅三個人來看其如何收攏一塊如何發放皆去看其前半部止做金瓶後半部止做春梅前半入家的金瓶被他千方百計弄來後半自己的梅花却輕輕的被人奪去 一
起以玉皇廟終以永福寺而一回中已一齊說出是大關鍵處 二
先是吳神仙總覽其盛便是黃真人少扶其衰末是普淨師一洗其業是此書大照應處 三
冰鑑定終身是一番結束然獨遺陳敬濟嘻笑小逾
第一奇書 讀法 一

（本衙藏板翻刻必究本《第一奇書》）

在園品題

劉廷璣　撰

載於康熙間釣璜軒貯板《女仙外史》卷首，題『江西廉使劉廷璣在園品題二十則』。作者劉廷璣，字玉衡，號在園，漢軍鑲黄旗人。康熙間由蔭生累官江西按察使，降江南淮徐道。有《葛莊分類詩鈔》。另有《在園雜志》，曾對古代小説作了『史』的分析，分爲『漢魏晉唐宋元明』、『四大奇書』、『近日之小説』三個階段，頗有識見，且對『四大奇書』的形象塑造、結構布局、虚實關係，乃至小説批評等方面作了較爲中肯的分析，對『近日之小説』及一批『續書』的著録與批評，也爲文學史研究者所注目。另外，他從接受的角度提出『善讀』與『不善讀』的問題，也有創意。可見他對小説頗有研究與識見。本文則是對呂熊所著《女仙外史》的總評，突出一個『奇』字，但他强調的還是要『歸於正』，要達到『言誕而理真，書奇而旨正』的境界。

一、自來小説，從無言及大道；此書三教兼備，皆撤去屏蔽，直指本原，可以悟禪玄，可以達聖賢。此爲至奇而歸於至正者。

一、談天説地，莫可端倪，而皆有準則；講古論今，格物窮理，而皆有殊解。均不掇舊人牙慧。此奇而至於精者。

一、若魔道，自來僅有其名，從未有能考其實，此則縷析分明，本末燦然，又借以爲寓言。此奇而誕者。

一、古來論鬼神者，但能言其已然，此獨指出其所以然，微顯一貫，陰陽一體，絶非虚誕。此奇而玄奥者。

一、天文難言也。小説傳奇，唯《三國演義》有夜觀乾象囫圇之語；此書則歷歷指出，如數列眉。

一、望氣占雲，難事也。史傳但言其兆，此則説到至微地位，而雲氣之所以爲兆，皆和盤托出。此奇之至也。

一、小説言兵法者，莫精於《三國》，莫巧於《水滸》。此書則權輿於《陰符》、《素書》之中，脱化於六韜三略之外，絶不蹈陳言故轍，雖紙上談兵，亦云奇矣。

一、陣法，圓陣若鼓，方陣如棋局，六陣如聚花，八陣若列卦。此書之七星陣，其形獨如飛鳥，戰則爲陣，止即爲營，行即爲隊伍。三者出於一貫，古今未有，可謂陣法之奇者。

一、武侯八陣，千古僅存其名，未有識其奥妙者。此書備言制度，與縱横開闔、變化生克之道，確有奇解。

一、書内拔城三十有八，從不用火炮、石炮、雲梯、衝車之類，唯默運智謀而得，絶無矯强，更不雷同。此爲大奇。

一、取開封府，内應止俠客一名，號旗一杆；拔揚州府，内應止女將二員，號旗一面，而遂敗走敵兵數萬。乃勢所必然之事，并非僥幸成功。神乎！神乎！奇至此乎！

一、拔荆州止用一旗懸於神廟之杆，并無一人助力，而能聳動億兆之心，頃刻歸附。皆情所必至，理所必得。神乎！神乎！奇乃至此乎！

一、克濟寧州，内止二女殺一監河；克廬州府，外止一人殺一都督。皆唾手而得，雖智者不及濟其變。神乎！化乎！奇更至此乎！

一、諸小説兩軍相交，勝者設謀，敗者受之；或勝者之策巧，而敗者之計拙。此則如善弈者，剛遇敵手，兩棋對殺，以智鬥智，至收煞止差一着，勝負出於天然。

一、諸小説臨戎用智，多在勝負未分之先，此於敗後猶能用智以撲之。如衛青於是夕勝，而登州即於是夕克；朱能以今夕劫寨勝，而即於明日被劫敗。如斯者，蓋不可枚舉。

一、交戰用紙炮，此書獨創，始於卸石寨，用以爲號。自後驚敗兵、潰伏卒輒用之，而又用以破房勝大寨，披靡數萬雄兵。以上三則，皆巧之至奇之極者。

一、此書具有經濟，如設官、取士、刑書、賦役、禮儀，皆雜霸之語，與儒生侈談王道者大異。奇人乎？其才也。

一、書内頗多詩篇，諸體畢備，皆可步武三唐，頡頏兩宋。又奇筆之餘事。

凡鬥道術、鬥法寶，莫不瑰瑋光怪、虚靈變幻，出自諸書所無，奇矣，而余不以爲奇也。何也？以畫鬼易也。余所舉者，皆畫人手筆。

一、《外史》前十四回，是爲賽兒女子作傳，據《紀事本末》所述數語爲題，撰出大文章，雖虚亦實。至靖難師起，與永樂登基，屠滅忠臣，皆係實事，别出心裁。迨建行闕，取中原，訪故主，迎復辟，舊臣遺老先後來歸，八十回全是空中樓閣。然作書之大旨，却在於此，所以謂之『外史』。『外史』者，言誕而理真，書奇而旨正者也。

一、歲辛巳，余之任江西臬使，八月望夜，維舟龍游，而逸田叟從玉山來請見。杯酒道故，因問叟：『向者何爲？』叟對以『將作《女仙外史》』。余叩其大旨，曰：『常讀《明史》，至遜國靖難之際，不禁泫然流涕，故夫忠臣義士與孝子烈媛，湮滅無聞者，思所以表彰之，其奸邪叛逆者，思所以黜罰之，以自釋其胸懷之哽噎。』余聞之，矍然曰：『良有同心。叟書竣日，當爲付諸梓。』壬午，叟至洪都，余爲適館授餐，俾得殫精於此書。癸未冬，余罣公事，削職北返，旅於清江浦。甲申秋，叟自南來，見余曰：『《外史》已成。』以稿本見示。余讀一過，曰：『叟之書，自貶爲小說，意在賢愚共賞乎？然余意尚須男女并觀。中有淫褻語，曷不改諸？』叟以爲然，不日改正所憾。余既落籍，不能有踐前言，乃品題廿行於簡端，以爲此書之先聲而歸之。

（康熙間鈞璜軒貯板《女仙外史》）

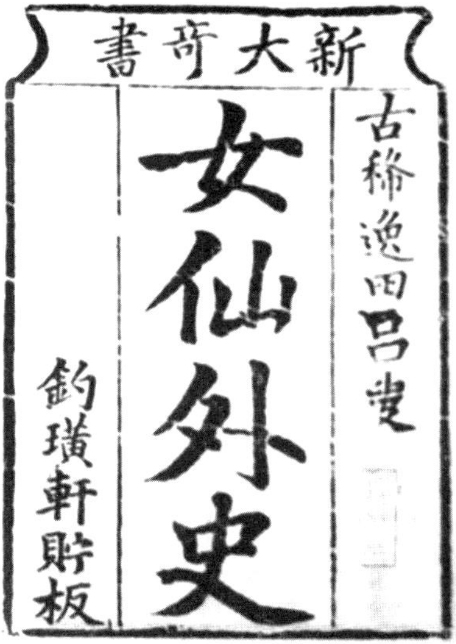
新大奇書
古稀逸田叟
女仙外史
鈞璜軒貯板

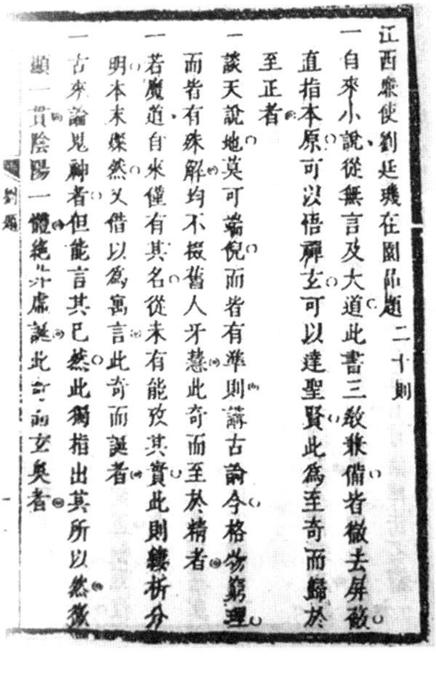
江西廉使劉廷璣在園品題二十則
一自來小說從無言及大道此書三教兼備皆徹去屏蔽直指本原可以悟禪玄可以達聖賢此爲至奇而歸於至正者
一談天說地莫可端倪而皆有準則藉古論今格物窮理而皆有殊解均不拾舊人牙慧此奇而至於精者
一若魔道自來僅有其名從未有能究其實此則縷析分明本末燦然又借以爲寓言此奇而誕者
一古來論鬼神者但能言其已然此獨指出其所以然徹顯一貫陰陽一體絕非虛誕此奇而玄奧者

念亭評論

楊顒撰

載於康熙間鈞璜軒貯板《女仙外史》卷首。作者楊顒，字念東，時任江西學使。本文以『扶植綱常，顯揚忠烈』爲宗旨，論本小説稱『外史』而不同於『正史』者，在於以建文爲正統，稱燕王爲叛逆，『既正名以討燕，然後褒忠殛叛』。與此同時，不將唐賽兒稱爲『妖婦』，而視之以『女仙』。總之，他將《女仙外史》論作爲一部『信史』。

念亭曰：正史書蒲臺縣妖婦唐賽兒反，今《外史》謂之女仙，得無駭異？余按，從來以妖法作亂者，如張角、王則之徒，邪不勝正，終必殄戮；而賽兒則解散部屬，從容而去。成祖嚴行大索，必欲獲之，逮繫女尼女冠數十萬勘問，賽兒忽從空自至，雖刀鋸斧鑕鼎鑊不能傷其毛髮，俟女尼等既釋，遂御風不知所之。谷應泰先生《紀事本末》斷云：仙乎？妖乎？吾弗知之矣。意重在仙之一邊，則叟之以賽兒爲女仙，蓋本諸此。

《明史》洪武三十五年，下承永樂元年。余考洪武崩於三十一年，傳位太孫，改元建文，撫御天下者四載，仁慈恭儉，稱爲令主。從來亡國之君，縱使昏而悖德，後代何嘗削其年號？如元之妥懽帖木耳，洪武尚追謚曰順帝。若建文之遜國於叔父者，何以削其年號哉？隆慶間粤東布衣譚清海，伏闕上書，言成祖未即位之先，建文君天下也。有君則有政事，竟使之湮没不傳，寧成信史？是永樂之削建文年號，不予其爲帝，蓋人心所共憤者。故《外史》於靖難時，特書建文某年，乃萬世之公論。

《明史》永樂謚曰太宗文皇帝，至嘉靖追尊爲成祖。今《外史》稱曰燕王，又斥爲叛逆，竟敢與正史相抗耶？余考文皇帝命方孝孺草登基詔書，孝孺大書『燕賊反』三字擲筆於地。繼之者大理卿胡閏、御史高翔、鐵兵部鉉、景僉都清、少司寇暴昭、副憲練子寧、僉憲司中、大理丞劉端，皆同聲相應，面訴『反賊』。而葉太守仲惠，編遜國信史，論靖難師曰『叛黨』。顧使其人與言皆泯滅，可也；奈此數公者，其姓字如日星之麗乎天，其言論如河嶽之亘乎地，千載之下，莫不尊敬而仰之。宜其《外史》之敢與正史相抗哉！若以爲罪，則罪在於方正學諸公可乎？

《外史》稱建文年號至二十六年，下承洪熙元年而止，豈以彼削建文之故，而不免矯枉過正歟？則又稱洪熙年號以終，何哉？大抵仁宗之得位也以父命，與建文之得位也以祖命，皆得之以正者，故不予其父，而仍予其子，所以益著其父之無或命者爲篡竊也。至稱建文二十六年位號，此正正名討燕之旨。按梁篡唐，而朱耶氏奉昭宗年號以討梁，《綱目》亦深予之矣。

史書明太祖、成祖爲先後英主，昭昭耳目。《外史》何書也，而云討之？亦太妄矣！余按，建文燒宫時欲殉社稷，太監王鉞亟奏太祖遺有朱篋，可解國難，啓視之，緇衣、剃刀及度牒、姓名畢備，建文已悟天位之終於此，故遁迹四十年，絶未萌復辟之心。若使建文南走越，北走胡，則天下之奉行在、興義師而討燕者，不終永樂之世不止。不知後之史官以建文爲正乎，以永樂爲正乎？曷不致思於其際哉？正史，當日勤王有姚太守善、王太守璡、楊太守任、陳太守彦回、松江郡丞周繼瑜、樂平令張彦方諸公，討燕未克，丹心不泯。故《外史》推本諸公之志，以筆討於百世之下。

《外史》大旨，既正名以討燕，然後褒忠殛叛，得并行焉。在方、景、鐵數公，人悉能知之，第正史所載殉國難者甚繁，雖制科之士，未或盡知，而况於世俗乎？叟廣搜博訪，正史尚有未載者，悉予其忠而特書之，善善長之意也。若靖難降燕文武諸臣，皆以正史爲據，有可疑者尚闕之，惡惡短之意也。至諸忠臣之妻女子孫，亦莫不紀其姓氏，表其貞孝節烈。昌黎云：『誅奸諛於既死，發潛德之幽光。』其斯之謂歟？

遜國靖難之事，正史既定，三百餘年，莫敢翻其案者，《外史》毅然執筆斷之，偉矣！昔少保于公曾刻天下士顔額以貽叟，則洵乎叟爲天下士也。余素不喜小説，如世所稱才子奇書曰《水滸》、《金瓶梅》，可以悦人耳目，亦可以壞人心術：《水滸》倡亂，《金瓶》誨淫也。今《外史》亦多奇詭，與小説無異。然立言之旨，在於扶植綱常，顯揚忠烈，余故略爲論之如右。

（康熙間釣璜軒貯板《女仙外史》）

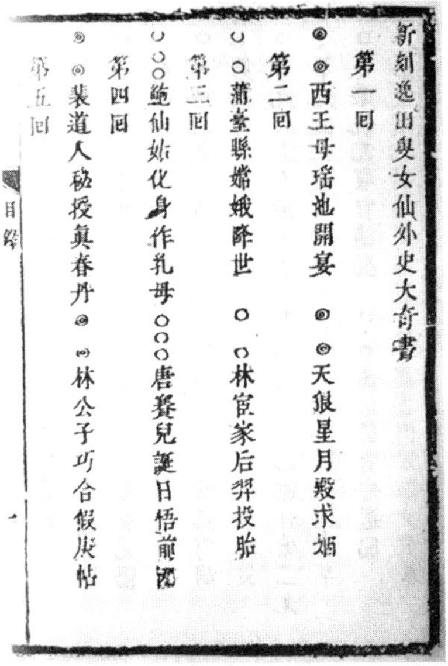
新刻逸田叟女仙外史大奇書

第一回
西王母瑤池開宴　天狼星月殿求姻
第二回
蒲臺縣嫦娥降世　林宦家后羿投胎
第三回
鮑仙姑化身作乳母　唐賽兒誕日悟前因
第四回
裴道人秘授真春丹　林公子巧合假庚帖
第五回

目錄

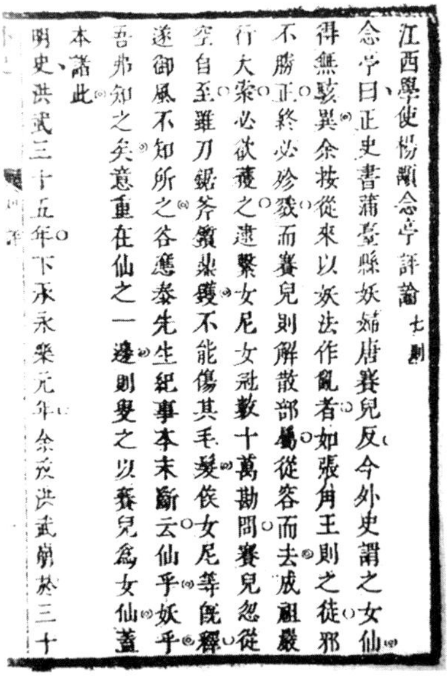
江西學使楊顒念亭評論　七則

念亭曰：正史書蒲臺縣妖婦唐賽兒反，今外史謂之女仙，得無駭異？余按從來以妖法作亂者，如張角、王則之徒，邪不勝正，終必殄滅，而賽兒則解散部屬，從容而去，成祖嚴行大索，必欲獲之，逮繫女尼女冠數十萬，勘問賽兒，忽從空自至，雖刀鋸斧鑕鼎鑊，不能傷其毛髮，佚女尼等，既釋，遂御風不知所之。谷應泰先生紀事本末斷云：仙乎妖乎，吾弗知之矣。意重在仙之一邊，則叟之以賽兒爲女仙，蓋本諸此。

明史洪武三十五年，下承永樂元年。余攷洪武崩於三十

新説西遊記總批

張書紳 撰

載於乾隆十四年（一七四九）其有堂刊本《新説西遊記》卷首。作者張書紳，字南薰，山西人。他有感於前人批評，『或以爲講禪，或以爲談道，更又以爲金丹採煉，多捕風捉影，究非《西遊》之正旨』；而讀者的接受，又是『以一人讀之，則是一人爲一部《西遊記》』；於是他想通過批點而使世人都明白：『《西遊記》一百回，亦一言以蔽之，曰：祇是教人誠心爲學，不要退悔』（《西遊記總論》），『是把《大學》誠意正心，克己明德之要，竭力備細，寫了一盡』，『不過借取經一事，以寓其意耳』。總之，他將《西遊記》看成是『每筆必寓三意：其事，則取經也；其旨，乃《大學》也；其文，又文章也』。作者雖也注意到《西遊記》『章有章法，字有字法，句有句法，且更部有部法』，『實更精於文』，但無論在此總批，還是在正文的批點中，主要還是將這部小説當作儒家經典來解讀，使讀者『各自讀之，而各自教之也』（《西遊記總論》）。

《西遊》一書，古人命爲證道書，原是證聖賢儒者之道。至謂證仙佛之道，則誤矣。何也？如來對三藏云：『閻浮之人，不忠不孝，不仁不義，多淫多佞，多欺多詐，此皆拘蔽中事。』彼仙佛門中，何嘗有此字樣？故前就盂蘭會，以及化金蟬，已將作書的題目大旨，一一點明。且不特此也，就如傳中黑風山、黄風嶺、烏鷄國、火焰山、通天河、朱紫國、鳳仙郡，是説道家那一段修仙？是説僧家那一種成佛？又何以見得仙佛同源？金丹大旨，求其注解，恐不能確然明白指出，直乃强爲幻渺，故作支離，不知《西遊記》者也。長春原念人心不古，身處方外，不能有補，故借此傳奇，實寓《春秋》之大義，誅其隱微，引以大道，欲使學業焕然一新。無如學者之不悟也，悲夫！

《西遊》又名《釋厄傳》者何也？誠見夫世人，逐日奔波，徒事無益，竭盡心力，虚度浮生，甚至傷風敗俗，滅理犯法，以致身陷罪孽，豈非大厄耶？作者悲憫於此，委曲開明，多方點化，必欲其盡歸於正道，不使之復蹈於前愆，非『釋厄』而何？

《西遊》一書，以言仙佛者，不一而足。初不思佛之一途，清静無爲，必至空門寂滅而後成。即仙之一道，雖與不同，然亦不過採煉全真，希圖不死。斯二者，皆遠避人世，惟知獨善一身，以視斯世斯民之得失，漠不相關。至於仁義禮智之學，三綱五倫之道，更不相涉。此仙佛之事也。今《西遊記》，是把《大學》誠意正心、克己明德之要，竭力備細，寫了一盡，明顯易見，確然可據，不過借取經一事，以寓其意耳，亦何有於仙佛之事哉？

《西遊記》稱爲四大奇書之一。觀其龍宫海藏、玉闕瑶池、幽冥地府、紫竹雷音，皆奇地也；玉皇王母、如來觀音、閻羅龍王、行者八戒沙僧，皆奇人也；游地府、鬧龍宫、進南瓜、斬業龍、亂蟠桃、反天宫、安天會、盂蘭會、取經，皆奇事也；西天十萬八千里，觔斗雲亦十萬八千里，往返十四年五千零四十八日，取經即五千零四十八卷，開卷以天地之數起，結尾以經藏之數終，真奇想也；詩詞歌賦，學貫天人，文絶地記，左右回環，前伏後應，真奇文也：無一不奇，所以謂之奇書。

微子去殷，張良辭漢，施耐庵隱於元，賈閬仙隱於僧。憶邱長春，亦一時之大儒賢者，乃不過托足於方外耳。味其學問文章，品誼心術，無非經時濟世，悉本於聖賢至正之道，并無方外的一點積習，蓋即當時之水鏡、黄石，一隱君子也。

《西遊》一書，其事則極幻，其旨又極隱。若再不明白解説，深文浮衍，讀者愈疑而莫知從人之處矣。是以開解處只求明白爽快，即使三尺之童子，讀之亦顯然易知。方上不負前人之作，下有裨於後之學者也良多矣。

《西遊》一書，是把一個人從受胎成形起，直寫至有生以後，又從有生以後，直寫到老，方才罷手。

分而言之，有唐僧行者八戒沙僧白馬之疏；合而計之，實即一人之四肢五臟全形耳。五聖成真，是人一生之事業已完。有此功德文章，自可以垂千古而不朽。此即長生之學，此即至善之旨也。

仙佛之事，與人世無涉，且幻渺而不可知。人事之常，日用之所不可離，雖愚夫愚婦，莫不共知。若必以人事之所不可知者解之，何得如以人事之所共易知者解之？與其以世事之無益者而强解之，則何如以人生之有益者而順釋之？

《孟子》云：『故天將降大任於是人也，必先苦其心志，勞其筋骨，餓其體膚，空乏其身，行拂亂其所爲。所以動心忍性，曾益其所不能。』方才作得將相，方才建得功業，方才成得大聖大賢。是正面寫而明言之。彼三藏之千魔百怪，備極苦處，歷盡艱難，方才到得西天，取得真經，成得正果。是對面寫而隱喻之。《孟子》一章，是言綱領旨趣；《西遊》一部，正是細論條目功夫。把一部《西遊記》，即當作《孟子》讀亦可。

八百里黃風嶺，八百里流沙河，八百里火焰山，八百里通天河，八百里荆棘嶺，八百里稀柿衕，八百里獅駝國。問其名皆八，究其處有七，皆人生之大魔障也。

《西遊記》當名『遏欲傳』。

一洞魔王，有一洞魔王的名號；一處山林，有一處山林的事件；則必一回，有一回的旨趣。古人命名作書，原各有取意。讀者不得其解，概以心猿意馬混過，以妝門面。夫心猿意馬，只解得白馬悟空，如何解得山國魔洞？試思平頂山、西梁國，是何解？大力王、伭英洞，是何説？豈亦以心猿意馬解之耶？

一部書中，魔怪前後重見者有四：牛魔王、青獅子、奎木狼、賴頭鼋。《南華莊子》是喻言，一部《西遊》亦是喻言，故其言近而指遠也。讀之不在於能解，全貴乎能悟，惟悟而後能解也。

《西遊》一書，本文似亦平平，極其淺近。探其旨趣，實天人性命之源也。處處皆言明心之要，而其理本淵微，故非深心者，不足以語此。

夏日長天炎暑，日夜難禁，竊思有向日都中所序之《西遊記》，尚在懸閣。於是以六月二十六日覓本，至七月初九日，十四日夜，草稿粗成。至閏七月二十日，真本筆削初定。是非不能自知，而所謂炎暑者，不知消歸何有矣。名爲『消魔傳』，信不誣也。乾隆十三年閏七月，羊城誌。

《西遊》一書，皆因講的是和尚取經，且又有心猿意馬之舊號，長生不死之名色，人再不作經書之想，又何有於正心誠意之文也？於是或爲採煉，或爲太極，紛紛議論，驚奇立異，徒爲幻渺。豈知差之毫釐，遠之千里，而卒至不能貫通，謂非『道在邇而求諸遠，事在易而求諸難』也。

古人作書，其旨深奥，惟恐後人之不解，是以批而解之，以告後人。至批解之而後人仍不明，則此書何貴有此一解？後人何賴有此一解？我又何必多此一解？

前閲數家之批，筆墨富麗，議論風生，超然有高出千古之意。予實庸才，愧不能有此，乃不過平平常常，直捷了當，止將全部的本旨大意注明，前後的脈絡綫索分清，實一時之草創。至於潤色，以待博物之君子。

《西遊記》，却從東勝寫起，唐僧又在中華，其相隔不知幾萬千也，如何會合得來？看他一層一層，有經有緯，有理有法，貫串極其神妙，方知第一回落筆之際，全部的大局，早已在其胸中。非是作了一段，又去想出一段也。

或謂孫行者大鬧天宫，普天神將尚且不能擒拿，西天路上，區區小妖，反又不能取勝。似此荒唐，何乃自相矛盾？初不知斷章取義，其中原有至理，即如鬧天宫，原是寫小人。譬如有一小人，在此横行，即有許多君子，實在亦無法可制，此其一也。又如火雲洞，原是講借債，未借之先，就是鐵羅漢，亦不能相强；既借之後，就是李老君，亦不能相抗。此原理之不勝，非力之不勝也。故交戰處，原寫本題之妙意，人情世事之至理。若真認作刀兵，則誤矣。

何謂怪？蓋乃非常之謂也。心無物欲，神氣自然和平；一有所私，舉動各别，面貌非常，此其所以爲怪也。

釘鈀棒杖，乃即人心之主杖。故隨心變化，任意卷舒。獨是八戒之鈀，非不利而且美，惟其有勾齒，終不如棒杖之正直，是以貪嘴愛懶，此其所以常想丈人也。

人心物欲多端，則茅柴滿腹。釘鈀二字，設想絶妙。非是鈀地之寶，正是耕心之具。安能盡得八戒之鈀，以爲人心之一大快也哉？

《西遊》一書，以言求放心者不一。夫《西遊》固有求放心；然求放心，實不足以盡《西遊記》。

一部《西遊記》，共計一百回，實分三大段。再細分之，三段之内，又分五十二節。每節一個題目，每題一篇文字。其文雖有大小長短之不齊，其旨總不外於明新止至善。

何爲三大段？蓋自第一回起，至第二十六回止，其中二十二個題目，單引聖經一章，發明《大學》誠意、正心之要，是一段。又自二十七回起，至九十七回止，其間七十一回，共二十七個題目，雜引經書，以見氣稟所拘，人欲所蔽，則有時而昏也，是一段。末自九十八回起，至一百回止，共是三回，總結明新止至善，收挽全書之格局，該括一部之大旨，又是一段。

遊字即是學字，人所易知；西字即是大字，人所罕知。是『西遊』二字，實注解『大學』二字，故云《大學》之别名。人必於此二字，體會了然，全部文義，則自不難曉矣。

每節題目，妙意雖各有不同，不能無此疆彼域之分。然而收挽過接處，其絡脈聯貫串，實又未嘗不是一氣。故分而言之，似有三大段，一百回，五十二節之疏；合而計之，始終全部，只是一篇之局。是分有分之奇，合又有合之妙。

每章起句，不惟挽清上意，扣定本題，兼且照定結尾，亦并埋伏下傳。所以分看是一百回，合看實是一回。但有看出者，亦有看不出者；有批到者，亦有誤失者，不可不知。

海内相傳，有四大奇書。其中或有《封神傳》，雖其文義深奥，不可驟解，觀其結尾三回，似與《西遊》相合無二，量非無學無識者之所能爲也。皆因世遠年久，爲時淹没，人但聞四大奇書之名，實不知四大奇書之實，遂誤以《三國志》補之。試思《三國》，據實呈情，乃史館之實録，何得稱爲奇書？

今其數目雖是，惜其名色已非。是否有當，姑留此筆，以爲異日之一驗。

其名曰《西遊》，其實却是《大學》之道，已奇。明明寫的是魔傳，不知却是種種的文章，更奇。然猶未也。最奇妙處，全在按定心猿，以及江流出世一段，便騰出許多地步，迨至心猿歸正，自然拍合，以下順手拈來，其書不難成矣。真有旋天轉地之手，巧奪乾坤造化之妙。即是天仙設想，恐亦不能再出其右。

定海神針鐵，妙不可言。言人心上，原要有針綫，又貴如鐵石，而外物不能摇動。禪杖，無非死纏活纏，苦向此中求也。

《西遊》每筆必寓三意：其事，則取經也；其旨，乃《大學》也；其文，又文章也。是以寫取經處，先要照定正旨，又要成其文章。手彈絲弦，目送歸鴻。以一筆寫三義，已難；以一筆解三義，更難。不得不爲之逐段逐句細分也。

《西遊記》，當名『第一奇書』。

人生斯世，各有正業，是即各有所取之經，各有一條西天之路也。或至雙叉嶺差路，或至寶象國招親，或爲幌金繩牽繫，或在木仙庵偷閒。中途半路，即多改行易轍，是以求一到西天者而已寡，又何能返本還元，以見其本來之舊也？

取經一事，何以云西天？蓋天高西北，地陷東南，由東至西，以見君子之下學而上達也。況春花秋實，東作西成，此所以東土開花，西天結果，生於東勝，成於西天。筆墨有如天地之造化，文章本於陰陽之自然。真正妙想，真正奇書。

《西遊》一書，自始至終，皆言誠意正心之要，明新至善之學，并無半字涉於仙佛邪淫之事。上追洙泗之餘風，下本程朱之正派，而筆墨實在《左傳》、《南華》之上。言近而指遠者，《西遊》之謂也。世僅以奇書目之，烏足以盡此書之美也？

凡傳奇之書，不過逞筆墨之富麗，争字句之工巧。究竟其文無爲，是以讀之亦覺無味。《西遊》是把理學演成魔傳，又由魔傳演成文章。一層深似一層，一層奇似一層。其實《西遊》又是《西遊》，理學又是理學，文章又是文章：三層并行，毫不相背，奇莫奇於此矣。愛理學者，究其淵微；愛熱鬧者，觀其故事；好文墨者，玩其筆意。是豈别種奇書所可得同日而語也？

《西遊》凡言菩薩、如來處，多指心言。故求菩薩正是行有不得，則反求諸己，正是《西遊》的妙處。聖歎不知其中之文義，反笑爲《西遊》的短處，多見其不知量也。

《西遊》凡如許的妙論，始終不外一心字，是一部《西遊》，即是一部《心經》。

通人讀書，只往通處解，所以愈讀愈明。不通人讀書，只往不通處解，所以愈讀愈不明。即如鄭莊公名寤生，此原不過作者下此一字，便好起惡字，以與後愛段叔一句，作一文章關照。在讀者，不過看通其文意即了，何必定深究其所生？况此不過一乳名，初無甚緊要關係；在爲父母者，原無所不命，而當日亦未必於此即有心，在後世就生出許多的議論見解。嗚呼！鄭國遠矣，固不得趨而視之；莊公没矣，又不能起而問之。若必如是解，則晋文公名重耳，豈真兩重耳朵耶？曹操名阿瞞，豈又瞞其父之所生耶？誠如是，則世更有以鷄犬牛羊命名者，不知又當作何解？在古人未必有此事，在後世則强要作此解，不過徒以文字之相害耳，烏足以讀古人之書，烏足以解古人之書也？

《西遊》一書，不惟理學淵源，正見其文法井井。看他章有章法，字有字法，句有句法，且更部有部法，處處埋伏，回回照應，不獨深於理，實更精於文也。後之批者，非惟不解其理，亦并没注其文，則有負此書也多矣。

天人性命之學，東山泗水之書，已無不道。詩詞傳賦之文，周秦唐漢之時，已無不作。降而稗官野史之傳奇，多係小説，雖極其精工靈巧，亦覺其千手雷同，萬章一法，未爲千古擅場之極作也。孔子云：『述而不作。』蓋上焉者，不敢作；下焉者，又不肯作：回翔審視，幾無可下筆之處矣。長春計及於此，所以合三者而兼用之。本孔、孟之深心，周、漢之筆墨，演出傳奇錦綉之文章，其中各極其妙，真文境之開山，筆墨之創見。寫一天宫，寫一地府，寫一海藏，寫一西天，皆前代之所閣筆，後世之所絶無，信非學貫天人，文絶地記者，烏足以道其隻字也？自古學已遠，文尚富麗，或以夸多，或以争幻，此不過一大書店，藏經櫃耳。五尺之村童，録之有餘，何足以言文，又何足以爲奇也？

人生學業不成，皆因物欲多故。外邊的魔障，即是内里的私欲，故云心生，種種魔生也。若一直寫去，未免腐而無味。看他形容飲食之人，則寫出一蝎子精；言非禮之視，則畫出一多目怪：寫得奇異，狀得更奇異。

《西遊》自貞觀十三年九月望前三日起，一路編年紀月，歷叙寒暑，魔怪本於陰陽，克復順乎四時。此乃以山嶽作硯，雲霞作箋，長虹爲筆，氣化爲文。讀之如入四時寒暑之中，俯仰其間，而莫識風云之奥妙也。

天地以太極生兩儀四象，樹木以根本發枝葉花果，人以一心生出仁義禮智，一身行出忠孝廉節。是人生在世，如同天地，如同樹木。則學問文章，原本天地之自然。不是長春作出天地自然之文章，正是天地自然有此文章，不過假長春之筆墨以爲之耳。夫天地至大，却不遍寫。起首落筆第一句，先寫一東勝神州，寫一花果山。真是妙想天開，奇絶千古。夫東勝緊對西天，神州緊對佛天。心之精靈無所不通，故曰神州；身之德行無所不備，故曰佛天。一東一西，一神一佛，以海比地，以西作天，由花結果，從地昇天。自心生海島，樹長神州，以見根深者葉茂，本固者枝榮。莫不本陰陽之氣化，至理之本然。是以有天地，即有風雲氣化；有樹木，即有枝葉花果；有人，即有仁義禮智之心，忠孝廉節之事。是風雲氣化，乃天地自然之文章；枝葉花果，乃樹木自然之文章；仁義禮智，忠孝廉節，乃人生自然之文章：此方是夫子之文章。人若不讀《西遊》之文章，不知《西遊》之文章，而欲以筆墨堆砌，强爲文章，又烏睹所謂文章者也？

《西遊》列傳，大半伏於盂蘭會，此即百様奇花，千般異果，故云明示根本，指解源流。西梁國，即是口舌凶場；火焰山，無非是非惡海。貪酒好色，迷失本來之業；争名奪利，何有西天之路？荆棘叢林，不識法門之要；鳳仙郡里，怠慢瑜迦之宗。心猿放失，正應不服使唤之文；雙鳥失群，却是回照多殺之旨。有師有徒，玉華州原本盂蘭會；明德止至善，天竺國已伏化金蟬。白虎嶺，至精至細；金峴洞，極隱極微。前伏後應，各傳説來，俱有源由；條目綱領，首尾看去，無不關會。全部數十萬言，無非一西，無非一遊。始終一百回，此即題目，此即部法。

心本虚靈不昧，故曰靈臺。返本還元，以復其本來之初，故曰如來，言如其本來之舊也。是以説靈山只在心頭，可知如來亦并不在心外。凡如許的妙意，皆有生之所未見。

大學之道，在明明德，何以却寫出許多的妖怪？蓋人爲氣稟所拘，人欲所蔽，則有時而昏，是爲不明其德者一翻。於是忠之德不明，則爲臣之道有虧；孝之德不明，則子之道有未盡。以至酒色財氣，七情六欲，争名奪利，不仁不義，便作出許多的奇形，變出無數的怪狀。所以寫出各種的妖魔，正是形容各樣的毛病。此德不明至善終不可止，而如來又何以見也？

三藏真經，蓋即明德新民止至善之三綱領也。而云西天者，蓋西方屬金，言其大而且明，以此爲取，其德日進於高明。故名其書曰《西遊》，實即《大學》之别名，明德之宗旨。不惟其書精妙，即此二字，亦見其學問之無窮也。

時藝之文，有一章爲一篇者，有一節爲一篇者，有數章爲一篇者，亦有一字一句爲一篇者。而《西遊》亦由是也。以全部而言，《西遊》爲題目，全部實是一篇。以列傳言，仁義禮智，酒色財氣，忠孝名利，無不各成其一篇。理精義微，起承轉合，無不各極其天然之妙。是一部《西遊》，可當作時文讀，更可當作古文讀。人能深通《西遊》，不惟立德有本，亦必用筆如神。《西遊》、《西遊》，其有裨於人世也，豈淺鮮哉？

大學之數，有三綱領，五指趣，八條目。天地之數，有十二萬九千六百歲。經藏之數，有一萬五千一百零四十八卷。其中之三百里、六百里、八百里、十萬八千里，悉照《大學》之數。故開卷以天地之數起，結尾以經藏之數終。

大學之道，至遠至久，故要經歷十四年，十萬八千里，以見其道之至大至高，原非近功淺學者之所能造。是以一路西來，無筆不是《大學》，無處不是學道。講大學之道，尤爲精極。

古人作書，凡有一篇妙文，其中必寓一段至理，故世未有無題之文也。後人不審其文，不究其理，概以『好文字』三字混過，不知是祭文、是壽文、是時文、是古文。不知是《出師表》，寫出老臣之丹心；還是《陳情表》，作出孝子之天性。古人作書，原如風雲展轉，文理相因；後人批書，竟是秦楚各天，毫不相涉。是古人之作書，原自爲古人之書，初不計後人之有批；殊不知後人之批書，只自爲後人之批，并不問古人之所作也。

《西遊》原本，每爲後人參改筆削，以自作其聰明。殊不知一字失實，其理難明，文義不可讀矣。安得古本録之，以爲人心之一快？

或問《西遊記》果爲何書？曰實是一部奇文，一部妙文。其中無題不作，無法不備，乃即長春之一部窗稿，并無别故。但人每以爲方外之玄微，而多歧其説。及細究其文藝題目，則亦無可疑議矣。

按邱長春，名楚〔處〕機。道家北宗有七祖，長春乃其中之一。勝迹皆在東海勞〔嶗〕山。時應元祖之聘，與弟子一十八人，居於燕京西南之長春宫，故此又稱長春真人，蓋即今之白雲觀也。

元人每作傳奇，多摘取中節二十七題，以發明朱注氣禀人欲之要，文章局面，似迥不同。不知其中之題目，則無絲毫有異。

『西遊』二字，實本《孟子》引《詩》『率西』二字。

物欲不除，氣禀不化，其德不明。其德不明，其民亦不新，至善不可止矣。看他先從氣禀人欲，轉到明德，又由明德，轉到新民，然後結到止至善。一層一層寫來，方見學問之有功夫，更見文章之有次第。

或問一部《西遊記》，爲何其中寫了多少的妖魔怪物？夫妖魔怪物，蓋即朱注所謂氣禀人欲之私也。朱注講的渾含，《西遊》實分的詳細。什麽是個氣禀？什麽是個人欲？人如何便爲氣禀所拘，人欲所蔽，而其德便至不明？又必如何方不爲氣禀所拘，人欲所蔽，迨至不拘不蔽之際，此妖魔之所以盡去，而其德亦不昏矣。是朱注發明聖經，《西遊》實又注解朱注。

氣禀人欲，共擬二十五條，所以亦引二十五個題目，以明其義。凡人有一於此，皆足爲大德之累，而其德已不明，又何以得見本來之所固有，而以止於至善也？

一部《西遊記》，若説是文章，人必不信。再説是經書《大學》文章，人更不信。惟其不信，方見此書之奇。

一部《西遊記》，三大段，一百回，五十二篇，却首以『大學之道』一句貫頭。蓋路經十萬八千里，時歷十四年，莫非大學之道，故開卷即將此句提出，實已包括全部，而下文一百回，三大段，五十二篇，俱從此句生出也。

三藏真經，蓋即明新止至善，故曰唐三藏。明德即是天理，故曰太白李長庚。《大學》原是大人之學，故云齊天大聖。看他處處抱定，回回提出，實亦文章顧母之法。

三藏真經，何以皆是五千零四十八卷，蓋按《大學》之字數而言也。細查《大學》經傳朱注字數，聖經，二百零五字；十章，一千五百四十八字；小注，只云一千五百四十六字，不知何故？朱注，三千一百三十三字；序文，五十六字；章傳，一百零五字：共合五千零四十七字，尚少一字，其數不符。或計算之差，抑古今之異，然亦不可得而知矣。

人心只得一個，道心只有一條，心顧可多耶？然云《密多心經》者何哉？蓋密者，静也，閉也，寂默也，聖人以此洗心滌慮，退藏於密也。多心，即氣稟人欲之私也。必須將此種心，條條滌洗，件件寂默，其德方明，而至善乃可止。此所以爲《密多心經》，實克己之全功也。

一部《心經》，原講君子存理遏欲之要。何以云色不異空？蓋色乃像也，即指名利富貴之可見者而言。此原身外之物，毫無益於身心性命，雖有若無，故曰不異空。又何以云空不異色？蓋空即指修己爲學之事也。人看是個空的，殊不知道明德立之後，禄位名壽無不在其中，與有者無少間，故曰不異色。由是觀之，人以爲色者，不知却是空，所謂『金也空，銀也空，死後何曾在手中』者是也。人以爲空者，不知却是色，所謂『富家不用買良田，書中自有千鍾粟；安居不用架高堂，書中自有黄金屋』者是也。再觀齊景公，有馬千駟；伯夷叔齊，民到於今稱之：孰有孰空，人亦可以概悟矣。玉皇張主，蓋言心也；天蓬元帥，實蔽塞此心者也；捲簾大將，開明此心；九齒釘鈀，頓開心上之茅塞者也。克己復禮，原是心上的一部功夫。所以降妖捉怪，純以行者之爲首先要務也。

《西遊》每寫一題，源脈必伏於前二章。此乃隔年下種之法，非冒冒而來也。譬如欲寫一猪八戒，先寫一黑熊精；欲寫一鐵扇仙，先寫一琵琶洞；欲寫一寶象國，先寫一試禪心。不惟文章與文章接，書理與書理接，而且題目與題目接，妖怪與妖怪接矣。

看他如許一部大書，裏面却沉沉静静，并無一字飛揚，齊齊整整，亦無一回長短。養成學問，練就手筆，讀之最足以收心養性。

古人典籍多矣，何獨《西遊》稱奇？且緇衣蕭寺，深爲聖門之所不取，儒流之所迸棄，何况和尚取經，更覺無味，尤屬扯淡平常之甚者也，有何好處，能令海内稱奇？予初讀之，而不見其奇。繼而求之，似有所得，然亦不過謂與世俗之傳奇無異。再進而求之，方知有題有目，似一部鄉會制藝文字。更加竭力細求，始知是一部聖經《大學》文字。迨知是聖經《大學》文字，其妙不可以言，其苦亦不堪再問矣。

《西遊》一書，原是千古疑案，海内一大悶葫蘆。但其爲文，有據理直書者，有隱寓者，亦有借音借字者，更有只可以意會、而不可以言傳者。

《西遊》一書，原本真西山《大學衍義》而來。但西山只講格致誠正修齊，未及平治兩條，《西遊》因之而亦如是。後至明祭酒邱瓊山，始續而補之，詳見《大學衍義》。蓋西山講的，原是一部至精之理學；長春作的，却是一部絶妙之文章。其名雖有不同，而其義則一也。

如來住在雷音，大士又住在潮音，其寓意絶妙，總言學者格物致知，返本還元，除誦讀之外，再無別法。後人不悟，不求自己之雷音，反求西域之雷音，捨却自己之潮音，轉尋南海之潮音，其計亦左矣。

嘗言著書難，殊不知解書亦不易。何則？蓋少則不明，多則反晦，而言多語失，以致吹毛求疵，不知淹没多少好書，批壞無限奇文，良可惜也！

奇書最難讀者，是查無書可查，問無人可問，有如一百件無頭大案，全要在心上細加研究，非得二三年深功，恐不能讀出其中之妙也。

如來何以單要坐蓮臺？蓋蓮取其出污泥而不染，以喻學者返本還元，盡性復初，非去其氣禀人欲，舊染之污，而不得如其本來也。

夫何以爲觀音大士？蓋士爲學者之通稱，故曰士。觀音乃所以學大人之學者，故稱觀音大士。此指無位者而言，故又稱白衣大士。看他把方外的許多名目，全然附會成一部理學文章，此更覺奇。但不知當原果有此等名號，抑亦後人因作奇書，憑空捏設編造也。

《封神》寫的是道士，固奇；《西遊》引的是釋伽，更奇。細思一部《大學》，其傳十章，一字一句，莫非釋之之文，却令人讀之，再不作此想，方見奇書假借埋藏之妙。

曹溪在廣東韶州府東南，内有南華寺，六祖嘗演法於此，乃仙境也。

此書不妙在談天說地，怪異驚人，正妙在循規蹈矩，不背朱注，將一部《大學》，全然借一釋字脱化出來，再令人意想不到，真正奇絶。

一部《西遊記》，以東字起，西字終；始於萬花店，結於婆羅蜜：此所以爲花果山，而遂名爲《西遊記》也。

（乾隆十四年其有堂刊本《新説西遊記》卷首）

東周列國志讀法

蔡元放　撰

載於乾隆刊本《東周列國志》卷首。《東周列國志》係蔡元放在《新列國志》基礎上，稍作加工，再加批評而成，成爲《列國志》系統最爲流行的本子。蔡元放，名奡，號野雲主人、七都夢夫，元放爲其字，乾隆時期江寧（今南京）人。作者儘管强調歷史小説要『作正史看，莫作小説一例看』，將《東周列國志》的主要成就歸結爲普及了歷史故事，但這篇《讀法》還是較爲具體地分析了這類歷史小説的表現特點，有一定的參考價值。

《列國志》與别本小説不同，别本多是假話，如《封神》、《水滸》、《西遊》等書，全是劈空撰出，即如《三國志》最爲近實，亦復有許多做造在於内。《列國志》却不然，有一件説一件，有一句説一句，連記實事也記不了，那裏還有工夫去添造。故讀《列國志》全要把作正史看，莫作小説一例看了。《列國志》原是特爲記東周列國之事，東遷始於平王，多事始於桓王，而本書却從宣王開講者，蓋平王東遷，由於犬戎之亂。犬戎之亂，由於幽王寵褒姒，立伯服。褒姒却從宣王時生根，且童謡亡國，亦先兆於宣王之世，故必須從他叙起，來歷方得分明。此記事人倒樹尋根之法，亦不得不然之理也。

《列國志》一書，大率是靠《左傳》作底本，而以《國語》、《戰國策》、《吴越春秋》等書參之，又將司馬氏《史記》雜採補入，故其文字筆氣不甚一樣，讀者勿以文字求之。

《列國志》因是雜採衆書所成，故其事之詳略，都是不得不然，當日作者不曾加意增減。若再加修飾一遍，便自然更是好看。而列國之事，是古今第一個奇局，亦是天地間第一個變局。世界之亂，已亂到極處，却越亂越有精神。周室之弱，已弱到極處，却弱而不亡，淹淹纏纏，也還做了兩百年天子，真是奇絶。

周室卜世卜年，皆過其數，子孫雖已微弱之甚，而仍稱其主，不至遽然亡滅。前人議論，有説周家忠厚，開基盛德之報；有説封建屏藩，互相維制之力。據我看來，兩説都有些正，不可偏在一處講。

由周而秦，是古今變動大樞紐。其變動却自東遷以後起，逐漸變來。其中世運之升降，風俗之厚薄，人情之淳漓，制度之改革，都全不相侔。子弟能細心考察，便是稽古大學問。

即如用兵一事，春秋是春秋之兵，戰國是戰國之兵，不消説是大相懸絶，即春秋中齊桓與晋文，便有大段不同處。齊桓時用兵，還不過聲罪取服，其究竟不過請成設盟而已。到晋文時，便動輒以吞併爲事，這便是世變大端中之一小變了。

齊桓時用兵，不過論百論千。到晋文時兵便大盛，一戰之際，常以萬人。齊桓用兵，還是堂堂之陣，正正之旗。到晋文時，便多行詭計了。却也是到了那個時候，其勢不得不然。正是天運改移處，若不然，便如宋襄一般，自取禍敗了。

用兵之法，變化多端，用少用衆，用正用奇，最是不可方物。唯有《列國志》中，却是無體不備。前人於《左傳》中集其用兵計謀，便謂兵謀兵鑒，已得要領，况又益之以戰國若干戰法乎？子弟理會得此等處，胸中平添無數兵法，《列國志》有益子弟不少。

出使專對，聖人也説是一件難事。惟《列國志》中，應對之法最多，其中好話歹話，用軟用硬，種種機巧，無所不備。子弟讀了，便使胸中平添無數應對之法，真是有益子弟不少。

金聖歎批《水滸傳》、《西廂記》，便説於子弟有益。渠説有益處，不過是作文字方法耳。今子弟讀了《列國志》，便有無數實學在内，此與《水滸傳》、《西廂記》豈可同日而語！

一切演義小説之書，任是大部，其中有名人物，縱是極多，不過十數百數，事迹不過數十百件，從無如《列國志》中人物、事迹之至多極廣者。蓋其上下五百餘年，侯國數十百處，其勢不得不多，非比他書，出於撮湊。子弟讀此一部，便抵讀他本稗官數十部也。

《列國志》中人物情事，雖千態萬狀，無所不有，却無神佛僧道、邪説妖言在内，便覺眼界中清净許多，比他本稗官真是好看。

《列國志》中也有幾處説鬼，却是從左氏《傳》來。其説鬼處，也還在理上，不與他處邪説同也。

《列國志》中有許多壞人，也有許多好人，但好人也有若干好法，壞人也有若干壞法。讀者須細加體察，逐個自分出他的等第來，方於學問之道有益，不可只以好壞二字，囫圇過了。

《列國志》中雖是也有好人，也有壞人，然畢竟是壞的多似好的。其好人又輕易不能全美，又多是各成其好，不甚相同。至於壞人做壞事，往往如出一轍，一旦窮凶極惡，已精而益求其精的壞法，都壞將出來。當時人君，却偏偏歡喜壞人。若善惡同時，又往往好不勝壞，又不知是天意作與惡人，又不知用人者都是瞎子？真令人解説不出。

壞人明明作惡，還自好辨。偏是大奸大惡之人，他却偏會依附名義，竟似與好人一般，在暗裏行其險毒之計。這種人，最是難認。觀人者，不可不知。

惡人依托名義，雖是可以惑人，畢竟也有露馬脚處，只是觀者不審，便被他所騙耳。若明眼人，自瞞不過。

大約看好人壞人之法，只從義利二字上着眼，便可十得七八。賢奸之變，雖有萬態，究其本，總不能外此兩字而已。

義利二字不并立。天理看得重，爵禄身家看得輕，便是君子。若事事只圖自私自利，便自然要行到刻薄險毒上去了，從何處還有天理來？

義利二字其機甚微，到後來便有天淵之隔。即如臣弒君，子弒父，是天地間非常大變，然原其心，却不過從利上起耳。若肯將名位富貴看得輕，便自然没有此事了。

《列國志》中篡弒之禍甚多，其臣爲亂臣，子爲賊子，罪不容誅，自不消説。然論世者也要將那君父察勘一番，推求其所以致此之故，雖不以此而寬臣子之罪，却當以此垂戒爲人君父者，使其有所畏憚。故聖人云：君君，臣臣，父父，子子。又云：爲人君止於仁，爲人臣止於敬，爲人子止於孝，爲人父止於慈。又云：君使臣以禮，臣事君以忠。諸如此類，不可勝數，大率都是互舉。後世一切重責子、臣，便似凡爲君、父便可恣肆爲惡者，此是宋儒之偏，失聖人之意矣。

立子以嫡，無嫡立長，自是正理。廢嫡立庶，廢長立幼，於天理人情自是不妥。然立庶、立幼者，愛之也。愛之必思所以安全之。今悖於情理而立之，後來便必致有殺奪之禍，不特富貴享不成，反連性命都送斷了，又貽家國以覆亂之禍，其是非利害，本自顯然，却以私心所溺，遂去安從危，去利就害，自尋禍亂。《列國志》中此等不可枚舉，前車既覆，後車復然，甚有身與其禍，而到後來，仍自蹈之者，此等愚人，真是愚得又可笑，又可恨，又可憐。

忠而見疑，信而得謗，自是常事，只看自己所處之地，與所遇之人何如耳。《列國志》中，此類甚多。其中有學有術、處之有方者，庶幾自全。若只是一味自信莽戇行去，個個身受其禍，如申生、叔武之類是也，讀之令人時生學術不多之懼。子弟於此等處，須加意理會，萬勿草草看過。

《列國志》中有許多出於微賤，一時投契君心，遂得致位卿相，榮寵終身，如管仲、甯戚、百里奚、范雎等類，其胸中抱負經濟，都是最上一流。只看他初見時，各有一番高識定論，足以深入人主之心。至其後來設施，也都是條條件件、次次第第上利君國，下益民生，可見不是一時取給口舌之便者。然若不是機緣湊巧，便也只好困窮草澤，沉埋一生了。天下萬世，懷才抱藝而不得其時者，何可勝數？思之令人浩嘆。

戰國是游士之世，其游説之術，大都不甚相遠，只是其中人品却自有優劣、邪正、高下之不同，讀者須自出眼力分别之，莫作一例看了。物莫不聚於所好，國君好賢，如齊桓便有管、甯等諸人，晉文則有狐、趙等諸人，魏文則有田、段等諸人；齊莊好勇，則有殖綽、郭最等諸人。夫力舉千斤，射穿七札，亦難得之力，而一時便有多人，可見一切人材，只患求之不力耳，何患無材哉！有國家者，操用人之權，而輒曰人材不足，吾不信也。

人主自中材以上，未有不極知國事之需賢共理者。然高爵厚禄，偏難以與君子，而易以與小人。及到有事之秋，却要賢能君子出力，却是急切没處去討，遂有乏才之嘆，豈不可笑！

貪人不顧天理，昧却良心，做上許多壞事，其意不過圖終身受用耳。却不知壞却良心，依舊不得受用，枉落千古罵名，有何便宜處！乃前人跌倒，後人偏不曉得把滑，如《列國志》中亂臣賊子接踵而起，饕餮嗜金，蝍蛇甘鴆，可勝浩嘆！

聖人云：性相近，習相遠。古諺云：近朱者赤，近墨者黑。中材之主，得賢臣則可以爲賢君，與奸佞讒諂之人處，則陷於惡而不覺矣。《列國志》中諸君，大半是因臣下以爲轉移，而其名譽美惡，遂成千古話柄。

良藥苦口利於病，忠言逆耳利於行。雖是兩句熟話，却是亘古不易之言。試看《列國志》中許多君相卿士大夫，起初任情徑遂，不聽好言，及到禍亂已成，身名已敗，却纔思想善言，自羞自恨，已無及了。吾願普天下賢士大夫、讀書學者，於良朋密戚逆耳言來，莫便憤然加怒，且將那言語細細詳味一番，即使其言不是，於己亦無所損，倘事有可疑，理有足採，便可及時補救，免到後來懊悔也。

本書中批語議論，勸人着眼處往往近迂疏，未必愜讀者心目。然若肯信得一二分，於事未必無當，便可算我批書人於看書人有毫髮之益，不止如村瞽説彈詞，僅可供一時之悦耳也。

教子弟讀書，常苦大是難事。其生來便肯鑽研攻苦，津津不倦者，是他天分本高，與學問有緣，這種人千百中只好一二，其餘便都是不肯讀書的了。但若是教他讀論道論學之書，便苦扞格不入，至於稗官小説，便没有不喜去看的了。但稗官小説雖好，然畢竟也有不妥當處，蓋其可驚可喜之事，文人只圖筆下快意，於子弟便有大段壞他性靈處。我今所評《列國志》，若説是正經書，却畢竟是小説樣子，子弟也喜去看，不至扞格不入；但要説他是小説，他却件件都從經傳上來，子弟讀了，便如把一部《春秋》、《左傳》、《國語》、《國策》都讀熟了，豈非快事。

有人來説，《列國志》也不是全美之書，不可輒與子弟讀。試問其故，則曰：其中夾有許多驕奢淫佚、喪心蔑理之事，恐子弟看了，引他邪心。此真三家村中冬烘先生之見，否則，假道學及小兒强作解事者也。夫聖人之書，善惡并存，但取善足以爲勸，惡足以爲戒而已。他本小説，於善惡之際，往往不甚分明。其下者，則更鋪張淫媟，夸美奸豪。此則金生所謂其人可誅，其書可燒，斷斷不可使子弟得讀者也。若《列國志》之善惡報施，皆一本千古經書，真所謂善足以爲勸，惡足以爲戒者，又何嫌於驕奢淫佚、喪心蔑理也哉！

他書亦講報應，亦欲勸懲，但他書勸懲，多是寓言，惟《列國志》中件件皆是實事，則其勸懲爲更切也。

《列國志》中繇詞，其語甚古，亦甚驗，不知當日所用是何古書？如何古法？自秦火後失傳，殊令人悵悵。

《列國志》前後評語，悉是隨手寫去，更不曾重加點竄，其中字句多有不妥適處，蓋我只是評其事理之是非，原無意於文字之工拙也。

《列國志》中謬誤甚多，如《左傳》、《史記》俱言宋襄夫人王姬，欲通公子鮑而不可，舊本乃謂其竟已通了，又説國人好而不知其惡。此事關係甚大，故不得不爲正之。他如彗星出於北斗，主宋、齊、晉三國之君死難，本是周内史叔服之占，却作齊公子商臣使人占之。此類甚多，不能遍及也。

讀法

列國志與別本小說不同別本多是假話如封神水滸西遊等書全是劈空撰出即如三國志最爲近實亦復有許多做造在於內列國志却不然有一件說一件有一句說一句連記實事也記不了那裏還有工夫去添造故讀列國志全要把作正史看莫作小說一例看了

小說是假的好做如封神水滸西遊諸書因是劈空捏造故可以隨意補截聯絡成文列國志全是實事便只得一段一段各自分說沒處可用補截聯絡之巧了所以文字反不如假的好看然只就其一段一段之事看來却也是絕妙小說

列國志原是特爲記東周列國之事東遷始於平王多事始於桓王而本書却從宣王開講者蓋平王東遷由於犬戎之亂犬戎之亂由於幽王寵褒姒立伯服褒姒却從宣王時生根且童謠亡國亦先兆於宣王之世故必須從他敘起來應方得分明此記事人倒樹尋根之法亦不得不然之理也

列國志是一部記事之書却不是敘事之書便算是敘事之書却不是敘事之文故我之批亦只是批其事耳不論文也非是我不論其文蓋其書本無文章我不欲以附會成牽強也列國志一書大率是靠左傳作底本而以國語戰國策吳越春秋等書足之又將司馬氏史記檃括補入故其文字筆氣不甚一樣讀者勿以文字求之

列國志因是檃括眾書所成故其事之詳略都是不得不然當日作者不曾加意增減若再加修飾一遍便自然更是好看

列國之事是古今第一個奇局亦是天地間第一個變局世界之亂已亂到極處却越亂越有精神周室之弱已弱到極處却弱而不亡淹淹纏纏也還做了兩百年天子眞是奇絕

周室卜世卜年皆過其數子孫雖已微弱之甚而仍稱共主不至遽然亡滅前人議論有說周家忠厚開基盛德之報有說封建屏藩互相維制之力據我看來兩說都有些正不可偏在一處講

若說周家忠厚開基盛德之報便該多出兩個賢王勃然中興幾次何以僅擁虛名絲毫不能振作若說封建屏藩互相

水滸後傳讀法

野雲主人　撰

載於乾隆三十五年蔡元放序刊本《水滸後傳》卷首。作者署『金陵憨客野雲主人』，即蔡奡。本文在陳忱《水滸後傳論略》的基礎上，從比較前、後《水滸》的得失優劣入手，進一步從人物、結構、情節、語言等方面闡述了如何撰寫續書的問題。强調的是要符合『情理』。同時，在金聖歎等的影響下，補充了一些寫作的『文法』，如『跳身書外法』、『忙裏偷閒法』等。

前傳之天罡地煞一百八星，在地穴中幽閉多年，甫能掙得出世；及出世後，經了多少憂愁，受了多少苦惱，耽了多少驚怕，方纔聚合一處。招安以後，東征西討，建了許多功業。而征方臘之役，殁於王事者過半，已是可憐。而宋江、盧俊義又被奸臣鴆死，吴用、花榮、李逵亦皆爲殉，更使人扼腕不平。其餘三十三人，除武松殘廢不算，那三十二人之中，雖有幾個爲官，而大半亦俱憂愁放廢，四分五落，不特有離群索居之感，而天罡地煞出世一番，并無一個好收成結果，天道人事之不平，孰過於此。作者因前傳有李俊後爲暹羅國王一語，因想到李俊既可去外國爲王，則當日弟兄豈不可歸作一國之開基輔弼，使其另建一番功業，另受一番榮華，同歸一處，以討後半世之收成結果，作美滿大團圓以大快人心？此作《水滸後傳》之主意也。一

本傳雖是將前傳水泊殘剩諸人重加渲染，但前傳諸人，雖是寫出許多英雄豪傑，而論其大體，只不過是山泊爲盜，即好煞亦不足爲重輕。况前傳只於天罡諸人加意描寫，至於地煞如樂和、穆春、樊瑞等諸人，不過順帶略叙，殊爲不見所長。本傳李俊既要到外國爲王，而諸人都要做開基良佐，若只是平平常常，便爲削色，故一個個都要爲他抬高身分，寫得燦爛輝煌，十分精采，個個建功，人人出色，將前傳中中下之材，都要寫作最上一等，方見天上星辰，自有高出凡人之處。此一傳之大體段也。二

本傳不特於山泊諸人使之重複聚會，即前傳中有名人物，凡與山泊諸人有關係者，亦皆收録無遺。不特欒廷玉、王進、扈成等是豪傑一類，盡數收羅，即下至鄆哥、唐牛兒等，亦不使一人遺漏。正

是微功必録，小善不忘，是謂補苴罅漏、張皇幽渺之筆法也。三

本傳雖是承接前傳而作，然煞有勝似前傳處。如前傳所寫殺人之事，固有死當其罪者，却亦有無辜枉死，令人可憐者：如秦明之家眷、瓦官寺之老僧，雖非手刃，然正如王導所云：『我雖不殺伯仁，伯仁由我而死。』用事者不得辭其過也。又如扈家莊已是通和，扈成又將祝彪解來，却將他全家殺死。至於朱仝之小衙内，更是可憐。又如魯達之在李忠寨内擄物而逃，石秀之火燒祝家店，俱爲不滿人意。本傳寫所殺之人，或是害民，或是誤國，爲公議所不容。其小者亦是與山泊諸人不是舊仇，即是新恨，素懷怨隙，明作對頭，且俱各有應死之處，揆之天理人情，必須殺之而後快者，這方殺得并無遺憾，方是真豪傑舉動，不是殘毒，不是孟浪，比前傳爲更强也。四

又如盧俊義，本是好好一個北京員外，安居樂業；即是本領武藝甚好，而山寨中兵多將廣，盡可不必需此一人。乃忽然平地生波，將他賺哄上山，要他入伙，弄得他家破人亡，受刑拷，犯患難，即他一身，亦幾乎死於非命。雖説罡煞數應聚會，然畢竟覺道不妥。至於史進之於朱武等三人，雖爲義氣放去，却盡可不必往來。晁蓋家道有餘，何又劫取生辰綱，爲此冒險犯法之事？宋江、花榮既已得救脱身，何必定要賺取秦明？他如李應、杜興、朱仝等類，皆是可以不必之事。本傳凡寫一人起事，一人上山，必皆有其必不得已之故、無可奈何之情，則較之前傳，更爲正當，更爲光明，使讀者更無異議也。五

即以文字論，本傳亦有强似前傳處。如每回有提綱二句，乃一回之眼目，亦可以徵作者之筆法

者也。前傳之前七十回中,用『大鬧』字者凡十,不特其中事迹不盡合二字之名,亦且數見不鮮矣！其次序亦有不妥之處:如私放晁天王、議奪快活林、醉打蔣門神等。提綱與傳内之事次序皆顛倒,亦是小缺陷處。本傳之回目提綱,盡皆工穩妥切,令讀者於回内之事,一目瞭然。則本傳之於前傳,正如蔗漿煉蜜,不是狗尾續貂也。六

本傳既名《水滸後傳》,則傳中之事,自應從前傳生來;但前傳叙過之事,既不應重贅,則本傳之事,又從何處生根？作者因想前傳原是從石碣村起手,而受天文回,又用石碣作結束,則本傳何不仍在此處生根？況阮氏三雄之中,小七現在近在山泊脚下,故作感舊而上山祭奠,引出張幹辦巡察,生出事來,便是因風吹火,用力不多;由此而逐漸生去,便令讀者只覺仍是舊人舊事,并非無故生端矣,最得倚山立柱、縮海通河之妙。七

既説李俊爲暹羅國王,則李俊自是本傳正生脚色。若開手即接前傳,而寫李俊入太湖,會赤鬚龍,以至頓兵金鼇,然後寫中國諸人往會,亦何嘗不可。但李俊材具,頗甚平常,而手下輔佐,僅有童威、童猛與費保等四人,雖略有武藝,却并無一出色者,則何以便能奪得金鼇,制伏暹羅國主耶？因前傳寫樂和是個識變伶俐之人,故要他來做個軍師。又寫一花逢春,是家傳神箭,在武將中出類拔萃。有此兩人,做了股肱,則奪地用兵,方有倚仗,方纔等得諸人來會耳。八

一友問云:若説李俊先來勾結諸人,一同泛海何如？答曰:那便又有礙手處。諸人既已散在四方,所居寫遠;況爲官的爲官,隱遁的隱遁,貿易的貿易,出家的出家,無論各人有志,不能相强,

况安土重遷，何得盡捨故吾，而來冒此風波不測之險？即使寫得極好，亦必不免牽强扭捏撮湊，爲文章苦海矣。今只使李俊等數人先往，然後使諸人牽牽引引，一個個弄出事來，直到無地可容，然後想到海外來會，方爲情理妥當也。九

前傳石碣天文，李俊位次在第二十六，而所存之人除公孫勝出家人不算，他如關勝、呼延灼、柴進、李應、朱仝，位次皆在其上，即人品武藝亦皆强勝許多。若一同出海，則暹羅國王一席，正輪不到他。今既要寫李俊爲王，則自必使李俊先去創業；但李俊若先已爲王，則後來諸人於定海之役毫無功力，有何光彩耶？况暹羅於海外亦稱大國，李俊等僅僅數人，若只憑兵力，一旦遽然滅其舊主而王之，不特事體太易，而人心亦未必肯服。今先用花逢春做個引子，在彼國和親，以爲之地。李俊只是駐軍金鰲島，以爲犄角聲援，直等共濤篡弒，機會湊來，然後去討賊，爲其舊主復仇，則嗣統爲王，方爲自然之情理也。十

本傳之於宋朝諸政事，有與正史全合者，有全不合者，有半合半不合者。蓋此書原爲山泊諸人作傳，非爲宋朝紀事，故其事有與本傳無礙者，悉照正史敷陳，其與本傳稍有齟齬者，不得不曲爲遷就，以求與本傳之事，宛轉聯合。稗官之體，只合如此。細評在各本回下。十一

王進、欒廷玉、扈成，自是前傳山泊中一色人物。只看他們言語、舉動、氣味，原自相同。當日打破祝家莊，欒廷玉、扈成若不逃去，宋江自必與李應、杜興一樣，收羅入夥。其不得同聚者，時之不偶也。况祝莊破後，不載欒廷玉下落，只在宋江口中嘆息一句道：可惜欒廷玉這個好漢。便已留下疑

案。本傳却將他三人，一并收來，不是與前傳故爲牴牾，正是爲前傳滿意也。十二

祝莊破後，前傳説扈成後爲中興名將。及觀《宋史》中興諸將中，并無其人，則前傳之語，亦是莫須有、想當然耳。不如與欒廷玉一總收來，同歸海國之爲妥密。況有一丈青之一脈，尤爲現成瓜葛耶。十三

寫聞煥章一人，特爲其女與李俊作妃而設。蓋山泊舊人，皆是弟兄之數，縱有女子，不可爲婚。若用暹羅國人，則殊不足以爲配。然若不是現在國中之人，李俊豈能泛海而來聘娶耶？故先選妃之合一，下只消安道全一言説合，便已現現成成，更無多事，豈不直捷痛快耶！十四

傳中所叙諸人諸事，事非一時，人非一處，南北東西，遠近不一。若每一人每一事即歸并於一處，是爲印板畫片矣！且事冗人繁，亦復難於安頓，故先於東南寫一登雲山，就於西北接寫一飲馬川；既有了二處作根基，然後諸人諸事凡近於東南者，悉歸於登雲，凡近於西北者，悉歸於飲馬。俟諸人收拾已全，然後寫飲馬住不得，只得并入登雲；登雲又住不得，然後思量泛海。如此謀篇，可謂製錦爲衣、聚花作障之手。十五

本傳章法有與前傳相同者：如每一人入夥上山，必使立功，每一番大征戰後，必寫一番派撥安頓大發放。每一件大事，一段大文，或前或後，必有一件小事、一段小文以間之，如此之類，則與前傳如出一手也。詳見各回總評内。十六

正在叙事時，忽然將身跳出書外，自著一段議論，前傳亦有數處，然俱不過略略點綴；本傳則皆

將天理人情，明目張膽暢説一番，使讀者豁然眼醒，則較之前傳爲更勝也。十七

本傳與前傳有犯而不犯之法。如前傳高俅尋事王進；本傳張通判尋事阮小七。王進之逃，是子母二人，母乘馬，子挑擔；阮小七之逃亦是母乘馬，子挑擔。王進子母二人在路上閒論；阮小七子母二人亦在路上閒論。王進之母患心疼；阮小七之母亦患心疼。王進因老母心疼，引出一人；阮小七因老母心疼，也遇見一人。鄙故意寫得極其相似，以與前傳相犯也。然高俅尋事王進，王進却不能奈何高俅；張通判尋事阮小七，阮小七却能殺得張通判。高俅之欲害王進是喚去處分；張通判之欲害阮小七是自來擒捉。王進母子之去極其從容；阮小七母子之去却甚急促。王進之馬是家素畜；阮小七之馬却是張宦騎來。王氏母子之閒論是恨他人，阮氏母子之閒論是怨自己。王母之心疼在史太公莊上；阮母之心疼却在途中。王母之心疼好得甚遲；阮母之心疼好得甚速。王母之心疼是史太公藥方醫好；阮母之心疼却是自愈。王進所遇之人是素昧平生；阮小七所遇之人却是舊有瓜葛。王進授徒後便飄然遠去；阮小(七)報仇後即共事同居。則又毫不相似，乃作者故意於相犯之中，翻出不犯之巧者也。十八

又如前傳李逵在僻路失母，本傳阮小七亦在僻路失母；李逵之母口渴思水，阮小七之母心疼思湯；李逵取水爬山越嶺，阮小七取火過崗奔林：此又極相似也。然李母之失在黑夜，阮母之失在白晝；李逵之母只是空身，阮小七之母却有包裹馬匹；李逵之母是獨坐空山，阮小七之母却安居古廟；李逵之母是遭虎害，阮小七之母是被人擒；李逵尋母只逢四虎，阮小七尋母却遇三人；李逵之

母永無還期，阮小七之母少頃即見：此又於相犯之中，翻出不犯，以自顯其筆力也。十九

前傳宋江夜看小鰲山回寫燈節景致，火燒翠雲樓亦寫燈節景致；本傳李俊在常州看燈寫燈節景致，後觀燈大宴回亦寫燈節景致：却都無一筆相似，乃作者自顯筆力，以爲快樂也。二十

前傳寫宋江在潯陽江被劫，又寫張順在揚子江被劫；本傳又寫蔣敬在江州被劫，却并無一筆相似。江上劫財，本是極平常事，極平常題目，却要變换出各樣文字來。二十一

寫飲酒亦有許多寫法。阮小七梁山感舊之飲，寫得悲憤；李俊縹緲峰賞雪之飲，寫得豪舉；公孫勝、朱武重陽賞菊之飲，寫得清幽；李俊初到清水澳賞月之飲，寫得開闊；金鰲島龍舟慶生之飲，寫得華彩；南北兩寨大聚金鰲之飲，寫得暢遂；暹羅觀燈團圓之飲，寫得富麗滿足。一飲酒耳，何人不飲，何時何地不飲，愈是極平常事，極平常題目，而却各各寫出各樣文字來，而却無處不妙，作者即欲不謂之才子不可也。二十二

穆春、蔣敬既已殺却陸祥、張德男女三人，則報怨之事已畢，又已取回銀子，自當徑往登雲山便了，何爲又寫姚瓌與雙峰廟之一篇耶？此二事於前傳既無根荄，於本傳後亦無復照應關會，不幾蛇足乎？曰：君不觀之前傳乎，魯智深離却桃花山，便該徑往東京相國寺，胡爲而寫瓦官一篇？武松離却張青店内，便該竟至白虎山以遇孔氏弟兄，何爲又寫蜈蚣嶺之一篇耶？蓋此等是文章家一實一虚、一中一外、一正一旁相間成文之法。知所以寫瓦官寺、蜈蚣嶺之故，則知所以寫姚瓌、雙峰廟之故矣。二十三

問曰：魯智深之於瓦官寺，武松之於蜈蚣嶺，穆春之於姚瓌雙峰廟，若果有班乎？曰：是又不然。崔道成、邱小乙之於魯智深，王道人之於武松，俱原無干涉，二人只是路見不平，除凶殄暴耳，其事皆無可無不可。姚瓌與雙峰廟則不然。穆春之於姚瓌則同地之熟識也，竺大立亦素知之人，姚瓌前既欺騙穆春，今又局賭賴産，則雙怨也。竺大立與焦若仙等，又商謀擒捉送官，則仇敵也。且衆人既將蔣敬鎖禁後房，又將行李財物藏去，則穆春斷斷住手不得。且姚瓌霸住揭陽鎮，竺大立等又號爲雙峰三虎，朋奸結黨，生事害人，又有許多奸淫凶惡之事，正與陸祥、張德爲異名同類之惡人，而穆春又身受切膚之害，若不掃除，於天理人心俱爲不順，故借穆春之手，一齊殺却，使讀者心中眼中亦復爲之快然也。二十四

傳中所有各種文法甚多，如相間成文法、跳身書外法、犯而不犯法，俱在前則説過；其餘仍有數種，皆是野雲主人偶然看出，今略爲點出，以公世賞，其不盡者，散見各回總評、細評内。二十五

本傳與前傳有明點法，有暗照法。如阮小七登山祭奠，將山寨舊事指示衆人，到登雲山下失母，説李鐵牛失母；顧大嫂説孫立前日樣子，打登州時寫孫立打扮；登雲山用替天行道旗；蔣敬舟中吃酒，説張順被劫；中國衆人，船到清水澳，阮小七要泅水取魚，李應説張順、李逵潯陽舊事；賦詩回説柴進曾做方臘駙馬之類，是明點也。穆春之在雙峰廟幾個轉身，與武松在鴛鴦樓相似；到登雲山脚下酒店，與梁山泊朱貴酒店相似；牛都監拿解黄信，與清風寨黄信拿解花榮相似；公孫勝破薩頭陀時，寫掣出松紋古定劍，以照前傳之破高廉；六和塔下，武松見了衆人，叫聲『阿呀』，以照前傳

景陽岡遇虎之類，是暗照也。至於本傳前後，自作明照暗照之處甚多，俱見各回細評下。二十六

有忙裏偷閒法。於百忙叙事中，忽寫景物時序。如阮小七、扈成初到孫新酒店，李應兵并龍角山，郭京、張雄兵到二仙山，樂和到雨花臺，李俊在清水澳賞中秋，蔡京愛妾房中，燕青村居，呼延鈺在楊劉村之類，都是於極忙中寫出許多清幽景致，而且點出時序，令人耳目爽然一快。至於明珠峽説暹羅風水，臨安説錢塘風水，愈忙愈閒，另是一樣文情，以顯其筆妙也。二十七

有借樹開花法。如要寫孫氏弟兄與扈成上登雲山，便寫一毛豸是毛仲義之子，與山泊舊仇，要借鄒潤來生事陷害，以逼成之；要寫收宋清上山，便借一曾世雄是曾涂之子，與山泊舊仇生事陷害，以逼成之；要寫救吕小姐，便寫一百足蟲是趙能之子，與山泊舊仇，來山上尋事，以湊合之之類。不須另起一頭，另撰一事，只借前傳所有之人之事生來，却又隨手了結，文字何等省力。二十八

有烘雲托月法。燕青之與盧俊義是主僕而骨肉者也，俊義既死，燕青即欲竭忠圖報，已無其由；今寫一盧俊德，是俊義嫡親瓜葛，燕青不辭勞瘁，不避艱險，盡力以救其妻女，則俊義若在，其報稱又當何如耶！此是借旁形正，如烘雲托月一般。不然，請問看官，傳中必寫此一事者，豈專爲要他女兒爲妻，乃費如許筆墨耶！二十九

又如山泊江忠，則教其散去伙衆，守分營生，則其不欲人爲盗可知。於鄆哥一言許過，雖相隔許久，必留心存一女子，以爲之配，則其不肯失信於一人可知。於共濤之女，方且原情救扳，則其不肯忘一有功，戮一無罪可知。於武松殘廢之人，既係無功，又不入隊，亦不惜捐重貲以與之，則其不貪

不吝，篤于故舊可知。此皆於無文字中着文字，讀者須細心理會也。三十

有加一倍寫法。如虎峪寨鬥法，另外寫出三座高臺；郭京兒戲陷神京，先寫在錢老家捉怪，又寫其黄河渡口叫化，又寫與汪五狗偷鷄；寫馬國主游春，先寫在宫中商量，又寫沿路看景，又寫祭墓，又寫流觴曲水之類：總要寫得十分滿足，熱鬧便熱鬧之極，出醜便出醜之極，快活便快活之極，使文字有瓊花插琪樹，海水泛洪濤之妙也。三十一

有火裏生蓮法。如蔣敬江中被劫後，寫遇茅庵老僧一段；金人擒二帝後，寫燕青獻青子一段；姚平仲兵敗後，寫入蜀遇仙一段之類：使人如在煩惱火坑之中，忽現清凉世界，令人煩心頓息也。三十二

有水中吐焰法。如公孫、朱武之重陽賞菊，何等幽閒自在，二人一段議論，已是脱網忘機，却頃刻便有張雄、郭京兵馬來捉；戴宗之在泰安山與安道全一段説話，與公孫、朱武一般，誰知頃刻便有童貫來取去軍前效用，使他推辭不得；又如李應、黄信等，都是安分自守，却遭人連累，以致被拿入獄，皆是陡起風波，出於意料之外：此等處使人不敢作消受清福之想。三十三

有灰綫草蛇法。如李俊在金鰲島救起安道全，爲後引兩寨諸人入海之綫；聞小姐患病，求安道全醫治，診太素脈，説他大貴，爲後嫁與李俊爲妃之綫；鄆哥隨呼延鈺去時説，銀子原爲娶妻之用，爲後請留共濤之女，賞與爲妻之綫之類皆是。遠遠生根，閒閒下着，到後來忽然照應，何等自然。三十四

有欲擒故縱法。如龍角山之畢豐本可殺却，却放他走脱，以爲後來借金兵攻飲馬之地；鐵羅漢等三人本可同倭兵一齊了却，却放他逃回本島，以爲後來征三島之地；既獲共濤，本可將薩頭陀一齊擒獲，却放他逃去躲在塔上，以爲共濤女兒立功救死之地：如此安放，真是七穿八透之文。三十五

有背面鋪粉法。如丁自燮、吕世球之貪污狼藉，却寫一清正不准關文之蘇州太守以陪襯之；張邦昌、劉豫順金叛宋，却寫一使王鐵杖刺殺奸臣之開封太守以陪襯之；有林靈素、郭京、薩頭陀之欺誑奸邪，却寫一真仙正道之徐神翁以陪襯之；有日本倭王之貪悖不仁，却寫一忠順善良、睦鄰訪道之高麗國王以陪襯之。見得雖在亂世之中，一般也有正人君子，不肯罵煞世人，是作者存心忠厚留餘地處。三十六

有移花接木法。前傳説燕青能通各路鄉談，是贊他心地聰明，口舌利便耳。然其所通，不過中國諸鄉語耳，至於金人，乃外番之國，中間又隔了大遼，從未與中國通問，燕青何由而能通其番語乎？然要寫他扮作金人，用木夾去救關勝夫婦，與入金營獻青子，及黄河渡口賺烏禄，若不能通其番語，何以能建功耶？故就他能通各路鄉談而推廣之，作移花接木之用，庶不棘手耳。三十七

傳中諸人，自前傳招安建功之後，雖隱顯不同，然却都是應授統制之職。今入本傳，自應俱稱統制，不應仍用前傳稱呼。而燕青之呼小乙，穆春之呼小郎，戴宗之呼院長，杜興之呼主管，尤爲不合之甚。但作者恐看官從前傳看來，本傳忽然改了稱呼，便使耳目易混，故只一概仍其舊號，使讀者只

如接着前傳，一氣看下一般，庶不致混淆難辨也。三十八

本傳四十回大書，上而神仙帝王、忠臣義士，下而厮養乞丐、奸佞凶殘。大而禮樂征伐，揭地掀天；小而飲食起居，細微瑣屑。中國外國，男子婦人，件件寫到，可謂如火如錦，無所不備矣！然却皆是烏有先生，乃作者憑空撰出，以娱後人耳目。恐讀者誤認爲真，故於結末團圓時寫一演戲，而其戲却恰與李俊作對照，使讀者知此傳不過是一本戲文。讀者當賞其文，不可認爲真事，將作者費無限慘淡經營結構出來之妙文，盡行埋没也。三十九

作者又恐看官譏其荒誕不經，故借演戲將虬髯公來做個比例，見得當年確曾實有其人，實有其事，正與此傳相符。可見作者不是瞞天造謊，故於演戲時，在李俊及諸臣口中，節節點明，處處映出，尤妙在説先要點一本《邯鄲夢》，將來做個影子，以見人生榮枯得失，雖變態萬端，而究竟不過是一出戲文，一場春夢，不足深較，將本傳數十回大書，盡付虛空了結也。四十

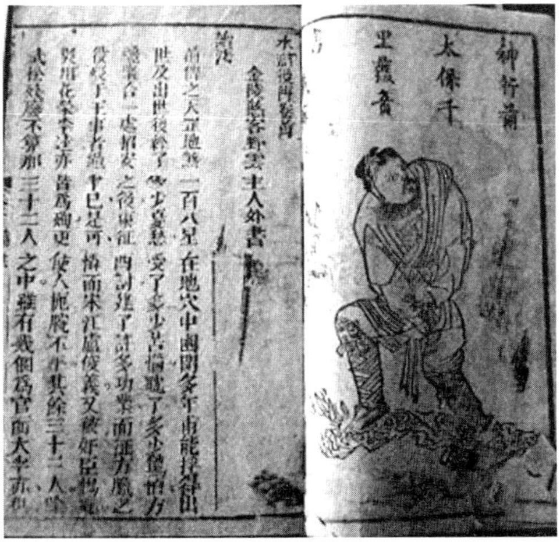

（乾隆三十五年刊本《水滸後傳》）

關中

閱紅樓夢隨筆

周春 撰

《閱紅樓夢隨筆》存萬華盦藏稿本、拜經樓抄本。一九五五年、一九五八年文學古籍刊行社、中華書局分别將拜經樓抄本予以影印，綫裝；一九八四年，上海古籍出版社改出平裝本。卷首有乾隆五十九年（一七九四）自序。作者周春（一七二九——一八一五），字松靄，號芚兮，晚號黍谷居士，浙江海寧人，乾隆十九年進士，曾任岑溪知縣。有《遼詩話》、《十三經音略》、《海昌勝覽》、《松靄遺書》等。本文是有關《紅樓夢》的最早的『隨筆』式批評，實爲今知最早的獨立的小説話。本文提出『閱《紅樓夢》者既要通今，又要博古，既貴心細，尤貴眼明』，時有一些真知灼見。但往往以傳統的理學與史學觀來看此小説，故不時流露出一些陳腐的觀點。他主張《紅樓夢》是『序金陵張侯家事』，林如海『即曹雪芹之父楝亭』等，也屬并無實據的索隱一流，不爲後來的『紅學家』所取。然提供的有些材料還值得重視，如説在程、高本之前有八十回本《石頭記》與百二十回本的《紅樓夢》抄本流傳，至『壬子（一七九二）冬，知吴門坊間已開雕』等情況，就值得重視。

紅樓夢記

乾隆庚戌秋，楊畹耕語余云：『雁隅以重價購鈔本兩部：一爲《石頭記》，八十回；一爲《紅樓夢》，一百廿回，微有異同。愛不釋手，監臨省試，必攜帶入闈，閩中傳爲佳話。』時始聞《紅樓夢》之名，而未得見也。壬子冬，知吴門坊間已開雕矣。兹苕估以新刻本來，方閱其全。相傳此書爲納蘭太傅而作。余細觀之，乃知非納蘭太傅，而序金陵張侯家事也。憶少時見爵帙便覽，江寧有一等侯張謙，上元縣人。癸亥、甲子間，余讀書家塾，聽父老談張侯事，雖不能盡記，約略與此書相符，然猶不敢臆斷。再證以《曝書亭集》、《池北偶談》、《江南通志》、《隨園詩話》、《張侯行述》諸書，遂決其無疑義矣。案靖逆襄壯侯勇長子恪定侯雲翼，幼子寧國府知府雲翰，此寧國、榮國之名所由起也。襄壯祖籍遼左，父通，流寓漢中之洋縣，既貴，遷於長安，恪定開闢雲間，復移家金陵，遂占籍焉。其曰代善者，即恪定之子宗仁也，由孝廉官中翰，襲侯十年，結客好施，廢家資百萬而卒。其曰史太君者，即宗仁妻高氏也，建昌太守琦女，能詩，有《紅雪軒集》，宗仁在時，預埋三十萬於後園，交其子謙，方得襲爵。其曰林如海者，即曹雪芹之父楝亭也，楝亭名寅，字子清，號荔軒，滿洲人，官江寧織造，四任巡鹽。曹則何以廋詞曰林？蓋曹本作䡗，與林并爲雙木。作者於張字曰挂弓，顯而易見；於林字曰雙木，隱而難知也。嗟乎！賈假甄真，鏡花水月，本不必求其人以實之，但此書以雙玉爲關鍵，若不溯二姓之源流，又焉知作者之命意乎？故特詳書之，庶使將來閱《紅樓夢》者有所考信云。甲寅中元日黍谷居士記。

賈雨村者，張鳴鈞也，浙江烏程人，康熙乙未甲科，官至順天府尹而罷。首回明云雨村湖州人，且鳴鈞先曾褫職，亦復正合。此書以雨村開場，後來又被包勇痛罵，乃《紅樓夢》中最着眼之人，當附記之。十月既望又書。

紅樓夢評例

新正閉户不拜年，粗閱此書一過，元旦起至初三日午後畢。時從盧抱經學士借《十三經注疏考證》，約望後即寄還，緣急於看《考證》，此書無暇圈點也。

閲《紅樓夢》者既要通今，又要博古；既貴心細，尤貴眼明。當以何義門評十七史法評之。若但以金聖歎評四大奇書法評之，淺矣。

余所作七律八首、記一篇，杭越友人多以爲然，傳抄頗廣。有欲再用金喟批法付梓，勢必盡發陰私，不必增此罪過矣。

看《紅樓夢》有不可缺者二，就二者之中，通官話京腔尚易，諳文獻典故尤難。倘十二釵册、十三燈謎、中秋即景聯句，及一切從姓氏上着想處，全不理會，非但辜負作者之苦心，且何以異於市井之看小説者乎？一笑。乙卯正月初四日炙硯書。

紅樓夢約評

黛玉二字，未詳其義。或云即碧玉之别，蓋取偷嫁汝南之意，恐未必然。案香山咏新柳云：『須教碧玉羞眉黛，莫與紅桃作麴塵。』此黛玉兩字之所本也。我聞柳敬亭本姓曹，曹既可爲柳，又可爲林，此皆作者觸手生姿，筆端狡獪耳。

妙玉獨不知其姓。宋時有女童林妙玉，楊升庵《丹鉛録》云女進士者林妙玉也，淳熙九年女童林妙玉求試經書，四十三件并通，時年十二歲，賜爲孺人，或云賜爲進士。妙玉蓋本於此。

尤三姐之死輕於鴻毛，鴛鴦之死重於泰山，圖中有三姐而不圖鴛鴦，不知此書之旨者也。

開卷云說此《石頭記》一書者，蓋金陵城吴名石頭城，兩字雙關。

以甄賈爲緣起，蓋本於玉溪生賈氏窓妃一聯，窓妃指甄后也。

此書曹雪芹所作，而開卷似依托寶玉，蓋爲點出自己姓名地步也。曹雪芹三字既點之後，便非復寶玉口吻矣。

又將孔梅溪題曰風月寶鑒，陪出曹雪芹，乃烏有先生也。其曰東魯孔梅溪者，不過言山東孔聖人之後，北省人口語如此。

林如海即曹楝亭。案楝亭非科甲出身，由通政使出差外任，此曰探花者假也，曰蘭臺寺大夫者真也。書中半真半假，往往如此。漢時蘭臺令史主章奏。

錢竹汀宫詹云，金陵張侯故宅，近年已爲章攀桂所買，章曾任江蘇道員。

全書大旨及賈氏一門，俱從冷子興口中叙明，而議論寶玉所擬古人，拉雜不倫，作者因出雨村口中，所以如此耳。此書於一切陳設排場，及每人穿着插戴，無不極意摹寫，是學耐庵。

『花氣襲人知驟暖，鵲聲穿竹識新晴』，陸放翁佳句也。寶玉用襲人以名花大姐，二字甚韻。後來政老以爲淫詞艷曲，由政老不知詩之故。

李紈爲李守中女。案李廷樞字守中，江寧人，順治丁亥進士，官翰林。然宫裁必非守中女，或孫女，或曾孫女耳。究之，總是半真半假，悟此方可閱此書。

雨村授應天府，仍南京舊名，亦半真半假。下仿此。

『白玉爲堂金作馬』，金馬暗用張騫故事。『阿房宫三百里，住不下金陵一個史』，案阿房宫下可以建五大旗，隱語高也。高氏旗籍，故云住不下金陵。

雨村奸人，宜其忘恩負義。

秦可卿房中陳設種種，便覺咤異。

十二釵册多作隱語，有象形，有會意，有假借，而指事絶少，是在靈敏能猜也。若此處一差，則全書皆不可解矣。可見書貴善讀，即稗官小説，莫不皆然，而況於經史子集哉！今略詳其大概於後：金陵十二釵又副册第一晴雯，第二襲人。副册第一香菱。正册第一林黛玉、薛寶釵。然曹字《説文》作䡮，乃兩株枯木上懸一圍玉帶之象，不可真認爲雙木林也。第二元春，第三史太君。案放風箏者高也，大海者渤海也，史太君本不在十二金釵之列，然借以點湘雲之姓，不可誤認探春。第四史湘雲，第五妙玉，第六迎春，第七惜春，第八鳳姐。案詩中『一從二令三人木』句，蓋二令冷也，人木休也，一從月從也，三字借用成句而已。第九巧姐，第十李紈，第十一鴛鴦、秦可卿。案婢女賤流，例入又副册，香菱以能詩超入副册，鴛鴦貞烈，竟進於十二釵矣。蓋此書專言情，情欲肆則天理滅亡，以鴛鴦、秦可卿殿十二釵，所謂欲盡理來也。《易》之碩果不食，一陽復生，無非此理。乃全書之微旨，異於《金瓶梅》、《玉嬌梨》者在此，特拈出之。

《紅樓夢十二曲》、《終身誤》一闋，林薛總做，故曲中云『空對着山中高士晶瑩雪，終不忘世外仙姝寂寞林』，連點薛、林，而《枉凝眉》則專做林，有輕重詳略之别。至《恨無常》、《分骨肉》二闋，與上兩支一例合看，因死别而憶生離，不可分爲兩槪。杭友人以《分骨肉》一支曲爲專指探春，此誤於俗説也。夫放風箏者何止探春一人，畫册明云兩人矣，一人又誰指乎？即云探春曾打風箏謎，亦未嘗放也。況增探春而删鴛鴦，與坊刻圖尤三姐而不圖鴛鴦同屬無識。因秦可卿死時有瑞珠殉主，所以鴛鴦死時秦可卿來，何得硬派可卿亦懸梁自縊也！《晚韶華》一闋『再休題綉帳鴛衾』，借點鴛字。其後『問古來將相可還存，也只是虚名兒與後人欽敬』，及《好事終》起句云『畫梁春盡』，鴛鴦已在其中矣，所以不必另填一調。參差變化之妙，何嘗一調專指一人也。

薛寶釵冷香丸方，調劑出人意表，妙極。

偷鷄戲狗爬灰養小叔，借焦大口中痛駡，又借寶玉口中一問，不待明言而知矣。故曹雪芹贈紅樓女校書詩有『威儀棣棣若山河』之句。初怪美人詞料甚多，何以引用不類，今觀此，方知其用如山如河之爲有意也。

清客相公詹光、單聘仁，詹先後再見，聘仁止此一見。

張先生爲秦可卿立方，不寫脉案，勝於庸醫。

寶玉探秦氏疾，想起夢到太虚幻境的事，筆筆顧母。

賈氏之弊總在富而不教，余閲至王熙鳳毒設相思局，鳳姐忽然守貞，賈天祥獨有報應，中流砥柱，不可不存此一綫之天良也。

寶玉聞可卿死，心中似截了一刀，直奔出一口血來，余笑寶玉焉得此一副急淚、一腔熱血。

趙嬷嬷對鳳姐説賈府在姑蘇、揚州監造海船修理海塘舊話，正爲松江提督時事。鳳姐云：『我們王府里也預備過一次。』蓋爲王新命而言。案王新命潼川人，官至總督。

寶玉論《騷》、《選》香草，《選》學甚通，聰明人也。

袁簡齋云：『大觀園即余之隨園。』此老善於欺人，愚未深信。

黛玉問寶玉曰：『臉上只怕是替他們淘澄臙脂膏子，濺上了一點兒。』此處須要會意。

寶玉『天地靈淑之氣只鍾於女子』一論，奇想天開。

襲人云：『姊妹們和氣也有個分寸禮節。』大有微詞。

寶玉續《南華·胠篋篇》，筆法靈敏，何減向、郭。

探春『階下兒童仰面時』一謎打風箏，及四十回有同放風箏事，此皆實事，與十二釵册無涉，不必混而擬之也。

倪二與賈芸一面説，一面趔趄着脚兒去了，案趔趄音列疽，足住也。

黛玉花陰一哭，宿鳥驚飛，物猶如此，人何以堪。寶玉聽葬花詩，至『一朝春盡紅顔老，花落人亡兩不知』，不覺慟倒山坡上，皆天下有情人也。

寶玉正自發怔，不想黛玉將手帕子甩了來。案甩俗字，環去聲，猶丢也。

我砸了你就完了事了。案砸音匝。

翠縷與湘雲論陰論陽，一派都不像女孩兒話。

政老正毒打寶玉，老太太説：『先打死我，再打死他！』吁！ 寶玉若非老太太護短，不至於此。

黛玉題帕三絶詩，雖不甚好，却一往情深。

鸚哥能念葬花詩，可知人而不如鳥乎！

薛蟠道：『我若再和他們一處虓。』案虓逛同，此杜撰字。

剥蟹肉，薛姨媽道：『我自己猗着。』案猗同搦。

『最不喜歡李義山詩』，這句是顰卿假話。不然，義山佳句豈止『留得殘荷聽雨聲』一句哉！

品茶櫳翠庵，茶具有𤫩瓟斝、犀盉。 案𤫩音班；瓟雹庖兩音；盉音喬，盂也，揚子《方言》碗謂之盉。

湘雲論凸碧、凹晶而念作窪、拱二音。 案凸音突，又音迭；凹音邑，放翁作平聲用，音坳。今念作窪、拱，非也。

湘、黛中秋聯句，著書者多寓深意。如『争餅嘲黄髮，分瓜笑緑媛』，『争餅』用高少逸事，見《唐書》高元裕傳，『分瓜』二字本段成式戲高侍御詩，『緑媛』二字未知何本。觀此聯但用高姓事，則史之爲高明矣，此明明説老太太。『分曹争一令』，借點曹字。『骰彩紅成點，傳花鼓濫喧』，六博分曹，説骰子暗點曹字，傳花事用南卓《羯鼓録》，參玉溪句，又暗點高字，所以黛玉稱好也。『寶婺情孤潔』，逗出寶字，所謂景中情也。『藥催靈兔擣，人向廣寒奔』，『藥催』一聯，使事無迹。『犯斗邀牛女，乘槎訪帝孫』，犯斗乘槎，又藏張字。吁！ 天下閲《紅樓夢》者，俗人與《金瓶梅》一例，仍爲導淫之書，能論其文筆之若何，已屬難得，然亦究歸於癡人說夢耳。試問此中秋夜即景聯句，誰作鄭箋者乎？蓋此書每於姓氏上着意，作者又長於隱語廋詞，各處變換，極其巧妙，不可不知。

姽嫿將軍，案姽嫿音詭畫，本宋玉《神女賦》。

香菱道：『不獨荷花香，就是連荷葉、蓮蓬，都是有一股清香的。』此正十二釵册内所謂『根并荷花一莖香』也。

黛玉論八股數語，雖不好時文，却懂時文者。

病瀟湘癡魂驚惡夢，夢境雖空，然亦半真半假。

野鷄崽子湯，案崽音宰，《集韻》作山皆切，音篩。

『曹子建的謊話』，六字眼目。

黛玉與香菱論詩，哆口盛唐而薄宋，閨閣中亦染此等習氣耶！

鳳姐兒冷眼战敠岫煙，案战，店平聲，敠音掇，見《廣韻》。

寶玉看着只是暗暗納罕，案納罕似即吶喊之訛。

蘆雪亭中丫鬟接了蓑笠撣雪，案撣本音但，此借音作膽，似拂。

老太太極能詩，此書偏不說起，所謂半真半假。

燈謎兒，寶釵『鏤檀鐫梓一層層』，余擬猜紙鳶，第三句『雖是半天風雨過』暗藏高字。寶玉『天上人間兩渺茫』，擬猜紙鳶之帶風箏者。黛玉『騄駬何勞縛紫繩』，擬猜走馬燈。至薛小妹懷古燈謎十首，第一赤壁懷古，擬猜走馬燈之用戰艦水操者，內『徒留名姓載空舟』暗藏曹字。第二交趾懷古，擬猜喇叭，末句『鐵笛無煩説子房』暗藏張字。第三鍾山懷古擬猜肉，第四淮陰懷古擬猜兔，第五廣陵懷古擬猜簫，第六桃葉渡懷古擬猜團扇，第七青冢懷古擬猜枇杷，第八馬嵬懷古擬猜楊妃冠子白芍藥，第九蒲東寺懷古擬猜骰子，第十梅花觀懷古擬猜秋牡丹。新正無事，試爲一猜，當日大家所猜皆不是的，恐我所猜亦未必是也，安得起諸美人而問之？

一打薹兒送禮，案薹俗字，音頓。

女先兒説王熙鳳故事，爲後求籤張本。

柳家的鷄蛋開銷十個錢一個，即此一端，宜十年而花百萬也。

黛玉忙一頓行令猜拳岔開了，案岔，叉去聲。

林之孝家的埋怨寶玉叫丫鬟名字，此等議論，所謂緦小功之察也。

『縱有千年鐵門檻，終須一土上饅頭』，此范石湖句也。

興兒對尤二姐論賈府人物，閒中着筆，作十二釵月旦評。

『晴雯和麝月兩個人按住芳官那里隔肢呢』，案隔肢，此間土語呵隔焦也。

自有詩社以來，以寶琴《桃花行》爲第一佳詩。

尤氏笑寶玉傻獃，此是寶玉本色，并非傻獃瘋癲。

寶玉云：『上本《孟子》，就是有一半夾生的，若憑空提一句，斷不能背。』近日秀才大半如此。

傻大姐誤拾綉香囊，心下打諒敢是兩個妖精打架，余謂專爲兩個妖精打架，成此《紅樓夢》一書。

『如今兄弟又自爲曹唐再世了』，唐詩人不少，而獨及堯賓，可見作者之姓曹矣。

賈政與寶玉論文，若初試筆學生，先生如此設法改削，尚堪勝任。

王爾調將南韶道張小姐欲與寶玉説親，案南韶道張玿美，陝西武成縣人，捐班。

寶玉在床上撲哧的一聲笑了，案哧即嚇字之省，此借讀如赤。

薛蝌救兄具呈，呈紙乾净，是老刀筆，至知縣胡亂便叫畫供，好青天老爺。

琴譜中有像芍字，有像茫字，案像茫字者，芒也。

聽琴而知變徵，妙玉知音。

寶黛參禪，可入《五燈會元》。

寶玉問了一聲妞妞好，案妞讀如紐。

寶玉暗忖蔣玉函不知日後誰家的女兒嫁他，爲襲人配蔣玉函張本。

包勇説甄寶玉夢中看册子，大同小異，此略彼詳。

自九十五回後，賈氏之衰敗立見矣。須看種種世態炎凉，世俗嫁娶未有不重財者。黛玉父母早喪，孑然一身，寶釵母兄俱存，家貲尚厚，賈政之取寶而捨黛也宜矣。即史太君、王夫人，亦皆不免世俗之見，鳳姐但能巧爲迎合，不能强爲轉移也。或以拆散姻緣，專歸咎於鳳姐，其於世故人情，未曾思之爛熟矣。

黛玉幼居母喪，克盡孝道，其心地極明白者。故其死也，既悲雙親之早世，又憤外婆之炎凉，因而嘔血數升，奄奄垂絶。若專以爲相思病，亦不諒其苦心也。此書發乎情，止乎禮義，頗得風人之旨，慎勿以《金瓶梅》、《玉嬌梨》一例視之。

趙姨娘聽見探春將送之任上聯姻，反歡喜起來，觀此知《分骨肉》一闋之不指探春也明甚。且後來探春出嫁，亦并無持踵而泣情形。

包勇大駡雨村『没良心的男女，怎麽忘了我們賈家恩了』，余亦謂此中山狼該駡。

蘅蕪慶生辰，鴛鴦於行令時戲對寶玉説『這叫做張敞畫眉』，明明白白説張侯家事。

鴛鴦殉主離魂後，只見秦氏隱隱在前，此鴛鴦與可卿所以十二釵畫册内同頁也。可卿在警幻宫中，管的是該懸梁自盡的癡情怨女，非可卿自謂也，文理甚明。

鴛鴦有情之鳥，變而爲最無情，妙諦可參。此貞義節烈，焉得不列乎十二釵？

鳳姐對劉老老説見見也不枉來一輤，案輤本音堂，此借讀作湯去聲。

從此王仁也嫌了巧姐了，爲後要賣巧姐張本。

甄賈兩寶玉，從《西遊記》兩行者脱胎。

寶玉之所謂禄蠹，天下之所謂奇才也。

兩次看册，前後照應，至册中有個好像林字，便非真林字矣，此參活句。又見圖上隱隱有個放風箏的人兒，余益信放風箏之非實事，所謂象形而兼會意，不過點高氏之姓也。

姊妹中惟三姑娘境遇最好，非但詩筆獨佳，所以不在十二釵之列。此《五君咏》去山濤、王戎之意也。

點清襲人在又副册，恰好與鴛鴦在正册對照。

『千古艱難惟一死，傷心豈獨息夫人』，杜牧之題桃花夫人廟詩。

題紅樓夢

青童暫謫到人間，風貌羊車擲果班。夢裏香衾窺也字，用《説文》。尊前寶襪隔巫山。玲瓏怕壓黄金釧，宛轉愁連紫玉環。却笑多情寧有種，休將雛鳳便輕删。

古來難解有情癡，刻骨銘肌不自知。紅粉白楊留盼盼，冰天雪窖憶師師。傷心錦帕千條淚，得意花箋幾首詩。玉臂鏤成新樣巧，憐他個個阿孩兒。

敲斷珠釵十二行，銀河碧海總茫茫。通侯甲第樓三載，艷女丁年夢一場。豈有宓妃求薦枕，更無賈氏愛偷香。通韓掾者乃陳騫女，玉谿生詩誤也。空門意味元如此，炙手繁華轉眼涼。

陶公白髮寄閒情，賸黛殘脂費品評。翼簡世勳殊舛錯，富平家牒劇分明。朝朝暮暮吴雲散，歲歲年年蜀鳥驚。繡虎才高揮彩筆，公然名士悦傾城。

再題紅樓夢

滿天華月上紅樓，半照追懽半照愁。對影聞聲思悄悄，卸粧解佩悵悠悠。此時百事逢張角，何日雙星會女牛。一綫柔情牽未斷，漫夸將種冠軍侯。

度詞隱約姓名傳，雙木林轉小比扇。廿載江南持使節，一門薊北寫吟箋。同心梔子當窻艷，并蒂芙蓉出水鮮。試踏石頭城外路，蘼蕪漲緑起寒煙。

休言賈假與甄真，須識劉盧是世親。香案素書仙眷杳，玉壺紅淚俗緣新。三生幻化三生石，萬古相思萬古塵。此別更無腸可斷，菱花還憶畫眉顰。

氣吐幽蘭夢相通，覺來潘簟竟床空。多情合似鴛鴦鳥，介節誰知蝳瑁蟲。才子回頭成古佛，神仙退步驗英雄。金童玉女風流甚，收拾瑶函蕊芨中。

余作此記成，以示俞子秉淵，亦以爲確寓張侯家事。翼日即集古作歌一首題之，包括全書，頗得剪綃蕃錦之巧，因録存於此：

金陵自昔擅繁華，况是通侯閥閲家。畫戟東南開甲第，朱輪朝暮過香車。賈生早佩郎官綬，粉署含香趨禁右。北李南盧結近親，五侯七貴同杯酒。起居八座太夫人，鍾郝偕來笑語親。新婦才華尤出衆，侍兒明慧亦殊倫。王郎再索徵佳夢，聞説釋迦抱起送。阿大中郎俱不如，門前客到休題鳳。却因家藉富平侯，公子髫年未識愁。懶接雞談勤夜讀，愛攜鴛侶作春遊。紅樓四面珠簾繞，簾外花枝方裊裊。帳裏依稀似有人，歡悰未盡鶯聲曉。金釵十二自分編，夢境迷離恍遇仙。夢醒思量夢中事，襲人花氣薄於煙。外家姊妹多才思，少小無嫌共嬉戲。道是無情却有情，銀河不隔蓬山地。珮聲釵色出幽齋，群羡清才三妹佳。不信靈芸今再世，侍書仍許阿甄偕。春花秋月園中好，秋夜眠遲春起早。待月時來問水亭，看花齊上臨湖島。怡紅院裏錦屏舒，凹碧堂前玉洞虛。結社聯吟貪晝永，分曹賭酒趁宵餘。佳人別自倚林竹，料得也應憐宋玉。脈脈春風蕩酒情，盈盈秋水横波目。兩心相照兩相疑，兩處緘愁兩不知。難借鮫綃傳密意，空將鳳紙寫相思。癡兒獃女同時病，不道黃姑偏誤聘。喜結同心七寶釵，悲分照影雙鸞鏡。紅樓飄渺倚雲開，前度劉郎今又來。只爲含愁獨不見，淚珠乾盡蠟成灰。覺來悔被迷津誤，彼岸思尋仙筏渡。行到源頭見落花，傷心依舊悲崔護。自憐老去漸婆娑，閒借填詞寫翠娥。勘破繁華歸寂寞，紅樓一夢等南柯。桃花亂落如紅雨，燕子歸來相共語。風景依稀似往年，樓中不見當時侶。

又鍾子晴初雖病廢，不輟吟詠，亦擬《紅樓夢》一章，纏綿悱惻，堪與前作頡頏，因并存之：

紅樓飄渺春雲裏，百尺珠簾風綽起。幻境迷離似可憑，奇情蕩漾真難擬。通侯珂里本金陵，軼事流傳世艷稱。許史天親同赫弈，鄂褒勛業并崚嶒。北堂長喜金護茂，彩舞宮袍時介壽。羯末封胡子弟行，臨風特訝孫枝秀。神侯秋水骨璠璵，玉貌生來玉不如。繡褓何誇迦葉送，金環曾説女媧餘。多情自是天人謫，大母呼來深護惜。愛逐瑶釵十二行，懶親珠履三千客。閒來春困發幽情，覻見紅樓近玉京。蝴蝶蘧蘧還栩栩，因緣世世復生生。覺來似夢還非夢，恍惚神仙邀與共。窈窕芳名縹帙看，玲瓏謎語芸編誦。慧心從此結纏綿，團扇詩成一笑嫣。石不能言渾是妄，花原解語最堪憐。月輪至竟星難替，珍重鴛盟思別締。詠雪多才屬外家，情親孰是深悰寄。就中林下擅高風，群羡仙姿出蕊宮。擲果拈花生小共，擘箋飛醆長時同。相親相近猜嫌少，意向端嚴情自好。莊語能令小婢驚，謔詞不怕郎君惱。兩心密誓兩情癡，試問旁人可得知。春水文鴛難比翼，秋風紅豆最相思。怡紅院落瀟湘館，春去秋來歌纂纂。翠竹欄前夜雨寒，桃花簾外東風軟。工愁喜病每閒吟，欲却閒愁病轉侵。不語憑誰通叩叩，無憀兀自太愔愔。傾城名士從來慕，怪底高堂伴不悟。玉鏡無端聘夜來，紅顔頓爾先朝露。他生未卜此生休，天上人間各自愁。焚却鸞箋雲未散，裂殘錦帕淚還留。争禁公子牽情哭，漫道眼前人是玉。懊惱無成種董郎，凄涼百事逢張角。翻身別去自超超，銀榜功名遜紫霄。化鶴成虹雙不定，黄塵碧海兩難招。茫茫猶剩紅樓影，賈假甄真心自領。多少紅樓夢裏人，翻書不覺秋霄冷。

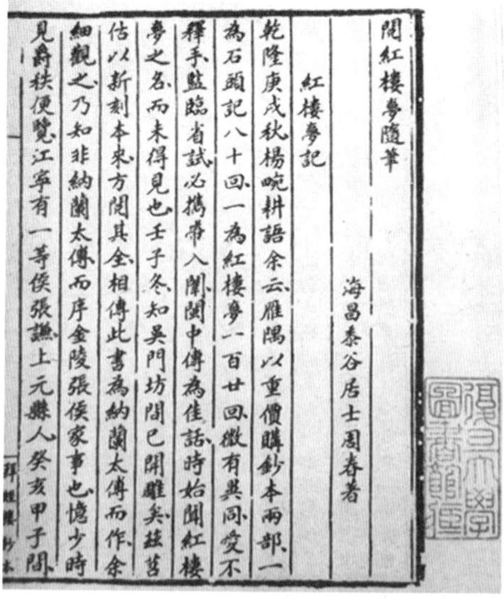

閱紅樓夢隨筆

海昌泰谷居士周春著

紅樓夢記

乾隆庚戌秋楊畹耕語余云雁隅以重價購鈔本兩部一為石頭記八十回一為紅樓夢一百廿回微有異同愛不釋手監臨省試必攜帶入闈閩中傳為佳話時始聞紅樓夢之名而未得見也壬子冬知吳門坊間已開雕矣茲苕估以新刻本來方閱其全相傳此書為納蘭太傅而作余細觀之乃知非納蘭太傅而序金陵張侯家事也憶少時見爵秩便覽江寧有一等侯張謙上元縣人癸亥甲子間

紅樓夢偶得

徐鳳儀　撰

附見於周春《閲紅樓夢隨筆》，共三十七則。作者徐鳳儀，號六橋逸客，浙江錢塘人。本文大致每回論一則，依次而下，偶有闕略。除道德評價之外，多論文章的伏綫、照應、接笥等，時有所見。

第一回雨村對士隱自稱晚生，一百二回重逢則稱學生，勢利如此。

第二回子興無意演説，雨村默識於心，遂爲進京攀附之機。九十二回馮紫英詢問賈政，口中始詳露耳。雨村答子興云榮國一支却是同譜，爲冒宗拉攏伏綫，蓋此一回乃爲雨村起復後一緊要關鍵也。

第二回冷子興云，賈赦有二子，次名璉，賈府中并稱璉二爺，則當居次，而書中從未帶及賈璉之兄，何耶？

第五回警幻如今後數語，譬如傳邪教者，授受之時必有不許犯淫欲之戒，孰又戒歟？

第五回可卿答老嬷云『他能多大了』云云，豈有與乃弟同年之人就不忌諱？此中曖昧，作者不待明言。

第六回襲人初試是正面，上回之可卿乃是反面。此書妙文全在反面，然假夢幻猶是正面，如珍、蓉、薔等種種曖昧始是反面。

第七回焦大駡中『連賈珍都説出來』七字，足褫可卿之魄，所以繪其縊死之由。一百十一回鴛鴦云『他什麽又上吊呢』，詞中亦有『畫梁春盡』之句，閲者勿被瞞過。

第七回焦大一駡之後，不復聞再鬧事，想鳳姐車上囑咐之言，蓉必默會，次日即調派至閒静處矣，故直至一百五回始一出面也。

第八回寶玉酒醉回房，因茶欲攆李嬷，但十九回李嬷云『爲茶攆了茜雪』，何以前後互異？此後即不提及茜雪，似茜雪已被攆矣。但如何歸罪茜雪，何人作主攆出，寶玉何故忍心不爲挽回，作者曾未之及。

第十回賈敬生日逗出尤老娘，十三回秦氏之喪逗出尤氏姊妹。

十三回秦氏之喪，賈珍鋭意窮奢極欲，然作者欲借此以寫鳳姐之才。當富足之時，人皆趨利，頤指氣使，固所樂從，若一百十一回賈母之喪，邢夫人吝財，且故掣其肘，呼應不靈，非其因運敗而才短也。

據十三回秦氏之喪，寫尤氏眷屬姊妹都來了，賈璉何未之見，至六十四回始見而垂涎耶？

據十五回，水月庵即饅頭庵，九十三回平兒答鳳姐之言，似判爲二。

十七回女戲子住梨香院，止派舊學歌唱老嫗照管，五十八回分撥芳官等時，添出許多乾媽，似失照應。

十九回省親事甫畢，接寫賈珍邀寶玉聽戲看燈，隔日未久，湘雲即來榮府，但湘雲乃賈母素愛之人，省親大典，何不接伊來府？若謂來在府中，何不與外親之釵、黛一同帶見賦詩，而使之向隅？且元春又與之姊妹行，何竟不詢及？

十九回襲人規勸寶玉，確是良言，惜其後嫁琪官，此時似屬籠絡，然余不以人廢言。

三十四回薛蟠曾爲秦鍾鬧醋，在寶釵暗想之中補出。

三十四回王夫人既知襲人之言有理，寶玉棒瘡痊好，仍未搬移，何其溺愛！

四十四回鳳姐、賈璉打罵平兒，寫平兒受如許委屈，乃爲寶玉讓平兒到怡紅院，得以親近之地步。

四十五回婆子們聚賭，爲後文奸盜諸事作引。

四十八回賈璉挨打，在平兒口中叙出，雖帶寫雨村爲人，乃爲一百五回伏脈。

五十一回懷古詩燈謎，赤壁猜盂蘭會所焚之法船，交趾似隱喇叭，鍾山似隱傀儡，淮陰似隱馬桶，廣陵似隱柳木牙籤，青冢似隱墨斗，梅花觀似隱紈扇。

六十二回寶玉生日，未見李紋、李綺在座，似不在賈府中則可，而七十一回賈母八旬壽辰，紋、綺已來，何故未得隨衆慶祝？七十回碧月雖有明年回去之言，豈斯時已回去耶？但九十四回消寒會，又有紋、綺二人，前後殊失照應。

東府墻茨之譏，向止暗寫，至六十三回賈蓉與母姨狂謔，醜態畢露，其丫頭之罵，賈蓉之答，又將賈璉醜事説明。

六十四回寫尤二姐收表記，暇豫之至，洵是慣家。

六十五回賈赦遣賈璉往平安州説事，乃爲後文參劾伏脈，亦爲鳳姐得乘賈璉外出賺尤二姐入府張本。

六十六回東府只有兩個石獅子乾净，雖湘蓮信口之言，然在寶玉前而不及西府，尚容情也。

七十八回林四娘，《聊齋志異》集中某觀察所遇恒藩姬妾林四娘，便是婉嫿將軍小傳。

黛玉處尚有素纖一婢，八十二回黛玉臨終時不知何往，又叫去雪雁，只剩一紫鵑耶？

九十九回賈母謂鳳姐堤防黛玉，爲一百一回見鬼作引。

九十九回賈政身任監司，不諳吏治，任憑李十搬弄，其邸抄皆未寓目，僅於官廳候傳翻閲廢紙，始睹薛蟠翻案塘抄，其惶遽之狀，歷歷如繪，尤爲可哂。

一百五回番役及内外衙門皂快捕人搜贜，與盜奚異！焦大云：『只有我們捆人的，那裏倒叫人捆起來！』天理循環，亦不可不知也。

强占民妻爲妾，及尤三姐自刎，未經報官，厥咎在璉，一百五回乃移罪於珍，奇甚。

一百七回賈政素性昏聵，近因被參，心膽俱裂，陡聞包勇鬧事，焉得不生驚懼？不即驅逐，尚令守園，盜發得其救護，亦忠厚御下之報。

一百十四回岫煙出嫁，雖於寶釵口中補出，不知在何處上轎。一百八回賈母向湘雲言：『你邢妹妹在大太太那邊很苦。』似仍依於邢夫人處，何以許久絶不寫及岫煙，似已離却榮府。但此回寶釵説及薛蝌娶親，是在賈母喪事之時，府中俱皆穿孝，豈能聘嫁岫煙？

一百十七回已寫薛家搬出，一百二十回薛蟠回家，詣榮府拜謝，寫薛姨媽、寶釵也過來了，似仍住賈府房屋之詞。

一百十七回賈璉臨行，言及巧姐，王夫人云『孩子也大了，倘或你父親有個一差二錯，又耽擱住了』等語，似巧姐年將及笄矣。但一百一回尚須奶子拍哄始睡，鳳姐又命平兒抱過來，似在襁褓。曾幾何時，倏忽若此長成耶？又書内凡寫巧姐，總是奶子抱着，惟九十二回、一百五回雖不抱着，尚寫雛幼似髫年耳。

（中華書局影印本《閲紅樓夢隨筆》）

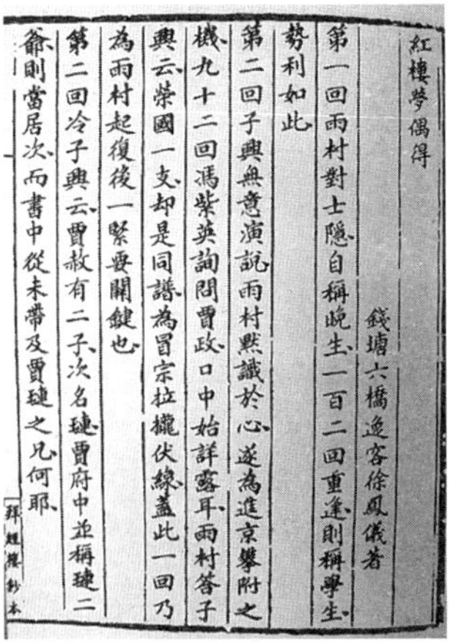
紅樓夢偶得

錢塘六橋逸客徐鳳儀著

第一回雨村對士隱自稱晚生一百二回重逢則稱學生勢利如此

第二回子興無意演說雨村黙識於心遂為進京攀附之機九十二回馮紫英詢問賈政口中始詳露耳雨村答子興云榮國一支却是同譜為冒宗拉攏伏線蓋此一回乃為雨村起復後一緊要關鍵也

第二回冷子興云賈赦有二子次名璉賈府中並稱璉二爺則當居次而書中從未帶及賈璉之兄何耶

拜經樓鈔本

棗窗閒筆

思元齋　撰

題『思元齋著』，國家圖書館存稿本，一册。一九五五年、一九五八年文學古籍刊行社、中華書局分别予以影印，綫裝；一九八四年，上海古籍出版社改出平裝本。作者愛新覺羅·裕瑞（一七七一——一八三八），清宗室，豫王多鐸裔，封輔國公，字思元。工詩善畫，有《思元齋全集》、《思元齋續集》、《參經臆説》。一粟《紅樓夢書録》謂『此書成於嘉慶十九年（一八一四）至二十五年（一八二〇）間』，集論《紅樓夢》續書七種及《鏡花緣》的八篇『書後』，是一部專論續書的專著。對所論各書，『多貶少褒』，也多在理，惟對程、高續書也斥之爲『一善俱無，諸惡備具』，未免太苛。其中談及《紅樓夢》作者的風貌、談吐及個性特點、脂硯齋批書及書中的人物形象原型等問題，爲世所重。

秋凉試筆，擇抄舊作，撿得《續紅樓夢七種書後》及《鏡花緣書後》，彙録一處，以存鄙見。所論是否，未敢自信。論諸書多貶少褒，夫豈好爲指摘他作哉！蓋矢在弦上，不得不發，若雪芹有知，當心稍慰也。頗怪天下不乏通人，而獨出此數不通人，偏要續貂，何故？想通人知書難續，故不爲耳。《鏡花緣》自建幟者，惟於自誇不慚，與諸續如出一轍。考前人佳製，都無此病，所謂狂醫無好藥者也，余故論之。思元齋自識。

程偉元續《紅樓夢》自九十回至百二十回書後

《紅樓夢》一書，曹雪芹雖有志於作百二十回，書未告成即逝矣。諸家所藏抄本八十回書，及八十回書後之目録，率大同小異者，蓋因雪芹改《風月寶鑒》數次，始成此書，抄家各於其所改前後第幾次者，分得不同，故今所藏諸稿未能畫一耳。此書由來非世間完物也。而偉元臆見，謂世間當必有全本者在，無處不留心搜求，遂有聞故生心思謀利者，僞續四十回，同原八十回抄成一部，用以紿人。

偉元遂獲贗鼎於鼓擔，竟是百二十回全裝者，不能鑒别燕石之假，謬稱連城之珍，高鶚又從而刻之，致令《紅樓夢》如《莊子》内外篇，真僞永難辨矣。不然，即是明明僞續本，程、高彙而刻之，作序聲明原尾，故意揑造以欺人者。斯二端無處可考，但細審後四十回，斷非與前一色筆墨者，其爲補著無疑。作《後紅樓夢》者隨出，襲其故智，僞稱雪芹續編，亦以重價購得三十回全璧。猶恐世人不信，僞撰雪芹母札，以爲確證，殊不合理，所謂欲蓋彌彰矣。余另有書後，細論其不合理處，載在此篇之後，深歎其前作俑而後效顰也。此四十回，全以前八十回中人名、事務苟且敷衍，若草草看去，頗似一色筆墨。細考其用意不佳，多殺風景之處，故知雪芹萬不出此下下也。觀前五十六回中，寫甄家來京四個女人見賈母，言甄寶玉情性并其家事，隱約異同，是一是二，令人真假難分，斯爲妙文。後寶玉對鏡作夢云云，明言真甄假賈，仿佛鏡中現影者。詎意僞續四十回家，不解其旨，猷猷造出甄賈兩玉，相貌相同，情性各異，且與李綺結婚，則同賈府儼成二家，嚼蠟無味，將雪芹含蓄雙關極妙之意，荼毒盡矣。吁！雪芹用意，豈惟至五十六回而始發哉？其於第二回賈雨村與冷子興言，其在金陵甄家處館時，見甄賓玉受責呼姐妹止痛，及惟憐愛女兒情性等語，已先爲賈寶玉寫照矣。僞續之徒，豈得夢見！再，賈母、王夫人皆極慈愛兒女之人，偏要寫爲賈母忙辦寶玉、寶釵姻事，遂忘黛玉重病至死，永不看問，且言『若是他心裏有别的想頭，成了什麽人了呢？我可是白疼了他了』云云，此豈雪芹所忍作者。王夫人因惜春非親生女，有忙事遂將惜春略過云云，似此炎涼之鄙，又豈雪芹所忍作者。賈政者，前卷極稱之人也，竟寫爲作外官糊塗無能，不善管家人長隨，遂至聲名狼藉，僥倖得輕參而回云云，又豈雪芹所忍作者。和尚送通靈玉來，口口聲聲要一萬銀子，刺刺不休，雖係假話，甚覺貪俗可厭。黛玉屢寫病已垂危不起，隨複同衆而出，數回一轍。妙玉走火入魔，瀟湘館鬼哭等處，皆大殺風景。結束賈雨村歸結《紅樓夢》，愈蛇足無謂。嗚呼！此謂爲雪芹原書，其誰欺哉？四十回中似此惡劣者，多不勝指，余偶摘一二則論之而已。且其中又無若前八十回中佳趣，令人愛不釋手處，誠所謂一善俱無，諸惡備具之物。乃用之濫竽於雪芹原書，苦哉！苦哉！

《後紅樓夢》書後

聞舊有《風月寶鑒》一書，又名《石頭記》，不知爲何人之筆。曹雪芹得之，以是書所傳述者，與其家之事蹟略同，因借題發揮，將此部删改至五次，愈出愈奇，乃以近時之人情諺語，夾寫而潤色之，藉以抒其寄託。曾見抄本卷額，本本有其叔脂硯齋之批語，引其當年事甚確，易其名曰《紅樓夢》。此書自抄本起至刻續成部，前後三十餘年，恒紙貴京都，雅俗共賞，遂浸淫增爲諸續部六種，及傳奇、盲詞等等雜作，莫不依傍此書創始之善也。雪芹二字，想係其字與號耳，其名不得知。曹姓。漢軍人，亦不知其隸何旗。聞前輩姻戚有與之交好者。其人身胖頭廣而色黑，善談吐，風雅遊戲，觸境生春。聞其奇談娓娓然，令人終日不倦，是以其書絶妙盡致。聞袁簡齋家隨園，前屬隋家者，隋家前即曹家故址也，約在康熙年間。書中所稱大觀園，蓋假託此園耳。其先人曾爲江寧織造，頗裕，又與平郡王其書者。余聞所稱寶玉係雪芹叔輩，而後書以雪芹爲賈政之友，爲寶玉前輩世交，以侄反作爲乃叔嘔心始成此書，原非局外旁觀人也。若局外人徒以他人甘苦澆己塊壘，泛泛之言，必不懇切逼真，如出如此絶大對證來，尚有誰敢道個不字。作者自覺甚巧也，殊不知雪芹原因托寫其家事，感慨不勝，論，但論其三十回中支離矛盾處而已。其開卷即假作出雪芹老母家書一封，弁之卷首爲序，意謂請回，又和詩等二回，則斷非雪芹筆，確爲逍遥子僞託之作。其和詩二回，本載別號，謂非雪芹筆者勿因《後紅樓夢》書後，先補及原書八十回，及僞補續四十回之一切原委者也。至於《後紅樓夢》三十爲初刪之稿乎？至後四十回迥非一色，誰不了然，而程、高輩謂從鼓擔無意中得者，真耶假耶？此鴨享我，我即爲之作書』云。觀刻本前八十回，雖係其真筆，粗具規模，其細膩處不及抄本多多矣，或成，甫立綱領，尚未行文，時不待人矣。又聞其嘗作戲語云『若有人欲快睹我書，不難，惟日以南酒燒録有大觀園抄家諸條，與刻本後四十回四美釣魚等目録，迥然不同。蓋雪芹於後四十回雖久蓄志全直裁處、委婉處，較刻本總當，亦不知其爲刪改至第幾次之本。八十回書後，惟有目録，未有書文，目人未刻《紅樓夢》版之前，見抄本一部，其措辭命意，與刻本前八十回多有不同。抄本中增處、減處、等語，反爲狡獪托言，非實跡也。本欲刪改成百二十回一部，不意書未告而人逝矣。余曾於程、高二寫照也。所謂元迎探惜者，隱寓『原應歎息』四字，皆諸姑輩也。其原書開卷有云『作者自經歷一番』其家某某，凡情性遭際，一一默寫之，惟非真姓名耳。聞其所謂寶玉者，尚係指其叔輩某人，非自己府姻戚往來。書中所托諸邸甚多，皆不可考，因以備知府第舊時規矩。其書中所假託諸人，皆隱寓之前輩，可笑。又每混入書中，參雜不離，前書中何未見雪芹自道隻字乎？再按雪芹二字，不似其名，而此書曹太夫人劄稱雪芹兒云，豈有母稱其子之字號之理？夫賈者假也，安得真有賈氏世表哉？原書賈雨村言東漢賈復之後云云，借光欲聯宗，妄攀遥遥華胄，不必引爲實據。其表以賈源爲始祖，以賈代化爲寧國公，賈代善爲榮國公，大與原書不符。然原書刻本亦有錯誤，考第三回黛玉初到時，見御賜匾有小字注爲『賜榮國公賈源』云，五十三回年例賜祭銀，黄布袋上寫寧國公賈演，榮國公賈法云，榮國公名源乎？法乎？二者自有一誤，豈抄誤者乎？第二回冷子興演説中，未出寧、榮二公之名，但言二公係同胞，寧長榮次。寧公生四子，身後長子代化襲官。代化生二子，長名敷，幼即身故，次名敬，襲官生子賈珍。敬在即將官讓其子珍承襲。榮公身後，長子代善襲官，代善娶金陵史侯女爲妻，生赦、政二子云云。後書以賈源爲始祖，以代化、代善爲寧、榮二公，大謬甚矣。凡例載每卷有雪芹手定，及瀟湘館圖章，全書并無殘缺，故以重價得之付梓云云，則是黛玉者，當時確有其人，名姓皆非假託矣。何故首回開卷復云，書中假假真真，寓言不少。無論賈寶玉本非其名，即黛玉、寶釵亦多借影，其餘自元妃、賈母以下，一概可知云云，而世表凡例言之鑿鑿，方以林夫人實有爲確證，第一回又如此言，非矛盾乎？此係作者前後之文，未曾校對畫一耳，留此脱空，使人灼見其矯飾之情。又謂寶玉幼以心淫漁色云云，與前卷警幻謂寶玉爲意淫者，字眼雖類同，用意相較天壤。且此書果係雪芹手筆，豈有處處極力自夸之理？末尾以黛玉引小青摘句題《紅樓夢》卷爲收結，且圈小青二字，令人識爲情字之意，哄帶開卷情字之圈，自羡有餘不盡，如江上青峰之妙，俱無足觀。

再前篇已論程偉元補續之四十回中，不應將甄家猷寫過實，大失雪芹真假相關妙意，此後書又效尤，寫甄寶玉假冒斯文，實市井宿娼匪類，賈寶玉又從行，幾至不免，因彼無行，將李綺親事打退，真者既不堪如此，假者又何足道！其立意欲爲黛玉吐氣，故寫其有兄有產，敵國之富，以補前寄居舅家，孤身煢獨之恨。寫其矢志不願許寶玉者，以洗前受污語，謂林姑娘有心病之缺陷也。過於恬退，則又失於無情，故復撰出誤聞寶玉被執，即服毒以殉之，此作者深心處，而人亦看得出。再，甄士隱久已悟道之人，又寫爲還俗受職，不但無謂，且後卷并無用處。書中用字眼多不合京都時語，如搽臉必曰抹臉，或有當用玩鬧、玩耍、玩意、玩笑、玩戲等等字眼，當分別之處，惟用玩兒字，不別加字眼分別，多不成話。當用我們處，全用咱們，當用算計處，必用打諒，如此口吻，不合時語者，不勝屈指。且書中錯字太多，亦其付梓時未收拾妥當之故。以上所論，皆其劣處也。其佳處亦指而論之：第一佳處，無諸續編寫閨人上陣當場出醜之惡習。其次佳處，每回將終，必另引一事相襯，悠然有餘音，頗肖雪芹筆意。其三佳處，寫大家人家尊卑上下各有難言心事，不便率然吐出，忍耐心頭，鬱鬱不暢；又有兒女之情，含蓄難舒，化作閒愁之趣，亦似前書。其四佳處，寫園亭水榭、春風秋月之景趣，亦足學步邯鄲。惟寫食品，處處不遺燕窩，未免俗氣。總之，此書除欲亂真斷說不去外，其筆意尚可觀也。

雪塢《續紅樓夢》書後

雪塢《續紅樓夢》三十回，固荒唐不經，有失前書意旨。其謔辭趣話，觸緒紛來，借鏡前書，令人噴飯，亦有可取處。惟蹈他續覆轍，不能振筆裁新，斯其瑕處矣。諸續編所以必出於談神説鬼，四生再聚，加以女將出師立功等下下筆法者，何意？蓋因前書多零落散場，殊難復合，不得已撰出駭聞之事，始成反恨之文；究亦諸續手碌碌無絶妙之想，設使雪芹爲之，當必有新奇而不悖理之佳文，令人拍案叫絶者，余可逆料之。因閨人無可立功，故寫爲上陣鬥法，此他續之瑕，此書幸未蹈此。其演説天曹地府、太虚幻境，與人世往來，無異生人之處，作者特借此始好發揮，不然當閣筆矣。此可聽其自然，何以故？此書雖續前書，是自建一幟，非比前書後四十回與《後紅樓》妄欲混珠於前書八十回者，不妨自成結構，不必拘於求一色矣。但所謂其瑕疵處，都不在此。書中有筆未圓全處、效尤前續處、蛇足贅瘤處、命意不當處，此皆大概局面，試歷明之。筆未圓全者，如賈母諸魂，始復陽世，賈府中人，尚有帶符百餘張之内者始能看見之説，後則公然會見多人，作者亦忘此一事矣。余意何不作爲賈母等皆成鬼仙，如以虚質鍊金骨成形者，則見世人，豈不較帶符見魂稍圓全耶？寶玉、黛玉雖遇於幻境，不必寫爲成婚，留作回生後定情，豈不比已合補娶生色乎！效尤前續者，如屢述黛玉臨終憤語『寶玉你好』四字，此醜語也。雪芹所寫黛玉爲人要强之極者，雖屬纊之際，當不留此口實，令人耻笑。此非曹筆，本出程續，有玷鞶卿，胡爲乎屢及之哉！前續獃寫李綺許甄寶玉之事，謬誤不當，未宜效尤。前書於襲人，不過有『優伶有福，公子無緣』之讖而已。諸續編遂將此人判爲崔氏癡夢、潑水身分，豈合前書之意？而晴雯向襲人無語不及琪官，太俗可厭。再『克食』者，國語『恩』字也，『膳下』，賜食物之時語，與『玉搬指』等，皆不必用，不見前書皆漢妝乎！非有意遜時制乎？前書所避者，續編何必用之？蛇足贅瘤者，大荒山修道，非比家居，必需僕從，不添松鶴童子甚可，無所謂不得不添處。茫茫大士、渺渺真人，虛寫傳道足矣，而語語不離四書，東拉西扯，扯淡無謂，余謂此僧道乃兩本破爛四書成精。後幻化美人試寶玉、湘蓮一節尤不通。凡道家魔擾不動，斯可成道。寶、湘二人，各有所思，不遂意，始出家。見幻思人，本屬常事，寶玉遂將妹妹叫出，何功何德，而當成道？若謂因不忘舊緣，有尾生之誠，則二人出家之舉，已灼然矣，又何必多此一試！且後來僧道諄諄以討封號爲念，惜春化後亦然，天上豈有如許極俗熟中之神仙乎！命意不當者，轎夫下轎上天，太監推車入地，皆不雅相。寫湘雲極窮，全無借用處，何必然。惜春放紙鳶，青天白日，引一久死妙玉下來，公然與世人寒暄問候，惜春於鞦韆摔下，借以屍解，俱不好看。前書寫賈政正人君子，嚴父威儀，今寫作隨裙釵隊，燒符尋夢，雖係送賈母之墳，究不如不寫得體。末尾云：不知老曹認真找人代筆，或是自己另續。意謂此續編與雪芹如出一手也，大言不慚，自知哂作《後紅樓夢》者寫黛玉灌醉，精赤剥衣，不雅，添出良玉、景星，拉雜無謂，而於己不自鑒許多瑕疵，將使後人而後哀後人矣。

海圃《續紅樓夢》書後

海圃《續紅樓夢》四十回，大意謂前書寶玉以通靈之靈，一生惟兒女情深，終歸抱恨遠逝，并未見其經濟大才，棟梁高選，不過佳人才子之流，虚負此通靈玉矣，故此續編，欲補之不足，爲之導虚歸實，寫作賈政期頤上壽，賈茂狀元宰相、文武全才，如斯奢遮，始不忝通靈入世一場，既闡光前書，又另出手眼，一部大意，不外其開卷衍説之數語而已。余謂此不合雪芹作書本心。前書謂石頭是補天之餘，因遺才不用，久已無意於功名出世矣，故隱於兒女，消遣壯懷，信陵醇酒婦人之意，豈希借境復起，爲補天之馮婦耶！以通靈之獨善，何必定借補天始顯？余之此論，或稍足慰雪芹於地下乎！書中如借今内廷事，既將克食、膳牌、養心殿、無逸屏等明明言之矣，皆前代所無者，不能古今通用之，胡獨於黄本奏事，歸之紅本，非有意參差遜時制也，是作者打聽未確也。前書不言官事，赦、政二公自處細節，尚無暇及之，惟細寫閨閣閒情而已，況降妖捉怪、顯聖臨凡、封王平夷等，更緘口不道矣。所寫賈政等稻香雅集，寶釵等大觀高吟，定以陞官報喜爲收場，數回一轍不變，作者其禄蠹乎！賈茂、月娥雖非寶、黛後身，亦其小影。所寫月娥事，除堆雪獅、集花片外，無傑出之作。又與賈茂無甚關會，即另易一人爲伉儷，未爲不可，則是視前書嘔心血處作爲閒筆，而不足爲法矣。又書中不當獃寫甄寶玉效尤前續。其所以然，前論言之詳矣，兹不復贅。至於文中字眼誤處種種，如『幾乎』誤作『吸呼』；作詩將二冬韻之『春』字誤作『春』字用，觀詩上聯，便知誤用之處；『太師椅』誤作『太史椅』；傳謂『國是』云者，如『動摇國是』謂『動摇國事』之『是』處也，作者見此成語未解，遂於凡用『國事』處，一例全用『國是』，方自以爲用成語之内造人也。再者寶釵得孫錦哥，久睹御賜匾矣，又夢得孫，醒來重見『積善之家，必有餘慶』八字之匾，用作收場，意謂此點睛者，殊無意趣。書中叙説各處風土山川，論芍藥，講彈琴，談鷄評蟹，頗事博收，諸詩平平，無一警句，全部四十回，余視如嚼蠟，不欲觀也。

《綺樓重夢》書後

《綺樓重夢》一部村書而已，若非不自量妄傍《紅樓》門户，尚可從小説中《肉蒲團》、《燈草和尚》等書之末。其末卷作或人問難，以自剖白，俱係强辭，有意欲兼《西遊》、《封神》不經之談，尚不必論，可嘆者本領極平常，猶自視爲戛戛獨造也。書中叙文武廢弛，加封女將，自知不宜言，故於問難稱此事當在萬曆、天啓間者，既續《紅樓》，其隱約爲文，意在時事，豈不得知，爲續書反指勝國何謂，一謬也。既知前書皆用北京時諺，苦不能學，輒隨取自己口吻，雜用南音，强謂《紅樓》書中皆本南人，當不忘土音，支吾無理，二謬也。無論十二釵名數，牽强凑成，無足論，惟因梨園有净醜之故，將淡如、瑞香、玉卿寫作淫濫，淡如下賤如此，豈可作晴雯還魂？夫晴雯之爲人，在前書惟次於黛玉而已。

寶釵、湘雲非其類，不必比較。芙蓉女兒，胸襟高潔無比，今寫作淫娼不如，言之再三，不知作者與雪芹何仇，務欲污其書中極稱之人也！縱淡如淫濫者，其作詩亦不必首首村穢，出口衆嗤，彼何樂而爲此？按『淡如』二字，起自司空圖《詩品》中『人淡如菊』之句，極雅馴言，何偏付之濫貨！三謬也。書中言小鈺兩三歲人，便飲酒賦詩，十歲間便出征擒賊，應考漁色，皆世所必妄者，何難多説幾歲？殊不可解！四謬也。優曇、曼殊，本陪襯人，不叙其册立可也，小鈺、舜華成婚又略之，謂細述閨情，恐傷黛玉身分。既如此體貼前書所稱之人，又何獨痛駡晴雯耶？書中又有寫一事一人與正文始終無關照，自來自去者，皆贅筆，而瑞香、瑷蘐，又不是前書中人後身，感情而死，别無深意，似此惡札，蘭臯方自謂厭不欲續，再耗筆墨，反虞他人有願續狗尾者，實屬多慮，五謬也。書中所説酒令，皆無趣味；其村賦竹枝詞，更不成話；集四書文，較餘作微愈，安知非先集書後作書文凑合，則毫無奇處矣。自不知醜，人皆掩鼻，點污《紅樓》，灾殃梨棗，六謬也。此六謬者，但摘其大端而已，若細閲之，無句無語，不令人欲嘔格格不下也。

《紅樓復夢》書後

《紅樓復夢》筆意與前書大相反：前書初起只平平，愈作愈妙，此書初起亦頗有意致，愈作愈離，至後卷竟不成書矣。其寫閨閣嬉笑戲謔，亦欲仿前書，惟口角過於俗褻，市井之談，有乖雅趣，竟使許多貧嘴惡舌出於釵、黛，唐突西子矣，雪芹必不爲者。作者或自辯曰：雪芹數十年前人，其所用諺語，皆當時常談，今欲跬步依之，則漫無新趣，不得不取今時諺語裝之。無奈時諺下趨尖巧俗褻，即現時閨謔，亦不免學此，故書中聊復爾爾，使雪芹此時尚在，欲自續其書，或亦採取時諺耳。余料作者心中必有此辯。雖然，數十年前，非甚遠也，當時豈無俗褻之言？一經雪芹取擇，所收納者，烹鍊點化，便成雅韻，究其手筆俊耳，難以時諺之故，粉飾筆拙也。再前他續還魂之説，久成腐套，并且不經，故另撰出一祝姓家，與賈家聯姻，爲易鋪叙。又以再生者與前書中人齒太懸絶，不得已又撰出一人真性，能同時托生兩家，如祝母同賈母，夢至同寶玉者，此因借以牽合，故越常理。在小説亦不妨爲之，惟釵、襲諸人，欲使成功，遂寫爲與狗作鬧，不雅甚矣。再其批語有云：『前書不合以寶玉爲正文，寫賈政如贅瘤，當以賈政爲正。』此語謬極。凡小説傳奇之正副脚色，豈論其分位齒德尊耶？若然，《西厢》當以老夫人爲正，《牡丹亭》當以杜寶爲正，張生、鶯鶯、杜麗娘、柳夢梅皆雜脚色矣。則前書論尊，當以元妃爲正；論長，當以賈母、敬、赦爲正，又豈能及於賈政哉！即此續編，亦未見祝筠過於夢玉處，又何必作此無謂之談。開卷寫賈璉與寶釵等異處同夢，白雲僧遂得道游戲神通；襲人換形嫁夢玉，臂易鵬筋；寶釵渾身飛出法寶，又能未卜先知，種種荒唐，怪誕不經。祝筠四妾、賈家探釵與夢玉狎宴笑謔，過於無別，非比前書賈母在上，寶玉釵黛等率皆年幼，且非同胞，即係至戚兄妹可比，不得以前書之事借口，又將《聊齋志異》、《西遊記》、《平妖傳》、《封神演義》、《醉蒲團》，甚至鼓詞上《十二寡婦征西》一并蹈襲之，謬謂無體不構矣，其拉雜不純，猶爲他續之罪人也。又有用字眼不當者，如用『仔嗎』二字，本時下口頭語，用之原可，然須看地方用始當。譬如作『甚麽』，寫作『仔嗎』可也。若『怎麽』寫作『仔嗎』，豈復成話？書中全一體用之矣。又如『撵』字者，催之去之謂也；『趕』字者，追之回之謂也；迥然兩意，如之何竟以『撵』字代『趕』字哉！此關東人口語之誤，作者其關東市井人耶？又有當用『我們』處，全以『咱們』代之。不合小姐、姑娘兩稱，前書皆有，但看地方相宜，續編所用者未妥。『倚柳歪斜』四字，他書未見用者，今擬定此四字，足見敢題糕手段。此書後劣於前，誠哉强弩之末矣。

《紅樓圓夢》書後

作《紅樓圓夢》者，自謂此作强於『四夢』、《西厢》、《復夢》、《續夢》、《後夢》、《重夢》，真是筆補造化天無功。又謂前書所有盡有，前書所無盡無，一樹一石、一人一物，幾於杜詩韓碑，無一字無來歷，却又心花怒開，别開生面等語，真是不知羞耻爲何物者。末卷收白，又自稱才子之文，令人髮指。此書閨人上陣鬥法，與他續惡習，如出一轍，猶且甚之。過舉黛玉、晴雯，褒得無倫理，反將二人説壞；過抑寶釵、襲人，貶得非其罪，實與二人無損。後半部直是鼓詞，種種胡言，皆令雪芹痛哭流涕者。開卷寫黛玉賣珠賑民，寶玉治水成功，足以致功名富貴矣，後務踵襲他續征戰事，何必然？黛玉掌心雷、芳官分身法、晴雯滿空亂跑，豈復成書？首寫碧痕因那年蘭湯午戰，水入子宫，不久得了水臌症，就不在了云云，有何借用處？有何好看處？『哥哥』必曰『哥子』，糟糕可厭。妙玉言『我屍解後，纔知寶黛之事，本因情癡，罰作怨偶』，若然，拆婚者乃代天行化矣，何罪之有？『所在』而曰『所塊』，從來未聞。『氈泥』未見，有用『呢』字者。獃寫甄家，與他續一病。黛玉眼中流出淚化之珠，大如鷄卵者六十粒，大如桂元者三千餘粒，次如蠶豆、白豆者不計其數。方言不計其數，又緊接言共有十萬八千粒，又有數目，不知作者害何症候。且毒龍攫去外國塔上之珠，如何到得死人眼中，而化淚流出，仍合塔上之式，誰曾量來？洋行鋪面極大，竟是一人作生意，關板便走，未見一伙計。硼頭、廷寄、四品護衛，直用時制，得罪官親，便欲參署員，尚成何體？所用『來』、『去』二字，於地方總未合式。『駁回』之『駁』，從未見有用『剥』字者。賈政急得搓手，其狀難看。批折子，又用時制。十萬石米，便捐一郡主缺，太便宜。黛玉奏章，隱以自媒，豈其人之行爲？甄賈寶玉相見，彼此問答，頗似戲上真假包公動作。六百里飛遞，又用時制。賈政打拱求紫鵑，過失上人身分。人皆曰『打恭』，此獨改爲『打拱』，不知其所本。李綺皆誤化李紋，後卷復有李紋重出。金頂轎，非郡主職所當用者。既件件直用時事矣，又寫女樂犯禁者何故？作者不知旗人合巹禮節，巧謂轉借南方撒帳例，其誰欺乎！謂寶釵自懼平時種種陰謀後來敗露云云，從何處知之？『都』、『多』二字，皆用『多』字，漫如（無）分别。前半部於『糊塗』，總寫『圖』字，後自覺誤，始易『涂』字。寶釵因着離異，遂向人聲其欲尋死，非其人之素行。

『作甚麽』之意，寫作『怎的』，不似京都口吻。用前續不通之言，『戲着臉兒笑』，縱屬冷笑，臉亦難戲。王府不應有宫官，諸樣寫時制不避，又獨於軍機改寫樞密院，何耶？賈政自視己家，反如劉老老初進榮國府之光景。寶釵服參膏，謂此君絶交已久，忽然闖來，太小看前書中人。朝廷總爲黛玉所使，黛玉怪湘雲之夫，明有屍身棺木，如何活了云，胡不自反耶？來處來，去處去，妄作禪機，多人説俗久矣。晴雯於夢中以巾繞琪官，致後來自縊，死後何不告狀？晴雯所留指甲，請仙一次剪一寸，請過多回未用盡，想當時留過幾尺耳。『點頭』誤作『顛頭』，正配『打拱』，天然妙對。晴雯問寶玉：有你請我來，想不肯擔虚名的了。可嘆可嘆！大班兒上查查，用時事，新疆回來亦然。『叫』、『教』二字總分不清。忠順府一來人，定無好事，可厭俗極。賈政特要大棍打賈環，而用的是板子，何故？豈板、棍爲一物耶？或要此給彼耶？作者昏心耳！屢學前書用蓬萊羹，俗極。凡應用『給』字處，總以『替』字代之，不通。他書亦多此病。御賜如意時，并没叙過對之許動刑，凡得如意之人，皆許如此乎？墜兒與襲人設法害死晴雯，前書未載。净軍所，未考何缺分。『妞妞』二字，時稱也。晴雯求討封號，卑鄙不堪。没頭榜云云，意指無名帖耳。王府六大名班，數十年前時事也。太妃呼黛玉爲格格，而黛玉不呼太妃爲福晋、額娘，而但呼之爲媽，黛玉慊耶？作者鬥耶？前書吴新登，暗隱無星戥之意，又改爲吴登新，特意乎，發昏乎？王夫人與晴雯拈香，與賈政與紫鵑打拱，又是妙對。從未聞弟呼兄爲老大者，蓋作者之家教耳。薛蟠臨死會説偈語，奇絶。應制詩，未見用『我』字者。『紅章京』又是時語。逢宴會總是吃麵。用吴梅村，難托爲古事矣。作者曾自言無一人無來歷，正考官文之雄，大概無來歷。九重定妃，豈有親手贈珮，一笑不言而去者？書中『當今』二字，尤不當用，虛寫作朝廷却可。聞有金黃、明黃，未聞御用薑黃者。叙惜春入宫，賈家人見聖恩隆重，方纔放心，然則惜春豈有令人不放心之處乎？胡說該死！固係論幫銀事，但突然問：『妹夫你够了麽？』湘雲之夫答云：『够了。』問答二語，甚覺難聽。『這門親』寫爲『這枝親』，從來未見。世人提親事，豈能知與玉帝之旨合否？玉旨命寶黛成親，而熙鳳之力，竟能違天拆散之，真可謂造化無功矣。且今言玉旨命完聚，重興榮府云云，所指者寶黛初生即當然，非指後之回生完聚事也。然則妙玉所聞，本因情癡，罰作怨偶，亦係玉旨，又何解？所塑解神，又恐於前書無來歷處。襲人向晴雯魂稱奴才，奇極。於生前同伴也，自不應稱，即晴雯成仙，世上亦從未有人向仙稱奴才者。妙師傅錦囊，未免太多。晴雯之魂向寶玉說話，自稱妹妹，不管生前主婢之分，殊覺可耻。又自改名絳霞，何不將絳霞二字作號？此與前書中金桂將香菱改名秋菱，無謂差同。『時麵』寫『食麵』，聞所未聞。又引太常仙蝶事，如何還算托古寓言？賈寶玉假寫賈坎峰名帖拜同年，杭府因不識此名不見，後寶玉說了許多閒話，實屬太不講理。寶玉非王公，不過職官耳，封及妾婢，算何時事？『故意』寫『過意』，不通。郡主吩咐拿人，寫作『抓他進來』，『抓』字新鮮。賈璉將小紅給賈芸爲配，叔侄間而云招贅，從古未聞。黛玉作詩，屢用『者』、『番』二字，何取？『養贍銀』，寫『養膳銀』，更奇。女衣『褶子』，寫『摺子』，愈出愈奇。『溜鈎子』與前寫倚柳歪斜同，雖係時諺，未見落紙筆，作者擬定如此。黑霧、白雪、青霞諸妖人，前書中來歷何在？催妝詩作至三十首之多，不但構思，即抄現成者亦無此閒空。黛玉封公主，又認南安太妃爲母，總不成話。抬轎的有頂帶，係何職？『圍腰』作『踏摇』，未見過。『女檔子』寫『女𡞘子』，未見過。寧國公因焦大醉鬼一面之辭，不及細查，遂奏上帝，自請絶嗣，真匪夷所思。北静王聞青霞一面之辭，就奏事，朝廷乃不先拿問審實，便着抄家，新聞。豹尾銘今儀十捍，若作左事，何獨言此。從古無聖駕與貴妃共坐一輿，令人抬着滿街走，瞧皇親去者。今之殿儀，進酒是玉杯，賞酒是金杯。此則反之。進上之宴，并無他物，惟燕窩麵二碗，實難當膳。况鴿蛋清萬不能粘燕窩條條成麵，煮熟不脱，即使能成，以九重之尊，獨只進此作膳，受此巧餓，焉有不急忙回宫補膳去之理？絳玉并未叙其改名，後卷變爲紅玉，不解。酒席有數可也，麵獨盛碗記數，謂共吃了九千多碗，家席豈比茶飯館，論碗數乎？想來作者家中從未多下過麵，姑以館中賣麵事填寫，故必論碗。又極愛吃麵，故一部書逢食莫非吃麵耳。枚卜功臣，唐虞時事，《書經》載之，後代惟崇禎擇相，用此古法。書中既已寫出許多時制矣，又寫枚卜，恐未必妥。『温涼盞』，戲文也編上了。『我乃領法旨』，鼓詞也編上了。自晴雯成仙後，十殿閻君，皆成冗員，當沙汰矣。臭老鴉、浪鴨子，又可爲對，未見『臭』、『浪』二字，加諸鴉、鴨身者。自蓉仙姑，前書襲人册本『堪嘆優伶有福』，將『堪嘆』改作『漫道何必』，豈記錯乎！『誰知公子無緣』句後，又添『歷盡風流小劫』六字，蛇足無謂。前書十二釵副册人名，不與此書所寫者同，姑勿論，此書既寫十二釵副册爲仲妃、湘雲、寶琴、岫煙、探春、李紈、李紋、李綺、平兒、巧姐、尤三姐、賈佛喜矣，此内親嫂親妹侄女皆在數，而曰寶玉與十二釵副册中人皆有情云云，豈尚成人話？尤不可解者，書中既將襲人罵得猪狗不如，其回賈府，厭類贅瘤，而獨叙彼將結此圓夢，何解？豈其爲人與作者此書同氣相求耶？書纔三十回耳，而乖謬種種，若逐句駁之，猶未盡也，此其甚者而已。不知作者若見余此書後，其亦有辨否耶？

《鏡花緣》書後

《鏡花緣序》文，謂此書一出，壓倒各種奇書，是真才子書云。其實未能及諸部奇書於萬一，作序者妄作標榜推重語，已屬可厭，尚係出自他人譽贊之言，乃作者於書中自夸不絶口，謂空前絶後、千古獨步云云，可憐其不自諒也。此鏡花主人，想是生平好奇巧，不過説酒令、打燈謎之學問而已，真學問上，尚未夢見。既好弄巧，故必以回文錦爲天下極則。試觀古今來學詩文家，必讀大家詩文，如韓蘇李杜之作，而未有以讀回文錦爲津梁者。此圖出自蘇蕙之手，固亦千古絶唱，然不過織組奇巧而已，非出風入雅，長於氣味者，可有先生授徒學詩文，先務用功於回文錦者乎？此書惟寫游各國事，借題罵人，當有新趣，不必拘責其事理所必無者。酒令各種，難爲他半生留心，竟凑得許多，非一時之力可成。若其笑話，都是現成俗套，猶恐酒令，亦是煩人代雜凑者，或抄襲他人成作且不可，必若然則更不值一錢矣。書中雜學都講講，也算他尚博，然自諸書查來凑上，未見都是他的學問。設若當面有人出令，他立時不假思索，能如書中答對，則余服其敏捷。即能遍記諸雜書，記性好亦是難事。若家坐找些人幫着，堆五車書，費成年力，雜凑成此書，何難之有？稍通文之人，皆足辦也。若如其書中所寫應對敏捷，不但十餘歲之處女不能，即宏博老宿，一時尚未必思想出許多奇巧。此公生平，總以費工夫慢慢尋來者，一時出之，爲驚人之具。此是第一作用，意謂人識不破，孰知稍有知見者，皆不得欺也。其酒令雖多，何難之有？如二字查得係雙聲，則書便叙爲抽得是雙聲；二字查得係疊韻，則書便叙爲籤子是疊韻；倘將此二種例换索答，則難乎措手矣。先覓出巧字眼來再作書，何難之有？今設一譬喻，明其不足爲奇。試以千里途中，樹木各飾滿雜寶，價值不爲不重，然不及一顆夜明珠，何耶？以雜寶價與珠價較之，或多者勝，惟雜寶紛紛中不能擇隻件擎出鬥奇也。此公自稱書爲獨步，想他多年便懷收巧字眼之主意，或托衆人代尋，亦無不可。此原是衆力可成之事，不則自己常看雜書，以半生之力，見可採者即記下，并某書原出處亦記下，久之自然凑得許多奇巧字眼字面矣。而又加以嚴擇精思，使難裹添難，巧中套巧，雜凑成書，方自夸爲獨得之秘，空前絶後，其實大言不慚，世人不得盡欺也。今設一方，十日間便能仿他另作書一部，另覓巧字眼，亦可與之相敵，多覓幾千部雜書，多集些長於打燈謎、行酒令之人，使之整日看書編巧字眼，如有可存，即筆記出，若書與人太盛，十日便可成功，但不能照他規矩。他的規矩，還非他自心立者，原隨所得巧字眼之便以立規矩，叙諸書耳。非他人成令在先，渠依人成令尋出來者。今欲仿他作書，亦不依他成令，覓得巧字眼時，隨其巧處，定出破法，然後立令，裝之書中，則易之矣。即渠再續書時，必隨宜另定則例，當不依前書成令也。渠之取巧處若不説破，看書者一時被惑，疑其有玲瓏七孔心，勝回文蘇蕙矣。若人多書多，十日之功凑者，恐比他書上巧話還多。請問此一群雜凑之人，那一個獨敢出來，稱得真才子？不值一笑。夫韓、蘇、李、杜詩文，丹訣自操，縱有千部書，千名人，亦凑不出他諸公一篇一首來。余故曰：千里雜寶，不如一顆夜明珠也。他諸書看過甚多，總未看見過《書經》上『不矜不伐』四句，又豈知而故爲者乎！其切反韻字母等下，數十圓圈，未叙出何用者。其泣紅亭一回，尤爲胡説。後九十名，既皆編作雜名敷衍，何獨前十名史幽探等，又寓言渠讀書之功，所以起此人名，殊不晝一，想渠不過學《紅樓夢》甄士隱、賈雨村寓意於人名者耳。兩字酒令，獃寫百人皆遍，刺刺不休，殊乏雲龍隱現之妙。驪龍珠在頷下，常所用典，書中謂珠在龍額上，或别有典在？又有賬目『賬』字，當作『巾』旁『帳』字，古有出處，『賬』則後添之俗字耳。此不過小説，非古文也，仍覺用『賬』字通俗。唐小山何必改名閨臣乎？唐敖登仙，百花仙子了世緣歸住足矣，改名何用？既爲唐之閨臣，又何必附周之女科以求榮，又未見勤王立反唐之功，所謂閨臣，何所取意？唐敖既仙，還熱中教女求榮於逆后手下，實無謂也。閨臣以女子身，於萬里外尋已仙之父，何若在家庭養現生之母？父母罔極之恩無異，在女子之孝，去就之際，當審擇也。凡作詩賦，不貴堆砌冗長，只要體裁合題。其《天女散花賦》跋語注曰：原稿二千四百多字，今減半録書云。《三都》、《兩京》等賦，題目大，故賦體當長，若此小題過長，則不合體矣。《百韻詩》亦有說。設渠賦人成作中事，屬對甚工則疑，此焉知非先詩後書者，則何難之有？岐舌國學來之反音切音字母，未見有用處。反音是從來有者，字典皆然，切音字母，是清文十二頭之奧法，爲其借用，敷衍叙書，實未得肯綮也，聞有韻譜之作，尚未行世云。飛車本出奇肱國者，因誤爲周饒，引用多處矣，後始覺之，又弄巧補爲周饒學於奇肱，製法更精，故借於周饒，此謂可欺人耳目耶！既特意如此，何不於頭次用飛車之回，即叙明此事，而待後卷之補及乎？其誰欺！作序與批書者，謂他家小説每失之荒唐，此書無此病。請問酒色財氣四陣，風姨月姊青天白日尋人角口，將《山海經》各國又編出枝葉來取笑，等等無謂，何小説荒唐有甚於此？所表小蓬萊山在極南，唐、林、多三人因暴風無意而至，計程當一萬數千里之遠，後來閨臣同其舅尋父去，皆係凡人，又無風暴，何故到得甚快？後自覺脱空，及閨臣回時，因難趕科考，又撰出門户山水路淤開，粉飾已遲，難掩閨臣去時之短。叙過小蓬萊山無野獸，無虎豹傷人，因是仙境，是以閨臣獨行，其舅林之洋始放心。後叙至唐、陰二女歸時，又寫出一虎先食山羊，後欲食二女，幸駁馬救命云云，前後矛盾，勿乃太甚。駁馬既云角當在首，因二女騎扶便故，改生在腰，太覺容易。四陣各關，一樣供古人像，一樣破法，不太板乎？何不稍變化之？諸才子書，令人嗜愛，如天酒仙饌也。此書衆力堆砌者，如杜撰造種藥酒，用料萬種，各按時刻，從八方將藥料採來，覓萬人，每人各將藥料種種歷製萬遍，作酒埋之萬丈，釀之萬日，然後出以示人，又先自夸萬語，意謂前無古人，後無來者，空前絶後，千秋獨步，儀狄、杜康下拜恐後矣。其自夸亦當然，自肇造酒之日起，至造酒法絶之日止，其間豈復有此第二罈哉！無奈既不適衆口，又不延年却病，無益於人，縱他費手多端，累至於死，與人何與？世間何需此一罈酒乎！反每自詡味過天品，何不知耻乃爾。即如《金瓶梅》小說，是形容罵人，此書是肆口罵人；《金瓶梅》寫市井俗情，是畫人物難；此書寫八荒怪誕，是畫鬼怪易，如之何其能及耶！其費力不討好處，還有一比。譬如一家出殯時，將天下扛房傘扇一時租來，南省傘另配北省傘作一對，東省扇另配西省扇作一對，要天造地設，分毫不差，較原對猶合式，又於各傘扇注明出處，并天然巧合之處，此分執事一出，自夸只千古而無對。即便誠然，市人看之，了無異於尋常殯上執事也，非費力不討好而何？書中百女，都照梁山百八將起綽號，不雅不韻極矣。男魁星醜跳，愈覺好看；女魁星醜跳，殊覺難看；觀書者掩卷各思其狀，然否？女國將男作妃，也是效顰《宜春香質》書中宜男國事，但稍爲變態耳。書中有一國一老人收人剩酒甚鄙猥，論彼國賜匾事多語，此老既俗，似覺作者欲借題罵人，有所發揮，詎意看至卷終，索然無謂，不知何意，前後不符，批書者獨於此篇未加圈，想亦看出矣。書中編笑話，謂蛆以糞名之曰黄食，無腸國富而吝者，撒屎使其僕食爲省飯；花再芳醉吐整蝦仁，復整咽下等語，太不好看。書中女子雖非婢者，亦均稱婢，不當如此。又呼伯伯甚多，糟豆腐口氣。亭亭女之母緇氏太熱，求試怕人看破，藏頭露尾，形狀甚醜。燕窩之爲物，世傳上味，雖不甚濃，若能不惜多料，再有好湯配合，烹調得宜，亦殊適口，自不愛吃固可，何至貶之不堪，恐作者從未得嘗適口燕窩耳，或誤炖窩瓜食過乎，無怪其不得味矣。纏足一事，書中既極斥其不當，百女又叙爲纏足，何解？有代解者曰：斯如《紅樓夢》書，遜時妝之意。殊不知作爲唐時事，不必用纏足方合，楊妃馬嵬遺襪，豈係纏足者耶！纏足創始自南唐後主李昱〔煜〕，從此後世效尤，則作爲唐時事，又何用叙作纏足爲？或有代作者問余曰：子論燕窩事，謂自不愛，何必貶之？此論是矣。則子於是書雖不愛，又何貶爲？當答曰：燕窩不解自夸，故不當於貶耳，呵！

（一九五五年文學古籍刊行社影印本）

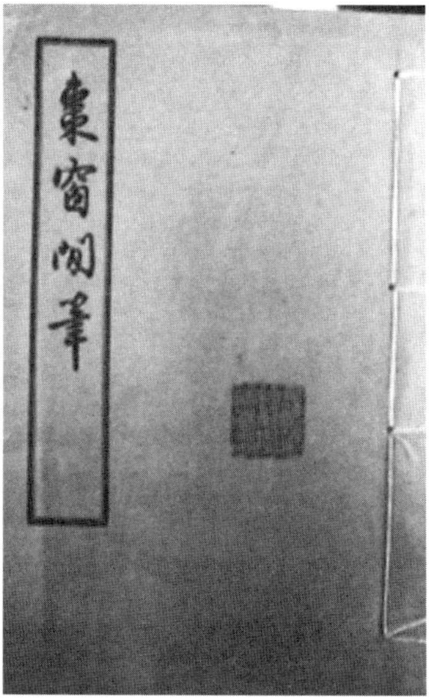

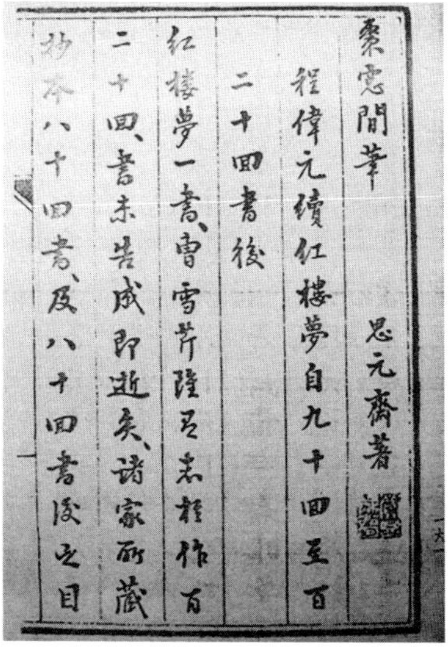

棗窗閒筆　思元齋著

程偉元續紅樓夢自九十四至百二十回書後

紅樓夢一書、曹雪芹雖有志於作百二十回、書未告成即逝矣、諸家所藏抄本八十回書、及八十回書後之目

西遊原旨讀法

劉一明 撰

載於嘉慶十五年（一八一〇）、二十四年（一八一九）刊《西遊原旨》卷首。作者劉一明（一七三三—一八二一），號悟元子、素樸散人、被褐散人，山西曲沃縣（今聞喜縣東北）人，全真道龍門派傳人，長期在晉、陝、寧、甘、青一帶設壇傳教，著有《道書十二種》等。作者將《西遊記》作爲『道書』而不是作爲小説來看待，所謂非『才子之書』，而爲『神仙之書也』，所以全書的批評均從『三教一家之理』來加以闡發，欲使《西遊》一書『原還其原，旨歸其旨』（梁聯第《西遊原旨叙》）。

一、《西遊》之書，乃歷聖口口相傳、心心相印之大道。古人不敢言者，丘祖言之；古人不敢道者，丘祖道之。大露天機，所關最重。是書在處，有天神護守。讀者須當浄手焚香，誠敬開讀。如覺悶倦，即合卷高供，不得褻慢。知此者，方可讀《西遊》。

一、《西遊》立言，與禪機頗同，其用意處，盡在言外。或藏於俗語常言中，或托於山川人物中。或在一笑一戲裏，分其邪正；或在一言一字上，別其真假。或借假以發真，或從正以劈邪。千變萬化，神出鬼没，最難測度。學者須要極深研幾，莫在文字上隔靴搔癢。知此者，方可讀《西遊》。

一、《西遊》，神仙之書也，與才子之書不同。才子之書論世道，似真而實假；神仙之書談天道，似假而實真。才子之書尚其文，詞華而理淺；神仙之書尚其意，言淡而理深。知此者，方可讀《西遊》。

一、《西遊》貫通三教一家之理。在釋則爲《金剛》、《法華》，在儒則爲《河》、《洛》、《周易》，在道則爲《參同》、《悟真》。故以西天取經，發《金剛》、《法華》之秘；以九九歸真，闡《修同》、《悟真》之幽；以唐僧師徒，演《河》、《洛》、《周易》之義。知此者，方可讀《西遊》。

一、《西遊》，一案有一案之意，一回有一回之意，一句有一句之意，一字有一字之意。真人言不空發，字不虚下。讀者須要行行着意，句句留心，一字不可輕放過去。知此者，方可讀《西遊》。

一、《西遊》，世法道法説盡，天時人事説盡。至於學道之法，修行應世之法，無不説盡。乃古今丹經中第一部奇書。知此者，方可讀《西遊》。

一、《西遊》有轉生殺之法，竊造化之道，先天而天弗違，後天而奉天時，非一切執心着意，頑空寂滅之事。學者須要不着心猿意馬，幻身肉囊，當從無形無象處，辨别出個真實妙理來，纔不是枉費工夫。知此者，方可讀《西遊》。

一、《西遊》大道，乃先天虚無之學，非一切後天色相之邪術。先將御女閨丹，爐火燒煉劈開，然後窮究正理，方有着落。知此者，方可讀《西遊》。

一、《西遊》每宗公案，或一二回，或三四回，或五六回，多寡不等。其立言主意，皆在公案冠首，已明明題説出了。若大意過去，未免無頭無腦，不特妙義難參，即文辭亦難讀看。閲者須要辨清來脈，再看下文，方有着落。知此者，方可讀《西遊》。

一、《西遊》每回妙義，全在提綱二句上。提綱要緊字眼，不過一二字。如首回，『靈根育孕源流出，心性修持大道生』，『靈根』即上句字眼，『心性』即下句字眼。可見靈根是靈根，心性是心性，特用心性修靈根，非修心性即修靈根。何等清亮，何等分明！如次回，『悟徹菩提真妙理，斷魔歸本合元神』，『悟徹』即上句字眼，『斷魔』即下句字眼。先悟後行，悟以通行，行以驗悟，知行相需，可以歸本，合元神矣。篇中千言萬語，變化離合，總不外此提綱之義。回回如此，須要着眼。知此者，方可讀《西遊》。

一、《西遊》取真經，即取《西遊》之真經，非《西遊》之外，别有真經可取。是不過借如來傳經，以傳《西遊》耳。能明《西遊》，則如來三藏真經，即在是矣。知此者，方可讀《西遊》。

一、《西遊》每宗公案，收束處，皆有一句總結，乃全案之骨子。其中無數妙義，皆在此一句上着落，不可輕易放過。知此者，方可讀《西遊》。

一、《西遊》乃三五合一，貞下起元之理。故唐僧貞觀十三年登程，路收三徒，十四年回東，此處最要着眼。知此者，方可讀《西遊》。

一、《西遊》通關牒文，乃行道者之執照憑信，爲全部之大關目。所以有各國寶印，上西而領，回東而交，始終鄭重，須臾不離，大要慎思明辨，方能得真。知此者，方可讀《西遊》。

一、《西遊》大有破綻處，正是大有口訣處。惟有破綻，然後可以起後人之疑心，不疑不能用心思。此是真人用意深處，下筆妙處。如悟空齊天大聖，曾經八卦爐鍛煉，已成金剛不壞之軀，何以又被五行山壓住？玄奘生於貞觀十三年，經十八年報讎，已是貞觀三十一年，何以取經時又是貞觀十三年？蓮花洞，悟空已將巴山虎、倚海龍打死，老妖已經識破，何以盜葫蘆時，又變倚海龍？此等處大要着意。知此者，方可讀《西遊》。

一、通關牒文，有各國寶印，乃《西遊》之妙旨，爲修行人安身立命之處，即他家不死之方。此等處，須要追究出個真正原由來。知此者，方可讀《西遊》。

一、《西遊》每過一難，則必先編年記月，而後叙事，隱寓攢年至月，攢月至日，攢日至時之意。其與取經回東，交還貞觀十三年牒文，同一機關。所謂貞下起元，一時辰内管丹成也。知此者，方可讀《西遊》。

一、《西遊》有着緊合尖處，莫如芭蕉洞、通天河、朱紫國三案。芭蕉洞，言火候次序，至矣盡矣。通天河，辨藥物斤兩，至矣盡矣。朱紫國，寫招攝作用，至矣盡矣。學者若於此處參入，則金丹大道，可得其大半矣。知此者，方可讀《西遊》。

一、《西遊》有合説者，有分説者。首七回，合説也。自有爲而入無爲，由修命而至修性，丹法次序，火候工程，無不俱備。其下九十三回，或言正，或言邪，或言性，或言命，或言性而兼命，或言命而兼性，或言火候之真，或撥火候之差，不過就一事而分晰之，總不出首七回之妙義。知此者，方可讀《西遊》。

一、《西遊》即孔子窮理盡性至命之學。猴王西牛賀洲學道，窮理也；悟徹菩提妙理，窮理也。斷魔歸本，盡性也。取金箍棒，全身披挂，銷生死簿，作齊天大聖，入八卦爐鍛煉，至命也。觀音度三徒，訪取經人，窮理也。唐僧過雙叉嶺，至兩界山，盡性也。收三徒，過流沙河，至命也。以至群歷異邦，千山萬水，至凌雲渡，無底船，無非窮理盡性至命之學。知此者，方可讀《西遊》。

一、《西遊》有劈邪歸正，有證正劈邪之筆。如女人國配夫妻，天竺國招駙馬，證正中劈邪也。獅駝國降三妖，小西天收黄眉，隱霧山除豹子，劈邪歸正也。真人一意雙關，費盡多少老婆心，蓋欲人人成仙，個個作佛耳。知此者，方可讀《西遊》。

一、《西遊》有寫正道處，有劈傍門處。諸山洞妖精，劈傍門也。諸國土君王，寫正道也。此全部本義。知此者，方可讀《西遊》。

一、《西遊》所稱妖精，有正道中妖精，有邪道中妖精。如小西天、獅駝洞等妖，傍門邪道妖也。如牛魔王、羅刹女、靈感大王、賽太歲、玉免兒，乃正道中未化之妖，與别的妖不同。知此者，方可讀《西遊》。

一、《西遊》演卦象，有重複者，特因一事而發之，雖卦同而意别，各有所指，故不妨重複出之。知此者，方可讀《西遊》。

一、《西遊》有欲示真而先劈假之法。如欲寫兩界山行者之真虎，而先以雙叉嶺之凡虎引之。欲寫東海龍王之真龍，而先以雙叉嶺蛇蟲引之。欲寫行者八戒之真陰真陽，而先以觀音院之假陰假陽引之。欲寫蛇盤山之龍馬，而先以唐王之凡馬引之。欲寫沙僧之真土，而先以黄風妖之假土引之。通部多用此意。知此者，方可讀《西遊》。

一、《西遊》有最難解而極易解者。如三徒已到長生不老之地，何以悟空又被五行山壓住，悟能又有錯投胎，悟净又貶流沙河，必須皈依佛教，方得正果乎？蓋三徒皈依佛教，是就三徒了命不了性者言；五行山、雲棧洞、流沙河，是就唐僧了性未了命者言。一筆雙寫，示修性者不可不修命，修命者不可不修性之義。知此者，方可讀《西遊》。

一、《西遊》有不同而大同者。如《西遊記》本爲唐僧西天取經而名之，何以將悟空公案，著之於前乎？殊不知悟空生身於東勝神洲，如唐僧生身於東土大唐；悟空學道於西牛賀洲，如唐僧取經於西天雷音；悟空明大道而回山，如唐僧得真經而回國；悟空出爐後而入於佛掌，如唐僧傳經後而歸於西天。事不同而理同，總一西遊也。知此者，方可讀《西遊》。

一、《西遊》每到極難處，行者即求救於觀音，爲《西遊》之大關目，即爲修行人之最要著。蓋以性命之學，全在神明覺察之功也。知此者，方可讀《西遊》。

一、《西遊》前七回，由命以及性，自有爲而入無爲也；後九十三回，由性以及命，自無爲而歸有爲也。通部大義，不過如是。知此者，方可讀《西遊》。

一、《西遊》，三藏喻太極之體，三徒喻五行之氣。三藏收三徒，太極而統五行也；三徒歸三藏，五行而成太極也。知此者，方可讀《西遊》。

一、《西遊》言唐僧師徒處，名諱有二，不可一概而論。如玄奘、悟空、悟能、悟浄，言道之體也；三藏、行者、八戒、和尚，言道之用也。體不離用，用不離體，所以一人有二名。知此者，方可讀《西遊》。

一、《西遊》寫唐僧師徒，有正用，有借用。如稱陳玄奘、唐三藏、孫悟空、孫行者、猪悟能、猪八戒、沙悟浄、沙和尚，正用也；稱唐僧、行者、獃子、和尚，借用也。正用專言性命之實理，借用兼形世間之學人，不得一例混看。知此者，方可讀《西遊》。

一、《西遊》以三徒喻外五行之大藥，屬於先天，非後天有形有象之邪行可比。須要辨明源頭，不得在肉皮囊上找尋。知此者，方可讀《西遊》。

一、《西遊》寫三徒皆具醜相。醜相者，異相也。異相即妙相。正説着醜，行着妙。無我相、人相、衆生相、壽者相。所以三徒到處人多不識，見之驚疑。此等處，須要細心辨别。知此者，方可讀《西遊》。

一、《西遊》寫三徒本事不一：沙僧不變，八戒三十六變，行者七十二變。雖説七十二變，其實千變萬化，不可以數計。何則？行者爲水中金，乃他家之真陽屬命，主剛主動，爲生物之祖氣，統七十二候之要津，無物不包，無物不成，全體大用，一以貫之，所以變化萬有，神妙不測。八戒爲火中木，乃我家之真陰屬性，主柔主静，爲幻身之把柄，只能變化後天氣質，不能變化先天真寶，變化不全，所以七十二變之中，僅得三十六變也。至於沙僧者，爲真土，鎮位中宫，調和陰陽，所以不變。知此者，方可讀《西遊》。

一、《西遊》寫三徒神兵，大有分曉。八戒、沙僧神兵，隨身而帶。惟行者金箍棒，變綉花針，藏在耳内，用時方可取出。此何以故？夫釘鈀、寶杖，雖是法寶，乃以道全形之事，一經師指，自己現成。若金箍棒，乃歷聖口口相傳，附耳低言之旨，係以術延命之法，自虚無中結就，其大無外，其小無内，縱横天地莫遮攔，所以藏在耳内。這些子機密妙用，與釘鈀、寶杖，天地懸遠。知此者，方可讀《西遊》。

一、《西遊》以三徒喻五行之體，以三兵喻五行之用。五行攢簇，體用俱備。所以能保唐僧取真經，見真佛。知此者，方可讀《西遊》。

一、《西遊》寫悟空，每到極難處，拔毫毛變化得勝。但毛不一，變化亦不一。或拔腦後毛，或拔左臂毛，或拔右臂毛，或拔兩臂毛，或拔尾上毛，大有分別，不可不細加辨別。知此者，方可讀《西遊》。

一、《西遊》寫悟空變人物，有自變者，有以棒變者，有以毫毛變者。自變、棒變，真變也；毫毛變，假變也。知此者，方可讀《西遊》。

一、《西遊》稱悟空、稱大聖、稱行者，大有分別，不可一概而論，須要看來脈如何。來脈真，則爲真；來脈假，則爲假。萬勿以真者作假，假者作真。知此者，方可讀《西遊》。

一、悟空到處，自稱孫外公，又題五百年前公案。孫外公者，内無也。五百年前者，先天也。可知先天之氣，自虚無中來，乃他家不死之方，非一己所産之物。知此者，方可讀《西遊》。

一、《西遊》，孫悟空成道以後，入水不溺，入火不焚，大鬧天宫，諸天神將，皆不能勝。何以保唐僧西天取經，每爲妖精所困？讀者須將此等處，先辨分明，方能尋得出實義。若糊塗看去，終無會心處。蓋行者之名，係唐僧所起之混名也。混名之名，有以悟的必須行的説者，有以一概修行説者。妖精所困之行者，是就修行人説，莫得指鹿爲馬。知此者，方可讀《西遊》。

一、《西遊》，唐僧師徒，每過一國，必要先驗過牒文，用過寶印，纔肯放行。此是取經第一件要緊大事，須要將這個實義，追究出來。知此者，方可讀《西遊》。

一、《西遊》經人注解者，不可勝數。其中佳解，百中無一。雖悟一子《真詮》，爲《西遊》注解第一家，未免亦有見不到處。讀者不可專看注解，而略正文。須要在正文上看注解，庶不至有以訛傳訛之差。知此者，方可讀《西遊》。

一、讀《西遊》，當先在正文上用功夫，翻來覆去，極力參悟，不到嘗出滋味實有會心處，不肯休歇。如有所會，再看他人注解，擴充自己識見，則他人所解之臧否可辨，而我所悟之是非亦可知。如此用功，久必深造自得。然亦不可自以爲是，尤當求師印證，方能真知灼見，不至有似是而非之差。

以上四十五條，皆讀《西遊》之要法。謹録卷首，以結知音，願讀者留心焉。

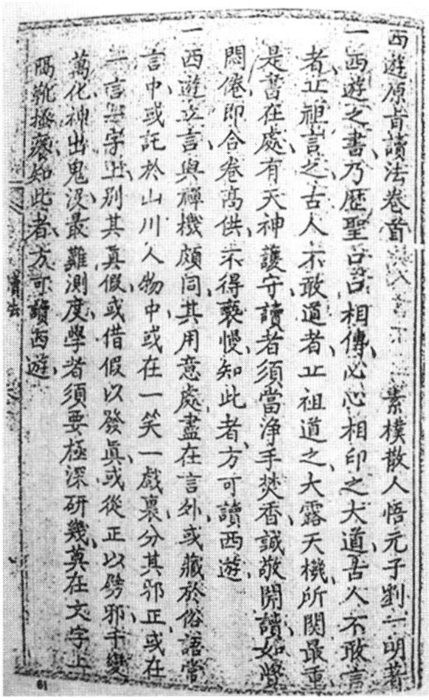
西遊原旨讀法卷首　素樸散人悟元子劉一明著
一西遊之書乃歷聖古哲相傳心心相印之大道古人不敢言者止祖言之古人不敢道者止祖道之大露天機所關最重是書在處有天神護守讀者須當淨手焚香誠敬開讀如覽閱倦即合卷高供不得褻慢知此者方可讀西遊
一西遊立言與禪機頗同其用意處盡在言外或藏於俗語常言中或託於山川人物中或在一笑一戲裏分其邪正或在一言一字中別其真假或借假以發真或從正以劈邪千變萬化神出鬼沒最難測度學者須要極深研幾莫在文字上馬就擦磨如此者方可讀西遊

嘉慶二十四年重刊
長春邱真君著
西遊原旨
素樸劉一明解
湖南常德府
護國菴藏板

（嘉慶二十四年刊本《西遊原旨》）

紅樓夢說夢

二知道人　撰

嘉慶十七年（一八一二）解紅軒刊本。卷首有朱黼序及許喬林等多人題詞。作者二知道人，生平姓氏不詳。全文一百四十則，論及《紅樓夢》各個方面。他指出，作者創作《紅樓夢》的主旨在於抒發『孤憤』，所謂『蒲聊齋之孤憤，假鬼狐以發之；施耐庵之孤憤，假盜賊以發之；曹雪芹之孤憤，假兒女以發之：同是一把酸辛淚也。』又說：『雪芹一生無好夢矣，聊撰《紅樓夢》，以殘夢之老人，唤醒夢之兒女耳。』關於小說之特點，在於『虛事傳神』，不同於班馬之『實事傳神』，『太史公紀三十世家，曹雪芹只紀一世家』，『然雪芹紀一世家，能包括百千世家』，具有極大的概括力。他還指出這部小說的悲劇結構，不同於一般小說

『由悲而歡，由離而合』而是『壁壘一新』，『由歡而悲，由合而離也』。此爲王國維前最爲明確地指出《紅樓夢》的悲劇性質。對於小説中的人物，多有評論，對賈母評價頗高，以寶玉、黛玉處筆墨較多。『甲戌』本《脂硯齋重評石頭記》劉銓福跋云：『《紅樓夢》紛紛效顰者無一可取，唯《癡人説夢》一種及二知道人《紅樓夢説夢》一種尚可玩，惜不得與佟四哥三弦子一彈唱耳……癸亥（一八六三）春日白雪吟客筆。』

僕病人也，慣喜説夢。曩閲曹雪芹先生《紅樓夢》一書，心口間汩汩然，欲有所吐，輒思秉筆覼縷，以手爲口，爲朋儕遣睡魔。謀生碌碌，無暇及此。幸而一日清閒，北窗卧覺，夢餘説夢，意到筆隨，不自知癡性之復發也，閲者恕其囈語也可。

蒲聊齋之孤憤，假鬼狐以發之；施耐庵之孤憤，假盜賊以發之；曹雪芹之孤憤，假兒女以發之：同是一把酸辛淚也。

古今皆夢也：功列旂常，名垂竹帛，正夢也；福澤將至，徵兆先成，吉夢也；莊周栩栩爲蝶，幻夢也；鄭人蕉隍覆鹿，寤夢也。至於輕絲帽影，老於風塵，此夢之勞者也；結廬在廉讓之間，倚樹而吟，據槁梧而瞑，不復問塵市事，此夢之清者也。外此則噩夢、觭夢、喜夢、懼夢、妖夢，莫不有寓目之兆焉，而最易沉酣者，紅樓夢也。雪芹一生無好夢矣，聊撰《紅樓夢》，以殘夢之老人，喚癡夢之兒女耳。

《邯鄲夢》、《紅樓夢》同是一片婆心。玉茗先生爲飛黄騰達者寫照，雪芹先生爲公子風流者寫照，其語頗殊，然其歸一也。

盲左、班、馬之書，實事傳神也；雪芹之書，虚事傳神也。然其意中，自有實事，罪花業果，欲言難言，不得已而托諸空中樓閣耳。

或問於予曰：『雪芹之書，歷叙侯門十餘年之事，非若《邯鄲》、《南柯》一刹那之幻夢耳，不名《紅樓記》而曰《紅樓夢》，何也？』予曰：『夢者見之謂之真，真者見之謂之夢。雪芹姑妄言之，亦雪芹之夢耳。僕閱雪芹之書，而感慨繫之，復夢雪芹之夢耳，僕仍是夢中人也。夢與不夢，僕所不能辨也。』

《紅樓》情事，雪芹記所見也。錦綉叢中打盹，珮環聲裏酣眠，一切靡麗紛華，雖非天上，亦異人間，深山窮谷中人未之見亦未之聞也。設爲之説雪芹之書，其人必摇首而謝曰：『子其愚我也！子其聾我也！子其盲我也！人間世何能作如是觀哉？』

人情於乍覺時，惡夢則喜其烏有，好夢則惡其子虚。當是時，自以爲醒，豈知其喜惡依然是夢耶？知醒仍是夢，可以覽《紅樓》。

《紅樓夢》有四時氣象：前數卷鋪叙王謝門庭，安常處順，夢之春也。省親一事，備極奢華，如樹之秀而繁陰，葱蘢可悦，夢之夏也。及通靈玉失，兩府查抄，如一夜嚴霜，萬木摧落，秋之爲夢，豈不悲哉！ 賈媪終養，寶玉逃禪，其家之瑟縮愁慘，直如冬暮光景，是《紅樓》之殘夢耳。

《紅樓夢》者，香夢也。不寫憐香之事，只傳香夢之神，若即若離，不言香而已香過半矣。

『金釵十二行』，古樂府句也，雪芹採之以爲香夢之料，宜矣。但太虚幻境所存之正副册子題籤，俱繫之金陵，豈天獨鍾美於是耶？ 抑以六朝金粉之遺，終古甲於天下耶？ 然黛玉蘇産，襲人北人也，非金陵而亦列於十二釵中，蓋以所主者而言。所主者誰？ 賈寶玉也。

好色之士，常得好色之真趣者，其惟妙年公子乎？ 老者好色，色不我好；貧者好色，色不果好；勇者好色，色有懼心；怯者好色，色有厭意。求其彼此温存，互相憐惜，惟寶玉爲能得真趣乎？ 登徒子成好色之名，談何容易！

《紅樓夢》爲寶玉而作，夢中情景，只作寶玉一身之事而已，金釵成行，皆甘與同夢者也。寶玉既蘧然覺矣，與之同夢者，盍亦遄返太虚，以結此風流公案乎？ 然夢本參差，覺有先後，物之不齊，何能相强。況乎夢中人尚有協熊羆之夢者，不經委蜕，那可翻身！

雅愛左氏叙鄢陵之戰：晉之軍容，從楚子目中望之，楚之軍制，從楚人苗賁皇口中叙之，如兩鏡對照，實處皆虚，所以爲文章鼻祖也。雪芹先生得其金針，寫榮國府之世系，從冷子興閒話時叙之，寫榮國府之門庭，從黛玉初來時見之，寫大觀園之亭臺山水，從賈政省功時見之。不然，則叙其世系適成賈氏族譜，叙其房廊不過此房出賣帖子耳。雪芹錦心綉口，斷不肯爲此笨伯也。

白香山詩云：『多少樓臺鎖深巷，主人到老未曾歸。』非傷其不歸林下也，正惜其人不達耳。每見凌雲甲第，他日爲太祝廳，往往嫌其嵯峨而艱於繕葺，甚至爲勢家所奪。回憶經營伊始，豈意其子孫不能有也，亦貽笑於王承福矣。因賈雨村叙出石城寧、榮二府，不覺興言及此。

好事者游覽名勝，每於亭臺之式樣，山水之回環，杼軸予懷，臣有粉本矣。大觀園之結構，即雪芹胸中邱壑也；壯年吞之於胸，老去吐之於筆耳。吾聞雪芹，縉紳裔也，使富侔崇、愷，何難開拓其悼紅軒，叠石爲山，鑿池引水，以供朋儕游憩哉？惜乎繪諸紙上，爲亡是公之名園也。

雪芹所記大觀園，恍然一五柳先生所記之桃花源也。其中林壑田池，於榮府中别一天地，自寶玉率群釵來此，怡然自樂，直欲與外人間隔矣。此中人囈語云，除却怡紅公子，雅不願有人來問津也。

寶玉與姊妹同居園内，遵元妃命也。《禮》云：『男女不雜坐，不同椸枷，不同巾櫛。』又云：『男女不通衣裳。』亦聖人杜漸防微之意也。寶玉其能畏聖人之言乎？

雪芹先生筆陣如率然然，試舉一二端言之：如榮府過年光景，只寫一次，則年年如是可知；如寶玉好吃嘴上胭脂，未曾實叙，只於婢女口中言之，則尋常之接唇爲戲可知。首尾相顧，大率類然。

寶玉年十三四，精化小通，陽臺發軔時矣。其事不雅馴，雪芹先生難言之，托之警幻仙姑夢中秘授，并囑可卿薦其枕席，此夢中香夢也。未審下界可卿，此時亦有消魂兆否？

雪芹寫元妃歸省之禮儀，椒房入宫之體制，氣象何其嚴肅，筆墨何其清華。使其步影花磚，泚豪朵殿，未必無鴻篇巨製也，則兒女喁喁之語，不及寫矣。

小説家之結構，大抵由悲而嘆，由離而合，引人入勝。《紅樓夢》則由嘆而悲也，由合而離也。非圖壁壘一新，正欲引人過夢覺關耳。

雪芹先生博於材藝，不獨詩古文詞各臻嫻熟，篇中所叙彈琴作畫，雙陸圍棋，以及醫理大六壬之類，無所不通。然《紅樓夢》之妙處，固不在此。

唐鄭棨以歇後名，率爲宰相。雪芹善爲歇後語，意味雋永，最耐人思，乃竟潦倒窮愁，寄情幻夢。豈歇後亦有幸不幸耶？

賈氏宗祠長聯云：『肝腦涂地，兆姓賴保育之恩；功名貫天，百代仰蒸嘗之盛。』聯句不佳。作者見世家祠中聯句似八股中之結股者居多，亦仿其調而爲之，非江淹才盡也。閱者諒之。

榮國府榮禧堂對聯款云：『鄉世教弟勛襲東安郡王穆蒔拜手書。』有榮府之世派，自應有如此大人物爲之題聯。若懸之薄宦之家，不稱其屋，亦不足爲榮。乃時見《笑史》云：有一貧嫗病故，其子求一文學爲母繕寫神主，并懇其寫得冠冕堂皇，方足以夸耀親友。文學聞之，不忍斥其愚妄，構思良久，忽振筆大書云：『誥授光禄大夫、文華殿大學士、兼吏部尚書、前任雲貴兩廣總督隔壁王嬷嬷之神主。』由是觀之，可知借光皆隔壁賬也。

寶玉、黛玉，意中之姻緣也，而姻緣終假；寶玉、寶釵，意外之姻緣也，而姻緣轉真。假姻緣，死别矣；真姻緣，能無生離乎？『假作真時真亦假，無爲有處有還無。』警幻仙姑固已標題在昔矣，夢中人特未知之耳。

寧府與其宗祠相連，賈珍家宴，忽聞祠中有長嘆之聲，豈寧、榮二公嘆其澤之將斬耶？長眠數十年，尚且埋憂地下，無惑乎論黄數白者至死不悟也。

賈媪生二子：曰赦，曰政；一女曰敏。赦之所出，媪愛其媳；政之所出，媪愛其子；敏身後只一女耳，媪則千里招來，視如性命。媪之愛，公而溥矣。中秋家宴，赦尚以父母偏愛之笑談陳於膝下，是誣其母矣。豈爲其吝惜鴛鴦，遂腹非之曰：『是區區者，而不予畀，得非偏愛乎？』

賈媪暮年，善於自娱，但情之所鍾，未免煩惱。鎖媪之眉者黛玉也，牽媪之腸者寶玉也，能開媪之笑口者，熙鳳一人耳。鳳兮鳳兮，差强人意矣。

賈媪素明大義，洞悉人情，溺愛寶玉，亦大母之常事。賈政若以箕裘爲念，善誘其子，媪斷無不期其孫之成立也。顧平居安肆日偷，養蒙無術，時而趨庭有訓，無非一暴十寒，是直縱之浮蕩耳。及其淫泆無度，習成自然，而後施以大杖，幾置之死地，竟歸咎於其母之溺愛也。平心而論，寶玉之不肖，果賈媪之咎哉？

賈赦性昏憒，而氣亦驕傲，謀石獃子舊扇一事，以玩物殺一不辜，何其忍也！

賈赦多蓄姬妾，廣田自荒，較之乃郎少一閻王老婆，由其淫運亨通也。

大觀園本無邪祟，風聲鶴唳，由家人之造言生事也。賈赦當諭以正道，加以戒約，有驚怪者罪之，久而自安矣。所謂『見怪不怪，其怪自滅』者非耶？乃始則不信，卒爲邪惑，固其見之不真，亦由於中餒耳。雪芹之稗官，世家之寶鑒也。賈政性本愚闇，乏治繁理劇之才，身爲郎官，不過因人成事耳。即自公退食，亦不善理家人生産，食指日衆，外强中乾，阿家翁癡聾而已。且所用賈璉夫婦，夫乃輕狂蕩子，婦乃刻薄盗臣，甚至交通當道，竊餘勢以作威福，其流毒有不可言者。而政惟茗碗棋枰，以消永晝，曾不一過而問焉，其家之不敗也得乎？古語云：『蹶馬破車，惡婦破家。』雪芹苦口婆心，臚列之以爲有家者戒。

賈政出爲觀察，娖娖廉謹，備員而已。且聽之不聰，爲家奴所播弄，僮僕飽矣，百姓得無饑乎？節度避重就輕，彈劾之以卸其責，非不幸中之幸哉！僕嘗念居官者，不能先覺，寧嚴關防；關防之道，全在閽人。門外禀白之吏，不得擅入門内，門内服役之輩，不得擅出門外，即親戚幕友，亦須勸其繭足以避嫌疑。如是雖未必弊絶風清，庶幾得關防之一道矣。每見官署之宅門，熙熙攘攘，往來不絶，官與閽人，漫不爲意，若視爲不干己事也者。及倚勢招摇，藉端擾累，下民則赴愬無門，上憲之彈章已挂，始不勝其驚惶，而已悔之無及矣。噫！關防一事，顧可忽乎哉！謂予不信，請觀賈政。

王夫人庸懦無能，與賈政等。

古有夢玉燕投懷而舉丈夫子者，不謂王夫人真玉投懷，臨蓐時得自嬰兒之口。聞此事者，咸疑之，以詰二知道人。二知道人曰：『投懷之燕，夢玉也，而可爲真；銜口之玉，真玉也，適成爲夢。余不能辨之。如必力窮其源，則子請詰之雪芹，不然則子請詰之茫茫大士、渺渺真人，又不然子直詰之煉石之人，或可以得其説矣。』

知不足也。

寶玉不容心於財帛，能知足也；不自矜其文字，能知不足也。木石姻緣，頗能知足，姬妾則時時知不足也。

女媧所棄之石，諒因其煉之未就也，乃遇茫茫大士、渺渺真人攜之到花柳繁華之地，温柔富貴之鄉，殆以繁華富貴爲爐，加之百煉乎？今而知寶玉之性情温婉化爲繞指柔也，終焉決絶直化作切夢刀矣。寶玉入則金釵十二，蘭麝生心，出則裘馬甚都，僕從如虎，翩翩然佳公子也，被人看煞矣。而孰知其真面目乃大荒山之一塊石哉？咄咄怪事！

警幻仙姑謂寶玉爲意淫，索解人不易得也。蓋色授魂與，竟體生春，非温柔鄉之深處而何？若必待肌膚之親，始入佳境，正嫌其俗道耳。

寶玉無夜郎自大之習，所以有憐香惜玉之温存；無祖生先我之憂，所以有弄粉調脂之閒暇。

寶玉之待十二釵，必個個以香花供養之，方不褻瀆老天靈秀之氣。千金買笑，直等閒事耳，又何足道！

寶玉能得衆女子之心者，無他，必務求興女子之利，除女子之害。利女子乎即爲，不利女子乎即止。推心置腹，此衆女子所以傾心事之也。推其術以撫民，可以入循吏傳矣。

寶玉一視同仁，不問迎、探、惜之爲一脈也，不問薛、史之爲親串也，不問襲人、晴雯之爲侍兒也，但是女子，俱當珍重。若黛玉，則性命共之矣。

寶玉混身姊妹行中，及時行樂，特一無腸公子耳。然其自命，高於妄談經濟者一籌。有人以虚器目之，付之一笑；有人以進取勸之，則掩耳而走矣。惟黛玉不阻其清興，不望其成名，此寶玉所以引爲知己也。嗚呼！知己之感，五百人駢死以報焉，去而之禪，末矣。

寶、黛之肺腑姻緣，外人不知也。賈芸寄札，爲寶玉論婚，寶玉閲而挼莎之，且拉雜摧燒之，但罵狂傖，别無一語。設黛玉聞之，必竊惡其近禁臠矣。凡結歡於公子王孫者，須先廣其耳目。

大觀園諸女郎，每結詩社，寶玉輒踴躍先登，爲之布置几席，安排筆札，一切瑣屑之役，皆指揮婢嫗爲之，非争勝於五七言也，非取資閨秀以冀其竿頭進步也。詩翁之意不在咏，在乎笑語之香也。

但有贊黛玉之詩詞者，寶玉聞之，如得麻姑長爪，來搔癢處。諺云：『文章是自家的好，婦人是人家的好。』持此而論寶玉，殊不盡然。

寶玉之癡情於黛玉，刻刻求黛玉知其癡情，是其癡到極處，是其情到極處。

寶玉，人皆笑其癡，吾獨愛其專一。昔痀僂丈人承蜩，用志不紛，乃凝於神，是專而癡者也；商邱開入火不焦，入水不溺，心一而已，是一而癡者也；皆不得爲真癡。即云癡，其癡可及也。寶玉之鍾情黛玉，相依十載，其心不渝，情固是其真癡，癡即出於本性。假使黛玉永年，寶玉必白頭相守，吾深信之，吾於其癡而信之。今之士女，特患其不癡耳。

寶玉獨行踏雪款櫳翠禪閣，向妙玉乞得紅梅數枝，手執而歸。此時逸趣横生，詩情未發，回顧琳宫，多謝女菩薩含笑拈花示也。

怡紅院諸婢，醵錢開宴，爲公子介壽，笑與抃會，歡將樂來。維時脱去邊幅，率意承接，歌則殊聲合響，觴則引滿傳空，諸婢樂公子之樂，公子亦樂諸婢之樂也。彼徒以尋香人爲肉屏風者，何曾夢及！《易》云『冥豫』，豫至於冥，則匪所思。揣寶玉之心，須衆女郎得駐顔之術，年雖及笄，無庸出嫁，祇挈伴在大觀園中，妝臺聯句，綉户飛觴，口餐櫻桃口之脂香，裙易石榴裙之水漬，聚而不散，老於是鄉可耳。設想荒唐，由其冥也。

寶玉鄙人爲禄蠹，其伯兄之世爵，乃父之郎中，獨非禄蠹乎？食禄者慎毋爲頑石所議。

寶玉之别父母，似老杜《無家别》；寶玉之别寶釵，似老杜《新婚别》。皈依三寶，何啻從軍。

司空圖詩云：『花落夢無聊。』可爲寶玉悼林寫照。世之愛流成海、情塵爲岳者，曇花一現，轉眼成空，誰此無聊之夢哉？司空之詩境，婉而多風矣。

寶玉去則去耳，必博一第而後去，豈留此科名以慰其親耶？猗嗟！使寶玉永終子職，取青紫如拾芥，誠足博其堂上歡。既飛遁矣，則虚名適喪明之助。况乎西方選佛，斷不重此科名，則寶玉瀕行時，亦徒受三場之苦耳，何益乎？

大觀園與吕仙之枕竅等耳。寶玉入乎其中，縱意所如，窮歡極娱者，十有九年，卒之石破天驚，推枕而起，既從來處來，仍從去處去，何其暇也。若夙根不厚，置身富貴場中，驚怖煩惱，不啻地獄境界，有求爲貧民而不可得者。嗚呼！衆生奈何禱祀而求願入吕仙之枕竅？

寶釵外静而内明，平素服冷香丸，覺其人亦冷而香耳。

按律文：兩姨結親者，笞四十。豈世家大賈遂不之禁哉？金玉之姻緣，皆熙鳳之詭詐，百年鴛偶，何可以李代桃僵，致令其夫遠竄於青埂峰頭，其婦獨守於茜紗窗下？追求其故，强作之合也，宜以笞罪罪其冰人。

榮府查抄之後，大不如前，賈媪爲寶釵做生日，特破涕爲笑耳，尚以百金治具，則從前之家宴，當更何如！

寶玉息慈，寶釵似嫠婦而非嫠婦，僕爲之贊曰：『法侶鴛鴻。』

僕嘗夢游於瀟湘之館，但見琅玕萬个，玉立森森，翠浸簾波，枝篩日影。此君相對，正欲發長嘯聲，倏忽間昧色籠煙，潛入夜矣。黑雲飛來，濃陰如漆，雨驚我心，風感我肌，澎湃淒其，令人駭嘆。心念居是館者，枕邊之淚，自如斷貫珠、修綆縻矣。僕亦頓寤。天朗氣清，然耳中尚聞有颯颯聲也。

黛玉美而善爲疾態，殊可人憐。荷鋤葬花，開千古未有之奇，固屬雅人深致，亦深情者有托而然也。惟是花落於茵者，女公子掃而葬之，至於關籬落而墜於溷者，女公子亦將沐而薰之，瘞之净土乎？千古傷心人同聲一哭矣。

黛玉歸里之説，紫鵑以言話寶玉也，而寶玉遂病。謁醫而攻之，弗已，仍待紫鵑化其心，變其慮，厥疾乃瘳。鵑之功與和緩等。彼王太醫者，《内經》未嘗不熟也。

黛玉死矣，寶玉之情未死也。若戀新婚而不去，則從前之對泣於瀟湘館者，皆妄也。纏綿悱惻，無可奈何，立證菩提，正其情之至也。

黛玉以一生眼淚還寶玉灌溉之恩，固是還得過矣，但每一還之，寶玉則無可如何，有大難爲情之狀。吾願人人以寶玉爲鑒，慎毋見草之偏，反有情而輕施甘露也。抑僕更有疑焉者：每見鳩盤老嫗，無絳珠之可愛，實滋蔓之難圖，往往揮涕如雨，呼天吁地，豈亦有人焉竟澆灌及之耶？

黛玉之淚，醋凝爲淚也，因幼失怙恃，遂混作孤兒淚矣。黛玉之醋，心凝爲醋也，因身爲處女，不肯潑之於外，較熙鳳稍爲蘊藉耳。設使天假之年，木石成爲媸屬，則閨中宛若，鳳、黛齊名矣。

黛玉初到外家，無所用其妬也。及寶釵亦主於榮府，而醋根發矣。襲人遺侍寶玉，無所用其妬也，自寶玉樂與晴雯、麝月戲，而醋根發矣。小姐妬小姐，丫鬟妬丫鬟，是謂同床各夢。

諺云：『女子無才便是德。』名言至理，閨秀服膺可也，但此爲牝鷄司晨者戒。若賈迎春之庸懦，轉恨無才。

迎春神恬意静，藹然可親，素談因果，亦不失爲善女人。一家中尊卑長幼，方期其多厚福焉。不意遇人不淑，横加折辱，賫恨而死，夢之至惡，無踰於此者，骨肉間愛莫能助焉。誰復爲之贈惡夢哉？悲夫！

探春是巾幗中李贄皇。

探春神情態度，近於跋扈，嫁與將家兒，諺所謂『不是一家人，不進一家門』矣。

惜春幼而孤僻，年已及笄，倔强猶昔也。寶玉而外，一家之舉止爲所腹非者久矣，决意出家，是父是子。

李紈婉實有節操，奉率領小姑之命，周旋導引，和而不同，紈乎吾無間然矣。其子蘭，醇謹好學，近墨而不黑，尤童子科中之矯矯者，其李紈貞靜之報與？

鳳姐承歡堂上，人物風流，近是佳婦，但未免爲賈氏之罪人，受旁人之唾駡者，因其貪也。貪而不敗者誰耶？

王熙鳳，胭脂虎也。賈璉漁色之心，無時或息，諺云：『越緊越有賊。』信夫！

王熙鳳中傷尤二姐後，悍聲流播，人以妬婦目之，百喙難辭矣。獨是害色曰妬，害賢曰嫉，其事殊，其情一也。《列子》云：『爵高者人妬之。』《亢倉子》曰：『同藝者相嫉。』《離騷》云：『羌内恕己以量人兮，各興心而嫉妬。』滔滔皆是，於熙鳳與何殊！

熙鳳待劉老老獨厚，卒得其力，非佛家所謂因緣乎？

尤氏者，以其人爲尤物也。自賈媪、邢、王二夫人以及李紈、秦氏，無不叙其所自出，獨於尤氏略之，豈以齊大非偶，尤氏之微賤，寧可闕如與？雪芹翁，《紅樓》南董也。

鳳姐陳笑話於賈媪，媪每爲之解頤。中秋賞月，鳳姐病矣，尤氏亦陳笑話於賈媪，媪則倦而思睡。豈媪之愛有差等哉？以尤氏陳說值其睡時也。得其時則出言有章，不得其時則一籌莫展，時之爲義大矣哉！

史湘雲純是晋人風味。

香菱爲人略賣，獅吼驚心，人皆悲其遇矣。僕爲香菱悲者，尚不在此，獨恨無知月老，何竟以吟風弄月之美人，配一目不識丁之傻子耶？玉碗金盆貯以狗矢，冤乎哉！

賈祠祭祀，薛寶琴不當觀禮。雪芹欲寫祭祀之盛，特借局外之人爲旁觀之冷眼耳。

寶琴幼隨其父歷覽名勝，眼界闊矣。文士而得以壯游者，吾見亦罕，況處女乎！

邢岫煙來依其姑，境窘迫而無乞兒相，勝其姑遠矣。

李紋、李綺，與李紈，兄弟也，三人之性情幽静，亦在伯仲之間。

尤三姐性情激烈，女中丈夫也。生而孤貧，隨其母寄人籬下，恨阿姊之失守，隱痛方深。乃賈氏兄弟鹵莽皮相，待如其姊，入以游辭，竟欲强委禽焉，致令清白女兒，無以自剖，宜其媚怒嬌嗔，佯狂作態，旋玩紈袴兒，直登場傀儡、入袋猢猻耳。《易》云：『二女同居，其志不同行。』其三姐之謂與？至其相郎也，獨具隻眼，物色於塵埃中，而自得快婿，豈亦因柳湘蓮偶爲優孟，有一種激昂慷慷之情，暗投其臭味與？迨既聘以劍，旋復見疑，舉平日之屈抑而不得伸者，一朝發之。苟非自劙其頸，不足以表白於天下。嗚呼！其劍已化龍耶？不然，何以有驚雷怒濤，奔騰於粉白黛緑之地也？雖噩夢，實正夢也。柳湘蓮披髮入山，亦賴有鴛鴦劍斬其塵緣耳。

柳湘蓮婚姻不成而爲道士，賈寶玉婚姻不成而爲和尚，皆有激而然也。然二子夢覺而後出家，非出家而依然是夢也。抑聞之，南朝四百八十，北魏一萬三千，紅宇既多，緇黄必衆，其中一塵不染者固不乏人，而良緣不遂者當亦不少。吾恐恒河沙數之大士真人，必須到圓寂羽化之時，夢根始斷。

柳湘蓮有古俠士風，觀其姓名，其人必風姿濯濯，出污泥而不染者。

妙玉偶遇寶玉，便有走魔入火之病。聞有陳妙常者，妙玉豈其宗派與？

妙玉自署曰檻外人，自應埋頭項，隱姓名，束影於人迹罕到之區可耳。何以浮沉人海，置身於元妃省親之園，非借以欺世盜名乎？不意盜人者人恒盜之，櫳翠難居，卒隨盜去，檻外人尚有此劫乎？《易》云：『慢藏誨盜，冶容誨淫。』妙玉兼之矣。

妙玉自遭劫掠，問訊無由，此等處了而不了，不了而了。

鴛鴦代賈媪主觴政，無語不趣，的是可兒。然招賈赦之賞識者，殊不在此。

鴛鴦却聘後，與寶玉不通問，不親授，驚散鴛鴦矣。賈媪下世，以身殉之，怕遭荼毒也。赦雖不殺鴛鴦，鴛鴦由赦而死，冥冥中負其母婢。

晴雯者，情文也。招讒被逐，力疾而去，奄就危殆，寶玉往問之，雯則易其衵服，贈以長爪，語短情長，神傷意重，心事已了，囑其速去。嗚呼！此身已不可問矣，猶恐煙埃雜氣熏郎之肌膚也。雯乎，雯乎！情文相生，真令我把卷流連，不自知涕之何從而不能自已云。

金釧兒之投井，因逐出不能復用。其被逐之故，則因『金簪兒掉在井里』之言。戲言也，適成讖語。

觀晴雯有悔不當初之語，金釧兒有金簪落井之言，則二人之於寶玉，是非之情，不可以相讕已。王夫人俱責而逐之，杜漸防微，無非愛子。天下豈有不是之母哉！獨是倚爲腹心，重以寶玉相委者，乃首先導淫之花大姐也。説真方，賣假藥，花大姐得其心傳矣。二知道人曰：『花襲人，功之首，罪之魁也。雯乎，釧乎，現女兒身，全受全歸，死亦何憾！』

晴雯之死，寶玉於芙蓉花前誄之；金釧之死，寶玉於荒郊井上祭之。一則長歌當哭，一則不言神傷。悼亡者無可奈何，旁觀者誰不笑其茫昧哉？噫！

黛玉善哭，其婢則名紫鵑，蓋紫鵑啼血也。王熙鳳生於錦綉叢中，其難填之欲壑，不異貧兒，故其婢名平兒。未知雪芹之意果如是否？

人皆擬寶、黛姻緣，更無他議，特欠賈媪之一言耳。紫鵑爲黛玉之婢，宛然小星，自以爲吉兆也，豈意皮之不存，毛將焉傅，志乖意阻，好夢難尋。隨惜春以出家，亦『勘破三春景不長』耳。

寶玉病中受室之冤，無所白也，惟向紫鵑白之，聊當通誠於黛玉。雖無老成人，尚有典型，此心良苦矣。乃紫鵑趨而避之，閉門不納，致令其情無可申，淚憑誰灑，茫茫宇宙，何處招魂，可悲也夫！

彩雲置寶玉於度外，獨戀戀於賈環，非無目者也，非不辨妍媸也，與其妍而争，不若媸而獨。世途中有避衆而别開一徑者，得毋類是？

寶玉捱打後，襲人請王夫人將寶玉搬出園來，一夕之話，舌尖兒横掃五千軍矣。

鄧孝威先生題《息夫人廟》云：『千古艱難惟一死，傷心豈獨息夫人。』寶玉去後，全家以眼淚洗面，襲人尤甚。予戲竄孝威先生句云：『傷心豈獨襲夫人。』

襲人隨侍寶玉，紅樓夢也；再嫁琪官，青樓夢矣。

襲人爲寶玉妾，妾身未分明也。寶玉潛逃，襲人無節可守，嫁與琪官，夫優婦婢，非鳳隨鴉也，又何足怪？所異者，寶玉爲之作冰人耳。一束茜香羅，不儼然納采在昔乎？

柳嫂子爲其女五兒夤緣爲寶玉之婢，因此致禍，幸而獲免。及遂其願矣，轉瞬而寶玉出家，大有不能退、不能遂之象。殘局分明，何事多此一着哉！

邢夫人之陪房王嫗，乃司棋之外祖母也。嫗奉檢查香囊之命，欲借以報睚眦也。意主中傷晴雯，反受晴雯之詬；意主左袒司棋，反播司棋之醜。且嫗臘已高，受探春之薄懲，情何以堪？豈造化之弄此老嫗哉？嫗之殺機召之也。乘興而來，興敗而返，『爲囊憔悴却羞囊』矣。

榮府細小數百人，其中胸無城府，一片天真者，上有史湘雲，下有傻大姐耳。然湘雲乃葭莩親，非榮府中人也，其實傻大姐一人而已。太璞能完者，寧可多得哉！

劉老老，夏畦中人，進謁榮府，僅冀其呴沫耳。幸以樸願引人解頤，且間博史太君生歡喜心，宜樂此不思蜀矣。乃每至榮府，但期宿宿，未聞信信，豈朱門酒肉不足供其屬饜耶？抑有目攝之使去者耶？殆以朱門勞而夏畦轉逸耳。

劉老老在榮府中談鄉村事，在鄉村中自必談榮府事。始而談其繁華氣象，既而談其衰颯光景，是又一春夢婆矣。

雪芹寫出一甄寶玉者，恐閱者誤以賈寶玉爲絶特也。筆下之假寶玉只此一人，世上之真寶玉正復不少，所以甄寶玉之模樣與賈寶玉同，甄寶玉之舉止議論皆與賈寶玉同。女媧所煉之石，盡入情緣矣。包勇是薦來之僕，其人乃愚忠也，賈政以粗材視之。及其逐大盜保全惜春，如此大功，未邀重賞，退居園内，絶無怨言，較之焦大之施勞，勇不過人遠哉！甄應嘉得此樸慤之奴，推之而去，想亦爲衆所排擠耳。甚矣知人之難也，甚矣聽言之難也！

賈薔寵愛齡官，特購一串戲雀兒，供其玩弄，而不知適逢彼怒也。諺有云：『相對矮人休説短。』薔之受其醜詆，宜矣。世之不善逢迎者，往往愈令人喜，正愈令人怒耳，獨薔也乎哉！

賈府家奴周瑞之婿冷子興者，善詼嗵，放縱自喜，貿易骨董肆中，强爲知古，因是得僞附雅流。一日酒後狂言，幾爲都人士所中傷，幸邀睍泰山，安其故業。夫市賈有志斯文，士大夫亦可引而進之，化其市心，洗其濁氣。乃狂悖荒唐，令人不可復耐，嫁之以禍，使其乞救於床頭人，僅而後免，未始非小懲大戒之一道也。

賈府家塾，一群兔之煙花寨也。自薛蟠來學後，揮金如土，引誘生徒，袖可斷焉，桃將餘矣，玷污函丈，不忍勝言。而賈代儒儼然而師長也者，高懸絳帳，土木形骸，既不能拒薛蟠於前，而一堂中四處各坐，八目勾留，又復漫無覺察，顧岸然道貌，自居爲有德之人，是直在醉夢中耳。睹其孫盜嫂不成，終爲情死，天豈或爽其報施耶？

茗煙逞凶家塾，賈瑞不能禁止，李貴以一言止之，貴誠不愧青衣之長哉！然茗所以受制於貴者，以貴在家塾無欲心也。

『女兒是水做的骨肉，男人是泥做的骨肉。』此寶玉奇論也，乃寶玉欺人語也。秦鍾、蔣玉函之骨肉，還是泥做的，還是水做的？若謂是泥做的，寶玉固愛之如女兒；若謂是水做的，秦、蔣之子固偉男也。予特兼而名之曰『泥水匠』。

水，物之净者也，寶玉以之比女兒骨肉；泥，物之污者也，寶玉以之比男人骨肉。信斯言也，只『在水一方』可耳，『胡爲乎泥中』？

金榮之母胡氏，明知薛蟠助榮以多金，并不追求其故，反自以爲得計，貧之中人甚矣哉！

賈赦色中之厲鬼，賈珍色中之靈鬼，賈璉色中之餓鬼，寶玉色中之精細鬼，賈環色中之偷生鬼，賈蓉色中之刁鑽鬼，賈瑞色中之饞癆鬼，薛蟠色中之冒失鬼。

風月寶鑒，神物也：照鑒之背，不過骷髏；照鑒之面，美不可言。但幻由心生，仙家亦隨人現化。賈瑞爲鳳姐而病，照之則鳳姐現身其中；浸假而賈赦照之，鑒中必是鴛鴦矣；浸假而賈璉照之，鑒中必是鮑二之女人矣。至於鑒背骷髏，作鳳姐之幻相可，作鴛鴦、鮑婦之幻相亦無不可。

客有問十二釵中伊誰第一，予曰：『凡一時瑜亮，最足令人顛倒，博取焉可也。譬如唐賢七絕，各臻妙境，操觚家每舉一首以爲壓卷，未允也。人見寶、黛之情意纏綿，或以黛玉爲金釵之冠。不知寶、黛之所以鍾情者，無非同眠同食，兩小無猜，至於成人，愈加親密。不然，寶釵亦絕色也，何以不能移其情乎？今而知一往情深者，其所由來者漸矣。若藻鑒金釵，不在乎是。』

寶玉如主司，十二釵如應試諸生，中式則爲妻爲妾，不中則另覓良緣。迎、探、惜似回避不能入闈者。湘雲、李紋、李綺似不肯作第二人想，竟不入闈。寶琴許字於梅翰林家，似隔省游學之生，偶然到此，例不入闈。紫鵑、鶯兒似已列副車，臨榜忽被磨勘。襲人似關節而中副車。寶釵似頂替而僥幸中式。園外諸婢，則又似録遺無名，欲觀光而不得者。至寶玉去不復返，恍如落第諸生目送主司之旌節矣，豈不大可痛哉？

大觀園，醋海也。醋中之尖刻者，黛玉也。醋中之渾含者，寶釵也。醋中之活潑者，湘雲也。醋中之爽利者，晴雯也。醋中之乖覺者，襲人也。迎春、探春、惜春，醋之隱逸者也。至於王熙鳳，詭譎以行其毒計，醋化鴆湯矣。曾幾何時，死者長眠，生者適成短夢，亦徒播其酸風耳。噫！

一日，衆友群居，評騭《紅樓》女子。有取寶釵之穩重者，有取黛玉之聰穎者。或愛熙鳳之才能，湘雲之爽直；或愛襲人之和順，晴雯之裊娜。又有憎黛玉之乖僻，厭鳳姐之擅權，恨襲人之柔奸，惡晴雯之利口者。議論沸騰，愛憎不一。予時默無一語。客詰之，予曰：『此曹雪芹紙上嬋娟也。設諸君真遇其人，未必不變憎爲愛也。』言畢，衆皆粲然。

吾友陳子言云：『古人謂夢爲黑甜鄉，我輩生平，明明白白，徒受此清貧之苦，得非白苦鄉乎？』予笑曰：『我輩亦頑石化身，所以白苦者，惟欠女媧一煉耳。』

或問於予曰：『賈璉乃小有才者，子未嘗節取之，何也？』予曰：『子不觀雪芹之命名乎？賈璉者，假臉也。僕生平最惡假臉之人，願吾子捨是勿復言。』

太史公紀三十世家，曹雪芹只紀一世家。太史公之書高文典册，曹雪芹之書假語村言，不逮古人遠矣。然雪芹紀一世家，能包括百千世家，假語村言不啻晨鐘暮鼓，雖稗官者流，寧無裨於名教乎？况馬、曹同一窮愁著書，雪芹未受宫刑，此又差勝牛馬走者。

雪芹先生亦夢中身也。開眸四顧，地非邯鄲，閒弄筆頭，無非漫興，委婉達癡兒之意，思量寫處子之心，艷語生香，柔情欲滴矣。何物管城，生出如許之碧桃紅藥哉？

雪芹先生把筆作《紅樓夢》時，結習未除，花猶着體也。稗史告竣，結習除矣，極妍盡態，總是空花，又安得着其體乎？

覽過《紅樓夢》後，縈念其珠圍翠繞者，鈍根人也。覽過《紅樓夢》後，頓悟其色即是空者，解脱人也。寶玉，頑石也，僧道三度之而後去，何點頭之晚乎？

或問：『寶玉沉溺於色，一旦去妻孥如脱屣，何也？』予曰：『寶玉如行道之人，疲於津梁，懵騰酣睡，惟尚寐無覺可耳。既醒矣，安得不疾行乎？』

寶玉在賈政船頭拜畢，僧道挽之，作歌而去，曲終人不見矣。嘆天地之委蜕者，篷窗危坐，惟望江上之數峰青耳。

覽《紅樓夢》者，至寶玉出家後，多不忍卒業。陳文貞公廷敬邯鄲道中詩云：『却憐朝市紛紛客，怕説盧生夢醒時。』俗情大抵如是，寧知醒後之樂，較勝於夢中之樂乎？翻過筋斗者知之。

湯臨川先生云：『夢了爲覺，情了爲佛。』寶玉懸崖撒手，寶玉之夢覺矣，寶玉之情了矣。吾不知其情了之後，爲佛耶？爲石耶？爲神瑛侍者耶？抑仍返靈河崖上澆灌其絳珠仙草耶？迷離惝

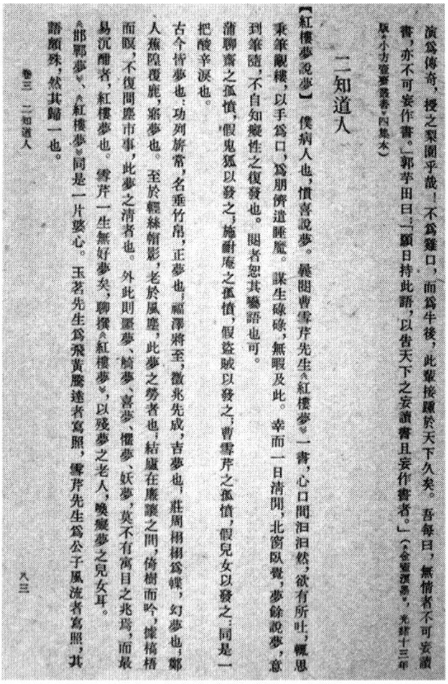
演爲傳奇，授之梨園乎哉！不爲雞口，而爲牛後，此輩接踵於天下久矣。吾每曰：「無情者不可妄讀書，亦不可妄作書。」郭芋田曰：「願日持此語，以告天下之妄讀書且妄作書者。」（《金壺浪墨》，光緒十三年版，《小方壺齋叢書》四集本）

二知道人

【紅樓夢說夢】僕病人也，慣喜說夢。竊閱曹雪芹先生《紅樓夢》一書，心口間汩汩然，欲有所吐，輒思秉筆覼縷，以手爲口，爲朋儕遣睡魔。謀生碌碌，無暇及此。幸而一日清閒，北窗臥覺，夢餘說夢，意到筆隨，不自知癡性之復發也。閱者恕其囈語也可。

蒲聊齋之孤憤，假鬼狐以發之；施耐庵之孤憤，假盜賊以發之；曹雪芹之孤憤，假兒女以發之：同是一把酸辛淚也。

古今皆夢也：功列旂常，名垂竹帛，正夢也；福澤將至，徵兆先成，吉夢也；莊周栩栩爲蝶，幻夢也；鄭人蕉隱覆鹿，寤夢也。至於羈絲幘影，老於風塵，此夢之勞者也；結廬在廉讓之間，倚樹而吟，據槁梧而瞑，不復問塵市事，此夢之清者也。外此則噩夢、靧夢、喜夢、懼夢、妖夢，莫不有寓目之兆焉，而最易沉酣者，紅樓夢也。雪芹一生無好夢矣，聊撰《紅樓夢》，以殘夢之老人，喚癡夢之兒女耳。《邯鄲夢》、《紅樓夢》同是一片婆心。玉茗先生爲飛黃騰達者寫照，雪芹先生爲公子風流者寫照，其語頗殊，然其歸一也。

卷三　二知道人　八三

恍，信乎欲辨已忘言矣。

金陵孫雲本明府，名巖，亦喜說《夢》，殊能得雪芹言外之意。吾友陳子爲述其語云：『李貴有「呦呦鹿鳴，荷葉浮萍」之說，聞者皆笑其杜撰之俚。不知「呦呦鹿鳴」者鄉闈報捷也，「荷葉浮萍」者闈後潛逃也，寶玉之末路已兆於此矣。』伏讖言於游戲之中，雪芹之慘淡經營，非明眼人見不及此。

（嘉慶十七年解紅軒刊本）

癡人説夢

苕溪漁隱　撰

嘉慶二十二年（一八一七）�紅樓刊本，一卷，含《槐史編年》、《膠東餘牒》、《鑒中人影》、《鐫石釘疑》四種，附《大觀園圖》。作者苕溪漁隱爲浙江烏程人范鍇，《潯溪詩徵》卷二十二支云：『范鍇，初名音，字聲山，號白舫，又號苕溪漁隱。例貢生。有《潯溪紀事詩》、《湖録紀事詩》、《蜀産吟》、《感事吟》、《蜀遊草》、《續漢上題襟集》、《潯溪漁隱詩稿》及《幽花詩略》。』又引《南潯鎮志·人物傳》云『鍇工詩，尤善詞。中歲以後，遠遊四方，磊落好交……晚歲寓居揚州，卒年八十餘。』甲戌本《脂硯齋重評石頭記》劉銓福跋就對上文著録的二知道人《紅樓説夢》及本書兩種予以肯定。周策縱《論一部被忽略了的〈紅樓夢〉舊抄本》一文曾高度評價范鍇及其《癡人説夢》曰：『……至於范鍇，他應該是裕瑞、周春以後，王希廉、張新之、姚燮以前最優秀的《紅樓夢》研究者，也許可能是第一個真正的「紅學家」。他的書最先爲《紅樓夢》編年，最先爲大觀園製圖，最先爲《紅樓夢》做校勘記，爲《紅樓夢》版本研究之始祖。他書中的考訂，在道光、光緒間已納入好些最流行的評點本《紅樓夢》中，或用來改訂正文。可是很少人提到他或知道他。我認爲這是很不公平的，希望他的書能影印重版。「癡舊本」（黄案：周指《癡人説夢》中《鐫石訂疑》所據已佚的舊本《紅樓夢》）的異文，也應該作爲《紅樓夢》的校刊〔勘〕之用。』（香港中文大學出版社《紅樓夢案》）這裏可補充的一點是，與後來的《紅樓夢史表》相比，《癡人説夢》還可能是最早用列表的形式來表述其研究成果的一部作品。

序

丁丑之夏，遇苕溪漁隱於京師，手一卷示余，覽其名《癡人説夢》也。余咥其笑曰：『嘻，異哉！子之爲此書也，夫餖飣襞積，見譏大雅久矣，而鄉壁虚造者，復創爲校讎之學，奮其私智，改古人之書，甚執一字一句以相訾議，蒙竊病焉，不意吾子尤而效之也。夫《紅樓夢》不知作於何人，要出一時適情寄興之筆，其所謂大觀會芳園者，固在無何有之鄉；即賈、林、史、薛，亦皆子虛烏有之屬耳。子必爲之列譜牒，次歲月，不幾於竅混沌而畫蛇足乎？雖然，如子之志，亦可謂難矣。長安萬人海，跅弛不羈之士，類以徵歌選舞爲能，吾子力矯其習，日以著書爲樂，排比抄纂，零星掇拾，雖未免前之所譏，顧賢於世俗之嗜好遠矣。且吾聞子之爲是書也，密行細札，數易稿而後成。充子之力，蘄至古人不難也，是編其嚆矢歟？是歲十月既望，仙掌峰樵者書。

小引

嗟嗟隨風飄絮，又到軟紅。借酒澆愁，何來浮白？人生如夢，尋味黑甜之鄉；我輩能狂，遊情丹槧之地。托素心於毫素，留青眼於汗青。未惜玉兔頻圓，坐銷歲月；較勝銀蟫莫化，虛食神仙。然或蟲臂鼠肝，寓言遂多俶詭；蟲巢蝸戰，寄興終屬荒唐。曷若觸緒爲引伸之端，移筆作箋疏之體，其文斯在，於義何傷？而況昔日閶亭，渺茲遺構，故家譜牒杳矣。前徽深契，真如色相之空，偶墮辟支文字之障，巧翻徵實，信更傳疑，觀者盍亦等之子虛、亡是可乎？丁丑重九後二日，觀閒居士書。

題詞

摸魚子　止止道人

問何人，鬢絲禪榻，舊游歷歷重訴。羅幃綉幕香風裏，却到最銷魂處。銷魂處，怎逝水流光，夢境都非故，閒愁萬縷。但破屋燈昏，空庭月冷，獨共寒蛩語。　相思苦，莫管誰今誰古。何論崔盧門户。故家臺榭荒難問，那用恒沙細數。癡乎否？便玉鏡重圓，已覺春光誤。哀弦慢鼓，且撇下愁腸，放開倦眼，與汝逍遥去。

目録

槐史編年　　癡人說夢之一

大槐國中有歲月乎？《安世房中歌》云：春非我春，夏非我夏，秋非我秋，冬非我冬，皆自無而之有者也。夫自無而之有，豈獨大槐也哉？一部廿一史作如是觀。述《槐史編年》第一。

己酉

甄士隱夢幻識通靈，賈雨村風塵懷閨秀。

賈夫人仙逝揚州城，冷子興演說榮國府。

托内兄如海薦西賓，接外孫賈母惜孤女。（二月）

薄命女偏逢薄命郎，葫蘆僧判斷葫蘆案。

賈寶玉神遊太虛境，警幻仙曲演紅樓夢。（九月）

賈寶玉初試雲雨情，劉老老一進榮國府。

送宫花賈璉戲熙鳳，寧國府寶玉會秦鍾。

賈寶玉奇緣識金鎖，薛寶釵巧合認通靈。
訓劣子李貴承申飭，嗔頑童茗煙鬧書房。
金寡婦貪利權受辱，張太醫論病細窮源。
慶壽辰寧府排家宴，見熙鳳賈瑞起淫心。
王熙鳳毒設相思局，賈天祥正照風月鑒。（十一月、十二月）
秦可卿死封龍禁尉，王熙鳳協理寧國府。
林如海捐館揚州城。

庚戌

賈寶玉路謁北静王。（正月）
王鳳姐弄權鐵檻寺，秦鯨卿得趣饅頭庵。
賈元春才選鳳藻宫，秦鯨卿夭逝黄泉路。（四月）
大觀園試才題對額，榮國府歸省慶元宵。（十月）

辛亥

皇恩重元妃省父母，天倫樂寶玉呈才藻。（正月）
情切切良宵花解語，意綿綿静日玉生香。
王熙鳳正言彈妬意，林黛玉俏語謔嬌音。

賢襲人嬌嗔箴寶玉，俏平兒軟語救賈璉。
聽曲文寶玉悟禪機，製燈謎賈政悲讖語。
《西厢記》妙詞通戲語，《牡丹亭》艷曲警芳心。（二月）
醉金剛輕財尚義俠，癡女兒遺帕惹相思。（三月）
魘魔法叔嫂逢五鬼，通靈玉蒙蔽遇雙真。
蜂腰橋設言傳心事，瀟湘館春困發幽情。（四月）
滴翠亭寶釵戲彩蝶，埋香冢黛玉泣殘紅。
蔣玉函情贈茜香羅，薛寶釵羞籠紅麝串。
享福人福深還禱福，惜情女情重愈斟情。（五月）
寶釵借扇機帶雙敲，椿齡畫薔癡及局外。
撕扇子作千金一笑，因麒麟伏白首雙星。
訴肺腑心迷活寶玉，含耻辱情烈死金釧。
手足耽耽小動唇舌，不肖種種大受笞撻。
情中情因情感妹妹，錯裏錯以錯勸哥哥。
白玉釧親嘗蓮葉羹，黄金鶯巧結梅花絡。
綉鴛鴦夢兆絳芸軒，識分定情悟梨香院。（六月、七月）

秋爽齋偶結海棠社，衡蕪院夜擬菊花題。（八月廿一日、廿二日）
林瀟湘魁奪菊花詩，薛蘅蕪諷和螃蟹詠。（廿三日）
村老老是信口開河，情哥哥偏尋根究底。（廿三日、廿四日）
史太君兩宴大觀園，金鴛鴦三宣牙牌令。（廿五日）
賈寶玉品茶櫳翠庵，劉老老醉卧怡紅院。
蘅蕪君蘭言解疑癖，瀟湘子雅謔補餘音。（廿六日）
閒取樂偶攢金慶壽，不了情暫撮土爲香。（廿七日至九月初二）
變生不測鳳姐潑醋，喜出望外平兒理妝。
金蘭契互剖金蘭語，風雨夕悶製風雨詞。（初三日）
尷尬人難免尷尬事，鴛鴦女誓絶鴛鴦偶。（初十日）
獃霸王調情遭苦打，冷郎君懼禍走他鄉。（十一日至十四日）
濫情人情誤思游藝，慕雅女雅集苦吟詩。（十月十四日、十五日）
琉璃世界白雪紅梅，脂粉香娃割腥啖羶。（十六日、十七日）
蘆雪庭争聯即景詩，暖香塢雅製春燈謎。（十八日、十九日）
薛小妹新編懷古詩，胡庸醫亂用虎狼藥。（二十日）
俏平兒情掩蝦鬚鐲，勇晴雯病補雀金裘。（廿一日、廿二日）

寧國府除夕祭宗祠。（十二月）

壬子

榮國府元宵開夜宴。（正月初一日至十五日）

史太君破陳腐舊套，王熙鳳效戲彩斑衣。（十五日至廿二日）

辱親女愚妾争閒氣，欺幼主刁奴蓄險心。（二月）

敏探春興利除宿弊，賢寶釵小惠全大體。

慧紫鵑情辭試莽玉，慈姨媽愛語慰癡顰。（三月）

杏子陰假鳳泣虚凰，茜紗窗真情察癡理。

柳葉渚邊嗔鶯叱燕，絳芸軒裏召將飛符。

茉莉粉替去薔薇硝，玫瑰露引出茯苓霜。

投鼠忌器寶玉瞞贓，判冤决獄平兒行權。

憨湘雲醉眠芍藥裀，獃香菱情解石榴裙。（四月）

壽怡紅群芳開夜宴，死金丹獨艷理親喪。

幽淑女悲題五美吟，浪蕩子情遺九龍珮。（五月至十月）

賈二舍偷娶尤氏妹，尤三姐思嫁柳家郎。（八月）

情小妹耻情歸地府，冷二郎一冷入空門。（九月）

見士儀虀卿思故里，聞秘事鳳姐訊家童。

案：舊抄本作『置外舍賈璉匿新寵，泄機關熙鳳定陰謀』。目存書缺，坊本此回蓋後人所補。

苦尤娘賺入大觀園，酸鳳姐大鬧寧國府。（十月）

弄小巧用借劍殺人，覺大限吞生金自逝。（十一月、十二月）

癸丑

林黛玉重建桃花社，史湘雲偶填柳絮詞。（正月至三月）

嫌隙人有心生嫌隙，鴛鴦女無意遇鴛鴦。（七月、八月）

王熙鳳恃强羞説病，來旺婦倚勢霸成親。

癡丫頭誤拾繡春囊，懦小姐不問纍金鳳。

惑奸讒抄撿大觀園，避嫌隙杜絶寧國府。

開夜宴異兆發悲音，賞中秋新詞得佳讖。（八月十四日、十五日）

凸碧堂品笛感凄清，凹晶館聯詩悲寂寞。

俏丫鬟抱屈夭風流，美優伶斬情歸水月。（八月、九月）

老學士閒徵姽嫿詞，癡公子杜撰芙蓉誄。（十月）

薛文起悔娶河東吼，賈迎春誤嫁中山狼。

美香菱屈受貪夫棒，王道士胡謅妬婦方。（十一月）

占旺相四美釣游魚，奉嚴詞兩番入家塾。

老學究講義警頑心，病瀟湘癡魂驚惡夢。（十二月）

省宮闈賈元妃染恙，鬧閨閫薛寶釵吞聲。

甲寅

試文字寶玉始提親，探驚風賈環重結怨。（正月）

賈存周報陞郎中任，薛文起復惹放流刑。（二月）

受私賄老官翻案牘，寄閒情淑女解琴書。（八月）

感秋深撫琴悲往事，坐禪寂走火入邪魔。（九月）

博庭歡寶玉贊孤兒，正家法賈珍鞭悍僕。

人亡物在公子填詞，蛇影杯弓顰卿絶粒。

失綿衣貧女耐嗷嘈，送果品小郎驚叵測。（十月）

縱淫心寶蟾工設計，布疑陣寶玉妄參禪。

評女傳巧姐慕賢良，玩母珠賈政悲聚散。（十一月）

甄家僕投靠賈家門，水月庵掀翻風月案。

宴海棠賈母賞花妖，失通靈寶玉知奇禍。

因訛成實元妃薨逝，以假混真寶玉瘋顛。（十二月）

乙卯

瞞消息鳳姐設奇謀，泄機關顰兒迷本性。（正月、二月）
林黛玉焚稿斷癡情，薛寶釵出閨成大禮。（三月）
苦絳珠魂歸離恨天，病神瑛淚灑相思地。（三月、四月）
守官箴惡奴同破例，閱邸報老舅自擔驚。（八月、九月）
破好事香菱結深恨，悲遠嫁寶玉感離情。（十月）
大觀園月夜感幽魂，散花寺神籤驚異兆。（十月、十一月）
寧國府骨肉病灾祲，大觀園符水驅妖孽。
施毒計金桂自焚身，味真禪雨村空遇舊。（十二月）

丙辰

醉金剛小鰍生大浪，癡公子餘痛觸前情。（正月）
錦衣軍查抄寧國府，驄馬使彈劾平安州。
王熙鳳致禍抱羞慚，賈太君禱天消禍患。
散餘資賈母明大義，復世職政老沐天恩。
强歡笑蘅蕪慶生辰，死纏綿瀟湘聞鬼哭。
候芳魂五兒承錯愛，還孽債迎女返真元。（正月、二月）

史太君壽終歸地府，王鳳姐力詘失人心。（四月）
鴛鴦女殉主登太虛，狗彘奴欺天招夥盜。
活冤孽妙尼遭大劫，死讎仇趙妾赴冥曹。
懺宿冤鳳姐托村嫗，釋舊憾情婢感癡郎。
王熙鳳歷幻返金陵，甄應嘉蒙恩還玉闕。（五月）
惑偏私惜春矢素志，證同類寶玉失相知。
得通靈幻境悟仙緣，送慈柩故鄉全孝道。（六月）
阻超凡佳人雙護玉，欣聚黨惡子獨承家。
記微嫌舅兄欺弱女，驚謎語妻妾諫癡人。（七月）
中鄉魁寶玉却塵緣，沐皇恩賈家延世澤。（八月、九月）
甄士隱詳説太虛情，賈雨村歸結紅樓夢。

右編年以第九十五回甲寅歲紀推其前後，自第三回至一百二十回，凡八年。

膠東餘牒　　癡人説夢之二

僕與人遊，必識其姓焉。甄耶？賈耶？其甄也，雖近似者，吾必擇言焉。其賈也，則建德國中，爾公爾侯，以爲東京之苗裔奚不可？述《膠東餘牒》第二。

東漢膠東侯賈復後裔

一世	演，封寧國公，娶氏生卒俱失考。子四，長代化，餘失考。		源，一作法，封榮國公。娶氏生卒俱失考。子□，長代善。
二世	代化，演長子，襲一等神威將軍京營節度使。娶氏生卒俱失考。子二：敷、敬。		代善，源長子，襲爵。生於□□年正月初一日，卒失考。娶史氏，生於甲日，卒於丙辰年二月，存年八十三歲。子二：赦、政；女三：長、次失考，三敏，適御史林如海。
三世	敷，代化長子，幼殤。敬，代化次子，丙辰科進士，追賜五品。生於□□年九月，卒於壬子年四月。娶失考。子一珍；女一：惜春。		赦，代善長子，字恩侯，襲一等將軍，緣事革職。娶邢氏，妾翠雲、嫣紅，生俱失考。子琮。女一：迎春，適指揮紹祖。
四世	珍，敬子，襲三品威烈將軍，緣事革職，復賜三等爵，娶□氏，繼娶尤氏，妾佩鳳、偕鸞、文花，生俱失考。子一：蓉。		□，赦長子，名失考，幼殤。璉，赦次子，候選同知。生於□□年三月初九日，娶王氏，生於壬辰年九月初二日，卒於丙辰年五月。妾平兒、秋桐、尤二姐。女一：巧姐，適周。
五世	蓉，珍子，龍禁尉候補侍衛，生於辛卯年，娶秦氏，生失考，卒於己酉年十二月，繼娶胡氏，生失考。	薔，演分支嫡派，生於甲申年。	

續表

一世		
二世		
三世	政，代善次子，字存周，恩賜工部主事，陞員外郎，□□學政，陞郎中，授江西糧道，復任工部員外郎，以兄赦緣事，襲一等將軍，陞郎中。生於□□年四月。娶王氏，生於□□年三月初一日。妾趙氏、周氏。子三：珠、寶玉，王出；環，趙出。女二：長元春，王出，奉選入宫；次探春，趙出，適鎮海統制周瓊子。	
四世	琮，赦三子。 珠，政長子，庠生。生卒失考。娶李氏，生失考。子一：蘭。 寶玉，政次子，丙辰科舉人。生於丙申年四月，娶薛氏。生於乙未年正月廿一日。 環，政三子。	
五世	蘭，珠子，丙辰科舉人。生於辛丑年。	藍，源分支嫡派。 菌，源分支嫡派。

鑒中人影　癡人說夢之三

玉臺之鏡，僅容一面，則已隘。閻浮提一大圓鏡，遠近畢見，則已廣。吾之鑒，居二者之間，可容數百人。雖然，鏡之照物，以其無留影也。今乃著影於鏡中。鑒乎，吾知過矣。述《鑒中人影》第三。

賈寶玉（號怡紅公子，又號絳洞花主。前身爲神瑛侍者，年廿一歲，隱於青埂峰，賜號文妙真人。）

林黛玉（林如海女，號瀟湘妃子。前身爲絳珠仙草。生於丁酉年二月十二日，卒於乙卯年三月。）

薛寶釵（薛蟠妹，號蘅蕪君，適賈寶玉。）

薛寶琴（薛蝌妹，適梅翰林子。）

史湘雲（史鼎女侄，號枕霞舊友。）

賈迎春（號菱洲，行二。）

賈探春（號蕉下客，行三。）

賈惜春(號藕榭,行四。)
李紈(李守中女,號稻香老農,適賈珠。)
李紋(李紈二妹。)
李綺(李紈三妹,適甄寶玉。)
邢岫煙(邢夫人女侄,適薛蝌。)
王熙鳳(王仁妹,適賈璉。)
香菱(又名秋菱,即英蓮,甄士隱女,薛蟠妾。)

以上詩社十四人(凡在社者,後不再録。)

賈演
賈源
賈代化
賈代善
賈敷
賈敬
賈赦

賈政
賈珍
賈珠
賈璉
賈琮
賈環
賈蓉
賈蘭
賈薔
賈藍（婁氏子。）
賈菌
賈代儒
賈瑞（代儒長孫，號天祥。）
賈代修
賈敕
賈效

賈敦
賈璜（娶金氏。）
賈㻞
賈珖
賈珩
賈瓔
賈琛
賈瓊
賈璘
賈菖
賈菱
賈芸（卜氏子，生於甲午年。）
賈芹（周氏子。）
賈蓁
賈萍
賈藻

賈蘅

賈芬

賈芳

賈芝

賈範（世襲三等職。）

賈化（雲南人，太史、鎮國公。）

賈雨村（名化，以字行，號時飛，浙江湖州人。進士，吏部侍郎，署兵部尚書參贊樞密院，改京府府尹。）

史太君（史侯女，適賈代善。）

賈敏（賈代善女，適林如海。）

邢夫人（邢德全姊，適賈赦。）

王夫人（王子騰妹，適賈政。）

賈元春（賈政長女，奉選入宫，封鳳藻宫尚書賢德妃。生於甲申年正月初一日申時，卒於甲寅年十二月十九日，年三十一歲，贈賢淑貴妃。）

尤氏（適賈珍。）

巧姐（賈璉女，生於□□年七月初七日，適周。）

秦可卿（秦業女，適賈蓉。）
胡氏（胡道長女，適賈蓉。）
翠雲（賈赦妾。）
嫣紅（賈赦妾。）
趙姨娘（賈政妾。）
周姨娘（賈政妾。）
佩鳳（賈珍妾。）
偕鸞（賈珍妾。）
文花（賈珍妾。）
平兒（賈璉妾。）
秋桐（賈璉妾。）
尤二姐（賈璉妾。）
賈琄母
喜鸞（賈琄妹。）
賈瓊母
四姐兒（賈瓊妹。）

金氏（金榮姑，適賈璜。）
卜氏（賈芸母。）
周氏（賈芹母。）
婁氏（賈藍母。）
嬌杏（適賈雨村。）

以上賈氏宗族七十四人

林如海（名海，以字行，探花，蘭臺寺大夫，巡鹽御史。生年月日俱失考，卒於己酉年九月初三日。娶賈敏。）
王子騰（九省都檢點内閣大學士，謚文勤，生年月日俱失考，卒於乙卯年正月。賈政妻兄。）
王子勝（王子騰弟。）
王仁（王子騰侄，賈璉妻兄。）
王信（王仁弟。）
史鼎（忠靖侯，史太君侄，湘雲叔。）
李守中（國子祭酒，賈珠妻父。）
邢德全（賈赦妻弟。）

邢忠（邢岫煙父。）
秦業（即秦邦業，工部營繕郎。生年失考，卒於庚戌年三月。賈蓉妻父。）
秦鍾（秦邦業子，號鯨卿，生年失考，卒於庚戌年四月。賈蓉妻弟。）
胡道長（賈蓉繼妻父。）
孫紹祖（指揮，娶賈迎春。）
周瓊（鎮海統制。）
周姑爺（周瓊子，娶賈探春。）
甄應嘉（號友忠。）
甄寶玉（甄應嘉子，娶李綺。）
薛蟠（號文起，賈寶玉妻兄。）
薛蝌（薛蟠弟，娶邢岫煙。）
王成（王子騰遠族。）
狗兒（王成子。）
板兒（狗兒子。）
卜世仁（賈芸母弟。）
金榮（賈璜妻侄。）

香憐
玉愛
江西節度使（周瓊之親。）
梅翰林
梅翰林子（娶薛寶琴。）
張□（失名，南韶道邢德全之親。）
夏三（薛蟠妻弟。）
史夫人（史鼎妻。）
甄夫人（甄應嘉妻。）
王舅母（王夫人嫂。）
邢嫂子（邢夫人嫂。）
李嬸娘（李紈嬸。）
甄三小姐（甄應嘉女。）
孫親家太太（紹祖母。）
尤老娘（尤氏母。）
夏金桂（薛蟠妻。）

胡氏（金榮母。）

卜世仁妻

銀姐（卜世仁女。）

劉老老（王狗兒妻母。）

劉氏（王狗兒妻。）

青兒（王狗兒女。）

尤三姐（尤氏妹，適柳湘蓮。）

夏親家太太（夏金桂母。）

薛姨媽

以上姻戚四十九人

皇太妃

周貴妃

以上宫闈二人

東平王

西平王
北静郡王世榮
樂善郡王
南安郡王孫
西郡王孫
永昌駙馬
慶國公
保侯
川侯
臨安伯
臨昌伯
壽山伯
石光珠（繕國公孫。）
韓奇（錦鄉侯子，襲錦鄉伯。）
牛繼宗（鎮國公牛清孫，襲一等伯。）
柳芳（理國公柳彪孫，襲一等子。）

侯孝康（修國公侯曉明孫，襲一等子。）
戚建輝（襄陽侯孫，襲二等男。）
蔣子（平原侯孫，襲二等男。）
陳琦文（齊國公陳翼孫，襲三品威鎮將軍。）
馬尚（治國公馬魁孫，襲三品威遠將軍。）
謝鯤（定城侯孫，襲二等男兼京營游擊。）
裘良（景田侯孫，五城兵馬司。）
南安王太妃
西安郡王妃
北静王妃
繕國公誥命
鎮國公誥命

以上爵族二十九人

雲光（長安節度使。）
馮胖子（永興節度使。）

平安州節度使（失名。）
王忠（雲南節度使。）
楊侍郎
趙侍郎
趙全（錦衣衛。）
李御史
李員外
長史官（忠順親王府。）
粵海將軍鄔（失名。）
吴巡撫
李孝（蘇州刺史。）
吴天佑（吴貴妃父。）
周貴妃父
馮紫英（神武將軍馮唐孫。）
陳也俊
衛若蘭

傅試（賈政門生。）
沈世兄
張如圭（賈雨村僚友。）
楊提督太太
傅秋芳（傅試妹。）

以上賓客二十三人

胡山子野
卜固修
單聘仁
胡斯來
程日興
詹光（號子亮。）
王爾調（名作梅，以字行。）

以上幕賓七人

王君效

王濟仁（君效侄。）

張友士

胡君榮

鮑太醫

畢知庵

劉大夫

以上太醫七人

裘世安

夏秉忠

戴權

夏忠

周太監

以上内監五人

抱琴（元妃婢。）
鴛鴦（金彩女。）
鸚鵡
琥珀
珍珠
玻璃
翡翠
靚兒
傻大姐（以上賈母婢。）
金釧
玉釧
綉鸞
綉鳳
彩霞
彩雲
彩鸞

彩鳳（以上王夫人婢。）
襲人（原名珍珠，本賈母婢。）
晴雯
茜雪
秋紋
綺霞
碧痕
麝月
蕙香（即四兒。）
小紅（原名紅玉，林之孝女，改侍鳳姐。）
佳蕙
檀雲
春燕（何媽女。）
五兒（柳家女。）
定兒
墜兒

良兒（以上寶玉婢。）
素雲
碧月（以上李紈婢。）
豐兒
彩明
善姐（以上鳳姐婢。）
司棋
綉橘
蓮花兒（以上迎春婢。）
侍書
翠墨
小蟬（以上探春婢。）
入畫
彩屏（即彩兒，以上惜春婢。）
吉祥
小鵲（以上趙姨娘婢。）

銀蝶兒
萬兒（以上尤氏婢。）
瑞珠
寶珠（以上秦可卿婢。）
鶯兒
文杏（以上寶釵婢。）
紫鵑
鸚哥（本賈母婢。）
雪雁
春纖（以上黛玉婢。）
翠縷（史湘雲婢。）
同喜
同貴（以上薛姨媽婢。）
小螺（薛寶琴婢。）
篆兒（邢岫煙婢。）
寶蟾

小舍兒（以上夏金桂婢。）
臻兒（香菱婢。）
小霞（彩霞妹。）
黑兒（看守花果老媽女。）

以上侍婢六十八人

賴大
林之孝
吴新登（銀庫房總領。）
戴良（倉房頭目。）
余信（管各廟月例。）
金彩
賴尚榮（賴大子。）
金文翔（金彩子。）
李貴
李十

李德
錢槐
錢啓
趙國基
趙亦華
趙天梁
趙天棟
張若錦
周瑞
秦顯
王榮
鄭華
吴興
吴貴
潘又安
鮑二

多官人（即多渾蟲。）
何三
玉柱兒
昭兒
旺兒
興兒
隆兒
慶兒
壽兒
來喜
焙茗（原名茗煙。）
墨雨
掃紅
鋤藥
雙瑞
掃花

挑雪
伴鶴
包勇（以上榮府。）
賴二
來陞
來旺
焦大
俞禄
壽兒
喜兒
拴兒（以上寧府。）
鄔進孝（黑山村莊頭。）
花自芳
鮑音（賈化僕。）
時福（賈範僕。）
李祥（薛蟠僕。）

杏奴（柳湘蓮僕。）
霍啓（甄士隱僕。）

以上廝僕六十人

賴嬷嬷
賴大家
林之孝家
周瑞家
余信家
秦顯家
王興媳婦
旺兒嫂子
鄭好時媳婦
柳家媳婦
玉柱媳婦
吳新登媳婦

張材家
老王家
單大家
費大娘
來喜家
鄭華家
吴興家
吴貴媳婦
金文翔家
鮑二家
多姑娘（多渾蟲妻，改嫁鮑二。）
白老媳婦（金釧母。）
傻大姐娘
夏婆子
何媽
宋媽

老祝媽

老田媽

張媽

老葉媽

墜兒媽

彩兒媽

彩霞媽

趙媽媽

李媽媽

李嬷嬷

迎春奶媽

蘭哥奶媽

鶯兒媽

周瑞女兒

柳家妹子（以上榮府。）

來升媳婦

來旺媳婦
王善保家（以上寧府。）
王媽媽（黛玉奶媽。）
周媽媽（湘雲奶媽。）

以上僕婦四十八人

文官（賈母留。）
齡官（即椿齡。）
寶官
玉官
芳官（正旦，分與寶玉。）
葵官（净，送湘雲。）
蕊官（小旦，送寶釵。）
藕官（小生，分與黛玉。）
荳官（丑，送寶琴。）
艾官（外，分與探春。）

茄官（老旦，尤氏要去。）
蕊官

以上女樂十二人

蔣琪官（號玉函，娶花襲人。）
雲兒
李先兒

以上娼優三人

甄士隱（名費。）
柳湘蓮（以上隱士。）
萬虛
葫蘆僧
癩和尚
時覺
色空（以上比丘。）

張道士（玉皇閣。）
跛道人
張道士（賜號大幻仙人、終了真人。）
王道士
小道士（清虛觀。以上羽士。）
妙玉（自號檻外人，櫳翠庵主。）
净虛
智能
智善
智通
圓信
大了
老姑子（水仙庵。）
沁香（以上比丘尼。）
鶴仙（女冠）
空空道人

茫茫大士
渺渺真人
警幻仙姑
癡夢仙姑
鍾情大士
引愁金女
度恨菩提
兼美（號可卿。）
木居士
灰侍者（以上幻仙。）
都判官（鬼。）

以上方外三十四人

封肅（甄士隱妻父。）
長安守備公子
李衙内

張德輝
冷子興
石獃子
詹會（江西糧道書吏。）
毛半仙
劉鐵嘴
方椿（花匠。）
張華父
張華
王短腿（馬賦。）
醉金剛倪二
吴良
李二
張二
張三
潘三保

封氏（甄士隱妻。）
張金哥（長安守備公子妻。）
二丫頭（紡紗女。）
張王氏
朱大娘（官媒。）
馬道婆

以上外録二十五人

曹雪芹（悼紅軒主。）

鐫石訂疑　癡人說夢之四

言之不可爲信也，託之筆。筆猶疑焉，著之梨棗，又鐫之金石。石者，衆信之府，而疑之所取決也。石而疑，安往而不疑？請問茫茫大士、渺渺真人，更當向何處證此一段公案也？述《鐫石訂疑》第四。

冷子興說：『第二胎生了一位小姐，生在大年初一，就奇了，不想次年又生了一位公子。』（二回）

案元春生於甲申，寶玉生於丙申，寶玉小於元春十二歲。次年應改次後。

『乳名黛玉，年方五歲。』（二回）　案是時在黛玉進榮府之上一年，歲次戊申，而四十五回黛玉云：『我今年長了十五歲。』歲次辛亥，則戊申年年已十二。五歲應改十二。

冷子興說寶玉『如今長了七八歲』。（二回）　案寶玉生於丙申，是時歲次戊申，年已十三。七八歲應改十三歲。

『取名賈蘭，年方五歲。』（四回）　案七十八回云：『小哥兒十三歲的人。』歲次癸丑，是生於辛丑。是時歲次己酉，年已九歲。五歲應改九歲。

『不上一年，都添全了。』（十二回）　案舊抄本，年作月。

『薛大妹妹今年十五歲。』（二十二回）　案是時歲次辛亥，而四十五回黛玉云：『我長了今年十五歲。』亦在辛亥。寶釵生日在正月，黛玉生日在二月，寶玉生日在芍藥花時，而黛玉小於寶玉一歲，寶玉又呼寶釵爲姊，則釵、黛之不應同歲明矣。黛玉既爲十五歲，是寶釵當爲十七歲。

『青埂峰下，別來十三載矣。』（二十五回）　案是回在辛亥三月，而四十五回黛玉云：『我長了今年十五歲。』在辛亥九月；第三回黛玉云：『這位哥哥比我大一歲。』寶玉生於丙申四月，至辛亥三月，計十五載。十三載應改爲十五載。予始讀而疑之，後得舊抄本，果作十五載。

『從賈母這裏出來，往西走過了穿堂，便是鳳姐的院落。到了院門前。』（三十回）　案第三回黛玉在王夫人處，同王夫人出後房門，由後廊往西，出了角門是一條南北甬道，南邊是倒座三間，北邊小一所房室，王夫人笑指黛玉道：『這是你鳳姐姐的屋子。』遂穿東西穿堂，便是賈母的後院。是賈母房屋在西，鳳姐房屋在東。往西應改往東。

劉老老云：『七十五了。』賈母道：『比我大好幾歲。』（三十九回） 案賈母八旬在癸丑，是回在辛亥，賈母年已七十八歲。七十五應改八十五。

探春道：『昨日攪了史大妹妹。』（三十九回） 案諷和螃蟹咏在八月二十三日，村老老信口開河即在是晚。昨日應改今日。

鳳姐道：『前兒我的生日。』（四十五回） 案是時在九月初三日，鳳姐生日在九月初二日。前兒應改昨兒。

『苦茗成新賞，孤松訂久要。泥鴻從印迹，林斧或聞樵。』（五十回蘆雪亭即景聯句） 案此四句，舊抄本作：『煮芋成新賞，撒鹽是舊謡。葦蓑猶怕釣，林斧不聞樵。』

『大約是要與他求配。』（五十回） 案舊抄本，他作寶玉。

『銅柱金城振紀綱。』（五十一回交趾懷古） 案舊本，柱作鑄，城作墉。

『名利何曾伴女身。』（五十一回鍾山懷古） 案舊抄本，女作汝。

『分頭派四個有年紀跟車的。』（五十一回） 案舊抄本，分作外。

『這三件衣裳都是老太太的。』（五十一回） 案舊抄本，無老字。

『太太給你做的時節，我再改罷。』（五十一回）　案舊抄本，改作做。

『抬過這火箱去。』　案舊抄本，火箱作薰籠。

『不叫他在這屋子里，怕過了病氣。』（五十一回）　案舊抄本，他作你。

『榮國公賈法。』（五十三回）　案第三回榮禧堂匾額書『賜榮國公賈源』，據第二回冷子興說『寧公、榮公是一母同胞弟兄兩個』，是演、源之外，不應再有兄弟，蓋傳寫有誤。頒賜祭銀書：

『父母也忘了，書也忘了。』（五十四回）　案舊抄本，書作禮。

『探春便說：「給他二十兩銀子。」』（五十四回）　案舊抄本，二十兩作二十四兩。

『若照常例，只得二十兩。』（五十五回）　案舊抄本，二十兩作二十四兩。

『但凡糊塗不知禮的，早急了。』（五十五回）　案舊抄本，早急了作早急死了。

『也不枉替他們籌畫些進益了。』（五十六回）　案舊抄本，他作你。

『也倒是曾有一個的。』（五十六回）　案舊抄本，是曾作像是。

『因祝媽正在那里刨土種竹掃竹葉子，頓覺一時魂魄失守。』（五十七回）　案舊抄本作：『因祝媽正來挖筍修竿，忙忙走了出來，一時魂魄失守。』

『一概都化成一股灰，再化成一股煙，一陣大風吹得四面八方都登時散了。』（五十七回）　案舊抄本作：『一概都化灰。灰還有形迹，不如再化一股煙。煙還凝聚，人還看的見，須得一陣大風，吹的四面八方都登時散了。』

探春論生日道：『過了燈節，就是老太太和寶姐姐，他們娘兒兩個遇得巧！』（六十二回）　案二十二回正月二十一日賈母爲寶釵作壽，七十一回八月初三賈母八旬，是探春所言有誤。

『也不短了咱們四個人的。』（六十二回）　案舊抄本，四作兩。

『可別和你哥哥說就完了。』（六十二回）　案舊抄本，就完了作纔好。

『樹樹煙封一萬株。』（七十回桃花行）　案舊抄本作『霧裹煙青一萬株』。

『寶釵炷了一支夢甜香。』（七十回）　案舊抄本，寶釵作紫鵑。

『榮國府中單請官客，寧國府中單請堂客。』（七十一回）　案後文，應作『榮國府中請堂客，寧國府中請官客』。

『趙姨娘便說：「這事也值一個屁！　開恩呢，就不理論；心窄些兒，也不過打幾下就完了，也值得叫你進來。你快歇歇去，我也不留你吃茶了。」』（七十一回）　案舊抄本作：『趙姨娘原是個好察聽這些事的，且素日又與管事的女人們最厚，互相連絡，好作首尾。方纔之事，已經聞得八九，聽林之孝家如此說，便如此的告訴了林之孝家一遍。林之孝家聽了笑道：「原來是這事，也值屁！　開恩呢，就不理論，心窄些兒，不過打幾下子就完了。」趙姨娘道：「我的嫂子，事雖不大，可見他們太張皇了些，巴巴兒的傳你進來，明明戲弄你頑笑。你快歇歇去罷，明兒還有事呢，也不留你吃茶了。」』

『又得個什麽愛巴物兒。』（七十三回）　案舊抄本，愛巴物作狗不識。

『你如今不是副小姐了。』（七十七回）　案舊抄本，副作伏侍。

『寶玉聽了他方纔的話。』（七十七回）　案舊抄本，了他作他點。

『又説什麽日禄歸時。』（八十六回）　案乙禄居卯，元春八字：甲申、丙寅、乙卯、辛巳，當作日元坐禄。

『鴛鴦道：「老太太因明年八十一歲。」』（八十八回）　案七十一回，賈母八旬在癸丑八月，是回在甲寅九月。明年應改今年。

『賈妃薨逝，存年四十三歲。』（九十五回）案八十六回云元妃生於甲申年，而此回云『是年甲寅年十二月十八日立春』，元妃薨日是十二月十九日，已交卯年寅月，甲申至乙卯僅止三十二年。年四十三歲當改三十二歲。

『賈政道：「先祖的名字是代化。」』（一百四回）　案賈政係代善次子，代化係代善同祖之兄。先祖應改先伯。

『結褵已經三載。』（一百十四回）　案此句賈政向甄應嘉道，係指探春而言。惟是回在丙辰年五月，而探春出閣在乙卯年十月。三載應改半載。

『賈不賈，白玉爲堂金作馬。』（四回）　案舊抄本此句下注云：『寧、榮二公之後，共二十房，除寧、榮親派八房在都外，現在原籍十二房。』

『阿房宫三百里，住不下金陵一個史。』（四回）　案舊抄本此句下注云：『保齡尚書史公之後，共十八房，都中住十房，原籍住八房。』

『東海缺少白玉床，龍王來請金陵王。』（四回）　案舊抄本此句下注云：『都太尉縣伯王公之後，共十二房，都中兩房，餘在籍。』

『豐年好大雪，珍珠如土金如鐵。』（四回）　案舊抄本此句下注云：『紫微舍人薛公之後，現領内司帑銀行商，共八房。』

春燈謎。（二十二回）　案舊抄本惜春作云：『前身色相總無成，不聽菱歌聽佛經。莫道此生沉黑海，性中自有大光明。』

『賈珍笑説：「你還硬朗。」』（五十三回）　案舊抄本此句下：『烏進孝笑回道：「託爺的福，還走得動。」賈珍道：「你兒子也大了，該叫他走走也罷了。」』方接『烏進孝笑道』句。

『倒有些難説。』（五十四回）　案舊抄本此句下：『衆人都説』，方接『老太太的』句。

『黛玉不時遣雪雁來探消息。』（五十七回）　案舊抄本此句下：『這邊事務盡知，自己暗嘆，幸喜衆人都知寶玉有些獃氣，自幼是我二人親密，如今紫鵑之戲語本是常情，寶玉之癡迷亦非罕事，因不疑到别事去。』方接『這晚間寶玉稍安』句。

『你説好笑不好笑？』（五十九回）　案舊抄本此句下『我姨媽剛和藕官吵了』，方接『接着我媽和芳官又吵了一場』句。

『坐中同庚者陪一盞。』（六十三回）　案舊抄本此句下『同辰者陪一盞』，方接『同姓者陪一盞』句。

『到櫳翠庵只隔門縫兒投進去，便回來了。』（六十三回）　案舊抄本此句下：『因見芳官梳了頭，挽起鬢來，帶了些花翠，忙命他改作男妝。又説：「芳官之名不好，若改了男名纔别致呢！」因又改作雄奴。芳官便説：「既如此，你出門也帶我出去，有人問你，説和茗煙一樣的小厮就是了。」寶玉笑道：「倒底人看得出來。」芳官笑道：「咱家現有土番，你就説我是個小土番兒，可不好麽？」寶玉聽了，忙笑道：「這狠好！既這麽説，再起個番名叫耶律雄奴。」芳官聽見説有趣，寶玉便叫他耶律雄奴。湘雲素昔憨戲異常，也最喜武扮的，每每自己束鑾帶，穿褶袖，今見寶玉將芳官扮成男子，他將葵官也扮了個小子。李紈、探春見了也愛，便將寶琴的荳官也就命他打扮了一個小童，頭上兩個丫髻，短襖紅鞋，只差了塗臉，便儼然是戲上的一個琴童。湘雲將葵官的名改了叫做大英，因他姓韋，便叫他作韋大英，方合自己的意，暗有「惟大英雄能本色」之語，何必塗脂抹粉。荳官身量年紀最小，人又鬼靈，故叫荳官，園中人也有唤作荳童的，也有唤作炒荳兒的。寶琴反説琴童、書童等名太熟了，竟叫荳兒，别改唤作荳童。』方接『飯後平兒還席』句。

『且同衆人一一的游玩。』（六十三回）　案舊抄本此句下：『一時到了怡紅院，忽聽寶玉叫耶律雄奴，把佩鳳、偕鸞、香菱三個人笑在一處，問是什麽話，大家也學着叫這名字，又叫錯了音韻，或忘了字眼，引的人人取笑。寶玉恐作踐了他，忙又説：「海西福朗思牙聞有金星玻璃寶石，他本國番語以金星玻璃寶石爲温都里納，如今將你比作他，就改名唤作温都里納可好？」芳官聽了更喜，説：「就是這樣罷。」因此又换了這名。衆人又嫌拗口，仍叫他玻璃。』方接『閒言少述』句。

『佩鳳說：「罷了，別替我們鬧亂子。」』（六十三回）案舊抄本此句下：『寶玉忙笑說：「好姐姐們，別頑了。」偕鸞又說：「笑軟了，怎麽打呢？吊下來，栽出你的黃子來！」佩鳳便趕着他打。正頑笑不絶。』方接『忽見東府中幾個人慌慌張張跑來』句。

『咱們明日先勸三丫頭，他肯了。』（六十五回）案舊抄本此句下：『就好，不肯』，方接『讓他自己鬧去』句。

『湘雲笑道：「得隴望蜀，人之常情。」』（七十六回）案舊抄本此句下：『可知那些古人說的不錯，説貧窮之家，自謂富貴之家事事稱心，告訴他説竟不能隨心，他也不信的。必得親歷其境，他一方知覺了。就如咱們兩個，就有許多不遂心的事。』方接『正說間，只聽得笛韻悠揚起來』句。

（嘉慶二十二年憓紅樓刊本）

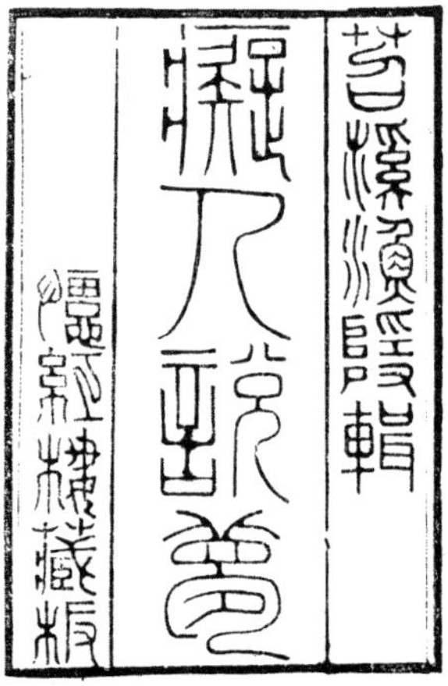
苕溪漁隱輯
癡人說夢
憓紅樓藏板

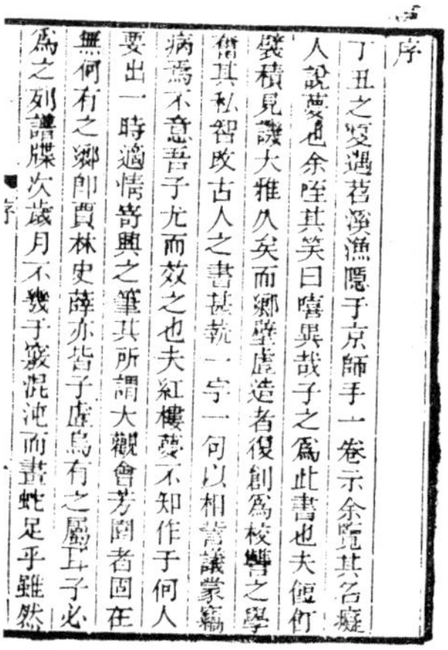
序
丁丑之冬遇苕溪漁隱于京師手一卷示余覽其名癡
人說夢也余啞其笑曰噫異哉子之爲此書也夫[illegible][illegible]
襞積見識大雅久矣而鄉壁虛造者復創爲校讎之學
[illegible]其私智改古人之書甚執一字一句以相訾議業竊
病焉不意吾子尤而效之也夫紅樓夢不知作于何人
要出一時適情寄興之筆其所謂大觀會芳園者固在
無何有之鄉即賈林史薛亦皆子虛烏有之屬耳子必
爲之列譜牒次歲月不幾于鑿混沌而畫蛇足乎雖然

太觀園圖

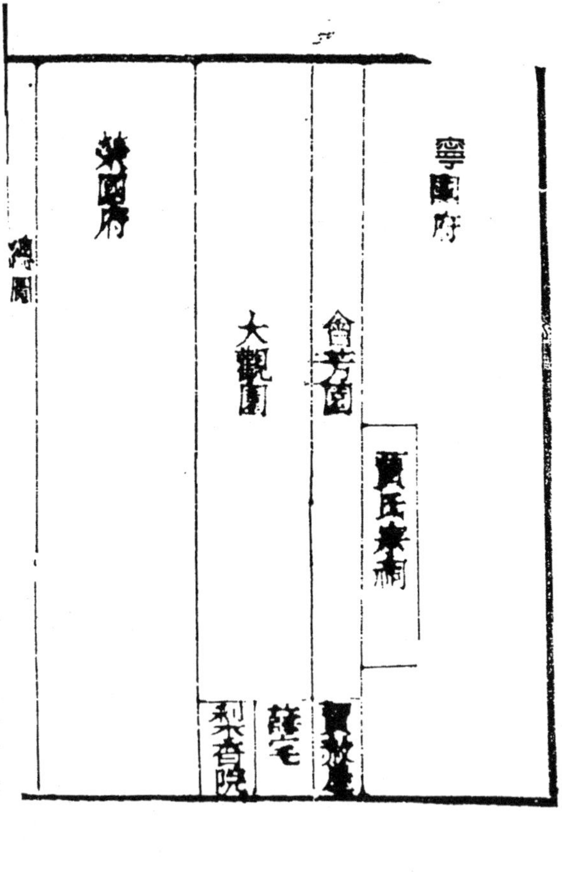

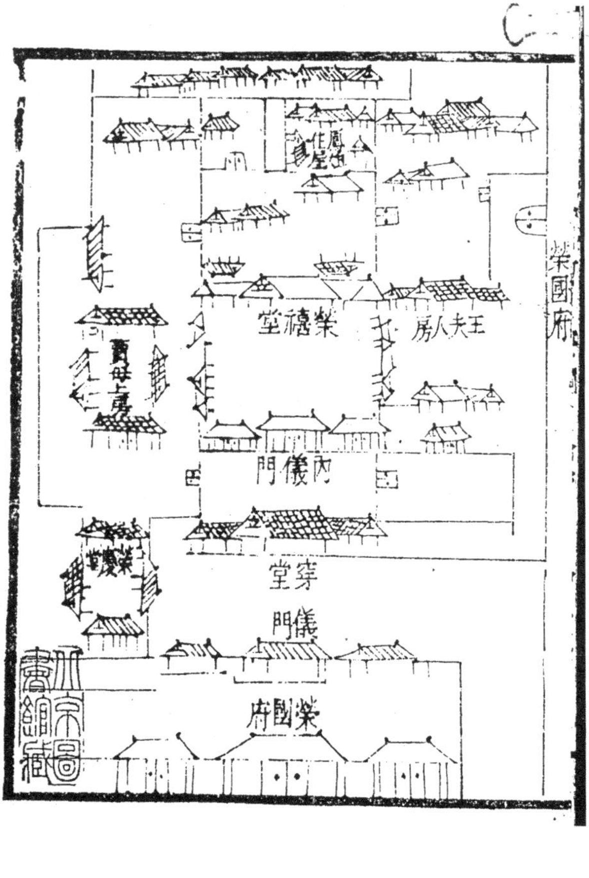
榮國府
榮禧堂
王夫人房
賈母房
内儀門
穿堂
儀門
榮國府

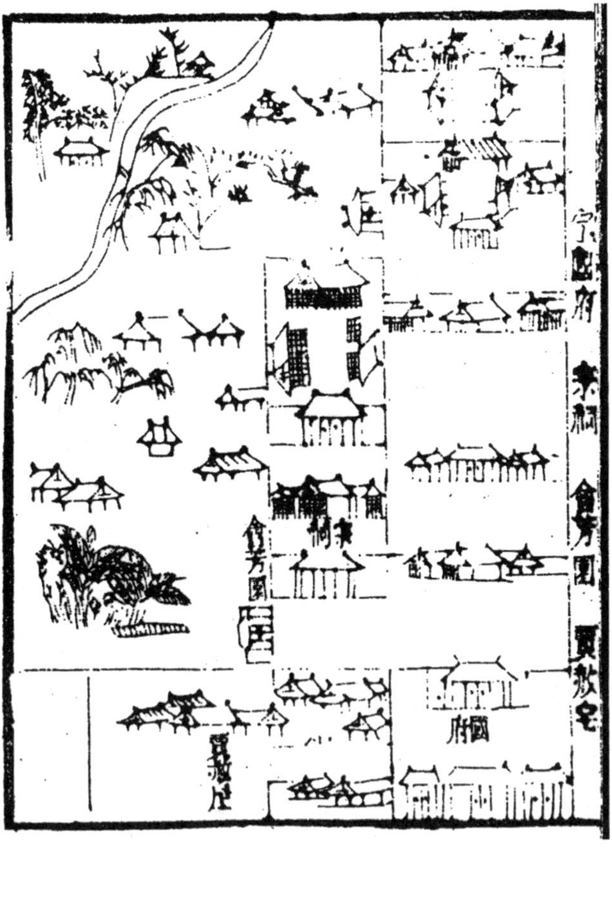
宗祠
會芳園
賈赦宅
會芳園

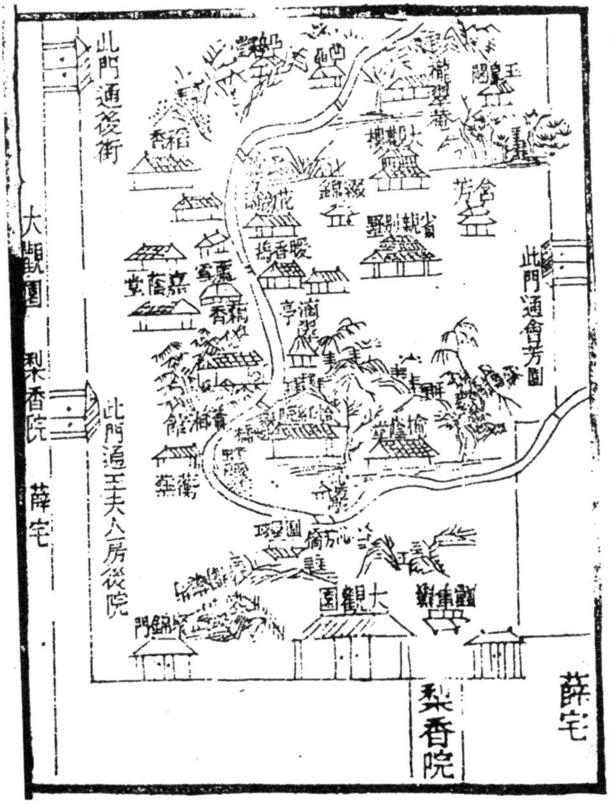
此門通後街
稻香
大觀園
梨香院
薛宅
此門通王夫人房後院
蘅蕪
瀟湘館
藕香
滴翠亭
暖香塢
省親別墅
綴錦
含芳
此門通會芳園
玉皇閣
櫳翠菴
大觀樓
怡紅院
大觀園
薛宅
梨香院

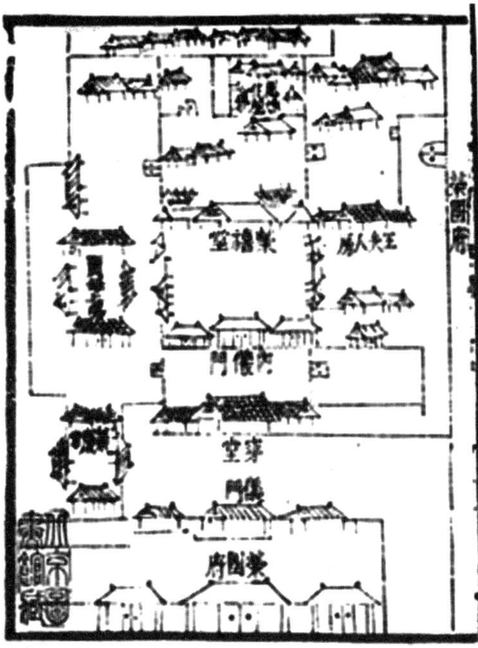

甄士隱詳說太虛情　賈雨村歸結紅樓夢

右編年以第九十五回甲寅歲紀推其前後自第

三回至一百二十回凡八年

膠東餘牒　　癡人說夢之二

僕與人遊必識其姓焉甄耶賈耶其甄也雖近似

者吾必擇言焉其賈也則雖德國中爾公爾侯以

為東京之苗裔奚不可述膠東餘牒第二

中漢膠東侯賈復後裔

一世	演　封寧國公　妻氏生卒俱失考　子四長代化餘失考
二世	代化　演長子　一等神威將軍　京營節度使
三世	敷　代化長子幼殤 敬　代化次子丙辰科進士
四世	珍　敬子襲三品爵威烈將軍
五世	蓉　珍子龍禁尉侍衛補生於辛

癡人說夢　十　膠東餘牒

讀聊齋雜説

馮鎮巒　撰

載於光緒十七年（一八九一）喻焜刊本《聊齋志異合評》卷首。作者馮鎮巒，字遠村，四川涪陵（今重慶合川）人，曾於嘉慶二十三年（一八一八）評點《聊齋》。本文即是置於卷首的總論。針對紀昀訾議《聊齋》爲「才子之筆，非著書者之筆」，既如「小説」，又似「傳奇」，所謂「一書而兼二體」（盛時彦《〈姑妄聽之〉跋》所引），他强調此正是《聊齋》的新創之處，「非此精神不出，所以通人愛之，俗人亦愛之」，而紀昀《閱微草堂》四種，雖「無二者之病，然文字力量精神，别是一種，其生趣不逮矣」，從而以小説家的眼光，堅決地捍衛了《聊齋志異》在文學史上應有的地位，指出《聊齋》乃是當代最傑出的小説，所謂『當代小説家言，定以此書第一』。馮鎮巒在肯定《聊齋志異》時，對其藝術成就作了比較全面的分析，贊美作者筆下的人物、故事、結構、意境等都能變幻無窮，新意不斷。尤可注意者，他頗有批評家的胸襟，對小説批評的原則、態度等有自己的想法，自稱批點《聊齋》循『五大例』：『一論文，二論事，三考據，四旁證，五遊戲。皆平日讀書有得之言』，能『獨具冷眼』，經他『批評一番』，小説將『另長一番精神，又添一般局面』。他反對批評者『毫無别見，只順文演説，如周静軒讀史詩，人云亦云，令觀者欲嘔』，而主張要『眼明手快』，『從書縫中看出』問題。這對當時紛如牛毛而草率浮略的小説評點來説，頗具針砭意義。

柳泉《志異》一書，風行天下，萬口傳誦，而袁簡齋議其繁衍，紀曉嵐稱爲才子之筆，而非著述之體，皆讆言也。先生此書，議論純正，筆端變化，一生精力所聚，有意作文，非徒紀事。予嘗評閲數過，每多有會心别解，不作泛泛語，自謂能抓着作者痛癢處。二十三年居沈黎，宗弟正伸寄一部，請加墨。時風雪滿天，地爐火冷，童子重爲燃煤煨酒，拂案挑燈，至得意處便疾書數行。嘗見近人有《柳涯外編》，叙先生易簀時，有『紅塵再到是金鄉』之句，柳涯遂謂聊齋後身，青林黑塞間倘别有其人乎？吾將遇之。

千古文字之妙，無過《左傳》，最喜叙怪異事，予嘗以之作小説看。此書予即以當《左傳》看，得其解者方可與之讀千古奇書。予又以此一副眼孔讀《昭明文選》。

是書遍天下無人不愛好之，然領會各有深淺。往日有一人聞予評文，索之再三，不肯出以相示。後索之不已，三日見還，無一領會語。噫！作者難，評者亦不易。惟建南黄觀察見而稱之。

署清令陽湖張安溪曰：『《聊齋》一書，善讀之令人膽壯，不善讀之令人入魔。』予謂泥其事則魔，領其氣則壯，識其文章之妙，窺其用意之微，得其性情之正，服其議論之公，此變化氣質、淘成心術第一書也。多言鬼狐，款款多情；間及孝悌，俱見血性。較之《水滸》、《西厢》，體大思精，文奇義正，爲當世不易見之筆墨，深足寶貴。

博陵李金枝宫李氏《柳涯外編序》曰：予少師蒲柳泉先生，柳泉殁，泊然無所向。一日遊濟南，自趵突敬步至康莊泉，見柳下一少年，執筆欲有所題。進揖之，曰：『徐氏，住濼干。』予因問曰：『省垣以濟南名，而城北有清河，無濟水，或謂趵突泉即濟水，而泉在城南，不在城北，濼鎮濱大清河，乃名濼口，何也？』少年答曰：『大清河即濟水舊址也。濟三伏三見，至趵突出地，折而北，其由響閘北流入口處，獨名濼，折而東，合東平、平陰諸山之水，匯爲大清河耳。』予心佩其博。次日，次濼干，將以老友任子健爲先容而訪之。任應之曰：『此徐奇童也，年十六七，其父徐敬軒先生，寓金家莊，時年四十三，無子，祈夢小峨眉山。至一境，垂柳映清泉，一老儒至，手執蒲葉，仿佛聞聲曰：「此汝子也。」醒不甚解。次年舉一子，周歲，有冒雨而來者，問莊名，曰：「金家莊。」子方周歲，宴客請抱出見之，曰：「是矣，吾師也。吾師蒲柳泉，積學而殁，在去年此日，有句云：紅塵再到是金鄉。遍訪金鄉縣不可得，不圖今日遇之。」翁問：「爾師之貌若何，是否？」客問何由知。曰：「小峨眉夢也。夢執蒲，其姓也。柳近泉，其號也。吾夢解矣。」客嘆息而去。徐名崑，字後山，號柳涯，别號嘯山，平陽人，皆本夙因云。』乾隆五十六年辛亥，博陵弟子李金枝宫李氏題於棗林書屋，時年八十有二。

平生喜讀《史》、《漢》，消悶則爲《聊齋》。每飯後、酒後、夢後，雨天、晴天、花天，或好友談後，或遠遊初歸，輒隨手又筆數行，皆獨具會心，不作公家言。

《聊齋》非獨文筆之佳，獨有千古，第一議論醇正，準理酌情，毫無可駁。如名儒講學，如老僧談禪，如鄉曲長者讀誦勸世文，觀之實有益於身心，警戒愚頑。至説到忠孝節義，令人雪涕，令人猛省，更爲有關世教之書。

吾閒中偶然設想，柳泉一老貢生耳，同時王侯卿相，淹没不知姓名者不知凡幾，聊齋獨以此一書傳，海滋山陬，雅俗共賞。即聊齋其他詩古文詞，亦不似此流傳之遠。當時王公幸挂一二於卷中以傳者，蓋亦有之。趙甌北詩云：『公卿視寒士，卑卑不足算。豈知鐘漏盡，氣焰隨煙散。翻借寒士力，姓名見豪翰。』諒哉！

此書多叙山左右及淄川縣事，紀見聞也。時亦及於他省。時代則詳所世，略及明代。先生意在作文，鏡花水月，雖不必泥於實事，然時代人物，不盡鑿空。一時名輩如王漁洋、高念東、唐夢賚、張歷友，皆其親鄰世交。畢刺史、李希梅，著作俱在。聊齋家世交遊，亦隱約可見。獨柳泉别種詩文，不可得聞。予於《雨村詩話》中見古作一首，實非凡筆。

詞令之妙，首推《左》、《國》，其中靈婉輕快，不著一語獃笨。《聊齋》吐屬，錦心繡口，佳處難盡言，如《邵女》篇媒媪之言，《司文郎》篇宋生之言，其他所在多有，不能一一詳也。

往予評《聊齋》，有五大例：一論文，二論事，三考據，四旁證，五遊戲。皆其平日讀書有得之言，淺人或不盡解。至其隨手記注，平常率筆，無關緊要，蓋亦有之，然已十得八九矣。李卓吾、馮猶龍、金人瑞評《三國演義》及《水滸》、《西廂》諸小説、院本，乃不足道。友人萬棗峰曰：『此徐退山批《五經》、《史記》、《漢書》手筆也。』

作文人要眼明手快，批書人亦要眼明手快。天外飛來，只是眼前拾得。坡詩云：『作詩火速追亡逋，清景一失渺難摹。』鈍根者毫無别見，只順文演説，如周静軒讀史詩，人云亦云，令觀者欲嘔。遠村此批，即昔鍾退谷先生坐秦淮水榭，作《史懷》一書，皆從書縫中看出也。

金人瑞批《水滸》、《西廂》，靈心妙舌，開後人無限眼界，無限文心。故雖小説、院本，至今不廢。惟議論多不醇正，董閬石先生深訾之。是書雖係小説體例，出入諸史，不特具有别眼，方能着語，亦須具有正大胸襟，理明義熟，方識得作者頭腦處。故紀文達推爲才子之筆，莫逮萬一。而趙清曜稱爲有功名教，無忝著述也。

是書傳後，效顰者紛如牛毛，真不自分量矣。無聊齋本領，而但説鬼説狐，侈陳怪異，筆墨既無可觀，命意不解所謂。臃腫拳曲，徒多鋪陳；道理晦澀，義無足稱。不轉瞬而棄如敝屣，厭同屎橛，并覆瓿之役，俗人亦不屑用之，比似《聊齋》，豈不相懸萬萬哉！是之謂自尋苦惱。予謂當代小説家言，定以此書爲第一，而其他比之，自檜以下。

文有設身處地法。昔趙松雪好畫馬，晚更入妙，每欲構思，便於密室解衣踞地，先學爲馬，然後命筆。一日管夫人來，見趙宛然馬也。又蘇詩題畫雁云：『野雁人見時，未起意先改。君從何處看，得此無人態？』此文家運思入微之妙，即所謂設身處地法也。《聊齋》處處以此會之。

讀《聊齋》，不作文章看，但作故事看，便是獃漢。惟讀過《左》、《國》、《史》、《漢》，深明體裁作法者，方知其妙。或曰：何不逕讀《左》、《國》、《史》、《漢》？不知舉《左》、《國》、《史》、《漢》而以小説體出之，使人易曉也。

貪遊名山者，須耐仄路；貪食熊膰者，須耐慢火；貪看月華者，須耐深夜；貪見美人者，須耐梳頭。看書亦有宜耐之時。

《聊齋》之妙，同於化工賦物，人各面目，每篇各具局面，排場不一，意境翻新，令讀者每至一篇，另長一番精神。如福地洞天，别開世界；如太池未央，萬户千門；如武陵桃源，自闢村落。不似他手，黄茅白葦，令人一覽而盡。

文有消納法，於複筆、簡筆、捷筆處見之。

昔人謂：莫易於説鬼，莫難於説虎。鬼無倫次，虎有性情也。説鬼到説不來處，可以意爲補接；若説虎到説不來處，大段著力不得。予謂不然。説鬼亦要有倫次，説鬼亦要得性情。諺語有之：説謊亦須説得圓。此即性情倫次之謂也。試觀《聊齋》説鬼狐，即以人事之倫次，百物之性情説之。説得極圓，不出情理之外；説來極巧，恰在人人意願之中。雖其間亦有意爲補接，憑空捏造處，亦有大段吃力處，然却喜其不甚露痕迹牽强之形，故所以能令人人首肯也。

或疑聊齋那有許多閒工夫，捏造許多閒話。予曰：以文不以事也。從古書可傳信者，《六經》而外，莫如《左傳》、《史記》。乃左氏以晋莊姬爲成公之女，《史記》以莊姬爲成公之妹。晋靈公使人賊趙宣子，左氏謂觸槐而死者鉏麑，公羊以爲壯士刎頸而死。傳聞異詞，以何爲信？且鉏麑槐下之言，誰人聞之？左氏從何知之？文人好奇，説鬼説怪，廿三史中指不勝屈，何獨於《聊齋》而疑之？取其文可也。

俗手作文，如小兒舞鮑老，只有一副面具。文有妙於駭緊者，妙於整麗者；又有變駭緊爲疎奇，化整麗爲歷落，現出各樣筆法。《左》、《史》之文，無所不有，《聊齋》仿佛遇之。

作文有前暗後明之法，先不説出，至後方露，此與伏筆相似不同，左氏多此種，《聊齋》亦往往用之。

此書即史家列傳體也，以班、馬之筆，降格而通其例於小説。可惜《聊齋》不當一代之制作，若以其才修一代之史，如遼、金、元、明諸家，握管編排，必駕乎其上。以故此書一出，雅俗共賞，即名宿巨公，號稱博雅者，亦不敢輕之。蓋雖海市蜃樓，而描寫刻畫，似幻似真，實一一如乎人人意中所欲出。

諸法俱備，無妙不臻。寫景則如在目前，叙事則節次分明，鋪排安放，變化不測。字法句法，典雅古峭，而議論純正，實不謬於聖賢一代傑作也。

沈確士曰：文章一道，通於兵法。金兀术善用突陣法，如拐子馬之類。韓昌黎習用之，大江之濱，有怪物焉，周公、伯樂等篇皆是也。蓋憑空突然説出一句，讀者并不解其用意安在，及至下文，層層疏説明白，遂令題意雪亮。再玩篇首，始知落墨甚遠，刻題甚近，初若於題無關，細味乃知俱從題之精髓抉摘比并出來，此即文家之突陣法也。《聊齋》用筆跳脱超妙，往往於中一二突接之處，仿佛遇之，惟會心人能格外領取也。

《水經注》形容水之清澈，曰：『分沙漏石。』又曰：『淵無潛甲。』又曰：『魚若懸空。』又曰：『石子如樗蒲。』皆極造語之妙。《聊齋》中間用字法，不過一二字，偶露句中，遂已絶妙，形容維妙維肖，仿佛《水經注》造語。讀者隨所見有會，不能一一指數也。

小説，宋不如唐，唐不如漢。《飛燕外傳》云：『以輔屬體，無所不靡。』《麗娟傳》云：『玉膚柔軟，吹氣勝蘭，不欲以衣纓拂之，恐亂體痕也。』故讀古書不多，不知《聊齋》之妙。

昔鍾退谷先生坐秦淮水榭，作《史懷》一書，皆從書縫中及字句之外尋出。閒來議論名雋，語言超妙，不襲人牙慧一語。予批《聊齋》，自信獨具冷眼，倘遇竟陵，定要把臂入林。

友人曰：漁洋評太略，遠村評太詳。漁洋是批經史雜家體，遠村似批文章小説體。言各有當，無取雷同。然《聊齋》得遠村批評一番，另長一番精神，又添一般局面。

紀曉嵐曰：《聊齋》盛行一時，然才子之筆，非著書者之筆也。《虞初》以下，干寶以上，古書多佚，其可見者，如劉敬叔《異苑》、陶潛《續搜神記》，小説類也；《飛燕外傳》、《會真記》，傳記類也；《太平廣記》，事以類聚，故可并收。今一書而兼二體，所未解也。小説既述見聞，即屬叙事，不比戲場關目，隨意裝點。伶玄之傳，得之樊嫕，故猥瑣具詳；元稹之記，出於自述，故約略梗概。楊升庵僞撰《秘辛》，尚知此意，升庵多見古書故也。今嬿昵之詞，媟狎之態，細微曲折，摹繪如生，使出自言，似無此理；使出作者代言，則從何而見聞，又所未解也。留仙之才，予誠莫逮萬一，惟此二事，則夏蟲不免疑冰。劉舍人云：滔滔前世，既洗予聞；渺渺來修，諒塵彼觀。心知其意，倘有人乎？遠村曰：《聊齋》以傳記體叙小説之事，仿《史》、《漢》遺法，一書兼二體，弊實有之，然非此精神不出，所以通人愛之，俗人亦愛之，竟傳矣，雖有乖體例可也。紀公《閲微草堂》四種，頗無二者之病，然文字力量精神，别是一種，其生趣不逮矣。

文之參錯，莫如《左傳》。馮天閒專以整齊論《左》。人第知參錯是古，不知參錯中不寓整齊，則氣不團結，而少片段。能以巨眼看出《左氏》無處非整齊，於古觀其深矣。《左氏》無論長篇短篇，其中必有轉捩處。《左氏》篇篇變，句句變，字字變。上三條，讀《聊齋》者亦以此意參之，消息甚微，非深於古者不解。

《聊齋》短篇，文字不似大篇出色，然其叙事簡净，用筆明雅，譬諸遊山者，纔過一山，又問一山，當此之時，不無借徑於小橋曲岸，淺水平沙，然而前山未遠，魂魄方收，後山又來，耳目又費。雖不大爲着意，然正不致遂敗人意。又況其一橋，一岸，一水，一沙，并非一望荒屯絶徼之比。晚凉新浴，豆花棚下，摇蕉尾，説曲折，興復不淺也。

趙清曜謂：先生書成，就正於漁洋；漁洋欲以百千市其稿，先生不與，因加評騭而還之。予思漁洋一代偉人，文章總持，主騷壇者數十年，天下翕然宗之，何必與《聊齋》争之。且此書評語亦只循常，未甚搔着痛癢處，《聊齋》固不以漁洋重也。或謂漁洋跋，含蓄有味，不必多見，而見地自高，似未可推倒。予終不以爲然。後人拈筆，何敢遂輕前人。漁洋實有不足聊齋處，故以率筆應酬之，原非見地不高。公是公非，何能爲古人諱？

予讀李義山集，集前有一條云：詩人刻露天地間山川、草木、人物、百怪，幾於毫不留餘矣。故少達多窮，以其鑿破混茫，發泄太盡，犯造物之忌也。《聊齋》雖小説，描寫盡致，實犯此忌。故文名傳世，遇合蹇澀，以貢生終。壬戌在京師，與會理州嚴鶴堂爾譓同館。嚴曰：『聞聊齋犯雷劫。』予大怒曰：『此口孽也！聊齋聖賢路上人，觀其議論公允，心術純正，即以程、朱語録比對觀之，亦未見其有異也。慧業文人如聊齋者，殁後不向聖賢位中去，定向仙佛位中來也，可以妄語污蔑也哉！』

先秦之文，段落渾於無形。唐宋八家，第一段落要緊。蓋段落分，而篇法作意出矣。予於《聊齋》，鈎清段落，明如指掌。

近來説部，往往好以詞勝，搬衍麗藻，以表風華，塗繪古事，以炫博雅。《聊齋》於粗服亂頭中，略入一二古句，略裝一二古字，如《史記》諸傳中偶引古諺時語，及秦、漢以前故書。斑剥陸離，蒼翠欲滴，彌見大方，無一點小家子强作貧兒賣富醜態，所以可貴。

不會看書人，將古人書混看過去，不知古人書中有得意處，有不得意處；有轉筆處，有難轉筆處。趁水生波處，翻空出奇處，不得不補處，不得不省處，順添在後處，倒插在前處。無數方法，無數筋節。當以正法眼觀之，不得第以事視，而不尋文章妙處。此書諸法皆有。

《聊齋》説鬼説狐，層見叠出，各極變化。如初春食河豚，不信復有深秋蟹螯之樂。及至持螯引白，然後又疑梅聖俞不數魚蝦之語徒虚語也。

讀法四則

一、是書當以讀《左傳》之法讀之。《左傳》闊大，《聊齋》工細。其叙事變化，無法不備；其刻劃盡致，無妙不臻。工細亦闊大也。

一、是書當以讀《莊子》之法讀之。《莊子》惝怳，《聊齋》綿密。雖説鬼説狐，如華嚴樓閣，彈指即現；如未央宫闕，實地造成。綿密實惝怳也。

一、是書當以讀《史記》之法讀之。《史記》氣盛，《聊齋》氣幽。從夜火篝燈入，從白日青天出。排山倒海，一筆數行；福地洞天，别開世界。亦幽亦盛。

一、是書當以讀程、朱語録之法讀之。語録理精，《聊齋》情當。凡事境奇怪，實情致周匝，合乎人意中所欲出，與先正不背在情理中也。

時嘉慶二十三年戊寅歲小陽月下浣，涪陵馮鎮巒遠村氏志於清溪學署之紅椒山房。

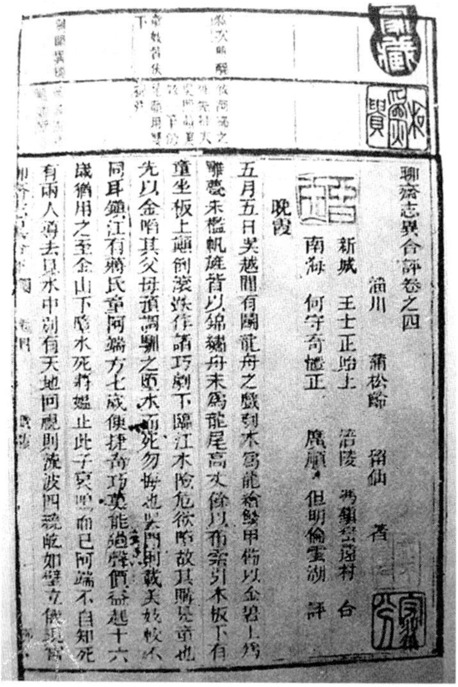
聊齋志異合評卷之四
淄川 蒲松齡 留仙 著
新城 王士正貽上 涪陵 馮鎮巒遠村 合
南海 何守奇體正 塵廬 但明倫雲湖 評
晚霞
五月五日吳越間有鬭龍舟之戲刳木為龍繪鱗甲飾以金碧上為
雕甍朱檻帆旌皆以錦繡舟末為龍尾高丈餘以布索引木板下有
童坐板上顛倒滚跌作諸巧劇下臨江水險危欲墮故其購是童也
先以金啗其父母預調馴之墮水而死勿悔也吳門則載美妓較不
同耳鎮江有蔣氏童阿端方七歲便捷奇巧莫能過聲價益起十六
歲猶用之至金山下墮水死蔣媼止此子哀鳴而已阿端不自知死
有兩人導去見水中別有天地回視則流波四繞屹如壁立俄覩宮

（光緒十七年喻刊《聊齋志異合評》）